I0681696

EX LIBRIS
RÉNÉ SIBILAT

LE ROMAN DE L'ÉNERGIE NATIONALE

LES DÉRACINÉS

PAR

MAURICE BARRÈS

PARIS
BIBLIOTHÈQUE-CHARPENTIER
EUGÈNE FASQUELLE, ÉDITEUR
11, RUE DE GRENELLE, 11

1897

[illegible]

hommage de son dévoué confrère

Maurice Barrès

LES DÉRACINÉS

EUGÈNE FASQUELLE, ÉDITEUR, 11, RUE DE GRENELLE

ŒUVRES DE MAURICE BARRÈS

PUBLIÉES DANS LA **BIBLIOTHÈQUE-CHARPENTIER**

à **3** fr. **50** le volume.

* **Sous l'Œil des Barbares** (précédé d'un Essai sur le *Culte du Moi*) . . . . 1 vol.
** **Un Homme libre** . . . . 1 vol.
*** **Le Jardin de Bérénice** . . . . 1 vol.
L'Ennemi des Lois . . . . 1 vol.
Du Sang, de la Volupté et de la Mort . . . . . 1 vol.

LE ROMAN DE L'ÉNERGIE NATIONALE.

* **Les Déracinés** . . . . 1 vol.
** **L'appel au soldat** (prochainement) . . . . 1 vol.
*** **L'appel au juge** (prochainement) . . . . 1 vol.

BROCHURES

Huit jours chez M. Renan . . . . **1 fr.**
Trois stations de Psychothérapie . . . . **1 fr.**
Toute licence sauf contre l'Amour . . . . **1 fr.**

THÉATRE

Une Journée Parlementaire, comédie de mœurs en trois actes . . . . **2 fr.**

Il a été tiré de cet ouvrage :

25 exemplaires numérotés à la presse sur papier de Hollande.
10 — numérotés — sur Japon.

Paris. — L. MARETHEUX, imprimeur, 1, rue Cassette. — 11280.

LE ROMAN

DE

L'ÉNERGIE NATIONALE

LES DÉRACINÉS

PAR

MAURICE BARRES

PARIS

BIBLIOTHÈQUE-CHARPENTIER

EUGÈNE FASQUELLE, ÉDITEUR

11, RUE DE GRENELLE, 11

1897

DON SIBILAT
219.992

A PAUL BOURGET

LES DÉRACINÉS

CHAPITRE PREMIER

LE LYCÉE DE NANCY

En octobre 1879, à la rentrée, la classe de philosophie du lycée de Nancy fut violemment émue. Le professeur, M. Paul Bouteiller, était nouveau et son aspect, le son de sa voix, ses paroles dépassaient ce que chacun de ces enfants avait imaginé jamais de plus noble et de plus impérieux. Un bouillonnement étrange agitait leurs cerveaux, et une rumeur presque insurrectionnelle emplissait leur préau, leur quartier, leur réfectoire et même leur dortoir : car, pour les mépriser, ils comparaient à ce grand homme ses collègues et l'administration. Ce bâtiment d'ordinaire si morne semblait une écurie où l'on a distribué de l'avoine.

A des jeunes gens qui jusqu'alors remâchaient des rudiments quelconques, on venait de donner le plus vigoureux des stimulants : des idées de leur époque! Non pas des idées qui aient été belles, neuves et éloquentes dans les collèges avant la Révolution, mais ces mêmes idées qu'circulent dans notre société, dans nos coteries, dans la rue, et qui font des héros, des fous, des criminels, parmi nos contemporains. Et peut-être, à l'usage, perdront-elles leur puissance sur des âmes diverties par les années; mais en octobre 1879, voici seulement que naissent ces lents enfants de provinces : jusqu'alors, ils n'ont connu ni la vie ni la mort, mais un état où la rêverie sur le moi n'existe pas encore et qui est une mort animée, comme aux bras de la nourrice.

Pour bien comprendre ce qui se passa dans cette année scolaire 1879-1880, où sortirent de la vie végétative et se formèrent dans une crise quelques-unes des énergies de notre temps, il faut se représenter *le lycée*, réunion d'enfants favorable, comme tout groupement, aux épidémies morales et soumise, en outre, à une action très définie qui marque jusqu'au cimetière la grande majorité des bacheliers.

Le lycéen reçoit de la collectivité où il figure un ensemble de défauts et de qualités, une conception particulière de l'homme idéal. Cet enfant qui plie sa vie selon la discipline et d'après les roulements du tambour, ne connaissant jamais une minute de solitude ni d'affection sans méfiance, ne songe même pas à tenir comme un élément, dans aucune des raisons qui le déterminent à agir, son contentement intime. Il se préoccupe uniquement de donner aux autres une opinion avantageuse de lui. C'est bon à un jeune garçon élevé à la campagne de sentir vers dix-sept ans la beauté de la nature et les délicatesses du sens moral! Toujours pressés les uns contre les autres, inquiets sans trêve de sembler ridicules, les lycéens développent monstrueusement, à ce régime et sous le système pédagogique des places, une seule chose, leur vanité. Ils se préparent une capacité d'être humiliés et envieux qu'on ne rencontre dans aucun pays, en même temps qu'ils deviennent capables de tout supporter pour une distinction.

La qualité qui fait compensation, c'est le sens de la camaraderie. On dit « chic type », dans leur argot, celui qui possède une supériorité, — qu'il versifie ou qu'il ait réussi au Concours général, — et qui, de plus, est bon camarade. Mais être bon camarade, c'est tout d'abord se refuser à la discipline. Il est difficile de ne point la haïr. Ceux mêmes qui l'appliquent en rougissent. Le proviseur, le censeur, fort impérieux et glorieux devant les petites classes, éprouvent du malaise en face des philosophes et des candidats aux Écoles du Gouvernement. Les pions, qui aux jours de sortie les croisent à la brasserie et dans l'escalier des filles, et qui pressentent déjà les distances de l'avenir, tendent à être, plutôt que des supérieurs, des camarades mécontents du rôle où leur fâcheuse destinée les contraint.

Sur toute la France, ces vastes lycées aux dehors de caserne et de couvent abritent une collectivité révoltée contre ses lois, une solidarité de serfs qui rusent et luttent plutôt que d'hommes libres qui s'organisent conformément à une règle. Le sentiment de l'honneur n'y apparaît que pour se confondre avec le mépris de la discipline. — En outre, ces jeunes gens sont enfoncés dans une extraordinaire ignorance des réalités.

Quelle conception auraient-ils de l'humanité? Ils

perdent de vue leurs concitoyens et tout leur cousinage; ils se déshabituent de trouver chez leurs père et mère cette infaillibilité ou même ce secours qui maintiendrait la puissance et l'agrément du lien filial. Les femmes ne sont pas à leurs yeux des êtres d'une vie complète, mais seulement un sexe. En leur présence, ils sont incapables de penser à rien autre qu'à des séductions où excellaient les jeunes Français du siècle dernier et dont leur réclusion, qui les fait timides et gauches, les rend fort indignes. L'imagination ainsi gâtée de curiosités précoces, ils rougissent de leurs sœurs, cousines et parentes qui les visitent au parloir. Pendant les promenades à rangs serrés et si fastidieuses des jeudis et des dimanches, la distraction des lycéens est de « coter » les femmes qu'ils croisent. Ils se montrent plutôt sévères. Avec ce premier entraînement, ils se croiront engagés d'honneur à avoir toutes celles qu'ils rencontreront, alors même qu'elles leur déplairaient. Et voilà qui les prépare aussi mal pour la passion que pour la bonne camaraderie des jeunes Anglais et Anglaises, joueurs de lawn-tennis. Mais leur diminution principale, c'est de ne point fréquenter des vieillards. L'affection d'un homme âgé pour un enfant, si touchante et que la nature même inspire, comporte les plus grands bénéfices. Vers les douze ans, nous comprenons là notre infériorité et ce que vaut l'expérience; nous tâchons de nous faire estimer, et nous accueillons, ce dont manque le collégien, un certain pressentiment, de qualité morale et poétique, que nous-mêmes nous vieillirons.

Isolés de leurs groupes de naissance et dressés seulement à concourir entre eux, des adolescents prennent de la vie, de ses conditions et de son but la plus pitoyable intelligence. On disait couramment au lycée de Nancy qu'un homme qui serait fort comme le professeur de gymnastique, polyglotte comme les maîtres d'allemand et d'anglais, latiniste comme un agrégé, dominerait le monde. — On ne se doutait pas d'une certaine fermeté morale, le caractère, qui impose même au talent, ni de toutes ces circonstances qui réduisent les plus beaux dons. — On était persuadé qu'aux pieds d'un si brillant prodige afflueraient tous les trésors. Les élèves de l'Université, servis par des valets malpropres, mais ponctuels, ignorent ce qu'est un gagne-pain et, sitôt bacheliers, s'étonneront qu'il faille cirer ses bottes soi-même.

Tel est, brièvement décrit, l'esprit de l'internat, auquel les externes eux-mêmes résistent mal, car chacun d'eux se formant sous des influences familiales très diverses, ils ne peuvent opposer une force d'ensemble aux notions habituelles et indiscutées qui composent, dès le seuil, l'atmosphère des *grands*, des *moyens* et des *petits*.

M. Paul Bouteiller, lors de la première classe, prit place dans la chaire et examina un livre jusqu'à ce qu'il jugeât écoulé le délai suffisant pour l'installation de chacun ; alors, il leva les paupières. Un silence parfait s'établit. Dès le premier instant, il n'y eut point de doute que ce jeune maître était de ceux qui dominent une situation.

Il avait ce teint d'un seul ton, cette face décolorée fréquente chez les personnes qui vivent renfermées. Souvent, ses yeux étaient fatigués et légèrement rougis par un travail tard prolongé. La méditation et les soins intellectuels mettent de la gravité sur la physionomie. Son regard n'était jamais distrait ni vague, mais le plus souvent baissé; sinon, il regardait en face, et de telle façon qu'il n'eut jamais besoin de punir. Il avait du prestige et sut faire appel au sentiment de l'honneur. Il parla. Il leur dit sa haute notion de sa responsabilité, étant venu pour faire des hommes et des citoyens. Mais eux aussi, ils avaient des devoirs, de patriotisme et de solidarité. Quelques-uns prenaient des notes, il les invita à n'en rien faire :

— Ce ne sont pas les matières du cours; on ne vous interrogera pas là-dessus à l'examen, mais plus qu'un diplôme, ceci est nécessaire : que vous réfléchissiez sur les liens qui nous unissent, afin que vous ayez une conscience plus nette de votre dignité...

A ce mot, un élève, Alfred Renaudin, se mit à rire : il ne lui était jamais venu à l'esprit que lui, lycéen, pût avoir une dignité.

Le professeur immédiatement se tut. Si superbe de raison inflexible apparut sa physionomie que la classe n'osa même point se tourner vers le coupable. Après un long silence :

— Messieurs, dit-il, je n'appliquerai jamais de punitions; je les juge indignes du maître et des élèves; mais ceux qui troublent l'ordre auquel nous avons tous droit quitteront la salle. Que l'inconvenant sorte!

Renaudin eut contre lui, disgrâce jusque-là inouïe, le sentiment de ses camarades.

Dorénavant, Racadot et Mouchefrin, qui étaient

voisins et se plaisaient, ne polissonnèrent plus que durant les classes d'histoire et de géographie, de sciences et de langues vivantes.

A la fin de cette première semaine, ce fut un autre événement non moins significatif. Le proviseur, accompagné du censeur, se présentait chaque samedi pour lire les notes. De taille moyenne, bien pris dans sa redingote boutonnée, la physionomie impassible et si noble, M. Paul Bouteiller se tint un peu à l'écart. On observa qu'il affectait de ne pas regarder ces dignitaires administratifs. Il les dédaignait. Par là, il enthousiasma ces enfants révoltés.

Il leur parut un frère aîné et tout-puissant. Cette attitude l'égalait au professeur de mathématiques spéciales qui, un jour, d'un coup de pied, avait violemment fermé la porte laissée ouverte par le censeur. L'opinion salua leur indépendance. Les jeunes gens dirent en récréation :

— Un proviseur! eh bien quoi? c'est un policier!

Après cela, M. Bouteiller peut bien leur enseigner tout ce qu'il voudra sur le respect des lois, sur la discipline sociale. Il a méprisé, au nom de sa supériorité individuelle, un supérieur hiérarchique.

Cependant proviseur et censeur se consultaient :

— Ses allures confirment mes renseignements. Il a des protections.

— Qui donc?

— Peut-être Gambetta! dit le proviseur à voix basse.

Devant ces pauvres enfants, vulgaires, cyniques, habitués à craindre des maîtres que les plus développés s'élevaient seulement jusqu'à mépriser, M. Bouteiller tint l'emploi d'un jeune dieu de l'Intelligence. De leurs ardeurs inutilisées, il reçut un prodigieux éclat. Certes, Maurice Rœmerspacher, Henri Gallant de Saint-Phlin, François Sturel, Georges Suret-Lefort, Alfred Renaudin, Honoré Racadot, Antoine Mouchefrin, tout ce petit troupeau, en marche pour la vie et encore indiscernable, paraîtrait arriéré à des « philosophes » de Paris. Bien qu'en eux une force d'hommes soit prête à éclater, ils demeurent, par le geste et le vocabulaire, des enfants. La formation n'est pas hâtive en province, mais peut-être ces jeunes gens, qui profitent d'une longue hérédité campagnarde et dont nul bruit de la vie ne détourne l'enthousiasme, ont-ils une naïveté plus avide, plus réceptive, que les merveilleux adolescents parisiens, un peu débiles et déjà de curiosité dispersée par leurs plaisirs du dimanche.

Jeunes sauvages, serrés sur leurs bancs, ils l'écoutent, l'observent, un peu méfiants, le guettent et s'apprivoisent par l'admiration. Ils allèrent jusqu'à s'émerveiller qu'il fût d'une propreté parfaite. En eux apparaissaient les éléments de poésie de la puberté, certaines délicatesses qui se perdaient en minuties pour n'avoir pas encore trouvé leur direction. Ce jeune homme au teint mat, qui avait quelque chose d'un peu théâtral, ou tout au moins de volontaire dans sa gravité constante et dans son port de tête, fut confusément l'initiateur de ces gauches adolescents. La jeunesse est singe : on cessa de se parfumer au lycée de Nancy, parce que Paul Bouteiller, qui n'avait pas le goût petit, séduisait naturellement.

Ils l'associaient à toutes les notions qu'ils s'étaient amassées du sublime moderne. Dans un âge où les lycéens du premier Empire entendaient le canon de Marengo et parfois le coupé de l'Homme traversant en hâte leur ville, ces enfants, grandis depuis la guerre, n'avaient d'autre idée générale de qualité émouvante que la France vaincue et la lutte de la République contre les partis dynastiques. D'instinct, ils symbolisaient et glorifiaient la persistance de la patrie dans le nom national et républicain de Victor Hugo. Les vieux professeurs des petites classes lui déniaient tout talent; en rhétorique, on admettait certaines de ses beautés modérées. De ces injustices, les lycéens, en 1879, frémissaient. Quinze jours environ après la rentrée, M. Bouteiller leur apporta la seconde série de la *Légende des siècles* : il lut l'Hymme à la Terre, où l'on jette un magnifique regard sur le fleuve épandu, sur le Gange que fut au terme de sa course le vieux maître, et, le commentant avec sa belle voix grave, pure d'accent provincial et dont l'autorité leur semblait religieuse, il ouvrit à ces êtres encore intacts les grands secrets de la mélancolie poétique.

Quelle matière sublime qu'un troupeau de jeunes mâles reclus, confiants et avides! Par ses actes, même indifférents, M. Bouteiller les modelait. Sa renommée s'était répandue; des parents voulurent le connaître. Il découragea ces avances par sa froideur : il voulait qu'on respectât son temps. Aussi fut-on surpris qu'un jour, après la classe, il dît à un externe : « Monsieur votre père ira-t-il au cercle, ce soir? » Cet élève était fils d'un juif, conseiller municipal de la ville. Cependant, la grand'mère d'Henri Gallant de Saint-Phlin, ayant manifesté le désir de l'entretenir, il la pria de passer chez lui et la reçut debout, en manches de chemise, dans une chambre défaite. Cette fois, c'était plus que le désir de s'isoler, et nettement une grossièreté voulue.

Gallant de Saint-Phlin, qui était un enfant admirable de négligence sur soi-même, de vivacité d'esprit et d'absence totale de malice, souffrit de cet échec : sa grand'mère se refusa désormais à partager son enthousiasme pour son professeur, et ses camarades l'humilièrent sur cet incident qu'il était incapable de taire. Il souffrait d'un léger désordre nerveux, qui montait passagèrement au degré de la passion les mouvements successifs de son âme tendre, noble et incertaine. Agité d'un besoin d'épanchements affectueux, il cherchait la popularité, la chaude sympathie de tous. Or, il était différent. Jusqu'à sa rhétorique, il avait travaillé avec un précepteur chez sa grand'mère ; et cette vie de famille, dans une belle propriété à la campagne, lui avait composé une nature telle qu'au lycée, après dix-huit mois d'initiation, il demeurait un nouveau. Il paraissait sans attache avec les réalités ; c'est qu'elles n'étaient pas pour lui dans les usages et dans les règles du lycée, mais dans l'amour de sa famille et dans les longues promenades forestières de l'Argonne. Incapable d'observer les distances convenues entre professeur et élèves, il faisait la joie de la classe par ses discours et objections sur les matières du cours. Quand M. Bouteiller, ayant lu l'*Hymne à la Terre*, dit : « Je suis content de vous avoir révélé une des pièces les plus profondes du poète philosophe », Gallant de Saint-Phlin lui répondit vivement :

— Je la connaissais ; je l'ai entendue de nouveau avec plaisir, mais c'est une vision astronomique et préhistorique : à la campagne, je comprenais mieux les *Géorgiques*.

De telles réflexions, où l'on sent l'influence d'un ecclésiastique médiocre et cultivé, mais enfin intéressantes, déplaisaient à M. Bouteiller, parce qu'en troublant de rire la classe, elles déplaçaient les effets, et dérangeaient sa mise en scène. Et puis, il n'aimait pas Gallant de Saint-Phlin.

Ces enfants réunis de tous les points de la Lorraine avaient dans toute son âpreté le magnifique sentiment égalitaire du paysan français. Ils découvrirent aussitôt que M. Bouteiller avait pris ce ton avec la grand'mère de leur camarade parce que les Saint-Phlin étaient des ennemis de la République. Le retentissement fut immense, hors de la classe de philosophie, dans tout le lycée subitement informé.

L'Université est un puissant instrument d'État pour former des cerveaux : elle a enseigné le dévouement à l'Empire, aux Bourbons légitimes, à la famille d'Orléans, à Napoléon III ; elle enseigne en 1879-1880 les gloires de la Révolution. A toutes les époques, elle eut pour tâche de décorer l'ordre établi. On peut se croire à dix-sept ans révolté contre ses maîtres ; on n'échappe pas à la vision qu'ils nous proposent des hommes et des circonstances. Notre imagination qu'ils nourrissent s'adapte au système qui les subventionne. Dans les lycées, on est républicain ; dans les établissements religieux, réactionnaire et clérical. Georges Suret-Lefort, qui sortait d'un collège de prêtres, n'aimait pas la République. Sans doute, la supériorité de manières et de fortune de ses camarades bien nés l'avait froissé, mais au milieu des vulgarités du lycée il oubliait leur arrogance — qui chez des enfants de douze ans n'a d'égale que la susceptibilité, — et, fier d'avoir connu mieux, il flétrissait la mauvaise éducation des républicains. Merveilleusement habile à distribuer son temps, il trouvait chaque jour des heures pour feuilleter le Dictionnaire historique de Bouillet, au point de pouvoir réciter les biographies des dignitaires du premier Empire. Les plus fameux révolutionnaires satisfaisaient aussi son romanesque; hélas! cette grande espèce, pensait-il, a disparu. Quand il vit un tel homme, dont le prestige le fascinait, servir la République, ses antipathies pour ce système s'évanouirent. En cour, il déclara :

— Le malheur, c'est qu'il n'y en a pas beaucoup comme celui-là.

Ainsi, M. Bouteiller, dès le début, se confondait pour ses élèves avec les deux images les plus importantes qui flottaient sur la France : il fut Victor Hugo et la République héroïque. Il ne devait pas s'en tenir là : il abrégea dédaigneusement la philosophie universitaire pour insister avec de puissants développements sur l'histoire de la philosophie... Il allait hausser ces enfants admiratifs au-dessus des passions de leur race, jusqu'à la raison, jusqu'à l'humanité.

Dès ses premiers entretiens, quand il leur parlait de Victor Hugo, et parfois même de Gambetta, quand, par l'affront à Madame de Saint-Phlin, il se posait en démocrate orgueilleux de sa qualité peuple, il incarnait pour eux l'esprit national moderne; mais aujourd'hui que, se promenant de long en large, il dicte son cours, et surtout s'il ordonne qu'ils posent leurs plumes pour mieux suivre tel rapprochement à travers les siècles, c'est vraiment l'Univers qui parle par sa bouche : l'humanité conte ses rêves, le monde révèle ses lois.

Depuis 1870, une caractéristique des jeunes gens, c'est qu'ils font de médiocre rhétorique et d'excellente philosophie. Pendant quelques années, l'humanité dans un pays montre avec surabondance une aptitude qui disparaîtra presque de la période suivante. Nés pour s'émouvoir des problèmes philosophiques, ces pauvres êtres, entravés sur les bancs de la classe, tandis que la beauté se révélait à eux, — puis, en étude, sous les lampes qui leur chauffaient le crâne, relisant leurs notes, — puis au dortoir, maintenus en veille par une fièvre d'imagination, parmi les souffles réguliers des rhétoriciens et des scientifiques, — connurent ces incomparables exaltations qui deviennent, passé trente ans, le privilège de quelques natures royales.

A la fin de novembre, quand il commença de leur expliquer les vieux penseurs de l'Ionie et qu'il voulut retrouver chez eux les conceptions les plus modernes de la science, quand sa voix grave montra comment la doctrine orientale des épurations et des métempsycoses, enseignée dans les temples et les grandes écoles de la Grèce, est confirmée par les théories modernes qui rattachent la destinée humaine aux métamorphoses de la nature et aux lois de la vie universelle, ces graves problèmes, ce recul au fond des siècles, cette certitude créée par la concordance des religions du passé avec les académies de Paris et de Berlin, enivrèrent ces enfants d'une poésie qui ressemblait à de l'épouvante. Plus de salles d'études pour écoliers, plus de préaux pour camarades, mais d'immenses horizons imprévus et mouvants! Des phrases se détachaient du cours avec la force d'un thème musical qui leur faisaient sensible la loi des choses, et cette loi variait chaque semaine selon le philosophe de la leçon : ils devenaient éperdus devant la multiplicité, la splendeur et la contradiction des systèmes.

M. Bouteiller se hâta de les fixer. Kantien déterminé, il leur donna la vérité d'après son maître. Le monde n'est qu'une cire à laquelle notre esprit comme un cachet impose son empreinte... Notre esprit perçoit le monde sous les catégories d'espace, de temps, de causalité... Notre esprit dit : « Il y a de l'espace, du temps, des causes » ; c'est le cachet qui se décrit lui-même. Nous ne pouvons pas vérifier si ces catégories correspondent à rien de réel.

En décembre, après une affreuse semaine de brouillards et comme les leçons de cette métaphysique désolée avaient encore été aggravées par les lumières de rouille qui pesaient sur la classe, Maurice Rœmerspacher écrivit aux siens une lettre vraiment douloureuse sur les limites de la connaissance. Elle révélait un tel désarroi qu'un jour, à l'affût au sanglier, son père la lisant à son compagnon de chasse qui haussait les épaules, déclara :

— Si je l'ai fait comme cela, il faut bien que je l'accepte ; mais je crois bien que lui et moi, nous sommes refaits.

Leur état n'avait rien de commun avec les angoisses d'un Jouffroy ou les balancements d'un Renan. La grande affaire pour les générations précédentes fut le passage de l'absolu au relatif ; il s'agit aujourd'hui de passer des certitudes à la négation sans y perdre toute valeur morale. Soudain un homme d'une grande éloquence communiquait à ces jeunes garçons le plus aigu sentiment du néant, d'où l'on ne peut se dégager au cours de la vie qu'en s'interdisant d'y songer et par la multitude des petits soucis d'une action. Dans l'âge où il serait bon d'adopter les raisons d'agir les plus simples et les plus nettes, il leur proposait toutes les antinomies, toutes les insurmontables difficultés reconnues par une longue suite d'esprits infiniment subtils qui, voulant atteindre une certitude, ne découvrirent partout que le cercle de leurs épaisses ténèbres. Ces lointains parfums orientaux de la mort, filtrés par le réseau des penseurs allemands, ne vont-ils pas troubler ces novices? La dose trop forte pourrait jeter chacun d'eux dans une affirmation désespérée de soi-même; ils se composeraient une sorte de nihilisme cruel.

M. Bouteiller, après une étape dans le scepticisme absolu, et sitôt les vacances du nouvel an passées, croyait bien avec Kant et par l'appel au cœur reconstituer à ses élèves la catégorie de la moralité et un ensemble de certitudes. Ils ne le suivirent pas.

C'est que la force vive de la puberté s'amassait dans leur sang. Les plus banales mélancolies ont une puissance infinie dans les jeunes poitrines qu'elles emplissent. En vain, le 8 janvier 1880, il se surpassa en dignité et, comme on dit des prédicateurs, en « pectus », pour leur commenter la page sublime : « Deux choses comblent l'âme d'une admiration et d'un respect toujours renaissants, et qui s'accroissent à mesure que la pensée y revient plus souvent et s'y applique davantage : le ciel étoilé au-dessus de nous, la loi morale au dedans. » Ce n'est pas la loi morale qu'éveille le ciel étoilé dans la conscience de François Sturel. Au dortoir, couché auprès d'une fenêtre, jusqu'à ce que le sommeil apaisât le tumulte de ses sensations, il s'attachait de toute son âme à la plus brillante des clartés célestes, et, sachant par la biographie de Napoléon que les ambitieux ont leur étoile, et aussi les amoureux, et aussi les grands poètes, il pleurait par crainte de vivre sans génie, et cherchait à surprendre aux constellations les secrets de gloire et d'amour. Ce qu'il adressait aux profondeurs du ciel, c'était le cri des jeunes âmes exaltées : « Trouverai-je mon objet dans la vie? » Mais il le formulait ainsi : « Égalerai-je jamais en génie Bouteiller? »

Au matin, avec ses beaux yeux largement cernés par l'ardeur de ses rêves, il était plaisanté par ses pauvres camarades qui, tous, du lycée, avaient reçu le ton obscène de la caserne, et lui-même l'adoptait, déjà gâté de grossièreté. Ce milieu, s'il salit tout l'extérieur des adolescents, du moins fortifie la puissance du rêve en le refoulant. Celui qui grandit hors de la société des femmes, appliqué à ne pas différer de compagnons vulgaires et railleurs, n'épanouira jamais sur son visage et dans tous les mouvements de son corps la grâce sublime d'une âme confiante; mais ses jouissances intimes, qu'il ne pourra partager avec personne, y gagneront en âpreté.

De l'ambition mêlée à la mélancolie romanesque, voilà ce que l'on retrouve au cours de ce siècle, chez des milliers de jeunes gens, les Julien Sorel, les Rubempré, les Amaury, pour qui les conquêtes de la bourgeoisie ont rompu les frontières sociales, et ouvert tous les possibles. M. Bouteiller, qui croit soumettre ses élèves à la notion du devoir, ne fait que les jeter plus ardents dans la voie commune aux jeunes Français modernes. Et leurs lectures aussi les exaltent sans plus leur fournir de sentiment social.

Dans chaque quartier de lycée se trouve une petite bibliothèque, composée d'après l'âge des élèves. L'apprenti philosophe y connaît à travers de faibles contradicteurs les grands esprits libres. Malmenés, parfois injuriés par les éditeurs universitaires, ils se présentent à l'enfant comme des révoltés, des proscrits; par là son imagination, qu'ils auraient bien su ébranler, est plus fortement séduite. Il les lit sous la flamme du gaz, dans un lieu infecté par tant d'adolescents pressés, dans une atmosphère de contrainte, de malaise, d'irritation et de grossièreté. Son sang en est brûlé; sous leur poids, son âme prend une pente selon laquelle dorénavant coulera tout ce qu'elle recevra de la vie. Le grand air, les horizons libres, la douceur d'une jeunesse passée dans une harmonie d'intérêts naturels et d'affections, donneraient à de tels livres un sens qu'ils n'ont pas dans les cellules d'un lycée. Et Rousseau, qui fait aimer et donne le sens de la fraternité, si tu le lis dans un verger, les tourmentait de sensualité et de sauvagerie mélancolique, tumultueux petit livre lu secrètement aux lueurs tard prolongées d'un jour de juin, splendide, mais trop lourd pour le prisonnier.

Du professeur ou du livre, nous recueillons seulement ce que notre instinct reconnaît comme sien, et nous interprétons avec une étrange indépendance. Alors que le maître réfute, souvent ses indignations tombent lourdement au pied de sa chaire, et la doctrine qu'il pense avoir détruite, il l'a propulsée dans des êtres avides qui, dès lors, en seront animés. Les mouvements si violents de ces jeunes âmes ne se traduisent pas encore en actions. M. Bouteiller, qui leur parle, avec une insistance éloquente, de cette idée supérieure du devoir qui gît dans chaque conscience et qui prouve l'existence de Dieu, jamais ne se penche pour écouter leurs murmures intérieurs. Nul doute qu'il eût été stupéfait de constater les prolongements de sa parole dans ces jeunes cerveaux. Mais voilà un des aspects les plus intéressants de l'œuvre de M. Bouteiller au lycée de Nancy : il fait avec ampleur son geste de semeur et ignore absolument ce que devient la graine.

Pour qu'il prévît sa moisson, il eût fallu qu'il connût son terrain ; c'est une étude qu'il dédaigne. Ce kantien ne se rend pas compte que d'être parvenu à son degré élevé de culture, d'avoir échappé à la patrie restreinte et à ses intérêts étroits pour appartenir à la France, à l'humanité tout entière et à la raison, c'est une puissance qui, chez un éducateur, implique un devoir : le devoir et la puissance de comprendre toutes les conditions de l'existence, qui sont diverses suivant les milieux. Chaque individu est constitué par des réalités qu'il n'y a pas à contredire ; le maître qui les envisage doit proportionner et distribuer la vérité de façon que chacun emporte sa vérité propre.

Et même avant d'examiner les biographies de ses élèves, M. Bouteiller ne devrait-il pas prendre souci du caractère général lorrain ? Il risque de leur présenter une nourriture peu assimilable. Ne distingue-t-il pas des besoins à prévenir, des mœurs à tolérer, des qualités ou des défauts à utiliser? Il n'y a pas d'idées innées, toutefois des particularités insaisissables de leur structure décident ces jeunes Lorrains à élaborer des jugements et des raisonnements d'une qualité particulière. En ménageant ces tendances naturelles, comme on ajouterait à la spontanéité, et à la variété de l'énergie nationale!..... C'est ce que nie M. Bouteiller. Quoi! à la façon d'un masseur qui traite les muscles de son client d'après le tempérament qu'il lui voit, le professeur devrait approprier son enseignement à ces natures de Lorrains et aux diversités qu'elles présentent! C'est un système que M. Bouteiller n'examine même pas.

Déraciner ces enfants, les détacher du sol et du groupe social où tout les relie pour les placer hors de leurs préjugés dans la raison abstraite, comment cela le gênerait-il, lui qui n'a pas de sol, ni de société, ni, pense-t-il, de préjugés?

Fils d'un ouvrier de Lille, remarqué à huit ans pour son intelligence précoce et studieuse, il avait obtenu une bourse jusqu'à l'École normale d'où il sortit premier. Enlevé si jeune à son milieu naturel et passant ses vacances mêmes au lycée, orphelin et réduit pour toute satisfaction sentimentale à l'estime de ses maîtres, il est un produit pédagogique, un fils de la raison, étranger à nos habitudes traditionnelles, locales ou de famille, tout abstrait, et vraiment suspendu dans le vide. Ses mœurs, ses attaches, il les a discutées, préférées et décidées. Et comme il a administré sa vie, il ne lui répugne pas d'admettre que toutes les vies doivent relever d'une sage administration, qui leur impose un emploi, un but. Pourquoi les principes qui lui ont servi à se déterminer ne conviendraient-ils pas à organiser les autres?

M. Bouteiller sait qu'un individu n'a pas de droits contre la société et il connaît ce qui convient le mieux à la société. En conséquence, il lui appartient de la servir en l'administrant, comme à ce troupeau d'enfants de la servir en se pliant à une sage administration. Il ressemble en plusieurs points essentiels — bien qu'il s'en distingue par ailleurs, fortement — à M. Burdeau. M. Burdeau a écrit : « Nous n'avons le droit de distraire du service de l'État aucune fraction de notre fortune, aucun effort de notre bras, aucune pensée de notre intelligence, aucune goutte de notre sang, aucun battement de notre cœur. » Désireux d'utiliser son passage à Nancy pour connaître les circonscriptions de Meurthe-et-Moselle, leur esprit et leurs ressources, le jeune professeur a rassemblé sur cette population un ensemble de renseignements plus nombreux que n'en prend sur la race chevaline un officier chargé de la remonte. Mais l'éducateur ne respectera pas des particularités que l'homme politique prétend effacer.

Au résumé, il serait absurde de supposer qu'un Bouteiller, qui a pris sur Kant son point d'appui et qui désormais, ne le vérifie pas plus que ne fait un croyant pour la vérité révélée, qui est le délégué parfait d'une espèce psychologique et d'un parti social, peut s'attarder à peser les conséquences de son enseignement et les risques d'égarer les caractères d'une douzaine de jeunes gens. Il tient son rôle strictement, comme une consigne reçue de l'État. C'est le sergent instructeur qui communique à des recrues la théorie réglée en haut lieu. Exactement il leur distribue de vieux cahiers, rédigés depuis huit ans et qu'il a dictés à Nice, à Brest, comme aujourd'hui à Nancy. Certes il n'est pas homme à négliger un service public dont il est responsable ! Son cours est remarquable, dans le meilleur esprit de la jeune École Normale, et, dès ses premières fréquentations politiques, il l'a rehaussé d'une certaine morale sociale kantienne dont la construction porte sa marque propre. Toutefois c'est un travail arrêté définitivement, où il ne prend plus que l'intérêt de la diction et, parfois, de l'éloquence.

Pendant que ces vieux cahiers, présentés avec chaleur, tombent en nouveautés enivrantes sur des êtres avides de recevoir, il assouplit sa voix, essaie des débuts à voix basse qui forcent un public à l'attention, cherche et trouve ces intonations émouvantes, ces accents du devoir et ces appels à l'énergie virile qui s'accordent le mieux avec son génie.

M. Bouteiller forme sa domination en déformant des âmes lorraines, et dans le même temps lui prépare un emploi plus vaste dont elle est avide et capable. Par delà Sturel, Racadot, Mouchefrin, Gallant, Suret-Lefort, Rœmerspacher et Renaudin, il observe Gambetta. Au verso de leurs pauvres copies d'écoliers il crayonna plus d'une fois des indications que le fameux orateur utilisa dans les débats sur l'enseignement public. Gambetta, d'une curiosité politique insatiable, eût voulu connaître chacun des Français. M. Bouteiller lui donna des rapports sur l'esprit des fonctionnaires en Meurthe-et-Moselle.

D'où, cette année-là, de nombreux déplacements et des révocations.

Ses menées étaient secrètes ; il ne s'en expliquait pas au préfet, et pas davantage à la loge. Il fit chasser le portier du lycée, un nommé Fanfournot, type singulier, bonapartiste enragé, qui amusait beaucoup, et ne scandalisait guère. En vain, des professeurs apitoyés essayèrent-ils d'éviter une telle rigueur au vieux soldat, qu'ils présentaient comme une sorte d'imbécile sympathique. Rien n'y fit et, sur un ordre, le portier dut décamper avec son fils de douze ans, Louis Fanfournot, qui, par la même catastrophe, perdit sa bourse. C'était un enfant très doux, très nerveux, et dans la cour des petits on eut les larmes aux yeux, en le reconduisant à la grille, un dur soir d'hiver. M. Bouteiller fut soupçonné : ses collègues, entre eux, le blâmaient ; tous ses élèves nièrent sa responsabilité ou reconnurent son austère sentiment du devoir, des implacables exigences du devoir.

Ce rôle de dénonciateur n'inquiétait pas sa conscience : elle se fiait tout entière à une règle morale acquise dans des méditations de cabinet et qu'elle ne remettait jamais en discussion. Quand M. Bouteiller était encore élève, un de ses condisciples déroba une montre, fut convaincu, puis, sur ses pleurs et ses supplications, pardonné par le volé ; mais lui, solennellement, porta plainte au proviseur, exigea l'expulsion du coupable.

Avec quiétude, il faisait reposer toute sa conduite comme son enseignement sur le principe kantien qu'il formulait ainsi : « Je dois toujours agir de telle sorte que je puisse vouloir que mon action serve de règle universelle. » — Dans les cas particuliers que nous citons, il avait jugé qu'il n'appartient pas à un brouillon qui se pique de générosité de maintenir quelque chose de pourri dans une collectivité.

Il y a dans cette règle morale un élément de stoïcisme, et aussi un élément de grand orgueil, — car elle équivaut à dire que l'on peut connaître la règle applicable à tous les hommes, — et puis encore un germe d'intolérance fanatique, — car concevoir une règle commune à tous les hommes, c'est être fort tenté de les y asservir pour leur bien; — enfin il y a une méconnaissance totale des droits de l'individu, de tout ce que la vie comporte de varié, de peu analogue, de spontané dans mille directions diverses.

Cette dure morale sert M. Bouteiller. Par ces manœuvres, il donne des gages à ses grands amis de Paris; — je doute que ce fût un calcul, ces natures abstraites étant, par définition, dégagées des mesquineries; — mais les partis, s'ils aiment qu'on les serve, apprécient surtout qu'on se coupe toute retraite vers leurs adversaires. Par la puissance et par la discrétion de son travail, — en toute carrière, n'est-il pas légitime qu'un débutant se laisse exploiter? — et surtout par son zèle sectaire, il mérita l'estime de Gambetta, qui sans trêve recrutait des hommes.

Un jour de mai, le jeune professeur monta dans sa chaire plus blême, plus grave, plus homme de conscience que jamais et, après un long silence, ayant levé les yeux sur les élèves qu'émouvait un pressentiment :

— Messieurs, leur dit-il, je viens de traverser une

des crises de conscience les plus pénibles qu'il m'ait été donné de subir, moi, qui, je puis le dire, en ai subi de si douloureuses dans l'année 1871 où le devoir s'obscurcissait en même temps que la notion de patrie et l'idée d'humanité. Cette nuit, j'avais à choisir entre deux devoirs. Le gouvernement de la République m'appelle dans un lycée de Paris. Dois-je accepter? Dois-je quitter des intelligences auxquelles je me suis attaché, auxquelles je puis encore être utile?

« Je n'ai pas besoin de vous dire que l'idée d'avancement n'a pu un seul instant plaider dans ce débat intérieur. A celui qui depuis des mois est le compagnon de votre pensée, vous ferez bien l'honneur d'accorder qu'il n'envie d'autre poste que celui où il peut rendre son maximum de services.

« Mais, précisément, dans l'espèce, suis-je juge de mon utilité?

« Si le gouvernement de la République dispose de ce que j'ai de forces, ne dois-je pas m'incliner? Les considérants que j'apporterais dans cette discussion ne seraient-ils pas, à mon insu, l'expression du plaisir que je trouve parmi vous? Oui, nous avons fait le plus pénible de notre tâche. Nous sommes des caractères qui avons appris à nous connaître. Il ne nous restait plus qu'à jouir de l'atmosphère fortifiante des sommets. Dans le début, nous nous étions un peu attardés aux philosophes d'Ionie; et l'on coupe court difficilement, je l'avoue, aux entretiens de Socrate. L'hellénisme examiné, nous allions presser le pas, traverser plus rapidement des cultures notables, mais qui n'intéressent pas votre vie. C'est alors que nous aurions embrassé une grande pensée, la plus ample et la plus décisive, dont, à plusieurs reprises, je vous ai signalé les temps : comment Kant aboutit au scepticisme absolu et puis comment il rétablit le principe de certitude, disant : « Une réalité existe, c'est la Loi morale. » Beaux horizons, messieurs, qu'il ne nous est pas donné de parcourir ensemble, mais, prévenus par mes soins, vous voudrez souvent y revenir.

« Cette certitude des satisfactions que je trouverais à rester au milieu de vous me rend suspect le désir que j'en ai. Le devoir, pour l'ordinaire, a des aspects plus austères. Craignons de nous masquer la vérité par égoïsme.

« N'y a-t-il pas ailleurs une tâche plus lourde? des esprits qui ont besoin d'un conseiller, d'un guide? Je remets leur sort entre vos mains. Pour moi, j'ai fait mon sacrifice. Si je n'ai pu cette nuit prendre un instant de repos, c'est que je devais accepter cette douloureuse séparation. A vous maintenant d'apprécier si vous vous sentez l'énergie d'immoler au meilleur bien l'avantage incontestable de continuer sous un même maître la préparation de votre examen.

« Nous allons voter. Voter librement, je me conformerai à la décision de votre majorité, mais l'on aura vu si vous êtes des hommes capables de céder au devoir.

« Que ceux qui sont décidés à s'incliner devant la décision du gouvernement lèvent la main. »

Après s'être regardés les uns les autres, ils mirent les mains en l'air. M. Paul Bouteiller dit :

— Maintenant l'épreuve contraire. Que ceux qui protestent contre mon départ lèvent la main.

Gallant de Saint-Phlin seul leva la main. Quelques-uns, soit par servilité, soit sous l'action du speech de M. Bouteiller, le huèrent. Mais le maître les fit taire.

— Monsieur Gallant de Saint-Phlin a usé de son droit absolu. Je lui demanderai seulement de nous dire, s'il le veut bien, le motif de sa protestation, qui, je le constate, est unique.

Gallant, debout, comme c'était la coutume pour réciter la leçon et, très intimidé, sa petite figure jaune et pâle un peu animée de rouge, dit :

— J'ai pensé que l'on pourrait envoyer à Paris le professeur que l'on nous destine, de sorte qu'ici rien ne serait changé.

L'argument, quoique présenté sans aplomb, portait avec lui une telle évidence que chacun en eût été gêné, sans M. Bouteiller qui répondit de sa belle voix grave :

— Je suis touché du regret que vous exprimez de mon départ, monsieur Gallant de Saint-Phlin, mais, croyez-moi, c'est nous qui avons raison, et contre un devoir il ne faut pas subtiliser ; il ne faut jamais non plus que nos préférences personnelles interviennent contre ce qui porte un caractère d'utilité générale. Rappelez-vous le principe sur lequel nous fondons toute morale. Combien de fois nous l'avons formulé ! C'est d'agir toujours de telle manière que notre action puisse servir de règle. Il faut se conformer aux lois de son pays et aux volontés de ses supérieurs hiérarchiques. J'irai donc à Paris, où m'appelle M. le ministre de l'instruction publique. Je vais vous quitter, la vie ne nous séparera pas ; je ne perdrai de vue aucun de vous ; je vous suivrai dans les carrières diverses où vous appelleront vos dons naturels, vos justes ambitions et le choix des autorités légitimes. Vous cessez d'être mes élèves; vous devenez mes amis. Toujours je serai heureux si l'un de vous monte mon escalier.

« Avant de partir, je voudrais, une fois encore, tâcher de vous être utile. Laissons de côté le cours, laissons de côté l'examen de fin d'année; vous pouvez l'envisager avec bon espoir. Je voudrais considérer avec vous un plus long espace et chercher à distinguer, d'après ce que je sais de vos aptitudes, comment vous collaborerez aux destinées de la patrie. »

Alors cet homme admirable descendit de sa chaire, et, se promenant le long des bancs, commença de dire une façon de bonne aventure à chacun de ces enfants, tremblants de gêne et d'orgueil.

C'était exactement le sorcier de jadis, mais d'aspect moderne. Il disposait des mêmes forces, — autorité dans le regard, intonation prophétique, et psychologie pénétrante. — L'âme un peu basse de cet homme, qui leur faisait l'illusion d'un philosophe et qui n'était qu'un administrateur, se trahissait en ceci qu'il les avertissait sur leur emploi et non sur leur être. Il voyait partout des instruments à utiliser, jamais des individus à développer.

— Monsieur Rœmerspacher, il faut que vous entriez à l'École normale. Vous avez de la puissance de travail, peu de faculté imaginative, un grand bon sens, de la santé intellectuelle. Voilà ce qui convient dans notre Université à une époque où il s'agit d'unifier les caractères.

« A vous aussi, monsieur Sturel, on pourrait

conseiller l'École normale : vous deviendriez un de ces esprits distingués, agiles et fins comme il s'en forma autour de Weiss, d'About, d'Assollant. Mais la tâche pressante, la tâche si grave des éducateurs modernes, former une génération républicaine! selon moi ne veut pas de brillant : c'est un luxe de vainqueurs... En revanche, vous ferez un excellent magistrat. Il existe chez ces messieurs une tradition de culture agréable que la République aurait tort de laisser perdre : le magistrat, désigné comme le soldat pour servir l'organisation sociale sans la juger, a droit à distraire son esprit. Vous avez de la fortune, je crois; avec votre éducation, votre parfaite honorabilité de famille, vous ferez un excellent magistrat, et si, comme il est probable, vous avez quelque don de parole, vous fournirez aisément une belle et utile carrière.

« Vous, monsieur Gallant de Saint-Phlin, — toute la classe tomba en arrêt, prête à rire, — vous devriez entrer à Saint-Cyr.

Gallant de Saint-Phlin répondit avec naïveté :

— Ma grand'mère ne veut pas.

M. Bouteiller sourit; il fit un geste qui signifiait : « Oh! vous m'en direz tant, petit garçon!... » Et sur tous les bancs les élèves se balançaient de joie. Bouteiller les calma.

— Dès lors, monsieur Gallant de Saint-Phlin, ce que vous avez de mieux à faire s'indique, c'est de soigner vos propriétés. Il faudra venir de temps en temps à Paris, ne pas trop perdre de vue la société moderne, ses conditions nouvelles, ses droits absolus sur nous tous. J'aurais voulu pour vous Saint-Cyr; cela vous eût un peu assagi, réglé, accoutumé à une discipline... Enfin! je sais que vous ne serez jamais un homme de désordre.

Bouteiller ne s'arrête pas un instant à comprendre la réponse de Saint-Phlin. Cet enfant, fils d'un général et orphelin de mère, fut élevé par sa grand'-mère dans une propriété qu'elle gère elle-même et qui représente tout leur patrimoine. Elle juge sainement qu'il pourrait y mener une vie honorable et utile. Les intérêts réels de l'enfant et de ce coin de France, le canton de Varennes, ont été étudiés de plus près par cette vieille dame que par un philosophe nomade. Celui-ci, qui ne s'attache qu'à trouver des serviteurs à l'État, méprise un petit être accroché à sa famille. C'est par un simple mouvement de justice qu'il ne veut pas le quitter en le bafouant et qu'il conclut :

— Ne riez pas, messieurs, Gallant de Saint-Phlin est un bon Français. Le pays le trouverait aux jours graves!

Puis, passant au voisin :

— Vous avez de la ténacité, monsieur Racadot, et de la discipline. Si votre esprit d'une croissance plus vigoureuse que rapide ne vous permet pas d'atteindre l'École normale dans les délais, pourquoi ne chercheriez-vous pas l'agrégation de grammaire? Mais à quelque administration que vous apportiez votre concours, vous ferez un excellent fonctionnaire, solide au poste, utile à ses chefs et désigné pour de justes distinctions.

Enfin, il s'arrêta devant Suret-Lefort dont il estimait le sérieux.

— Monsieur Suret-Lefort, je vous vois au barreau. J'ai lieu d'espérer que vous ne vous perdrez pas dans des chicanes d'intérêts privés, — cependant respectables... S'il arrivait qu'à votre heure, mûri par votre expérience et par la confiance de vos concitoyens, vous dussiez intervenir dans les grands débats d'un peuple libre, je compte que vous donneriez votre concours aux doctrines sociales qui font l'essentiel de la philosophie telle que l'entend celui qui avait accepté la charge de vous enseigner, au nom du gouvernement, la loi morale et ses effets sur l'activité humaine.

Ainsi parlait-il à chacun. Eux le regardaient marcher, jouissaient de sa voix, contemplaient son autorité, plus avidement qu'ils n'eussent écouté un héros de tragédie... « Il va à Paris! Comme il avance, si jeune! Et moi, aurais-je une telle vie?... » — Ses phrases, durant une demi-année, avaient conseillé la soumission aux besoins de la patrie, le culte de la loi, mais son image triomphante dominait ces enfants, les faisait à sa ressemblance et obligeait leur volonté.

En suivant les bancs, M. Bouteiller avait rencontré les boursiers : Renaudin, Mouchefrin... Il sentit probablement à prophétiser l'avenir de ceux-là des difficultés. Entre les études universitaires et les emplois rémunérateurs, il y a une fosse qu'un pauvre est à peu près impuissant à franchir. Il différa de traiter leur cas jusqu'à ce qu'il eût fini avec les autres... Et regagnant sa chaire :

— Messieurs, peut-être en est-il parmi vous que j'ai méconnus : je les prie de m'excuser. Ils ne doivent pas en souffrir, mais considérer que seul vaut le jugement de notre conscience. Mes dernières paroles, je veux les offrir à ceux de vos camarades qui, moins favorisés par la naissance, sont redevables de leur instruction à l'initiative de la société. Elle n'a fait qu'obéir à la justice : l'héritage amassé par l'humanité pensante n'est point le privilège de la fortune ; sur ce fond social, chacun possède un droit égal et complet ; mais la situation de ceux qui en profitent leur commande un dévouement particulier à la République... Messieurs Renaudin et Mouchefrin, ne soyez pas effrayés par la vie. Rien n'est interdit à l'honnêteté et à la persévérance. Je me glorifie, si modeste que soit mon rôle, d'avoir été appelé à le tenir après avoir été moi-même un boursier. Ce m'est une raison pour m'intéresser spécialement à vous deux. Ne pouvant pas serrer la main de tous vos camarades, c'est à vous, Messieurs, que je veux donner, dans ce dernier et pénible moment, une cordiale poignée de main.

Vit-il une déception ? Comprit-il qu'il leur apparaissait comme le vainqueur du monde et leur offrait peu ? Agitant son chapeau et serrant sa serviette sous le bras, toute la classe debout, il fit à ces enfants une chaude allocution sur sa confiance qu'ils se conduiraient toujours en serviteurs de l'État et en braves Français.

Ah ! oui ! c'étaient bien des Français, ces adolescents excitables ! Il suffit de les voir, avec leurs doigts tachés d'encre, leurs humbles vêtements de travail, leurs mentons à poils mal soignés, tout émus, électrisés par l'éloquence aimée et par la grande autorité du jeune maître :

— Vive la France ! Vive la République ! crient-ils d'une voix unanime.

La France! la République! Ah! comme ils crient!... Il ne sert de rien qu'on prêche l'État, la France, la République. C'est du verbalisme administratif. Mais précisément, un bon administrateur cherche à attacher l'animal au rocher qui lui convient; il lui propose d'abord une raison suffisante de demeurer dans sa tradition et dans son milieu; il le met ensuite, s'il y a lieu, dans une telle situation qu'il ait plaisir à s'agréger dans un groupe et que son intérêt propre se soumette à la collectivité. On élève les jeunes Français comme s'ils devaient un jour se passer de la patrie. On craint qu'elle leur soit indispensable. Tout jeunes, on brise leurs attaches locales; M. Bouteiller n'a pas su dire à ses élèves : « Prenez votre rang dans les séries nationales. Quelques-uns d'entre vous pour être plus sûrs de leur direction, ne veulent-ils pas mettre leurs pas dans les pas de leurs morts?... Vous, Suret-Lefort et Gallant de Saint-Phlin, faites attention que le Barrois décline; Bar a cessé d'être une capitale, mais il vous appartient d'en faire une cité où vous jouerez un noble rôle... Avez-vous remarqué, Mouchefrin, comment l'initiative d'un seul homme, M. Lorin, a transformé en magnifique bassin minier la région de Longwy?... Rœmerspacher, on dit que les Salines de la Seille sont en décadence. »

Le Barrois, le pays de la Seille, la région de Longwy, les Vosges, donnent à la Lorraine des caractères particuliers qu'il ne faut pas craindre d'exagérer, loin que cette province se doive effacer. Mais l'université méprise ou ignore les réalités les plus aisément tangibles de la vie française. Ses élèves grandis dans une clôture monacale et dans une vision décharnée des faits officiels et de quelques grands hommes à l'usage du baccalauréat, ne comprennent guère que la race de leur pays existe, que la terre de leur pays est une réalité et que, plus existant, plus réel encore que la terre ou la race, l'esprit de chaque petite patrie est pour ses fils instrument de libération.

Avec un grand tort, Bouteiller a hésité à se passionner de préférence pour les formes de la pensée française. On saurait bien découvrir chez nous quelques éléments des bonnes choses qu'on loue dans le caractère des autres peuples et qui, chez eux, sont mêlés de poison pour notre tempérament. On met le désordre dans notre pays par des importations de vérités exotiques, quand il n'y a pour nous de vérités utiles que tirées de notre fonds. On va jusqu'à inciter des jeunes gens, par des voies détournées, à sourire de la frivolité française. Non point qu'on leur dise : « Souriez », mais on les accoutume à ne considérer le type français que dans ses expressions médiocres, dont ils se détournent.

Enfin Bouteiller, quand il passait en revue et classifiait les systèmes, ne se plaçait pas au point de vue français, mais chaque fois au milieu du système qu'il commentait. Aussi fit-il de ses élèves des citoyens de l'humanité, des affranchis, des initiés de la raison pure. C'est un état dont quelques hommes par siècle sont dignes. Gœthe fut cela, mais auparavant il s'était très solidement installé Allemand. Quel point d'appui dans leur race Bouteiller leur a-t-il donné ?

En vérité, l'affirmation puérile que la France est une « glorieuse vaincue » ne suffira pas à maintenir un sentiment national auquel on enlève ses assises terriennes et géniales.

Cet excitateur qui prétendait pour le plus grand bien de l'État effacer les caractères individuels, quitte Nancy ayant créé des individus dont il fait seul le centre et le lien. Ces lycéens frémissants dans sa main, on peut les comparer à ces ballons captifs de couleurs éclatantes et variées, que le marchand par un fil léger retient, mais qui aspirent à s'envoler, à s'élever, à se disperser sans but.

Dans la récréation qui suivit cette dernière classe, Sturel, Suret-Lefort, qui copie les attitudes de Bouteiller, Racadot, Mouchefrin, Saint-Phlin, le fûté Renaudin, Rœmerspacher le sage, délaissèrent leurs compagnons habituels, formèrent un groupe très animé et que leurs condisciples se montraient avec envie ou admiration. Plus spécialement doués pour le bien et pour le mal social, sans que nous puissions préciser si cette valeur procède du sang ou de la condition, ces enfants passent de la tête leurs contemporains et deviendront des capitaines, tandis que le surplus, marqué par le régime du lycée, se confondra dans la vaste vie qui sait faire des galets avec les quartz les plus durs... Ces sept jeunes gens notables, c'est-à-dire chez qui les impressions peuvent prendre une forme individuelle et les idées développer toutes leurs conséquences, ayant été distinguées et préférées ensemble, se sentent par là réunis. Chaque jour désormais, jusqu'à la fin de l'année, sitôt les rangs rompus, ils se retrouveront. Entre eux est une association.

De tels groupements sont fréquents. Les sorcières

annonciatrices de Macbeth dansent, pour les jeunes gens imaginatifs, sur les préaux de tous les lycées. C'est au collège Bourbon que Taine fit la connaissance de Prévost-Paradol, avec qui il développa sa vie morale ; de Planat, le futur Marcelin de la *Vie parisienne*, qui lui donna des lueurs sur le monde des artistes et sur la vie élégante ; de Cornélis de Witt, passionné de la langue et de la littérature anglaise, et qui l'introduisit chez M. Guizot. C'est à l'École normale qu'il forma société avec About, Sarcey, Libert, Suckau, Albert, Merlet, Ordinaire.

Balzac a inventé treize hommes qui, vers 1828, auraient juré de se soutenir dans toute occasion et dont la puissance occulte aurait bravé avec succès l'ordre social. Cette imagination de romancier n'est pas absurde. La société tout entière doit appartenir à des gens distingués qui, à leur esprit naturel, à leurs lumières acquises, à leur fortune joignent un fanatisme assez chaud pour fondre en un seul jet ces différentes forces. Balzac, pour nous passionner plus sûrement, suppose qu'une de ces ententes fut volontaire. Le plus souvent elles naissent sans paroles échangées, d'un intérêt commun. On vit les amis de Victor Hugo, vers 1830, se lier par un pacte de ce genre sur son génie ; les partisans du prince-président, par un pacte sur son nom retentissant ; les familiers de Gambetta, par un pacte sur un grand sentiment populaire.

Que rêvent-ils, ces Lorrains-ci, jeunes gens de toute classe, grossiers et délicats mêlés ? M. Bouteiller est venu, l'ami de Gambetta, démocrate délégué par ceux qui se proposent d'organiser la démocratie, de fortifier et de créer le lien social. Il leur a prêché l'amour de l'humanité; puis de la collectivité nationale. « L'individu, disait-il, vaut dans la mesure où il se sacrifie à la communautc... » Tel était son accent que leurs yeux se remplissaient de larmes; mais c'est de voir un tel héros qu'ils s'émouvaient. Conséquence imprévue, trop certaine pourtant : il voulait asservir ces volontés, ces intelligences à l'État; son contact fut plus fort et plus déterminant que ses paroles. Bouteiller a déposé en ces jeunes recrues des impressions qui contredisent sa doctrine en même temps qu'elles obligent leur intelligence et leur volonté. « Comme il est beau! pensaient-ils, et qu'il fait bon aimer un maître!... Si nous pouvions l'égaler!... A Paris et tout jeune! Par son mérite il est digne de commander à la France. »

Son image seule, sa domination de César les a groupés et spontanément les forme à sa ressemblance, ces jeunes Césarions. Déliés du sol, de toute société, de leurs familles, d'où sentiraient-ils la convenance d'agir pour l'intérêt général? Ils ne valent que pour être des grands hommes, comme le maître dont l'admiration est leur seul sentiment social.

Après que, sous le titre de devoirs, on leur a révélé les ambitions, aucun de ces jeunes gens ne veut plus demeurer sur sa terre natale, et c'est presque avec un égal dédain qu'ils accueillent ses invitations à choisir un milieu corporatif. Quoi d'assez beau, d'assez neuf pour leur imagination? Leur métier ne sera qu'un gagne-pain subi maussadement. Ils veulent être des individus.

... Rien de plus fort que le vent du matin qui s'engouffre au manteau du nomade, quand, sa tente pliée, il fuit dans le désert. Quitter les lieux où l'on a vécu, aimé, souffert! Recommencer une vie nouvelle! Parfois, c'est délivrance... Mais ceux-ci, au seuil de la vie, déjà leur amour est pour tous les inconnus : pour le pays qu'ils ignorent, pour la société qui leur est fermée, pour le métier étranger aux leurs. Ces trop jeunes destructeurs de soi-même aspirent à se délivrer de leur vraie nature, à se déraciner.

A la fin de ce mois de mai 1880, M. Paul Bouteiller partit pour Paris, n'ayant été, bien que nous paraissions lui en faire porter la responsabilité, qu'un instrument de transmission. Des forces allaient marcher par le monde, auxquelles il avait donné l'impulsion, sans parvenir à les aiguiller.

Dans le même moment, les Fanfournot quittaient exaspérés Nancy, s'acheminant, eux aussi, vers la capitale pour frapper vainement aux portes des grandes maisons de l'Empire.

CHAPITRE II

DANS LEURS FAMILLES

Le reste de l'année fut absorbé par la niaise préparation des examens, où ces jeunes gens réussirent. Bacheliers, ils quittèrent définitivement le lycée pour rentrer dans leurs familles. C'était la liberté, mais non un bonheur de leur goût.

Autour d'eux pourtant, il y avait l'été, puis l'automne, si beau dans ces pays de l'Est! Mais, Gallant de Saint-Phlin excepté, ils ne sentaient pas la nature, ne savaient pas l'utiliser. En leur fermant l'horizon pendant une dizaine d'années, on les avait contraints de ne rien voir qu'en eux.

Si cette éducation leur a supprimé la conscience nationale, c'est-à-dire le sentiment qu'il y a un passé de leur canton natal et le goût de se rattacher à ce passé le plus proche, elle a développé en eux l'énergie. Elle l'a poussée toute en cérébralité et sans leur donner le sens des réalités, mais enfin elle l'a multipliée. De toute cette énergie multipliée, ces provinciaux crient : « A Paris! »

Paris!... Le rendez-vous des hommes, le rond-point de l'humanité! C'est la patrie de leurs âmes, le lieu marqué pour qu'ils accomplissent leur destinée.

N'empêche qu'ils sont des petits garçons de leur village; et ce caractère, dissimulé longtemps sous l'uniforme en drap du lycée, et aujourd'hui sous l'uniforme d'âme que leur a fait Bouteiller, pourra bien réapparaître à mesure que la vie usera ce vêtement superficiel.

Rœmerspacher, Sturel, Suret-Lefort, Saint-Phlin, Racadot, Mouchefrin et Renaudin, marqués par un philosophe kantien et gambettiste, sont des éléments significatifs de la France contemporaine, mais plus secrètement, ils valent aussi, au regard de l'historien, comme les produits de milieux historiques, géographiques et domestiques. Ils ont trouvé dans leurs foyers une idée maîtresse, qu'ils prisent moins haut que les idées reçues de l'Etat au lycée, mais qui tout de même est chevillée encore plus fortement dans leur âme.

Rœmerspacher.

Maurice Rœmerspacher, qui fut avec Suret-Lefort le meilleur élève de M. Bouteiller, est né à Nomény (Meurthe-et-Moselle) où son aïeul était percepteur du roi avant la Révolution et dès l'époque où la Lorraine devint française.

C'est un esprit et un corps robustes, un gai camarade avec des cheveux roux. Il a de frappant l'ampleur de son front. Certains fronts vastes ne témoignent que d'une hydropisie de la tête; le sien est harmonieux et plein, puissant dans tout son développement. Ce beau signe d'intelligence, des dents admirables et de larges épaules font de ce jeune Lorrain un bon et honnête garçon qui sera digne, je le jurerais, de son magnifique grand-père.

Celui-là, avec ses soixante-dix ans, c'est un type. Les alliés, en 1815, que suivaient des bandes de loups, et puis l'invasion de 1870, fournissent les thèmes de ses plus fréquentes histoires. Il conte bien, parce que, dans ses récits, on suit les mouvements d'une âme de la frontière. Quand il s'écrie: « La patrie est en danger! » ou bien que, pour caractériser un homme, il prononce : « C'était un vrai guerrier! » ou encore que, pour marquer un instant tragique, il déclare : « J'ai cru que j'allais cracher le sang! » — alors il se lève et, malgré son grand âge, il tourne rapidement autour de la table de famille en tirant ses cheveux blancs à pleines mains, mais le tout d'une fougue si sincère qu'on voudrait courir à lui, saisir ses mains et le remercier en disant: « Vieillard trop rare, nul aujourd'hui ne participe d'un cœur si chaud aux souffrances et aux gloires de la collectivité! »

C'est un enthousiaste, mais un Lorrain, et, qui plus est, un homme de la Seille, c'est-à-dire qu'entre tous les Lorrains il possède un merveilleux sens des réalités. Il a pour axiome favori : « Quand on monte dans une barque, il faut savoir où se trouve le poisson. »

Oui, c'est un type, un dépôt des générations. Il qualifie, d'après des souvenirs certains, les nobles de l'ancien régime, qu'il a vus revenir après 1815: « Ce n'était pas qu'ils fussent débauchés: de la débauche, il y en avait même moins qu'aujourd'hui, mais ils étaient trop fiers! » Un jour, quand il avait huit ans, on l'a invité à dîner chez les hobereaux du pays; et au dessert on a mangé du melon avec du sucre, qui, sous Louis XVIII, était cher. Alors, la demoiselle lui a dit, en lui frottant familièrement la tête : « Eh! petit, chez toi, tu manges le melon avec du sel! » — « Mâtin! pensa le grand-père de Rœmerspacher. Je crois qu'elle se moque de moi! Elle m'a touché l'oreille!... » Et, laissant son assiette, il se sauvait chez lui, refusait pour jamais de retourner au château.

Aujourd'hui, parce qu'il critique les dépenses du gouvernement, on le croit conservateur; mais, sans qu'il le sache, c'est plutôt un radical. On jugera d'après ce trait. Au temps du « 16 Mai », faisant partie du jury, il eut à se prononcer sur le cas d'un journaliste poursuivi pour insultes au maréchal de Mac-Mahon. M. Rœmerspacher blâmait ces injures, parce que le maréchal a été un brave soldat. Mais voici que le procureur dans son réquisitoire soutint cette thèse, que le gouvernement, quel qu'il soit, doit être respecté, par cela seul qu'il est l'autorité. Or, le vieillard, qui sur son banc déjà s'agitait, dans la salle des délibérations, éclata. L'homme possède une conscience! L'homme peut et doit juger le gouvernement!... Il voulut qu'on fît venir le président et lui déclara :

— Ce journaliste ne vaut pas cher, mais nous l'acquitterons contre monsieur le Procureur et pour protester qu'il y a avant tout notre conscience.

Voilà un homme. J'aime sa figure honnête de vieux jardinier! Il a gagné sa vie et fait sa fortune dans l'agriculture et aussi en exploitant les marais salants. Ils donnent au pays une flore et par là une physionomie particulière : en automne, les mille petits canaux qui strient la région se couvrent d'une végétation éclatante. lilas. Dans ce canton, à l'écart de la vie moderne, cet aïeul habite la petite ville de Nomény. Un de ses fils est mort commandant aux colonies; un autre sorti de l'École forestière de Nancy occupe une bonne place; le troisième, qui est le père du jeune Maurice n'a jamais pu habiter dans les villes, il n'y respirait pas : il s'occupe sur les terres. D'accord avec l'aïeul dont l'autorité est souveraine, il voit avec plaisir que son fils sera médecin; ils savent que le docteur Rœmerspacher, installé à Nomény, sera sans conteste l'homme important du canton.

Pourquoi donc le jeune homme s'acharne-t-il à leur affirmer qu'on ne peut faire, hors de Paris, d'études médicales sérieuses?

Sturel. François Sturel passe les vacances auprès de sa mère, dans leur maison de famille, à Neufchâteau (Vosges). Il a peu connu son père, qui est mort de rhumatismes pris aux affûts de nuit. Celui-ci n'avait souci que de ses chiens, de son fusil et du gibier. Il y a dans nos pays de Lorraine une race de vieux chasseurs, d'hommes terribles. Bien malade déjà et ne pouvant plus sortir, il disait à son domestique : « Victor, va faire gueuler les chiens ! » Victor, plusieurs fois de jour et de nuit, les fouaillait, pour que le maître dans ses douleurs s'enivrât l'imagination d'une belle chasse.

De tels traits choquaient sa très jeune femme, dont les délicatesses se retrouvent dans François. Le jeune garçon s'est plié péniblement à l'internat. Longtemps les cris de ses camarades remplirent pour lui l'univers d'épouvante. Il les craignit et les méprisa pendant des années; et, sitôt seul, il pleurait. C'est une grande peine pour un petit enfant qui a l'âme simple de n'embrasser personne avant de se coucher. Quand cette habitude est perdue par une dure nécessité, quelque chose se dessèche dans le cœur et il demeure pour toute la vie méfiant et peu communicatif.

François Sturel aurait, d'après des vieilles gens, hérité sa vivacité et son originalité de sa grand'mère paternelle. Celle-ci ayant placé au collège de Nancy son fils unique, lui dit, aux vacances, en regardant ses livres de classe : » Non, mon garçon, tout cela est trop bête, tu ne retourneras pas au collège. » Et c'est ainsi qu'il ne fut qu'un chasseur. En dépit de cette appréciation un peu brusque de l'enseignement universitaire, c'était une femme de tête.

On peut en juger par deux de ses sœurs, qui, veuves l'une et l'autre, vivent encore en 1880 à Neufchâteau. Ce sont des vieilles dames de quatre-vingts à quatre-vingt-dix ans. On ne peut pas dire que Sturel apprenne d'elles des histoires intéressantes : elles n'ont pas assez vu les choses modernes pour distinguer parmi les anciennes ce qui nous semblerait particulier. Mais elles sont elles-mêmes les mœurs anciennes. Par ces bonnes parentes, il prend contact avec sa province, avec sa race, avec un genre de vie qui, si Bouteiller n'avait pas passé sur son âme, devrait, entre tous les usages qu'il y a de par le monde, lui paraître le plus naturel. Leur façon de se garder contre le froid, de soigner les maladies, de fêter certaines dates, leur cuisine aussi et leur vocabulaire contentent le tempérament de Sturel. Elles ne sont pas dévotes, à peine pratiquantes : nées sous la Révolution, elles ont été baptisées longtemps après le Concordat ; elles censurent volontiers le curé, mais elles n'imaginent pas qu'à moins d'être juif ou d'Allemagne on puisse n'être pas catholique. L'église et la cure étant la seule chose publique où la femme puisse intervenir, leur besoin de domination s'y satisfait.

Elles avaient toujours pour leur petit-neveu, quand il était tout jeune, quelque cadeau, une pomme ridée, deux grosses prunes. Elles lui disaient : « Tu retournes encore à ton collège, mon garçon ! Ah ! tout ce qu'on apprend maintenant !... Ne te fatigue pas trop !... » Aujourd'hui elles blâment Sturel, qui, de Neufchâteau même, pouvait faire son droit, puis acheter la meilleure étude de la ville, vivre heureux parmi les amis de son père, — et qui veut aller à Paris !

Il est soutenu par sa mère. Légèrement opprimée jadis par sa belle-mère, encore maintenant par les vieilles dames, elle vit dans l'intimité des pensées de son fils. Elle étouffe un peu dans cette maison qu'habite depuis cent ans la famille Sturel. Les vieilles mœurs se maintiennent mieux dans les vieux murs. Mais pour une jeune femme si jolie, de délicatesse élégante, comme il était pénible de n'avoir pas de salon ! Qui ne la plaindra, sachant que jusqu'à la guerre, on avait gardé l'habitude de veiller à la cuisine, autour de l'âtre ! Enfin elle obtint de transformer la maison. Le souvenir des batailles qu'elle dut, à cette occasion, livrer contre ses tantes, l'incline à juger raisonnable son cher fils qui se plaint de la médiocrité de Neufchâteau. — Pourtant, à ce maintien des traditions particularistes, François doit sa partie forte et saine. Et dans la vieille demeure des Sturel, il n'y avait rien de beau, soit! mais non plus rien de laid; la parfaite appropriation des pièces et du mobilier à l'usage quotidien donnait à l'ensemble un certain style. On n'y distinguait nulle trace de ces élégances mesquines et maladroites, de ces prétentions qui risquent de donner à de très honnêtes provinciaux des allures de déclassés, et qui ne sont touchantes qu'interprétées comme un effort pour se hausser, pour échapper à un passé dont la jeune madame Sturel n'a plus le sens, — et ainsi échapper à la mort.

Suret-Lefort et Gallant de Saint-Phlin, sont du Barrois, de ce plateau qui, joint à la Lorraine, ne fut, avec celle-ci, réuni à la France qu'en 1766. Bien que voisins, les deux camarades ne se visitent jamais, à cause des distances sociales de leurs familles. Suret-Lefort

Suret-Lefort habite Bar-le-Duc. Cette jolie capitale lui parle peu. Et pourtant, qu'elles sont particulières, ces maisons de la ville haute, surtout vers l'heure où le soir tombant ramène chacun lassé sous son toit! Les hommes, les femmes vont préparer la vie de l'avenir, puis dormir, perdre la mémoire, mais les maisons demeurées seules, à travers la rue solitaire, reprennent leur dialogue significatif. Nul ne l'entend plus. Voilà ce qui explique le délaissement, dans l'église Saint-Étienne, d'un des plus beaux morceaux de la sculpture française. Elle va s'émietter, l'œuvre tragique de Ligier Richier, emprisonnée pauvrement sous un grillage qui la défigure sans la protéger...

René de Châlons, prince d'Orange, ayant été tué

à la guerre en 1544, Louise de Lorraine, sa femme, pour attester la force de son amour, le fit représenter en squelette par notre grand Lorrain Ligier Richier. C'est, en marbre blanc, un corps debout, à moitié décomposé, mais qui, de sa main, soutient, élève encore son cœur, son cœur de pourriture, prisonnier d'un cœur de vermeil. Qu'il est jeune, élégant, ce cadavre défait, avec ses reins cambrés, et tout le souvenir de son aimable énergie! En dépit de ses jambes dont les chairs dégouttent et de sa poitrine à jour, dans cette tête pareille au crâne qu'Hamlet reçoit du fossoyeur, sa femme amoureuse aime encore le souvenir des regards et des baisers. Titania qui caresse sur ses genoux l'imaginaire beauté de Bottom me touche moins que cette Louise qui, sous la terre et tel que le ver dans le tombeau le fit, voit son ami désespéré lui tendre son cœur pour qu'elle le sauve des lois de la mort...

Chez les Suret-Lefort, dans l'humble logement de la ville haute qu'ils occupent, pour six cents francs par an, au premier étage d'une exquise maison du XVIe siècle, — un logis de la vieille France qui vaut un voyage à Bar et que les Suret-Lefort n'ont pas une seule fois apprécié, — nul n'a souci d'archéologie. On est tout à la terrible querelle du père de famille avec le président du Tribunal. Si vigoureuse et ingénieuse que fût l'intelligence de M. Suret-Lefort, il devait se briser contre un magistrat. Les propos du procureur, confirmés par l'attitude du parquet nancéien, reléguèrent au rang de courtier véreux cet homme d'affaires, qui pendant un instant avait dominé Bar. Convaincu, à force de le démontrer, qu'on se vengeait par ces indignités de ses opinions conservatrices, il éleva son fils dans la haine des opportunistes ; peu à peu, il vit les réactionnaires eux-mêmes se ranger, comme c'était fatal, avec la magistrature. Maintenant, il ne rêve plus que d'envoyer Georges à Paris, où l'on échappe au petit esprit et à la tyrannie de la province.

Ce qu'il y a d'étonnant chez Georges Suret-Lefort, c'est qu'il termine toutes ses phrases. Cette qualité se rencontre assez fréquemment chez de jeunes Parisiens. A dix-huit ans, chez un collégien de l'Est, elle est rare. Oui, ce grand garçon aux cheveux châtains, de bonnes manières, d'intelligence précise, va jusqu'au bout de ses périodes, toujours, et avec un rare aplomb. Élancé, un peu raide et pourtant agréable par un joli air de bête de proie, il semble frêle, mais à bien l'examiner, il a des bras énormes. La ville d'Oudinot, le maréchal aux trente-quatre blessures, et du maréchal Exelmans, le cavalier épique, a surtout produit des soldats. Une salle du musée est pleine de leurs portraits, souvent, faut-il le dire, des figures tristes et résignées de fonctionnaires. Suret-Lefort est autrement combatif et vaillant que la plupart de ces militaires. D'ailleurs, pour un jeune homme qui veut agir, que propose aujourd'hui l'armée? Son volontariat terminé, il courra aux vrais champs de bataille. Les habitués du Café des Oiseaux n'admettent pas les mérites qu'ils envoient à Paris, mais ceux qui leur en viennent.

Henri Gallant de Saint-Phlin habite à mi-chemin de Bar-le-Duc et de Verdun, en pleine campagne, près du village de Varennes (Meuse) et dans un monde de grands propriétaires terriens. On y évoque les Saint-Phlin.

souvenirs de l'ancienne autonomie et, si personne ne la regrette expressément, — car tout Lorrain est Français sans restriction, — ce qu'il peut en rester de vestiges est soigné avec complaisance. Autant que Suret-Lefort, pourtant, Henri ignore l'archéologie, et les thèses de Bouteiller pour longtemps l'en dégoûteront, mais il sent la nature, la variété des saisons, la vie des plantes, comme ferait un homme de quarante ans après des déceptions.

Cet adolescent, qu'il ne faut pas railler, est doué d'une sensibilité telle que les bois et les jeux des nuages sur le soleil le font pleurer. Il compose des vers lamartiniens. Cela est convenable, qu'il soit né dans les bois de l'Argonne, qui prolonge la forêt des Ardennes aimée par Shakespeare. Il a autour de l'âme tous leurs brouillards du matin, et autour d'une figure mal soignée, mais charmante de sincérité, des cheveux tombants d'un blond pâle. C'est un enfant d'une parfaite bonté et d'une grande pureté morale. Ces jolies vertus, poussées à ce degré, risqueraient d'en faire un naïf. Sa grand'mère, pour y remédier, l'avait mis au lycée. Maintenant, elle juge Paris nécessaire. — Pour des hommes d'action, Henri Gallant de Saint-Phlin serait négligeable parce qu'il n'est pas encore né. Le cordon ombilical qui le relie au milieu qui l'enfanta n'est pas encore coupé. Décrire sa vie, toute intérieure, c'est décrire son pays qui seul l'anime.

Saint-Phlin, où il habite avec sa grand'mère paternelle, est un « château » et une ferme à quelques centaines de mètres de Varennes. Selon un usage assez fréquent et que l'opinion lentement ratifie, le grand-père d'Henri, M. Gallant, d'une bonne famille de propriétaires et allié par son mariage aux meilleures maisons du Barrois, a pris le nom de la terre. C'est lui qui, au début du siècle, a reconstruit le château. Le parc, véritablement beau par les effets obtenus avec la plus grande simplicité, est surtout planté de vieux tulipiers et de peupliers noirs. Tout à l'entour sont les vastes et magnifiques forêts où chaque hiver on tue le plus de loups en France.

Le souvenir de Louis XVI fuyant vers la frontière domine le pays. Le fameux Drouet le reconnut à Sainte-Menehould, il prit au court par les bois, fit vingt kilomètres tandis que l'équipage royal en parcourait vingt-huit, et arriva au bas de la côte de Varennes, dans la principale rue, vers les onze heures de nuit : « Êtes-vous des patriotes? » dit-il en entrant au café qui, aujourd'hui, est une épicerie-librairie dans la rue de la Basse-Cour. Il convainquit quatre jeunes gens de lui prêter main-forte, il barra un pont, il réveilla le procureur de la commune, — homme timide, d'opinion « constitutionnelle » et qui, pour solution, eût trouvé de dormir, — il envoya le petit garçon de ce magistrat crier dans les rues : « Au feu! au feu! » et enfin, accostant la voiture qui survenait, il força, de son autorité et, malgré des papiers en règle, les personnes royales à suspendre leur voyage. Par ses émissaires et au son du tocsin que propageaient au loin tous les clochers, des milliers de paysans s'ameutaient. Leurs fourches décidèrent du tout.

Par son caractère, tout un jour, et devant un Bourbon couronné, ce rustre de Drouet fut donc le chef, le dominateur. Dans la suite, tantôt divinisé, tantôt précipité dans le mépris, après une notoriété immense, il dut disparaître sous un faux nom. Sa mémoire, elle-même, le long du siècle, est honnie ou exaltée, selon les régimes, et, dans le même moment, selon les milieux sociaux. Les personnages locaux de ce drame moururent tous de mort violente. Leurs enfants, qui vivent encore dans la région, y maintiennent ces grands souvenirs. Un descendant de Drouet, M. Fleurissel, fermier à Mafrecourt, venait de solliciter et d'obtenir l'autorisation de reprendre son nom. A Saint-Phlin, on le blâmait; à Varennes, on le louait. — L'imagination d'Henri de Saint-Phlin, chargée de ces biographies où l'on voit toutes les contradictions les plus passionnées de l'opinion, se formait, à son insu, pour la philosophie de l'histoire.

On a dit justement que la calèche royale fut, à Varennes, le corbillard de la monarchie. L'acte de Drouet, qui n'a pas épuisé ses conséquences historiques, agit aujourd'hui encore sur des destinées particulières. L'infériorité, l'avilissement pour tout dire; où Drouet, le 22 juin 1791, a réduit le roi, et dont la vieille madame Gallant de Saint-Phlin garde la tradition locale, empêcheront que le jeune homme, pourtant traditionnaliste, devienne jamais monarchiste. Secrètement, à Louis XVI qui voyageait sous un nom de domestique, — qui par ses absurdes lenteurs et par son équipage trop lourd se laissa prendre, — qui, à une proposition de forcer le passage, répondit : « Me garantissez-vous qu'une balle n'atteindra pas ma femme ou mes enfants? » — qui, pour gagner un moment et permettre à Bouillé de le dégager, fit semblant de dormir, — Saint-Phlin préfère les ducs de Bar, le vieux temps où il semble que les grands propriétaires dominaient dans le pays.

... Dans la cour du musée de Bar-le-Duc, sans gloire, sans convenance, la poussière des ducs de Bar gît, mal protégée de la pluie, du vent, par une mauvaise vitre. Auprès de ce résidu est couché, également sous vitre, un squelette romain. La pluie détachant une brique archéologique mal suspendue, le Romain en eut le crâne fracassé et mêlé de verre pilé; peu importe qu'il en arrive de même aux ducs de Bar, l'hiver prochain : déjà ces puissants seigneurs ne sont plus que vingt poignées de poussière... Le système des idées auxquelles, par les traditions et les mœurs de son monde, Saint-Phlin demeure disposé, est, lui aussi, émietté et délaissé de tous. Il n'a même plus de nom dans aucune langue. C'est un ensemble désorganisé que ne savent plus décrire ceux qui lui gardent de la complaisance. Plutôt qu'un système vivant, c'est une poussière attestant la politique féodale qui attachait l'homme au sol et le tournait à chercher sa loi et ses destinées dans les conditions de son lieu de naissance.

Henri de Saint-Phlin n'a pas une conscience nette de ces principes terriens qui le placeraient en contradiction avec la doctrine de Bouteiller. Il n'oserait renier le maître qui, pendant une année l'enthousiasma. Mais aujourd'hui ses sens impressionnables le livrent tout aux bois, aux prairies, aux saisons; et les bois, les prairies, les saisons, créent les conditions suffisantes pour que quelque chose des doctrines féodales redevienne sa vérité propre.

Avant qu'un Racadot, de Custines (Meurthe-et- Racadot.

Moselle), vînt s'asseoir sur les bancs d'un lycée et auprès d'Henri de Saint-Phlin, il a fallu d'immenses bouleversements.

On a tort de croire que, dès le siècle dernier, la liberté civile était établie d'une façon générale dans les provinces. En 1782, le grand-père d'Honoré Racadot naquit serf à Custines, dans une seigneurie ecclésiastique, et serf de la plus dure catégorie, « par servitude personnelle découlant d'une servitude héréditaire de l'homme vis-à-vis du seigneur ». Les serfs de cette espèce sont « si sujets à leur seigneur que celui-ci peut prendre tout ce qu'ils ont, à leur mort ou durant leur vie, et leurs corps tenir en prison toutes les fois qu'il lui plaît, soit à tort, soit à droit ».

Le 4 août 1789, l'Assemblée nationale porta un coup décisif à ce genre de propriété et l'abolit sans indemnité. Le grand-père d'Honoré Racadot avait sept ans. Son âme se développa résignée et tremblante.

... Ainsi Honoré est probablement le descendant des esclaves du monde romain; il est possible que sa race soit tombée en servage plus récemment et par le jeu naturel des forces, mais de toute façon c'est bien le type de l'esclave rural que perpétue cet énergique et disgracié garçon à la figure sournoise. Suis-je dupe de mon imagination émue par le renseignement? Après avoir connu des archives de Custines la saisissante et indiscutable vérité, je reconnais dans Honoré l'affranchi aussi gêné sous sa tunique de lycéen que les barbares de Mérovée sous la chlamyde romaine.

Au lycée, il travailla lourdement, sans la réussite que son effort eût méritée. Il a comme une barre en travers du front, qu'on retrouve dans son regard; et, s'il parle, tous les jeux de sa physionomie annoncent sa violence, des colères toutes prêtes, sans flammes généreuses. A dix-neuf ans il en paraît vingt-cinq. C'est un bourru qui ne sait pas plaire. Les femmes pourtant, mais pas des plus jeunes, le distinguaient.

Son grand-père et son père demeurèrent serfs d'âme : rompus à la discipline sociale, prudents, calculateurs, et craintifs de la loi et de l'autorité. Chez Honoré, des appétits violents seraient aisément suscités par la liberté presque sauvage, hors de toute discipline, qu'on peut trouver à Paris, et par des délices contre lesquelles l'hérédité n'a pas mithridaté ses sens. C'est l'affranchi classique.

Si cette famille Racadot savait se servir de son argent avec la décence des petits bourgeois, elle aurait de la fortune. Le père Racadot, pendant la guerre, a beaucoup gagné sur les bêtes qu'il vendait aux Allemands, puis en se faisant indemniser par le gouvernement français des pertes qu'il n'avait pas faites. A sa rapine il avait associé tous les siens; et sa femme, qui était aussi sa cousine, a laissé du fait de son père quarante mille francs, somme énorme à laquelle le jeune Honoré peut prétendre dès sa majorité, mais que le père ne veut lui remettre qu'à l'heure d'acheter une étude de notaire. Pour retarder cette date, le père Racadot accepte que son fils aille à Paris, où un jeune homme se laisse facilement tenter de prolonger son stage. Mais il fait le pauvre pour ne céder qu'une pension mensuelle de cent francs.

Antoine Mouchefrin est fils d'un photographe de Longwy (Meurthe-et-Moselle), assez brave homme, Mouchefrin.

mais si misérable! connu dans toute la région comme agent électoral du député opportuniste, ce qui est un fâcheux métier. En rémunération de ses services, Mouchefrin a reçu pour son aîné Antoine une bourse à Nancy.

Ce lycéen est peu sympathique d'aspect, parce que bas sur pattes, il a une grande bouche tuméfiée de lymphatisme et une voix extraordinairement mièvre d'eunuque, parce qu'il ne se lave jamais, et qu'il a sur la tête d'innombrables épis, c'est-à-dire des mèches qui poussent en sens contraire des autres cheveux. Il tient de son père une plaisanterie de sous-rapin qu'il répète continuellement et qu'il s'efforce de justifier : « Moi, je n'ai pas d'esprit, mais je suis grossier. »

Cette famille besoigneuse pense continuellement avec amertume à la fortune soudaine du village de Villerupt. Ce petit endroit, patrie de Mouchefrin père, à dix-huit kilomètres de Longwy, sur les frontières du Luxembourg, de Belgique et d'Alsace-Lorraine, est fameux par sa brusque transformation industrielle. De braves gens, qui vivaient là médiocrement de leur champ, se sont trouvés, après la guerre, subitement enrichis par la découverte de gisements de minerais de fer. Les ingénieurs n'y furent de rien; c'est un M. Féry, cultivateur, puis courtier en grains, fort étranger à la métallurgie, qui s'étonna de la qualité des terrains, comprit la situation et osa. Il construisit lui-même un chemin de fer de Longwy à Villerupt, et la vallée bientôt se couvrait de hauts fourneaux. On y produit aujourd'hui presque toute la fonte employée en France; le spectacle des millions si rapidement gagnés remplit d'aigreur Mouchefrin père et irrite contre lui sa femme et ses enfants : car l'imbécile, en 1872, n'a-t-il pas vendu, pour installer son atelier de photographie, son champ de pommes de terre! Quand chaque morceau du minerai qu'aujourd'hui on en tire servirait à les lapider, les Mouchefrin ne souffriraient pas davantage.

Alfred Renaudin, fils d'un modeste contrôleur des contributions indirectes, fut soudain, en août 1880, par la paralysie de son père, placé dans la nécessité de soutenir sa famille. La pension du « rat de cave » liquidée, le jeune homme sollicita son ancien professeur et lui annonça qu'avec sa mère et une sœur de vingt ans, il émigrait à Paris. Renaudin.

Un jour que M. Bouteiller prenait part à l'un des fameux déjeuners de Gambetta, celui-ci lui demanda s'il ne connaissait pas un jeune homme qui voulût faire sa fortune dans le journalisme. Le professeur désigna Renaudin. Le jeune Lorrain, reçu par un secrétaire du tribun, s'entendit offrir une place au journal *La Vérité*. On lui expliqua qu'il suivrait les réunions publiques, qu'il se montrerait dans ses comptes rendus et surtout dans ses propos de café résolument hostile à l'opportunisme et, avec tact, favorable aux idées socialistes, qu'il fréquenterait en camarade des comités révolutionnaires et viendrait, de temps à autre, causer dans le cabinet de Gambetta.

Renaudin étonné, — on a tout de même ses dix-huit ans et son moment de fraîcheur, — prévint de ces conditions M. Bouteiller, qui l'engagea à refuser. Sans doute le distingué kantien se rappelait ce principe : « Agis de telle sorte que tu traites toujours l'humanité, soit dans ta personne, soit dans la personne d'autrui comme une fin et que tu ne t'en serves jamais comme d'un moyen. » Mais Gambetta parla au professeur. Il jugeait d'utilité patriotique qu'on fût exactement renseigné sur les partis extrêmes : ils commençaient à s'organiser, et dans leur personnel la République pouvait recruter d'excellents adhérents. Il ne s'agissait pas d'une besogne de policier. Des articles ne prévoient pas toutes les curiosités et gâtent souvent la vérité. Ce jeune homme n'a pas l'habitude d'écrire ; plus utilement, de vive voix, il informera ceux qui doivent être au courant de l'état d'esprit du pays... Gambetta savait convaincre ; Bouteiller à son tour décida Renaudin. Portalis, directeur de *la Vérité*, combattait l'opportunisme, mais n'était pas fâché, dans le privé, d'obliger Gambetta ; il ne fit aucune difficulté de caser le petit provincial.

Le chef de l'opportunisme, avec le désordre habituel à ces grands meneurs, ne songea plus à utiliser son petit « indicateur », et ne le reçut aucune des fois qu'il se présenta dans son antichambre. Renaudin, par une chance inespérée, se trouva donc tout bonnement installé dans un grand journal avec de suffisants appointements. Comme son cerveau tout neuf fut pénétré par les images et par la moralité ambiantes ! Portalis devant ce mince reporter, c'était Talleyrand et Machiavel, mais un Machiavel tangible, un Talleyrand dont il avait le contact, sur qui chaque jour il entendait une histoire nouvelle ; et puis c'était le patron, l'homme qui pouvait le jeter sur le pavé et dans le cabinet de qui jamais il ne pénétrait sans angoisse. En outre, cet arrière-petit-fils du grand Portalis, c'est un gâcheur d'argent et un homme de bonnes manières. Ses allures émerveillent secrèlement Renaudin qui demeure et demeurera, avec tous ses cynismes acquis, le petit Alfred, le fils du « rat de cave » élevé chichement dans trois chambres glacées.

Pour jouir de sa fortune, le reporter se tournait vers la Lorraine; il excitait ses amis à le rejoindre. Bien qu'il en crût, il n'avait pas encore le ton parisien, il n'appréciait pas la psychologie, si fort à la mode en 1880; sinon, il aurait pu leur écrire : « Le premier acte de Bouteiller, à Nancy, fut de m'expulser, parce que j'avais ri quand il parlait de ma dignité morale; son premier acte à Paris vient d'être précisément une atteinte à ma moralité. Serait-ce que les sectaires deviennent aisément des hypocrites, qui couvrent de leurs principes leurs combinaisons personnelles? Ne serait-ce pas plutôt que cette formule qu'il nous a tant de fois répétée : « Agis toujours de telle sorte que ta conduite puisse « servir de règle » est moins certaine qu'il ne croyait? Je l'ai vu embarrassé de choisir s'il valait mieux respecter une âme ou s'il valait mieux servir l'État. »

Sturel et Saint-Phlin furent dispensés du volontariat comme fils aînés de veuve; on ajourna Renaudin, pour constitution débile, tandis qu'on acceptait ce gnome de Mouchefrin. Avec lui, Rœmerspacher, Racadot et Suret-Lefort furent soldats.

Le service militaire devrait être une école de morale sociale; on sait ce qu'il est, par manque de sous-officiers. Les jeunes Lorrains n'en rapportèrent que des notions sur la débauche et l'ivrognerie : rien qui pût se substituer à l'influence de Bouteiller. Dans un âge où l'on a besoin de beaucoup s'assimiler, l'image de ce maître s'enfonçait de plus en plus en eux et devenait une partie de leur chair; elle leur commandait le plus violent désir de Paris. Enfin, leurs familles cédèrent, mais avec des sentiments bien divers. A madame Gallant de Saint-Phlin, il suffirait de se maintenir sans s'augmenter dans son petit-fils. François Sturel et Maurice Rœmerspacher ont de ces parents qui aiment à se voir agrandis, d'accord avec les transformations du siècle, dans leurs enfants. Et pour le photographe Mouchefrin, pour l'agent d'affaires Suret-Lefort, pour madame Renaudin et pour le père Racadot, le bonheur d'Antoine, de Georges, d'Alfred et d'Honoré serait que ces favorisés n'eussent absolument rien de commun avec les humbles qu'ils furent eux-mêmes. « Nous avons vécu chétivement, disent-ils; si nos fils sont intelligents, leur existence contredira la nôtre. »

Pauvre Lorraine! Patrie féconde dont nous venons d'entrevoir la force et la variété! Mérite-t-elle qu'ils la quittent ainsi en bloc? Comme elle sera vidée par leur départ! Comme elle aurait droit que cette jeunesse s'épanouît en actes sur sa terre! Quel effort démesuré on lui demande, s'il faut que, dans ses villages et petites villes, elle produise à nouveau des êtres intéressants, après que ces enfants qu'elle avait réussis s'en vont fortifier, comme tous, toujours, l'heureux Paris!

CHAPITRE III

LEUR INSTALLATION A PARIS

> Vous avez cru que la République n'était pas seulement le gouvernement le plus propre à mettre en valeur toutes les bonnes volontés, à offrir une issue et une carrière à toutes les ambitions légitimes, à nous protéger contre les révolutions; vous avez cru qu'elle était de plus une grande et efficace leçon de dignité morale; vous avez pensé que si les services du maître d'école ont leur valeur, il ne suffisait pourtant pas de l'instituteur pour faire d'un citoyen un homme, qu'il y fallait bien d'autres choses encore et en particulier *ce grand enseignement qui est l'esprit de la société où l'on vit.*
>
> (Discours de CHALLEMEL-LACOUR au Sénat, 19 décembre 1888.)

Quand le train de province, en gare de Paris, dépose le novice, c'est un corps qui tombe dans la foule, où il ne cessera pas de gesticuler et de se transformer jusqu'à ce qu'il en sorte, dégradé ou ennobli, cadavre.

Autour des gares, examinez ces enfants qui viennent avec leurs valises. On voudrait savoir dans quels sentiments, avec quelles vues prophétiques sur eux-mêmes, tous les *imperatores*, les jeunes capitaines, adolescents marqués pour la domination, vainqueurs qui laisseront une empreinte où des âmes se mouleront, firent leurs premiers vingt pas sur les pavés assourdissants de la cité de Dieu... Dieu, — la plus haute idée commune, ce qui relie, exalte les hommes d'une même génération, — ne se fait plus entendre dans les départements, parce que leurs habitants n'osent plus écouter que l'administration. Il parle seulement dans les villes, ou mieux : dans la Ville. C'est bien ce que pressentaient nos lycéens de Nancy.

Le jour où François Sturel débarque de Lorraine, 31 décembre 1882, Gambetta meurt. Belle date pour naître! Comme si l'on disait à la mort : « Déblayez! faites-nous place! Voici l'équipe de Lorraine. » Une élite de sept jeunes gens, tous joyeux, vient s'offrir aux nécessités de la vie. Corps neufs, actifs, encore mal définis, propres à tous les accommodements; imaginations avides et nullement averties; sens chatouilleux de l'innocence vigoureuse.

De cet âge d'un si beau son, — dix-neuf ans! — Sturel ne pensait pas à jouir, mais se désolait du temps perdu à la campagne où seul, auprès de sa jeune mère, et par la volonté des grand'tantes, il avait préparé ses premiers examens de droit. L'autorisation de poursuivre ses études à Paris, après deux années, enfin il la conquit sur la timidité maternelle, dans une des promenades qu'elle et lui avaient coutume de faire depuis sa petite enfance au long de ces plaines sans caractère, morne horizon qu'enfiévrait leur sentiment violent de l'avenir.

M. Sturel, le père, malgré sa passion exclusive de la chasse avait dû, pour tenir son rang, s'inscrire à la Société d'agriculture : il améliora ses terres, et son revenu tomba de trente mille francs à douze mille. Madame Sturel décida d'en prélever le quart pour son fils. Elle pensait ainsi assurer le bien-être nécessaire à son enfant chéri et de santé délicate. On lui dit qu'une madame Alison, femme d'un grand verrier lorrain, vantait le jardin et la bonne table d'une pension parisienne de la rive gauche où elle habitait une partie de l'année avec sa fille. Madame Sturel jugea que son fils y vivrait décemment et qu'à ses visites elle trouverait place auprès de lui sans le gêner. — François ne remarqua même pas que la sollicitude maternelle restreignait un peu sa liberté. De tous ses désirs le plus pressant tendait vers des êtres pour qui il pût s'enthousiasmer, contrarié par l'angoisse de leur apparaître indigne.

Installé depuis cinq jours à cette villa Coulonvaux, il eût été bien incapable d'en parler dix minutes. C'est la seule construction ancienne de la rue Sainte-Beuve. Elle a, sur le devant, une cour, et, par derrière, un jardin avec de bons arbres. Son enseigne enlevée, elle aurait un air d'hôtel particulier, pourvu que l'on prît soin de chasser la cuisine, installée sur la rue dans la loge élargie, et qui, de son odeur, de son aspect, de son bruit de vaisselle, gâte les premiers pas chez madame de Coulonvaux. Sur les salles à manger et salons du rez-de-chaussée se développent deux étages de chambres où vivaient, en 1882, de ces Anglaises, véritablement viriles, qui passent quelques mois à Paris, un ménage dégoûté de tenir maison, des vieux messieurs, des vieilles dames, des plus jeunes, mais sans agrément : un assemblage de ces créatures mesquines qui semblent toujours avoir les pieds froids. Pour jeune homme, le seul Sturel.

Un adolescent qui a du feu et rien de vulgaire intéresse aisément des vieillards pas trop souffrants et des femmes surtout. Ce nouveau pensionnaire a le bonheur de voir Paris avec des yeux tout neufs! il est une chose qui vient subir sa destinée, une force qui désire s'épuiser!... De telles réflexions, que François Sturel, dans sa fleur de jeunesse si fière, eût éveillées chez un esprit philosophique, ne se formulaient pas nettement pour ces retraités de l'existence qui le virent un matin prendre place à leur table; tous, pourtant, il les rajeunit d'une aimable impression de sympathie. Il n'en eut pas conscience; il y serait, d'ailleurs, demeuré insensible. En ce jeune homme d'esprit audacieux, mais timide d'allure jusqu'à la sauvagerie, s'engendraient et grandissaient des sentiments nouveaux dont le dénombrement l'occupait tout entier.

Le désir sensuel, l'amour de la gloire, la mélancolie tourbillonnaient chez cet évadé. Depuis deux ans, la nuit, des cauchemars lui évoquant le lycée, il se réveillait en sursaut pour crier à son oreiller : « Je suis libre! libre! » Il ajoute maintenant : « Libre dans Paris! » Il lui manque de comprendre sa pleine puissance et de dire : « J'ai dix-neuf ans! »

Le jeune roi de l'univers!... Ces premiers jours furent animés de la plus violente ivresse. Il aimait le froid qui, par une douleur légère, lui prouvait que cette belle vie toute neuve n'était pas un rêve. Il trouvait de la saveur à l'air qui emplissait sa jeune et fraîche bouche, ouverte pour crier son bonheur. Ce n'était point Paris, mais la solitude qui le possédait. La solitude, plus enivrante que l'amour! Comme il l'a désirée! Sa passion s'est encore irritée, depuis le collège, dans les quatre rues de Neufchâteau; maintenant il reçoit d'elle des jouissances qui dépassent son attente. Les rues, les jardins publics, sa chambre lui offrent des voluptés qui le transportent de reconnaissance. Enfin il pourra donc s'occuper de soi-même, et non plus dans le désert lorrain où ses appels ne levaient nul écho, mais dans la ville aventureuse qui suscite et parfois récompense la hardiesse.

Les méditations, les lectures, les fièvres de Sturel ne se souciaient d'aucune morale; il se demandait seulement les moyens de s'associer à cette vie immense, étendue devant lui. — Misérable singulier! ce n'est pas assez de dire : « *Il* se demandait!... » Toutes les énergies assemblées de sa jeunesse aspiraient l'air, frappaient le sol de leur pied et hennissaient comme un régiment de hussards qui attend le signal de la charge.

Le 6 janvier, un jeudi soir, la cloche du dîner le dérangea dans une lecture si intéressante qu'il la poursuivit à table d'hôte. Cela déjà parut peu convenable. En outre, chacun à l'envi commentait le grand événement : les funérailles de Gambetta... les magnificences du cortège, la perte irréparable que c'était pour la France.... L'indifférence de Sturel, qui ne se détournait pas de son livre, choqua tout le monde, et madame de Coulonvaux crut devoir une réprimande maternelle à un si jeune homme :

— A votre âge, monsieur Sturel, on préfère aux questions sérieuses un roman bien amusant.

« Toutes ces âmes d'esclaves, se dit le jeune homme, se domestiquent à la mémoire de Gambetta! » Il répliqua :

— Eh! madame, je lis un livre sublime.

Aussitôt il craignit un léger ridicule, parce que sentir avec vivacité semblait bouffon au lycée de Nancy, et, sans prendre haleine, il redoubla :

— C'est un livre dont pas une femme ne peut médire.

Il avait un tel feu dans le regard que toutes les sympathies des femmes lui furent acquises. Il baissa la voix pour expliquer à la jeune fille assise auprès de lui ce qu'était la *Nouvelle Héloïse*, et comme il vit que tous l'écoutaient, une délicieuse rougeur couvrit son front.

... Le menton de madame de Coulonvaux a, dès le premier jour, occupé François Sturel qui le juge puissant et voluptueux. A l'espace informe qu'il voit, chez cette dame, des cheveux aux sourcils et d'une tempe à l'autre, il comprend qu'elle pensera toujours nullement et sans ordre, mais un tel menton décèle qu'elle aimerait à jouir triomphalement de la vie... En vérité les circonstances se prêtent mal au grand pittoresque : madame de Coulonvaux, modelée, au jugement de ce bachelier, pour être Vitellius, tient une pension de famille et joue les majors de table d'hôte! Ses instincts pervers se bornent à ceci qu'elle aime, tout de même, à voir se contracter la mince figure aux yeux fatigués de François Sturel.

Pour obtenir ce résultat qui divertit toute la table, elle n'a qu'à lui parler comme elle pense. Cette personne d'âme et de corps, est un peu massive, de celles qui nécessitent au moral l'épithète d' « honorables » et au physique de « pectorales » ; — pectoral, cela se dit en zoologie des animaux qui ont la poitrine remarquable d'une manière quelconque, par exemple par la structure osseuse, par la coloration ; c'est par l'ampleur que vaut cette dame. Elle est honorable, parce qu'elle-même honore, sans vérification, les braves agents de police, les intègres magistrats, les éminents et les distingués académiciens, notre « incomparable » Comédie-Française, les Écoles du gouvernement, les membres de l'Université, la Légion d'honneur, toutes « les élites », et tient pour des réalités le décor social et les épithètes fixées par le protocole des honnêtes gens. Cette vision de l'univers en vaut une autre et facilite le rôle de l'administration ; elle irrite un jeune homme qui n'a pas encore perdu l'habitude des petits enfants d'exiger qu'en toutes choses on soit sincère, logique et véridique. Madame de Coulonvaux est en réalité une pauvre innocente, accablée de charges et qui ne tient pas à ce qu'elle dit, tandis que, dans cet âge où l'on croit aux idées simples, Sturel à toutes minutes prend les armes pour défendre ses opinions et se hérisse contre des mots.

— Vous reconnaissez bien, dit-elle, que Gambetta est un grand homme. On n'occupe pas d'aussi hautes situations sans une valeur exceptionnelle.

Sturel, qui penchait à accorder le premier point, soit la qualité de grand homme à Gambetta, fut indigné par l'ampleur de la seconde proposition, à savoir que tout individu appelé à des charges importantes en serait digne. Par mépris, il dédaigna de répondre.

L'administration organisée pour ce pays par Gambetta et que M. Ferry va fortifier, sans y rien modifier, dure et durera. Cette tablée de médiocres ne se trompe pas en constatant l'importance de celui qui vient de mourir : en lui la force a résidé. Seulement ils affirment au petit bonheur, et sans renseignements particuliers. Ils sont disposés à attribuer la même valeur à toute puissance de fait... Eh! n'est-ce pas de leur part fort raisonnable? Ils ignorent tout, hors leurs besoins individuels; pourvu qu'ils soient à l'abri de la misère et de la souffrance, ils se désintéressent de la collectivité et du gouvernement, où d'ailleurs ils n'entendent rien; ils sont nés pour subir. Dès lors, quand ils inclinent leurs cœurs ignorants et soumis devant un dictateur, honoré d'un enterrement national, ils sont dans la vérité et dans la logique de leur ordre. — En outre, de leur point de vue, ils distinguent en ce jeune garçon l'agaçante fatuité des adolescents inexpérimentés.

Mais pour celui qui d'un lieu supérieur serait à même de les départager, Sturel lui aussi a raison. Il n'est pas d'une espèce à accepter le fait acquis. Un tel esprit a le droit de contrôler chacun des personnages que les nécessités momentanées de la patrie ou des partis installent dans le rôle de grands hommes par le jeu naturel des forces... Son tort, c'est que par manque d''autorité, par une timidité qui a les apparences du dédain, peut-être aussi par incapacité de se formuler, il ne prononce pas les paroles qui eussent mis son âme à la portée de son auditoire.

Au reste, l'univers peut bien enterrer Gambetta; pour ce jeune homme, ce 6 janvier, Jean-Jacques Rousseau vient de naître.

Madame de Coulonvaux pensa qu'il était conservateur; elle respectait les opinions des pensionnaires : elle fit signe qu'on n'insistât point. Toutefois, parce qu'elle aurait pu être sa mère et qu'elle aimait à le voir tout frémissant :

— Monsieur Sturel, interrogea-t-elle, jeudi vous êtes parti; vous nous resterez ce soir, n'est-ce pas?

Le jeudi était le grand jour de la villa. Il y avait réception et souvent on dansait. Des jeunes gens venaient du dehors, introduits par quelque pensionnaire; à leur tour, ils amenaient des camarades.

Sturel contraria madame de Coulonvaux en répondant qu'il devait sortir.

— Mais enfin, si ces dames vous demandent de les faire danser?...

— Je ne sais pas danser.

« Voilà, se dit la maîtresse, un petit être du commun. » Et l'accent de sa réplique trahissait de la condescendance :

— On vous apprendra. C'est l'affaire de quatre leçons. La danse est nécessaire à vingt ans, comme le whist à trente.

— Je trouve la danse fort ridicule, — déclara Sturel qui craignit d'être protégé.

Son âpreté lui enleva toutes les sympathies qu'il venait de conquérir.

Ce jeune homme, qui n'avait pas encore aimé et chez qui les moindres incidents, grandis par une imagination incomparable, suscitaient immédiatement une émotion de toute l'âme, était incapable de l'indifférence ou de la frivolité qu'il faut pour une simple conversation. Bien que ses efforts contre sa timidité lui maintinssent un air glacé et cette carnation égale et bleuie, où Cabanis voit l'annonce des grandes facultés de l'âme, son orgueil, son enthousiasme, s'intéressaient aux moindres propos. Sur un mot, sur un geste, il exécrait, admirait son interlocuteur. C'est en frémissant d'humiliation qu'il se remit à sa lecture; les lignes dansaient devant lui. Averti par son instinct de la légère coalition que son attitude incompréhensible déterminait, il releva la tête et vit les pensionnaires échanger des regards qui signifiaient : « Quelle arrogance de jeunesse! » Alors il les défia d'un air si dur qu'ils eurent l'idée de le respecter.

Seule, sa voisine l'examinait avec les yeux les plus beaux du monde, où beaucoup d'amitié apparaissait en même temps qu'une grande envie de rire. Une curieuse image à la Granville, cette jeune fille de dix-sept ans! C'est la fleur sur sa tige, sa tête délicate orientée par la curiosité comme vers le soleil. Son corps fait pour les parures est tel que tout passant, séduit en une minute, voudrait une occasion de la protéger. Elle plut à Sturel parce qu'elle avait l'air enfant, et qu'il se savait malgré tout un enfant, et quand la conversation générale eut détourné l'attention, il lui dit avec une apparence d'ingénuité, dont il connaissait parfaitement le charme :

— Et pourtant, mademoiselle, je ne suis pas si insensible que ces êtres-là veulent le croire au plaisir qu'on peut trouver tout à l'heure au salon.

Il y avait, cette fois encore, dans son regard une expression timide et brûlante, et, dans la manière de dire : « ces êtres-là », une fierté qui saisit la jeune fille.

François Sturel est vraiment tombé du lycée comme

de la lune : il regarde cette jeune fille, lui sourit parce qu'elle lui est agréable, sympathique, mais ne s'inquiète pas même de son nom. Depuis six jours installé à la villa, il ignore qu'il est assis auprès de mademoiselle Thérèse Alison, sa compatriote. Mais il découvre tout à coup qu'il aimerait causer avec elle de l'avenir.

Madame Alison avait épousé un industriel brutal et débauché. Elle s'abstint de plaider en séparation par crainte de nuire à leur fille. Elle passe dix mois de l'année en voyage et à Paris avec la jeune Thérèse, qui eût gêné son père désireux d'user en pacha de ses ouvrières.

Dans une existence errante, madame Alison, profondément imbue des idées d'une petite ville, se préoccupe surtout d'éviter les soupçons que soulève aisément une femme négligée. Mais cette honnête volonté supplée mal au bon sens qui lui manque. Que font ces dames dans la maison Coulonvaux? A la vie d'appartement, trop isolée et par là peu convenable, madame Alison préfère les mœurs au grand jour de la pension... Et puis d'agréables connaissances qu'on y fait aident à former la jeunesse... C'est par une suite de ces raisonnements gauches et puérils que la pauvre femme a placé Thérèse dans des conditions où la vraie nature de la jeune Lorraine s'est voilée. Il est mauvais de faire voyager les petits enfants et aussi les âmes des femmes. Les meilleures sont d'un seul paysage.

La multiplicité des contacts a si bien vaincu la timidité chez mademoiselle Alison, et la variété des séjours si fort réduit ses préjugés, qu'elle paraîtra aisément suspecte à une société fortement encadrée.

Quelle injustice! au vrai, tous ces milieux, et quelques-uns si ardents, n'ont pas mis sur l'âme de cette petite Lorraine le hâle léger que le soleil impose aux baigneuses de Carlsbad quand il en fait d'éphémères tziganes.

Il faudrait plutôt l'admirer. Dans ces vies libres, sans entrave de parenté ni de mœurs familiales, où toutes coutumes sont confondues, quelle fermeté, quelle dignité sont nécessaires! Sous des climats qui pourraient saisir, parmi ces jeunes gens les plus désœuvrés, les plus aimables, quel courage, quelle opiniâtre résistance! Que de dangereuses victoires ne dût-elle pas remporter, chaque saison, dans ces pays de volupté, de la rive niçoise au Danube, où tout intéresse les sens! Un instant de faiblesse, une inattention par griserie, bonté! voilà pour en profiter les plus cruels amants, jeunes, forts et qui semblent rêveurs, uniquement préoccupés de l'art de vaincre avec grâce... Mademoiselle Alison traverse ces foyers comme une enfant qu'on taquine et sans faire aucune réflexion, sinon que les impertinents et les importuns pullulent.

Cette candeur, qui n'est pas de l'ignorance, met une franchise tout à fait plaisante dans ses regards et dans ses gestes. De taille moyenne, avec les détails les plus attrayants, elle se développe d'ensemble et trouve dans tous ses mouvements la ligne naturelle. Elle sait montrer des épaules adorables, des mains et des pieds comme de petits bibelots qui ne sont pas faits pour l'usage. Comment croire ce qu'elle dit : « Quand j'étais petite fille, j'avais toujours les doigts déchirés, le corps marqué de bleus et de noirs pour avoir joué avec les garçons et grimpé aux arbres... »

Elle ne se méprend pas sur sa puissance de charmer et sur l'impression très vive qu'elle produit. Sa figure d'un teint clair, enveloppée d'amples cheveux châtains, est illuminée de bonheur et de confiance.

Tout le malheur est que cette enfant a pris dans son cosmopolitisme la dangereuse faculté d'emprunter le ton et l'allure de chaque milieu. Elle y sacrifie sa manière propre. C'est le roman de tant de jeunes filles dépourvues de la sécurité et de la gravité que donne l'affection d'un jeune père respecté.

Avec un tempérament naissant, mademoiselle Alison avait des lumières qu'on trouve seulement chez les jeunes femmes déjà averties par la vie, et des curiosités qui leur viennent quand elles sont blasées des premiers succès mondains. Sur la réplique de François Sturel, elle goûta, sans le déterminer nettement, ce qu'il y avait de saveur chez cet être tout composé de désirs et de dédains.

— Eh bien! monsieur, restez : j'aime à danser, il est vrai, mais avec ceux qui dansent aussi parfaitement que moi; il n'y en a pas ici. Nous causerons de votre Jean-Jacques.

Le jeune homme, au lieu de répondre, feuilleta son livre et tendit à la jeune fille la lettre XXXIII, de Julie à Saint-Preux : « Ah! mon ami! le mauvais refuge pour deux amants qu'une assemblée! Quel tourment de se voir et de se contraindre! Il vaudrait mieux cent fois ne pas se voir. Comment avoir l'air tranquille avec tant d'émotions? Comment être si différent de soi-même? Comment songer à tant d'objets quand on n'est occupé que d'un seul? »

Mademoiselle Alison s'étonna du tour que donnait à leur entretien ce jeune homme qui, pendant six jours, assis près d'elle aux repas, n'avait point su lui adresser un mot de politesse. Elle lui rendit le livre sans observation, mais d'un air glacé. « Tout le monde ici m'offre des leçons », pensa le jeune homme. Et très placidement il déchira la page :

— Puisque cette lettre vous déplaît, il n'y a plus qu'à la supprimer.

On se levait de table, et la jeune fille suivit sa mère, dont le regard de mouton endormi irritait l'injuste François. « Ce pauvre garçon, se disait-elle, a gâché son volume pour une susceptibilité peut-être absurde que j'ai eue. Ce n'est pas tout à fait le petit pion que j'avais cru les premiers jours. Il avait dans ses yeux un éclair qui a réveillé toute cette table de dormeurs. »

La Nouvelle Héloïse vient d'un cabinet de lecture où le jeune homme s'achemine. En longeant le Luxembourg plein de ténèbres, ce petit Lorrain, rêveur et positif, se dit : « C'est à relire toujours, pour apprendre ce que les grandes personnes appellent les sentiments tendres. Ces trois volumes, gardés pendant trois jours, me coûteront déjà dix-huit sous : à ce prix, on doit trouver un exemplaire passable sur les quais ; j'ai abîmé celui-ci, il va falloir que j'en donne le prix fort... » Et puis, il se répète la phrase sublime de Julie à Saint-Preux, dans son billet posthume : « Adieu, mon doux ami ; quand tu verras cette lettre, les vers rongeront le visage de ton amante et son cœur où tu ne seras plus. »

Douloureuse caresse des mots dont frissonne un enfant sous la nuit ! Auprès de telles syllabes, liées par un auteur qui connaissait l'amour, la musique et la solitude, les dix-sept ans d'une fille et sa fraîcheur manquent de romanesque et ne sauraient contenter un novice qui tâtonne au parvis mystérieux de l'amour.

Sturel s'étonne un peu de ce livre où les mouvements de deux êtres jeunes sont dévoilés, excusés et glorifiés. Julie parfois l'offense et lui semble vulgaire. Son objection n'est point que dans ces pages la sensualité mêle ses épanchements à l'éloge de la vertu d'une telle manière qu'on ne sait plus les distinguer ; sa répugnance va contre la Nature même, dont l'écartèrent les méthodes artificielles du lycée. Innocent encore et même peu capable d'imagination précise, s'il pense une seconde à Thérèse Alison, il ne se représente ni ses seins, ni ses hanches, ni même la douceur de ses mains ; elle lui paraît seulement une difficulté à vaincre. A cette époque, indifférent aux arbres, aux prairies, aux couchers de soleil, et n'ayant sur l'amour que des renseignements de bibliothèque, il n'y pouvait trouver que des plaisirs d'intrigue, d'orgueil et de jalousie. Jeune bête royale, aux reins souples, aux griffes désœuvrées, il se préoccupe de cette jolie fille comme du premier bruit au taillis sur sa route de chasse.

Aux étalages de l'Odéon, où, malgré le courant d'air froid, le peuple universitaire tâche de lire au gaz vacillant les livres non coupés, quelqu'un l'interpella. Il posa les Rousseau qu'il comparait aux siens et reconnut Racadot. Ce vieil Honoré lui emprunta cinq francs et lui dit :

— Tu ne reconnaîtrais pas le petit Mouchefrin ! Il a pris au régiment une faculté de boire extraordinaire. Nous avons, en huit jours, avalé notre mois.

La grosse main nue de Racadot, tenant une pomme demi-gelée, faisait peine à voir sous la bise.

— C'est ton dîner? dit Sturel, croyant plaisanter.

— Mais oui, Mouchefrin est entré avec *la* Léontine dans un restaurant où nous avons plusieurs fois mangé. On lui fera crédit, et il peut toujours amener une dame; à trois, on nous refuserait... La Léontine, c'est ma maîtresse. Je dîne d'une pomme que lui a donnée un de ses amis.

Les jeunes Français, bien différents des étudiants étrangers qui partagent leur vie au quartier latin, ne tiennent pas à paraître, n'éprouvent aucune gêne d'exposer leur pénurie. Même, les fanfarons de misère abondent. Cependant Racadot s'étendit avec complaisance sur les « cent mille francs » que lui avait laissés sa mère. Il était majeur depuis un mois et saurait bien les exiger. Ayant travaillé pendant une année chez un notaire de Pont-à-Mousson, et aujourd'hui cinquième clerc dans une étude du faubourg Saint-Germain, il connaissait de belles affaires absolument sûres pour un capitaliste. Il retrouva ses avantages jusqu'à plaindre l'isolement de Sturel.

— Viens avec nous ce soir, nous avons un rendez-vous entre camarades de Nancy : le brave Mouchefrin, Renaudin qui maintenant écrit partout, Suret-Lefort qui fait son droit, pour aller chercher Rœmerspacher vers quatre heures du matin à la gare de l'Est. On passera la nuit.

De son honorable bourgeoisie provinciale, Sturel avait dans le sang une fierté qui le rendait incapable de faire des avances et d'en repousser : on le blessait aisément et il craignait toujours de blesser. Il ne savait pas solliciter les intimités de son goût, et le premier venu dans le premier instant s'imposait à lui. Cette disposition naturelle s'accrut dans les longues habitudes d'encanaillement et la promiscuité du collège. Mais il cachait, sous ces apparences faciles, une farouche indépendance et une révolte perpétuelle que trahissaient les jeux d'une physionomie infiniment mobile. Ils entrèrent dans une brasserie de la rue de Médicis, où devaient les rejoindre leurs amis, et Racadot mangea une salade de pommes de terre.

On se demande où mènent les fastidieuses études classiques qu'on impose à la jeune bourgeoisie : elles mènent au café.

Mobilier malpropre, service bruyant et familier, chaleur de gaz intolérable! Comment demeurer là, sinon par veulerie? C'est compromettre son hygiène morale plus fâcheusement qu'en aucun vice, puisqu'on n'y trouve ni passion ni jouissance, mais seulement de mornes habitudes. Voilà pourtant le chenil des jeunes bacheliers qui sortent des internats pour s'adapter à la société moderne... A marcher, le fusil en main, auprès des camarades, dans les hautes herbes, avec du danger tout autour, on nouerait une amitié de frères d'armes. Si cette vie primitive n'existe plus, si l'homme désormais doit ignorer ce que mettent de nuances sur la nature les saisons et les heures diverses du soleil, certains jeunes gens du moins cherchent, dans des entreprises hardies, appropriées à leur époque, mais où ils payent de leur personne, à dépenser leur vigueur ; et ils échangent avec les associés de leurs risques une sorte d'estime... bien différente de celle qu'on prodigue à la respectabilité d'un chevalier de la Légion d'honneur. Comme ils sont une minorité, ces oseurs! L'immense troupeau consume sa poésie à espérer qu'il sera fonctionnaire. Cartonnant, cancanant et consommant, ces demi-mâles, ou plutôt ces molles créatures que l'administration s'est préparées comme elle les aime, attendent au café, dans un vil désœuvrement, rien que leur nomination.

Successivement, Suret-Lefort, Renaudin, Mouchefrin et la Léontine arrivèrent. Celle-ci les dégoûta. Mais la face de Racadot, toujours penchée vers elle, était illuminée d'une tendresse crapuleuse. Cette grande blonde, plus fadasse qu'un café au lait de concierge, épouse infidèle d'un limonadier verdunois et que Racadot, par son bel air sous l'habit d'artilleur, avait débauchée pendant son volontariat, commença de raconter, avec l'audace que donnent les jupons, de basses histoires de tables tournantes.

Puisqu'un Suret-Lefort, tout raide de volonté, tout ardent sous sa figure congelée, pareil à ces pâtes frites enveloppant un glaçon intact et qu'apprécient, dit-on, les Chinois; — puisqu'un Renaudin, déjà fait âpre par les difficultés; mais consolé derrière son monocle par les ennuis de chacun, et vraiment le type de celui qui s'amuse aux exécutions capitales; puisque l'énorme Honoré Racadot, tout onctueux de passion; — puisque cette petite fripouille de Mouchefrin et notre Sturel, aussi, dans leur vingtième année, et touchant à toute minute de leurs mains, de leurs genoux, de leurs corps brûlants cette table de marbre qu'ils entourent, ne la font pas danser jusqu'au plafond, que parlez-vous, femme Léontine, d'énergies capables de soulever des guéridons!

Elle raconte à ces messieurs comment elle a connu Racadot « à l'établissement », — c'est le café qu'elle gérait à Verdun, — dans des séances de spiritisme.

— Même que la seconde fois qu'il est venu, la table, excusez-moi, l'a appelé cochon... J'étais bien ennuyée, parce qu'il aurait pu croire que je l'avais soufflé à la table.

— Je te savais trop bien élevée, — répondit Racadot avec un affreux sourire d'amour.

Renaudin se mit à glousser de joie. Ils redevinrent, pour la dernière fois de leur vie, des petits chenapans d'écoliers qui se cachent de rire et se mouchent.

— Si Bouteiller était là, dit Sturel à Renaudin, il te mettrait encore à la porte!

Au nom de Bouteiller, les figures vieillirent de dix ans : ils se rappelaient qu'ils avaient des appétits.

Suret-Lefort, le jour même de son arrivée à Paris, avait déposé chez son ancien professeur sa carte avec une lettre : « Mon cher maître, je ne veux pas abuser de vos instants, et je me réserve de me présenter à vous, comme vous avez bien voulu y engager vos élèves de Nancy, le jour où j'en aurai quelque raison; je me suis conformé au conseil que vous avez eu la bienveillance de me donner : vous m'avez dirigé vers le barreau, je viens terminer à Paris mes études de droit... » Naturellement secret, il tut sa démarche, et, pour détourner :

— Avez-vous suivi l'enterrement de Gambetta? J'ai accompagné la délégation de la Molé.

— La parlotte? dit avec dédain Sturel.

Renaudin approuva Suret-Lefort d'être assidu à la Conférence Molé, qu'ont traversée la plupart des hommes politiques.

Tous se taisaient quand le reporter, « qui maintenant écrit dans tous les journaux », ouvrait la bouche : par ses paroles ils croyaient s'initier à la sagesse parisienne. Nestor, au rivage troyen, ne jouit pas d'un prestige plus incontesté.

Déjà trop averti de la vie pour se plaindre, il ne leur disait pas que la disparition de *la Vérité* venait de le précipiter et qu'il vivait péniblement d'informations offertes çà et là. D'ailleurs, il ne doutait pas que Portalis, pour qui il avait une admiration sans bornes, ne reprît prochainement quelque feuille. Il était demeuré à demi naïf, ce qu'on voyait peu, et devenu à demi cynique, ce qu'on voyait fort. Son éducation se faisait par la conversation, les livres lui parlant mal. Il risquait d'être confiné longtemps aux petites besognes du journalisme, parce qu'il les réussissait admirablement. Il avait une mauvaise réputation ; elle tenait au caractère de ses articles quotidiens : pour protéger l'industrie et l'estomac de nos nationaux, il avait enquêté sur la provenance des marchandises de bazar et sur les falsifications des restaurateurs. Les intérêts qu'on blesse se souviennent mieux que ceux qu'on défend. En outre, sur sa figure de pauvre diable mal nourri s'étalait un eczéma qui excitait la défiance. Vraiment les connaissances médicales sont trop rares ! Personne ne veut croire que cette affection cutanée puisse masquer une belle âme. Injustement déprécié au moral et au physique, Renaudin connaissait la vie. Racadot, tout bas, le consulta sur l'heure où l'on pourrait avec convenance se présenter chez Bouteiller.

— Que lui demanderas-tu?

Mouchefrin et Racadot se concertèrent du regard.

— On peut parler devant Renaudin qui est « arrivé », dit Racadot : Mouchefrin, qui a du brillant, voudrait lui servir de secrétaire, l'accompagner, recevoir pour lui ; gratuitement, s'il le faut ; et moi, qui ai le goût des affaires, je serai son homme de paille.

— Son homme de paille?

— Il n'est pas riche, et tout le monde dit qu'il va faire de la politique...

Renaudin, qui n'était pas toujours égoïste, la trouva bien bonne et voulut que chacun en rît.

— Chut! fit Racadot en lui pressant le bras. Ils seraient capables de se lever demain avant moi.

Mais l'autre, en bouffonnant, tout haut :

— Si vous avez des commissions pour Bouteiller, messieurs Racadot et Mouchefrin, chargez-en notre ami Suret-Lefort ; car le grand homme, très sensible à son billet, m'a chargé de lui faire savoir qu'il recevait le mardi, de onze heures à midi.

Cette nouvelle fit son effet. Pour passer leur humeur, Racadot et le nabot Mouchefrin gouaillaient Sturel sur sa pension de famille ; il se contenta d'alléguer la commodité du vivre et du couvert réunis. Sa chambre silencieuse dans un quartier désert, et si pleine de ses rêves, lui semblait encore plus belle, vue de ce café grouillant et vulgaire.

— Pour moi, — dit Suret-Lefort, avec l'expression qu'il avait prise à Bouteiller, — je ne crois pas que la solitude soit bonne au début de la vie. Qu'un homme politique, sentant qu'il va s'échauffer et céder à sa bile, fasse un voyage, bien ! mais à vingt ans il nous faut user de tout et faire notre apprentissage général.

— Je pense plutôt, dit Sturel, que des garçons tombés sur le bitume parisien n'ont guère de bonnes places pour jouir de la vie, et le plus utile emploi de nos curiosités est dans la méditation et l'inspection de nos aptitudes.

Comme Mouchefrin et la Léontine sur ce mot ricanaient, Suret-Lefort les interpella sèchement :

— Mouchefrin, nos réunions sont inutiles, si nous ne nous prenons pas au sérieux.

— Eh bien, quoi! — intervint le brutal Racadot, — ce n'est pas d'aujourd'hui qu'on plaisante Sturel!

— Bon, jadis! riposta Renaudin, mais c'est par lui que tu dînes ce soir, et dans la vie, je le prévois, il prêtera quelques pièces de cent sous à l'ami Mouchefrin.

Ces paroles de bon sens frappèrent les jeunes gens. Les situations sociales se dessinaient. Racadot et Mouchefrin, ces deux frères, eurent l'impression d'une aristocratie...

Ils retrouvèrent leur supériorité lorsqu'on parcourut les brasseries de femmes, fort à la mode au quartier latin. Ni Suret-Lefort, ni Sturel qu'on sortait difficilement d'eux-mêmes, ne pouvaient trouver là leur aise, mais ils goûtaient le plaisir, si vif à vingt ans, du noctambulisme.

On faisait des connaissances; quand l'heure fut venue de s'acheminer vers la gare, Mouchefrin, excité par les rires de Racadot et de la Léontine, marchait devant et prodiguait au long des boulevards une facétie de sa caserne qui était d'accoster tout passant isolé : « Tiens, voilà Rœmerspacher!... Oh! pardon, monsieur, je vous prenais pour notre ami Maurice Rœmerspacher! » Des espèces, étudiants et filles, se joignirent à eux en criant : « Rœmerspacher!... Rœmerspacher!... » Et l'on disait : « Ce sont les étudiants qui vont réclamer un camarade au poste. » Un monôme se forma ; des agents suivaient, soupçonneux. A la gare de l'Est, leur jeunesse plut : on les laissa crier. Quand le train pénétra en gare et que les voyageurs franchirent le contrôle, ce fut une clameur ininterrompue, jusqu'à ce que les cinq aperçussent enfin la bonne tête bouclée de Rœmerspacher. Les yeux étonnés par la lumière, il débusquait avec une petite valise. Tous se rangèrent sur une seule ligne, comme au régiment, et lui, en bon garçon qui se prête à la plaisanterie, et, ce qui vaut mieux, en bon esprit qui ne se perd pas à faire l'étonné, il passa devant eux, aux cris de : « Vive Rœmerspacher! » tandis que Mouchefrin, fort échauffé, dansait à ses côtés pour figurer, disait-il, le cheval qui piaffe. Puis l'ivrogne commanda :

— Demi-tour!... Au quartier!

Au milieu d'eux, Rœmerspacher marchait gravement, mal éveillé, toutefois ému par l'importance d'une telle heure dans sa vie. Sous sa main il sentait son cœur heureux et vaste à contenir Paris. Il marchait avec force et légèreté, reconnaissant envers les ancêtres qui avaient assemblé les ressources de cette grande ville pour qu'il pût un jour y participer. Ses compagnons, comme des bêtes, bruyaient. Mais leurs cris et leurs danses, d'une façon confuse, symbolisaient à son esprit l'enivrement de cette nouvelle existence. Dans ce cortège, il s'avançait appuyé au bras de Sturel, jeunes et graves tous deux. Et par ce geste fraternel qui ne leur était pas familier, et aussi par leurs pas cadencés, ils savaient bien qu'ils se juraient tout bas de s'aider à comprendre la beauté. Suret-Lefort mince, raide et ses gros bras balancés, le regard fixe sur son rêve, marchait à leur gauche, du pas automatique d'un soldat. Derrière eux, Renaudin assujettit son monocle, que son sens du comique compromet, et il répète, gouailleur toujours, mais heureux d'avoir ses camarades à Paris :

— Ils sont sérieux comme des paysans... comme des paysans...

Racadot et la Léontine naïvement et pleins de joie admiraient *le* Mouchefrin.

Boulevard Saint-Michel, on entra chez un marchand de vins crémier, alors installé au coin de la rue de Médicis. Cinquante personnes s'engouffraient avec eux ; Rœmerspacher fit signe qu'il voulait parler, et, tous réclamant le silence :

— Messieurs... Je ne suis pas Gil Blas dans la première auberge de son voyage. Votre accueil me touche, mais je n'ai pas l'intention d'offrir le punch sur lequel on pourrait compter.

— Très bien ! crient ses amis.

Et lui, se tournant vers Sturel :

— Fais-moi une place, François !

Rœmerspacher a prononcé *Françoué*. Eux-mêmes disent : « très *biênn* », en traînant sur les finales. C'est l'accent lorrain, et qui fait rire... François Sturel avait toujours été appelé par les siens *Françoué* : jadis la diphtongue *oi* se prononçait *oué* ; dans les villages de ces jeunes gens, il demeure beaucoup des mœurs, des préjugés, de l'âme enfin de ces *Françoués* qui se désignaient eux-mêmes par un assemblage de sons maintenant insupportable à l'oreille parisienne. La gouaillerie et le bon sens de Rœmerspacher, comme son accent, sortent du vieux fonds national.

Mais, s'asseyant à côté de Sturel, sans plus s'inquiéter du tapage :

— Qu'est-ce que Paris? dit-il. Est-ce si grand? si beau?

— Plus beau, dit Sturel, plus grand que nous n'avions rêvé.

— Mais c'est très plein! — jeta l'ironique Renaudin.

Tous entraînés par l'ardente curiosité et le ton convaincu du nouvel arrivé, commencèrent à se communiquer les uns aux autres leurs jugements sur Paris; ils goûtaient le plaisir de s'expliquer et de se connaître soi-même. Ils avaient hâte de sortir du trouble, de l'indiscernable où ils avaient vécu dans la période chaotique du lycée.

— Je vais en vous quittant dormir une paire d'heures, dit Rœmerspacher; vous m'indiquerez une chambre au plus épais, ses fenêtres bien ouvertes sur la rue; que j'entende tout le tapage! Et sitôt la vie réveillée dans les rues, j'achète un cahier blanc, un itinéraire et je commence à visiter cet immense désordre de gens, de monuments, d'idées pour comprendre le plus de choses possible. L'instant est venu de nous déniaiser.

— Les choses, répond Sturel, cela ne m'attire guère. Ce que j'aime ici, c'est que j'y suis mon maître. Depuis six jours, à dire vrai, un seul endroit toujours m'attire... — continuait Sturel.

— Je le devine! — interrompit Rœmerspacher,

qui lança une gaillardise, et aussitôt, pour s'excuser, il posait affectueusement sa main sur le bras de son ami. Il devinait que celui-ci n'avait pas une assez forte santé d'âme pour conserver joyeusement parmi des pensées sérieuses le gros ton de la jeunesse. Il reprit :

— Tu es allé chez Bouteiller?

— Je n'ai rien à demander, répliqua fièrement Sturel.

— Il est allé au Père-Lachaise, — intervint de sa forte voix Racadot ; — il a refait le serment de Rastignac, après l'enterrement du père Goriot, quand il s'écrie : « A nous deux, Paris! » C'est un jouisseur délicat que Monsieur François!

Sturel secoua la tête.

— Rastignac avait été élevé à la campagne avec trois sœurs charmantes; moi, j'ai été élevé avec vous tous.

L'observation est d'une qualité trop fine pour porter à quatre heures du matin. Qu'elle est juste pourtant! Ces Lorrains ont le nécessaire pour apprécier une jolie femme; mais quel délicat produit social est madame de Nucingen, cela, ils ne le savent pas. Ils perdraient d'elle des parties exquises. C'est seulement vers la trentaine qu'ils pourront aimer le luxe, toutes les corruptions élégantes auxquelles donne accès la réussite et qui ne parlent guère aux fils des livres.

Sturel expliqua que jusqu'à cette heure dans tout Paris, c'était les galeries de l'Odéon qui lui plaisaient le plus. Renaudin haussa les épaules :

— Aujourd'hui même, tu avais sous les yeux un spectacle plus instructif que tous les bouquins; tu n'as pas daigné regarder l'enterrement de Gambetta!...

— C'était splendide! jeta la Léontine.

— Tout le monde peut voir un spectacle parisien, mais encore faut-il savoir le lire, — continua Renaudin, du ton dédaigneux d'un « Parisien » qui rentre dans son village. — Les amis du mort tiendront encore la république pendant des années. Les serments qu'ils avaient échangés aux dernières années de l'Empire, ils viennent de les répéter. Quelles circonstances faudra-t-il, quelles luttes, où des concours leur seront nécessaires, pour qu'ils autorisent une nouvelle génération à entrer dans leur pacte?

— Eh bien! moi! dit Mouchefrin, je vous affirme que Bouteiller sera député avant cinq ans.

— C'est qu'il se sera domestiqué pendant quatre!... Comprenez-moi. Je ne vous raconte pas que les amis de Gambetta refuseront des stagiaires; je vous explique qu'ils garderont jalousement les emplois. Député! c'est le titre de cinq cent quatre-vingts personnages, mais peut-on compter cinquante vrais députés, cinquante qui soient initiés aux moyens du parlementarisme?

— N'y a-t-il pas quelque part, dit Suret-Lefort, d'autres serments qui se prêtent?... une formule nouvelle?... A ce pacte vieilli dont tu parles, pourquoi ne pas opposer une ligue toute neuve?

Le jeune intrigant devinait qu'à prendre la filière on piétine trop longtemps, et qu'il est plus profitable de se faire craindre par des attaques de front, parce qu'une influence politique est toujours une valeur d'échange.

— Il y a le socialisme, répond Renaudin. Ils manquent d'hommes capables d'étendre leur autorité sur un monde capitaliste et d'éducation bourgeoise. Ils n'ont que des orateurs condamnés pour la vie aux agitations ; un rôle à prendre, c'est d'être l'interprète du socialisme hors des milieux où il prospère, le docteur des gentils, le délégué sur qui les possédants se rueront d'abord, avec qui ils transigeront ensuite.

— La politique, dit Sturel avec dégoût, c'est trop peu. Hugo ne vivra plus longtemps. Au-dessus des partis, il faut un homme qui soit l'expression du pays.

— Peste ! fit un interrupteur, la province est césarienne.

— C'est tous des Ratapoils ! cria un second inconnu.

— Monsieur, laissez-nous tranquilles ! dit avec fureur Racadot.

Un malotru bougonnait encore. Mouchefrin l'assaillit de bourrades et d'injures ordurières qui le dépeignaient vivant de l'exploitation des femmes. Cela rétablit le calme. Il est beau que Racadot et Mouchefrin montés en dignité, combattent pour assurer la paisible expression d'idées générales qu'ils auraient bafouées sans l'autorité de Rœmerspacher.

A nul âge on ne philosophe plus volontiers qu'à vingt ans, et surtout vers quatre heures du matin. Même la Léontine en a les lèvres entr'ouvertes dans une face totalement abrutie : c'est le signe de son admiration pour ces messieurs. Depuis Verdun, elle aime Racadot, parce qu'il est son pareil, et Mouchefrin parce qu'il est si drôle ; de loin, déjà, elle enviait M. Renaudin, qui s'est fait une situation, mais dans cet instant, pour la première fois, elle distingue les autres... Quelle impression déconcertante, cette créature humble et grossière peut-elle ressentir de Suret-Lefort, dont la physionomie offre quelque chose de félin, d'hypocrite et de fermé qui, joint à son air d'extrême jeunesse, fait plaisir à voir comme une expression rare; — de Sturel, une figure grave et passionnée qui rappelle ces admirables temps de la Restauration, où l'on avait des âmes romantiques avec une discipline classique? Rœmerspacher appartient à une humanité plus puissante. Il a du rayonnement. Les plus grossiers sont sensibles à l'attrait de la grande sociabilité, et même cette pauvre parente des bêtes, cette Léontine mêlée à leurs débats comme une génisse attachée au piquet d'une tente où l'on discute, approuve les jeux de sa physionomie quand il parle.

Sa tête est forte, sympathique, avec des cheveux roux qui frisent; ses vêtements sont ouverts sur un gilet mal boutonné qui laisse largement voir une chemise molle de toile grossière. De ce milieu, par sa force tranquille, il a banni le ton plaisantin; il a libéré les vrais sentiments jusqu'alors intimidés de chacun. Maintenant, de leur accord ils croient tirer une plus-value générale. Leur force totale est faite des puissances et des directions de chacun. Nul d'entre eux qui désormais ne s'intéresse, comme s'il en attendait un bénéfice personnel, à ce qu'ont découvert les camarades dans Paris.

Leur dialogue avait toutes les secousses des entretiens nocturnes. Mais il partait toujours de leur terrain commun, le lycée de Nancy, pour se déployer, se diviser, se réunir, exprimant ainsi les natures diverses de ces jeunes gens. C'était comme un chêne dont toutes les branches et les moindres feuilles ont sans doute leur physionomie propre, mais leur destinée commandée par les puissantes racines dont l'ensemble dépend. Les chimères qui s'imposent à nous, de nuit, sont difficiles à distinguer de la vérité : ces camarades de lycée, heureux de se retrouver, s'imaginaient former eux-mêmes un arbre puissant et que les forces de chacun, pareilles à la sève qui circule, profiteraient à tous. Cette image leur semblait d'autant plus exacte qu'elle avait une certaine beauté morale. Il faut être bien vieux pour oser reconnaître mensongère une conception qui, si elle était vraie, créerait de la fraternité et de l'agrément. Ces jeunes gens ne se connaissent d'autre père que Bouteiller : ils doivent admettre que, dans l'univers, chacun d'eux va se façonner un monde analogue à celui de ses camarades. Et s'ils discernent les uns chez les autres, au cours de cette soirée, des nuances nouvelles, ils sont bien éloignés de s'en inquiéter; ils n'imaginent pas qu'un jour l'habileté de Renaudin, l'ambition de Suret-Lefort, la poésie de Sturel, la curiosité intellectuelle de Rœmerspacher, pourront les mettre en opposition, ni même les séparer. Ils admirent plutôt ces différences, parce qu'elles leur marquent combien en deux années ils se sont développés... Et ils s'en témoignent de la surprise par un silence où ils s'examinent.

Puis, d'un accord silencieux, ils se comparèrent à la masse compacte des filles et des étudiants agglomérés dans cette tabagie... Essaim où l'on ne peut distinguer des individus, mais seulement reconnaître une espèce. Sur cette façon de gâteau de jeunesse, le gaz, la fumée, l'ivresse et tous les désirs distribuaient des plaques violentes, alternées de rouge et de noir. Tant d'adolescents divers, qui hurlaient et s'agitaient, ne donnaient pas à penser qu'ils fussent plus d'un. Ils formaient un seul animal fédératif, toutes mains tendues, toutes bouches ouvertes vers l'alcool et la prostitution. De se sentir bien au chaud dans ce chenil, ils riaient, pleinement abandonnés à l'heure présente... L'orgueilleuse coterie des conquérants lorrains jugea cette crapule comme le divertissement normal d'âmes assez insensibles pour ne pas partager la commotion qu'ils recevaient de leur premier contact avec la cité de la vie.

— Sturel! — déclama Mouchefrin, — par le nom puissant de Bouteiller! (qui nous ait en sa protection!) passe-moi ton porte-monnaie et je te ferai voir un bel exemple de maîtrise; tu vas connaître le plus victorieux instrument de domination... Messieurs, pour fêter Rœmerspacher de Nomény, qui dès ce jour est Rœmerspacher de Paris, nous vous offrons un rhum de clôture. Crions tous : « A bas Nancy! Vive Paris! »

Cri de trahison, détestable reniement! Oui, ce mauvais garçon a parfaitement résumé cette première partie de leurs vies : et l'ingratitude qu'il manifeste, sans une protestation de ses camarades, a été voulue, nécessitée par Bouteiller. « A bas Nancy! Vive Paris! » traduit ce besoin de se jeter à l'eau qui anime tous ces jeunes gens. Le fausset des filles, la verve irréfléchie des bohêmes, le grognement des pochards composent — et c'est convenance — l'odieuse clameur d'approbation qui accueille le toast et à laquelle le patron met fin en expulsant tout le monde.

Il faisait un petit jour froid, et le vent, aidé par les balais de la voirie, soulevait une sale poussière. Nos jeunes Lorrains, passant d'une telle chaleur dans cette aube glacée, sentent peut-être leur corps souillé de poussière et mal à l'aise sous des vêtements fripés, mais ces impressions dont, à trente-cinq ans, ils s'attristeraient, ne modifient rien de leur joie sans cause, de leur entrain. A l'heure où dorment épuisés les viveurs réputés, les favoris de la beauté, ces enfants dont nul amour ne se soucie ont l'haleine fraîche et le regard ardent; et rien qu'un bain les ferait quand même jolis et fleurs pour les femmes.

Le gros de la troupe empoigna la valise de Rœmerspacher, et, avec mille bouffonneries auxquelles leur jeunesse et leur ébriété pouvaient seules donner du charme, ils allèrent l'installer à l'hôtel Cujas, en face du fameux hôtel Saint-Quentin qu'on a démoli avec la rue des Grés en 1888, et qu'habitèrent successivement Jean-Jacques Rousseau, Balzac et ses héros, George Sand, Vallès. Tous personnages dont la sensibilité préparait les chemins à ces jeunes analystes.

Rœmerspacher garda une fille de la bande, ce dont il eût été gêné devant Sturel. Celui-ci, remontant le Luxembourg vers sa rue Sainte-Beuve, tenait toujours *la Nouvelle Héloïse* sous le bras. En route, il s'aperçut que Mouchefrin avait conservé son porte-monnaie avec deux cents francs, et qu'il ignorait son adresse.

CHAPITRE IV

LES FEMMES DE FRANÇOIS STUREL

Sturel ne se coucha pas ; il relut les passages préférés de *la Nouvelle Héloïse*. Les événements de cette nuit avaient éveillé en lui l'ambition et l'amitié ; Rousseau l'entretenait d'amour et de sensualité. Il devenait plus vivant. L'univers s'élargissait. Des lueurs sur tout ce qui fait jouir ou souffrir venaient guider ou prolonger sa raison. Fier de cet agrandissement intérieur, il pensait avec pitié qu'il y a des vies sans initiation. Mais entre lui-même et les objets de son désir il sentait un voile léger. Il aurait voulu dominer les hommes et caresser les femmes ; il y prévoyait des obstacles, petit étudiant, qui n'avait pas même une lettre pour un salon parisien.

Au repas de midi, où il apporta beaucoup d'appétit et un peu de somnolence, il se tut. Les dames Alison déjeunaient en ville. A la manière dont il accueillit quelques plaisanteries réchauffées de la veille, on jugea prudent de le négliger. D'ailleurs, l'intérêt de ces désœuvrés allait tout vers une nouvelle pensionnaire de qui madame de Coulonvaux chuchotait :

« ... une Orientale, le croirait-on ?... de l'Empire ottoman !... mais tout de même une veuve personnellement fort distinguée et d'excellente famille, madame Astiné Aravian, la proche parente de l'ambassadeur de la Porte à Saint-Pétersbourg. »

Cette jeune femme, d'une trentaine d'années, avec un teint très blanc, des cheveux noirs et des yeux d'un bleu sombre, recevait son principal caractère de la forme longue, un peu en pointe, de sa figure et du dessin de ses sourcils qui descendaient du milieu du front pour décrire chacun un bel arc et se relever encore aux tempes. Elle arrivait de Constantinople; plusieurs jours de wagon lui avaient fatigué les traits, et juste au point qui trouble le plus.

Les yeux battus de ce jeune garçon lui rappelaient-ils d'agréables impressions ? Elle l'examinait avec amitié, sans s'inquéter des chuchoteries et politesses de la tenancière. Comme on sortait de table, elle lui dit sans autre présentation et du ton le plus naturel, — qu'un homme d'expérience eût reconnu pour l'impertinence d'une jolie femme habituée à se faire servir, et qui, pour le jeune homme, continuait simplement le sans-gêne du collège :

— Quel est donc ce livre qui, d'après eux, vous aurait empêché de dîner hier soir ?

Et, sans attendre sa réponse :

— Je suis désœuvrée, cette après-midi... Peut-être une lecture qui ne laisse pas manger me détournerait aussi de dormir.

Sturel s'empressa de lui porter *la Nouvelle Héloïse* dans un appartement encombré de malles défaites, où, parmi des robes, des chapeaux et d'agréables lingeries enrubannées, luisaient mille bibelots d'Orient, miroirs ronds en argent, amulettes suspendues à des chaînes, voiles très légers aux couleurs tendres.

— Vous regardez, dit-elle, mes ornements, mes armes de sauvagesse. J'arrive de Constantinople et de partout. Mais tranquillisez-vous, je sais m'habiller en poupée française, et je ne vous ferai pas peur.

« Je crois, se dit-il, qu'elle me traite en nigaud qui n'a rien vu !... Mon imagination passe peut-être toutes ses expériences. »

Un peu piqué, il resta pourtant, parce qu'elle était belle et parfumée. Ainsi une mouche ne s'éloigne pas d'un morceau de sucre.

Elle avait pris entre deux doigts le livre et regardait la couverture, qui parut la dégoûter. Poliment, elle généralisa ce qu'elle en pensait :

— Jamais je n'ai rencontré de baraque qui sentît le moisi autant que cette maison !... Moi, je veux y rester six semaines, le temps de m'installer ailleurs ; mais que fait ici un jeune homme ?

Sturel ne l'écoutait guère, un peu engourdi par ses brouillards d'insomnie, dans la première chaleur de la digestion, et aussi par le feu trop ardent de la cheminée. Cette atmosphère le caressait.

Elle lui montra des turquoises de Perse, qu'on nomme immortelles parce qu'elles ne verdissent pas avec le temps. Elle en avait une grande quantité, et les tenait d'un prince persan. Leur origine charma Sturel plus que leur bleu. Ils fumèrent des cigarettes douces, tandis qu'avec férocité elle lui rapportait vingt récits de pensionnaires sur leur hôtesse : une besoigneuse, à cheval sur sa noblesse, à genoux devant un écu, affolée par tous les hommes, adressée à toutes les femmes, — pour tout dire, une complaisante : « la galante mère Coulonvaux... »

La décision des manières, le pittoresque sec et l'accent étranger sauvaient de toute vulgarité ces récits où se trahissait un goût insolent de dégrader les êtres. Ces libertés sans rien de bas et surtout une irrésistible lourdeur du sang déterminèrent François à une démonstration un peu brusque, où son esprit d'ailleurs n'eut point de part ; il ressentait depuis quelques minutes, avec une sympathie intense et embarrassée, chaque mouvement de la jeune femme, et, comme elle s'était rapprochée, soudain il la prit dans ses bras, la pressa contre lui, tout en disant très bas : « Pardon ! pardon ! » comme un gamin qui a trop envie d'un gâteau pour se retenir d'y porter la main. Elle ne résista nullement; mais lui ne savait que la serrer davantage. Alors, de sa belle voix et sans aucun désordre dans son agréable visage, seulement un peu étouffée, elle lui dit quand il fut raisonnable :

— Vous êtes un enfant...

Puis elle sourit, et pour ne pas l'intimider :

— La porte n'était pas fermée.

Elle l'invita à se reposer, tandis qu'elle passait dans une pièce voisine.

Il n'avait point imaginé qu'on pût relever d'une manière si noble et si simple des choses qui troublaient et rendaient vulgaires les mauvais petits lycéens. Évidemment, pour elle, son plaisir seul régnait et ne s'entravait d'aucune honte. « Voilà donc, ce me semble, une règle universelle, pensa

François : une parfaite politesse et de l'usage sauvent toutes les situations ». L'innocent ne songea même pas qu'il y fallait aussi cet aimable essentiel qu'il apportait.

S'il analyse imparfaitement les conditions de cette jolie après-midi, du moins son insouciance le rend digne de s'associer à ce bon ton. Quand madame Astiné revint, à l'enfant qui, sans scrupule, déjà sommeillait doucement, elle fut, cette jolie femme de trente-deux ans, une délicieuse révélation de joli corps, frais sous sa chemise légère, comme un fruit choisi, venu de très loin, avec mille précautions, dans des papiers de soie. Après qu'il l'eût fêtée de tout l'entrain de ses vingt ans émerveillés et qu'enfiévrait encore une nuit d'insomnie, il s'endormit profondément.

Il lui sembla bien qu'elle l'engageait à se lever. En vérité, il se serait plutôt laissé guillotiner que de quitter cette bonne chaleur, ce repos et ses rêves. Elle dut en prendre son parti et s'installa auprès de lui à faire sa correspondance. Vers cinq heures, elle s'approcha :

— Petit, il est temps de vous préparer pour le dîner.

Mais lui, étendu comme un jeune animal, s'étirait quand elle lui parlait, les bras ouverts, prêt à la recevoir une fois encore, les yeux clos dans une cernure bleuâtre et avec un mélange de reconnaissance et de bouderie contre ce réveil, — tel enfin que la jeune femme murmurait, animant d'un sourire son regard sombre et sa belle figure mate :

— Quel égoïste!

Elle dut l'enfermer à clef, quand elle descendit à

table, où la place de l'égoïste resta vide. Il ne daigna se réveiller que vers minuit. Ce bon repos, d'ailleurs, lui avait donné beaucoup de gaieté. Elle l'embrassa mille fois et le pria de lui laisser *la Nouvelle Héloïse*, disant qu'elle voulait conserver ce livre-là comme une rareté, parce que dans tout l'Orient, où il y a bien des saletés, elle n'avait jamais vu d'objet si dégoûtant.

Il s'amusa, comme un bon petit Lorrain de Neufchâteau, qu'une femme fût dédaigneuse et impertinente dans de pareilles circonstances.

— Oui, dit-il avec sérieux, cet exemplaire a des dehors déplorables ; je veux en détacher pour vous la plus belle page que vous intercalerez dans votre roman préféré.

C'est ainsi que cette fois le bouquin fut allégé des lettres L et LI : « Reproches que Julie fait à son amant de ce que, échauffé de vin au sortir d'un long repas, il lui a tenu des discours grossiers, accompagnés de manières indécentes. — Excuses de l'amant de Julie. »

L'Arménienne, qui appréciait des enfantillages, mais non ceux de papier, mit au feu, deux heures plus tard, et sans l'examiner, ce souvenir. Mademoiselle Alison, dans le même temps, se repentait d'avoir repoussé les feuillets qu'il lui avait choisis.

Les dames Alison avaient décidé de manger dans leur appartement. François Sturel en fut contrarié ; il se sentait parti pour jouir de l'univers entier, et désirait, entre autres satisfactions, une camarade de son âge. Deux jours après, comme il montait l'escalier en courant, par habitude d'enfance, il croisa la jeune fille, et, tout essoufflé, il lui dit :

— On ne vous verra plus à table, mademoiselle?

— Voilà, répondit-elle gaiement, qui vous obligera de venir au salon le jeudi!

Il l'attendit; elle ne parut pas. Les espérances mêlées de folie et d'étourderie qu'il avait conçues se transformèrent en tristesse. « S'est-elle moquée de moi? Elle me dédaigne? Elle est, comme l'autre, un bien précieux bijou! »

L'imagination, l'ignorance et la timidité donnent aux jeunes gens une force incroyable pour se proposer des succès et des malheurs également impossibles. François Sturel, avant de s'endormir auprès de l'Arménienne, considéra que tout est préférable à une situation fausse et qu'il devait s'expliquer avec Thérèse Alison. Il lui écrivit dès le matin :

« Mademoiselle,

« J'étais au salon hier, jeudi, pourquoi vous cacherais-je que j'en suis sorti profondément triste? J'étais bien obligé de reconnaître votre droit de faire passer toute distraction avant la promesse que vous avez eu la bonté de donner à un jeune homme qui ressent trop violemment la beauté, la grâce et ses propres chagrins pour exprimer ce qu'il en éprouve.

« François Sturel. »

« Allons, me voilà dans la pire erreur! se disait-il en fermant cette lettre, — qu'il fit porter, sitôt madame Alison dehors, — je me présente comme un

soupirant pitoyable... Mais parler de son cerveau serait d'un cuistre, et qu'ai-je d'autre? »

Le fat! A cette époque, il n'a même pas de cerveau. Il ignore les coutumes; il ne songe pas qu'une jeune fille est toujours de chasse réservée. C'est un jeune lévrier en liberté dans le taillis. Heureusement pour la morale, son gibier savait des tours.

A la villa, les faits et gestes de chaque pensionnaire, cela va de soi, étaient connus et commentés. La femme de chambre de mademoiselle Alison, en la coiffant, lui avait dit :

— On parle beaucoup, en bas (c'est-à-dire à l'office), de cette dame, la Turque. Il paraît qu'elle traite pour le mieux le petit étudiant.

Mademoiselle Alison ainsi prévenue crut devoir reconnaître dans ce beau billet un roué. Ce n'était pas ce qui pouvait émouvoir son cœur, fait de noblesse et de chimères, mais son imagination et sa coquetterie furent intéressées à ce drôle de garçon qui, sans avoir aucun air de Paris, était assez vivant pour s'organiser un jeu si compliqué. Elle s'amusa de le rendre amoureux pour se moquer. Ce projet, dont les suites devaient tristement commander leurs relations, en fut le principe. Elle lui répondit :

« Monsieur,

« Ce qui eût été fâcheux, c'est qu'en allant au salon, je ne vous y eusse pas rencontré. Il avait été simplement convenu que vous m'attendriez. Ma bonté, dont vous parlez, est d'accepter un engagement de votre part. Prouvez-moi, par votre assiduité de tous les jeudis, que vous avez bien compris le seul traité possible entre nous et qui vous met, sans condition, au service de

« Thérèse Alison. »

Au remerciement de Sturel, la jeune fille ne répondit plus; elle ne descendit pas au salon le jeudi suivant; mais huit jours après, elle lui donnait sa soirée tout entière et s'arrangeait en sorte qu'il ne pût distraire une minute pour madame Astiné Aravian. Souriante, amicale, parlant d'elle-même, l'interrogeant sur lui et d'un ton aisé et gai où il était trop inexpérimenté pour distinguer un léger énervement.

Tout de même, pour son coup d'essai, François a heureusement engagé ses badinages : une jeune fille pour veiller, une jeune femme pour dormir!

Pressé contre son Arménienne, pendant ces longues soirées d'hiver, avec avidité il profite de tout ce qu'elle sait. Mieux que les voyages, certains repos forment la jeunesse. Elle lui raconte Constantinople, Pétersbourg, Tiflis et le rivage d'Asie où elle est née.

Les récits de madame Aravian.

— Ma famille, lui disait-elle, si loin que remontent nos souvenirs, est originaire des défilés de Cilicie. Par la vallée de l'Euphrate et les oasis de Mésopotamie, nous sommes descendus en Perse. De là, nous passâmes aux Indes; une révolution nous en chassa. Nous avons erré longuement sur les chemins du retour et dans les sables de Syrie. Je suis de naissance ionienne. Mon père, pour les devoirs de sa charge, s'établit à Constantinople. D'après les noms divers de mes aïeux, on voit qu'ils furent souvent des peintres et des fournisseurs de bracelets : ce sont des métiers artistiques. Il y a dans ma famille une réelle éducation des nerfs.

Les vallées de l'Euphrate et du Tigre, qui baignaient le Paradis terrestre ; Babylone et Ninive, la Perse, l'Inde, l'Ionie ! — de telles syllabes prononcées déterminent en Sturel de profonds ébranlements. Cette puissance de leur son n'est pas seulement qu'il vient des origines de l'histoire ; mais il retourne pour les émouvoir jusqu'aux gisements profonds du jeune homme. Quand il avait quatre ou cinq ans, on fit sortir des ténèbres, on créa son imagination avec des récits sur ces lieux légendaires. Le bruit de leurs noms, c'est un fil magnifique qui le relie dans son passé à ses premières songeries.

Elle vient d'Asie et de régions mystérieuses et parfumées comme de belles esclaves voilées. Il admire son profil grave et désire y passer la main. Il s'enfonce dans ses yeux ; il n'y cherche pas la vérité sur leur amour, mais le secret des caravanes qui traversent le désert. Il appuie son oreille pour écouter dans ce cœur quels mouvements agitèrent toute la série des femmes dont elle fut enfantée et qu'il aime dans ses bras. Il respire l'odeur de sa peau, et non point avec l'ardeur d'un jeune amant, mais plutôt dans un délire mélancolique, avec humilité et tristesse, s'inclinant comme un barbare sur le seuil des immenses beautés asiatiques... Il défaillait de sensations poétiques, ainsi qu'il advint à ce jeune soldat trop cupide qui périt écrasé sous les bagues, les diamants et les perles parmi les trésors de l'Orient dont un fatal bonheur lui avait ouvert l'accès.

A dix-neuf ans, pour l'ordinaire, un jeune homme favorisé pense : « Quand ma maîtresse entre dans sa loge, à l'Opéra, aux Français, les hommes l'admirent et envient celui qu'elle doit aimer. » Mais François Sturel se disait : « J'ai une femme de Ninive, et c'est en outre une fille d'Ionie..» Les détails exaltants que Bouteiller avait donnés aux lycéens de Nancy sur les philosophes ioniens profitaient aux plaisirs que madame Astiné reçut de son petit ami.

Il la suppliait de raconter, de raconter encore. Avec un langage un peu cru, trop parisien, comme il arrive aux cosmopolites qui abusent de l'argot des petits théâtres, — défaut qu'atténuait d'ailleurs son accent exotique, — elle avait un don merveilleux pour dégager des choses leur mystère sensuel. Son plus beau voyage l'avait menée dans le Caucase, à Tiflis ; en plusieurs nuits, elle le raconta, d'une façon aussi attrayante, aussi ingénieuse que Scheherazade auprès de son sultan... mais elle était moins préoccupée, et de temps à autre, bien volontiers, s'interrompait pour perdre la tête.

— Je t'ai dit, commença-t-elle, que ma famille est arménienne, du non d'Aravian (*arev*, veut dire soleil), et l'une des meilleures de là-bas ; mon prénom, Astiné, vient, d'*Artitha*, la déesse, la Vénus à qui nos pères, dans le pays du lac de Van, consacraient les sommets des monts. Je suis née en Ionie. De ma petite enfance, je me souviens seulement d'avoir fui de l'intérieur, à la suite de troubles, dans les bras de ma mère, sur un chameau ; et ma mère mourut en touchant au rivage... Et cela aussi me revient que ma chère mère, qui était si belle, racontait le *Gulistan*, où l'on parle toujours des rossignols, des roses et des jasmins, tandis que je m'amusais à ses pieds avec de jolies boîtes peintes. Elles étaient étroites et longues ; on y voyait des cavaliers sur des gazons d'un vert tendre, poursuivre des jeunes filles aux longs yeux noirs, qui en fuyant retournaient la tête. Ces boîtes et ces poésies, c'est tout ce que je me rappelle de ma mère, Arménienne de Perse, épousée par mon père quand il représentait la Porte, à Téhéran.

« Les Arméniens en Turquie, comme chrétiens, sont exclus de l'armée et admis dans les ministères et la diplomatie. Mon père, il y a quinze ans, était à Constantinople, conseiller d'État. Une nuit, on l'appela subitement au Palais. Quelques heures après, revenu dans sa maison du Bosphore, il tomba sur le parquet et mourut avec d'affreuses convulsions. Mon frère, comblé de cadeaux et de décorations, à la suite de cet accident, fut attaché à l'ambassade de Pétersbourg... Je te dis cela pour te faire sentir comment je ne suis pas une bonne petite fille de ta province, française ; je suis des plus vieux pays du monde, où l'on gouverne selon de très anciennes traditions.

« J'accompagnai mon frère ; j'avais alors quatorze ans. Un de mes oncles, devenu Arménien russe, a gagné une grande fortune à exploiter les pétroles des bords de la Caspienne, où il entretient pour son commerce toute une flotte. Il habitait souvent Pétersbourg et faisait beaucoup la fête, et avec lui je m'entendais tout à fait. Une de ses filles avait épousé mon second frère, ingénieur à Tiflis.

« Tu vois bien la famille que nous sommes, turque et russe, en réalité arménienne, c'est-à-dire pas du tout d'Europe. Tu ne dois pas continuer à croire qu'il n'y a au monde que la France. J'accorde que Paris est un bel endroit, mais combien d'aventures et d'indépendance et d'imprévu dans le moyen orient, et comme il te plairait, mon cher petit garçon ! A seize ans, je ne savais encore rien de ce qu'il y a de beau dans le monde, mais je le soupçonnais, j'essayais de l'imaginer, et j'inventais, par amour du romanesque, mille histoires à la semaine. Cela me plaisait beaucoup d'avoir ainsi une double vie et de ne jamais dire le vrai !... Enfin, j'avais tant menti, que notre aîné, le chef de la famille et d'un caractère morose, décida de m'éloigner et de m'expédier pour quelque temps chez mon frère Vardan, à Tiflis.

« A trois heures de l'après-midi, quelqu'un me conduisit à la gare Nicolas, quelqu'un que j'aimais bien, du moins comme on peut aimer au sortir du gymnase. Heureusement ma voilette de tulle noir à gros pois, avec sa bordure de chenille, cachait ma figure jusqu'aux lèvres, car j'avais honte de pleurer.

« C'était le 5 mai, dans un temps qui est déjà loin ; j'avais seize ans et demi, un portefeuille bien garni, beaucoup de bonbons, et un gros bouquet. Une robe de soie noire avec un « pouf », retroussée par des « tirettes » sur un jupon de soie rouge « solférino », trois velours noirs au bas de ce jupon, des bottes avec des glands et qui se fermaient en dessinant un petit cœur sur mes bas, me composaient un air assez gentil, je crois, et un peu risqué. J'avais au cou un ruban de soie, encore rouge solférino, un « suivez-moi jeune homme » avec les pans aussi longs que la robe. Ma toque en velours noir, surmontée d'ailes blanches, était fixée par une forte épingle enfoncée à travers la résille et le chignon et que terminaient, à chaque extrémité, deux boules noires énormes. Elles semblaient des gros yeux de bêtes.

« Ce voyage me plaisait parce que je ne manquais pas d'argent, que j'allais dans un pays où personne ne me connaissait et que tout le monde me regardait. Jusqu'à Moscou, il n'y eut rien de particulier. A partir de Koslov, les employés ne surent plus me réserver un compartiment ; je fis la connaissance de deux voyageurs, le mari et sa femme, poitrinaires qui se rendaient aux eaux de Piatigorsk, où fut tué le poète Lermontov. Nous entrâmes sur la terre de l'armée du Don, la terre des Cosaques. Dès lors, commencèrent les habitations qu'on appelle des « pressoirs » parce qu'on y fait le vin ; et partout, des champs pleins de fleurs embaumaient... Mes compagnons me racontèrent une belle histoire : le jour de la fête annuelle, les nouveaux mariés entassent dans un bassin de cuivre tout ce que la terre produit de meilleur, des fleurs, des épis, des pampres, des lauriers, puis ils les baisent pour honorer l'idée de fécondité... A chaque instant montaient, descendaient des officiers de Cosaques, et j'avais grand plaisir à être, pour une heure, l'intérêt le plus vif de ces vies que je jugeais misérables dans un tel éloignement de Pétersbourg.

« Ensuite le chemin de fer, quittant le dernier de ces gais pressoirs, circula entre des montagnes couvertes de neige. Quand sa femme et moi nous étions endormies, le poitrinaire s'occupait des billets, des bagages ; il faisait apporter du thé et le dîner, si nous ne voulions pas descendre ; en revanche, ils mangeaient mes bonbons. Enfin, après deux jours et deux nuits, nous nous engageâmes sur une étroite chaussée dans l'eau. Nous arrivions à Rostov-sur-le-Don, une ville très connue pour le vin et les poissons; le fleuve est très large, les rues très sales, et je te dirai qu'elles sont pleines de pick-pockets, aussi nombreux là-bas, près de la mer d'Azof, que dans les magasins du Bon Marché. Pour employer un arrêt de quatre à cinq heures, nous fîmes tous les trois un petit tour en ville, et, mes compagnons devant me quitter au bout de vingt-quatre heures, je les priai à dîner.

« J'ai commandé un beau menu, en me rappelant ma science des restaurants de Pétersbourg, que j'avais courus avec mon vieil ivrogne d'oncle : il y eut notamment des écrevisses extraordinaires, que j'avais choisies moi-même dans le réservoir, belles et grandes. Ce qui surprit beaucoup c'est que je savais l'usage des vins après chaque repas. Le tout était très relevé. Au lieu de champagne on a servi des vins de la contrée. J'étais très rouge sous mon chapeau, d'avoir bien bu et de la satisfaction d'avoir étonné tout le monde. Et pour finir j'exhibai un gros portefeuille, un portefeuille d'homme qui a beaucoup vécu (c'était encore un de mes chics), et malgré leur air je voulus payer. A ce moment, j'eus à m'apercevoir d'un voyageur qui, depuis Moscou, à chaque station, approchait de mon compartiment : je le voyais bien, mais je prenais l'air le plus indifférent et me laissais regarder...

« C'était un tcherkesse, général dans les troupes du grand duc Michel. Très grand, très flexible, la tête rase selon l'usage musulman, coiffé d'un long chapeau conique d'astrakan et habillé avec une longue robe serrée par une ceinture de galon et de poignards. Sa barbe était grise, ses yeux jeunes; il paraissait très grave, comme les Orientaux, et en même temps très civilisé. Mes compagnons, qui devaient me quitter à Piatigorsk, me recommandèrent à lui, pour le reste du voyage. Sûrement, il avait sollicité cette présentation. Chez eux on enferme les femmes : une fille de seize ans, seule sur la route d'Asie, devait l'étonner. Et puis mon aisance au repas! Comme il m'admirait! et en même temps qu'il était intrigué d'un tel petit monstre!

« A chaque arrêt depuis Piatigorsk, il vint à ma portière se mettre à ma disposition; puis, le soir, sur les six heures, il me demanda si je voulais accepter sa société. J'en fus bien aise, car mon wagon vide était attristé par l'ombre des montagnes immenses. On racontait qu'un Arménien avait fait ce voyage avec une dame voilée, et que la dame voilée était un homme qui avait dévalisé l'autre parce qu'il venait d'une foire. Beaucoup d'histoires romanesques qui, à Pétersbourg, m'avaient enchanté l'imagination, ici ne me rassuraient pas. Il m'expliqua que jadis Schamyl et ses guerriers, jeunes, vaillants et beaux, ne pillaient pas les convois pour de l'argent, mais pour les femmes. Prises par eux, elles étaient perdues. Comment des hommes nés hors de ces montagnes pourraient-ils traquer les Circassiens qui sont agiles comme des saltimbanques? Au reste, une jeune élève d'Odessa, que Schamyl avait enlevée, ne consentit jamais à retourner dans sa famille qui la voulait racheter.

« Le tcherkesse souhaitait que personne ne m'attendît à Vladikaskas, station extrême de la ligne. Il pensait passer jusqu'à Tiflis deux jours de voiture en ma société. Si le tête-à-tête me déplaisait, nous

nous joindrions un docteur et un ingénieur qui l'accompagnaient. Et, la nuit, à l'hôtel, si j'avais peur, ils se relaieraient tous les trois pour veiller à ma porte. Sa réserve me rassura. Il ne s'asseyait pas sans mon assentiment. Je voyais qu'il n'était pas si sauvage que sa robe, ses cartouchières et son poignard. Enfin, plus ou moins j'étais flattée. Son projet, secrètement, m'enchantait.

« Vers les dix heures, nous arrivâmes à Vladikaskas, au pied d'une montagne belle et froide comme l'hiver. C'était une nuit transparente, encore éclairée par les maisons toutes peintes en blanc. Ce qui frappe d'abord, ce sont les cyprès. Du milieu d'eux, quand le train s'arrêta, se détachait la silhouette d'un jeune homme en qui je devinai mon frère. Je ne l'avais pas vu depuis quatre ou cinq ans, mais de sa présence je ressentis une déception qui, jointe à ma fatigue, remplit mes yeux de pleurs, tant j'aimais les aventures.

« Le tcherkesse voulut être présenté à mon frère et demanda la permission de nous faire le lendemain une visite. Il ajouta qu'il espérait bien être autorisé à nous voir à Tiflis. Et pourquoi, en été, n'aurait-il pas le plaisir de nous offrir l'hospitalité sur la mer Noire, à Batoum?... Vardan me caressa gentiment la joue en disant que certes, pas un de ces hauts fonctionnaires ne s'occuperait d'un jeune ingénieur sans importance, n'était l'intérêt qu'une jolie fille comme moi méritait bien d'inspirer, et il me félicitait en badinant, parce que ce général n'avait aucune liaison à Tiflis et passait pour très sévère.

« Nous passâmes cette nuit à Vladikaskas. L'air était tiède et rempli du parfum des fleurs. Bien qu'énervée d'un si long voyage, je restais à ma fenêtre pour admirer les cimetières, tandis que j'entendais le souffle de mon frère.

« En voiture particulière nous partîmes pour le Caucase, sur la route militaire de Géorgie. J'ai beaucoup vu le monde, mais ce que vantent les hôteliers en Suisse et ailleurs, et les côtes même de Tolède ne tiennent pas auprès des défilés de Dariel... Je vais te dire : dans l'histoire des pays d'Europe, — peut-être en avons-nous des détails trop précis, — je trouve toujours quelque chose d'un peu vulgaire. C'est de la même façon qu'auprès des histoires d'amour de la Perse, ta *Nouvelle Héloïse* me paraît bourgeoise et pédante. Et tous les jeunes gens de Balzac ont des airs de petits commis, si tu les compares aux fils du vieux *Tarass-Bulba*, par exemple... Eh bien! aux gorges de Dariel, légendes et paysages, tout a grand air. La colombe de l'arche, le drame de Prométhée, les confins de l'empire d'Alexandre, voilà des souvenirs que nous traversions ou approchions, tandis qu'une petite route nous menait au travers de ces terribles roches, et dans un paysage qui par son caractère a rendu pour moi fades à jamais des tragédies dont l'âpreté vous resserre la bouche.

« Au mont Kazbek, les enfants nous rasaient pour nous vendre des cristaux d'améthyste. Et puis, le jour baissant, le paysage tout féodal, la lune sur les précipices, les rares indigènes immobiles sous leurs turbans, faisaient un mélange de l'Orient et du moyen âge si pathétique, que je croyais sentir sur mon cœur éperdu la pointe d'un poignard assassin. La vallée du Daghestan nous reçut, toute pleine de fleurs. Nous franchîmes des montagnes si hautes que le sang me sortait par le nez. A Mtzkhet, capitale de Gengis, — qui vaut mieux, selon mon goût, que votre Napoléon, — mon frère m'annonça Tiflis, et il commença de me peindre en détail la famille.

« Il me dit que c'est un point d'orgueil d'habiter la maison de famille et que nous trouverions sous le même toit plusieurs sœurs toutes mariées, mes cousines : l'aînée, sa femme, une pondeuse, — la deuxième, une Cendrillon, — et la troisième, nommée Satinique, une très jolie personne ; et il ajouta : « Je lui ai expliqué qu'en Russie c'est fort bien qu'une jeune femme se mette sur les genoux de son beau-frère. » Je le désapprouvai beaucoup : car je pense qu'il faut tout faire, mais avoir de la tenue... Tandis qu'il parlait, nous avions monté une longue montagne et côtoyé le cimetière rempli d'hyènes qui hurlent le soir. Nous traversions les rues étroites de l'ancienne ville pour aboutir enfin à la poste des voitures.

« Des jeunes femmes habillées à l'européenne, d'autres avec des boucles pendantes et des longs voiles en arrière des anciennes familles géorgiennes, des enfants très sauvages qu'elles tiraient par la main, toute une foule, avec les mouvements et les cris de l'affection, se précipitèrent à ma rencontre et me félicitèrent. On chargea mon bagage sur un porteur, et, le long des maisons basses aux balcons en vérandas, croisant les hommes les plus beaux du monde, tandis que tombait la nuit, nous nous rendîmes à la demeure de famille. J'y trouvai une lettre de mon frère aîné qui m'écrivait : « Cherche partout la vérité. » Je notai immédiatement en marge, pour le lui développer : « Quand je voudrai des sermons, je lirai Bossuet et les autres. » Ce n'était pas du tout mon humeur.

« De fatigue, tout mon corps était meurtri. Surtout j'avais faim. Je te dirai, si tu es gourmand, qu'un cuisinier indigène, qui s'appelait « Diamant brut », préparait de bons repas, pris en commun dans une grande salle, et que nous eûmes, ce premier soir, de la viande de mouton rôti à la broche, beaucoup de riz accommodé avec des tomates et des cerises, un fromage de chèvre et douze espèces de fruits. Le vin du pays était servi, non pas en carafe, mais dans une vaste soupière d'argent où chacun puisait avec une louche...

« Après ces grandes chaleurs, l'agréable repos sous un ciel où la nuit ne parvient pas à éteindre la clarté! Nous étions assis sur la terrasse, au faîte de la maison, et les voisins aussi respiraient sur leurs toits. Nous veillâmes doucement jusqu'à une heure ou deux du matin; puis, les domestiques ayant posé des matelas, tout le monde s'endormit en plein air.

« Alors, voici ce que j'ai fait... Il faut te dire qu'à peine m'étais-je rafraîchie et changée de vêtements, mon frère m'amena ma jolie cousine, Satinique. Et tout de suite, comme il m'avait raconté, il voulut la prendre sur ses genoux et, parce qu'elle rougissait, il lui disait : « Ne fais pas attention, petite, ma sœur ne te juge pas mal. » J'ai répondu : « Il ne s'agit pas de savoir ce que j'en dirai, Satinique sait bien ce qu'il faut en penser... » Je ne l'aimais pas parce que, fière de sa gentillesse, elle opprimait sa sœur, la laide, qui était une bonne personne. Je l'ai domptée dès le premier moment, et je l'obligeais de frapper à ma porte avant d'entrer chez moi, ce qui n'est pas dans les mœurs simples et familières de là-bas. Seulement, comme elle était la plus précieuse chose de la maison et très estimée de toute cette société, j'ai voulu l'avoir à moi, et, pour mes insomnies, le médecin de Pétersbourg m'ayant prescrit d'avoir une bête à mon côté la nuit, c'est elle que j'ai prise, ce qui dépitait son mari et mon frère.

« Tiflis, mon chéri, est bâtie sur les pentes d'un précipice, dans un ravin où l'on cuit. Ses boulevards sont plantés de peupliers, mais la ville vieille est étroite, et si tu connaissais Cordoue, je te dirais que Tiflis est de même infecte et parfumée, c'est-à-dire sentant la mort et les roses. Un fleuve très rapide, la Koura, la traverse, et tout autour s'étagent de beaux jardins fruitiers, tandis que le paysage est fermé par la chaîne du Caucase, mauve, noire, orange, selon les heures.

« Voici comme nous passions les journées. Le matin les hommes, militaires, médecins, ingénieurs et autres allaient à leur service, et les femmes restaient au logis, demi-habillées et sans aucun raffinement. Les Géorgiennes m'admiraient beaucoup parce que j'avais une robe de broderie blanche très transparente, des bottines en toile blanche, un grand chapeau. Entourées d'enfants et de domestiques en profusion, et ne remuant pas du tout, nous prenions des sorbets, du café. A une heure, on dîne, puis on fait la sieste jusqu'à six. Les volets sont fermés; domestiques, enfants, maîtres, chiens, tous dorment. A six heures, on se lève; on s'habille, et parfois, vers les huit heures, on se rend, pour écouter les musiciens, au jardin public. D'autres fois, en calèche très bien attelée, nous allions aux vergers. On jette des tapis sur la terre, après l'avoir battue à cause des scorpions, et puis l'on peut cueillir et acheter des fruits, qui sont magnifiques; on trouve aussi du café. Bientôt le soleil disparaît, c'est alors que le coup d'œil sur les montagnes est le plus émouvant; et les plus insensibles, pénétrés par l'ombre, se taisent. Quand on a vu souvent la nuit tomber sur le Caucase, on a beau avoir toutes ses intrigues, on garde dans ses yeux et dans ses pensées quelque chose de grave que n'ont pas les Parisiennes.

« Un passe-temps cher aux Géorgiennes, c'est le bain. Toutes les femmes de la même famille se réunissent, invitent les voisines, et cinq ou six équipages les conduisent. Il n'y a que les hommes, ce jour-là, pour demeurer à la maison. Les bains, entourés d'amandiers et de noisetiers, sont situés près de sources sulfureuses, d'un usage immémorial, où l'on voit des Persans qui soignent leur lèpre, et des musulmans qui font des ablutions. Les Persans ont leur grande barbe ainsi que les ongles teints en rouge. A l'auberge voisine, qui est un ancien cloître ruiné, chaque samedi viennent à pied de nombreux pèlerins. Ils offrent des moutons à l'église et, après une messe solennelle, les dévorent par quartiers énormes. Ensuite des jeunes gens du pays font de l'équitation brillante. Dans nos cabines les souris pullulaient, parce qu'on mange dans les bains. Tu penses si toutes nous frémissions en quittant nos vêtements!... On se lave avec des pastilles de chaux, puis on va s'attabler près d'un placard où l'on a des fruits, du vin et les filets d'un mouton rôti sur place; enfin, on rentre dans l'eau pour achever de se purifier. Cela de midi à huit heures. On regagne Tiflis en voiture, très bruyantes, et on potine ; c'est une grande fête.

« Une autre distraction, pour les femmes, c'est de jouer de l'argent aux dominos dans des maisons où l'on paye dix kopecks d'entrée. Il y a cinq ou six tables dressées ; des fèves servent de jetons. Et si tu savais comme toutes elles trichent ! Ces salles très simples, fermées au soleil, où des Géorgiennes prennent des sorbets en maniant des dominos, ce n'est pas les jeudis de madame de Coulonvaux ; mais si, le long des rues étroites, brûlantes et si sales de la vieille ville, tu allais, mon chéri, dans un de ces tripots, qui sont d'ailleurs d'excellente compagnie, tu y serais plus heureux qu'à travailler dans cette rue Sainte-Beuve, sous l'œil d'une bourgeoise ridicule, pour devenir magistrat ou notaire, car je n'ai pas su te peindre la liberté et, en même temps, l'absence d'initiative, l'abondance et la simplicité de la vie dans le Caucase.

— Pourtant, — dit François Sturel, qui se croyait responsable de l'Europe en face de l'Asie, — je n'aimerais pas sommeiller tout le jour comme des femmes de sérail.

— Mon chéri, quoique tes yeux me plaisent, surtout quand tu te fâches, nous ne nous connaissons guère. J'ignore tes préférences.... Il y a beaucoup de personnes qui aiment à aller de la naissance à la mort comme un petit sterlet descend le Volga, perdu parmi les bancs épais des sterlets, ou encore à mûrir au soleil comme un raisin dans les vignes, parmi tous les raisins. Et des millions et des millions d'Arméniens ont ainsi passé leur vie sans accidents individuels, sans autre agitation qu'un peu de chagrin, entre seize et vingt-cinq ans, à cause des femmes... Mais je pourrai te chanter les Chants de la liberté, de Kamar-Katiba, et tu comprendras ce que m'a dit mon père : traversant un jour Tiflis avec ma mère, il la conduisit jusqu'à Érivan ; et, de la plaine, ils aperçurent au loin l'énorme Ararat, la montagne sacrée autour de laquelle les Arméniens toujours combattirent pour leur indépendance. Et ma mère, qui était sentimentale, s'est mise à fondre en larmes, songeant qu'elle irait au tombeau avant que ce magnifique spectacle une seconde fois s'imprimât sous ses paupières... Celle qui te presse maintenant dans ses bras était alors au sein de sa mère, et, pendant cette journée, pâtit de ce que souffraient les siens sous la lumière du soleil qu'elle n'avait pas encore vue... Je suppose que tu aimes Byron, toutes ces choses-là. Eh bien ! qui ne veut pas suivre ses jours comme le sterlet descend son fleuve, trouverait à remplir, aux pentes de l'Ararat, le rôle qu'eut en Grèce cet Anglais... Si tu luttais, Arménien, pour la nation arménienne, tu intéresserais un peuple qui peut encore se flatter d'illusions, faire de la gloire et récompenser. Tu courrais des risques réels. Et ce qui t'envelopperait de toutes manières, c'est le climat, la diversité des types, la sensation de la brièveté, de l'inépuisable fécondité de la vie prodiguant des hommes braves, des belles femmes, des fleurs, des fruits, des animaux, tous d'un rapide éclat et qui ne passent pas comme ici leur temps à se disputer à la mort.

« Dans le vieux Tiflis, au milieu des maisons de bois à toitures persanes, on trouve à chaque instant, çà et là, de petits cimetières humides et sombres. De les côtoyer, quand je sortais des maisons de jeu, c'était une impression qui mêlait en mon âme les images du hasard et de la mort; je me jurais de ne pas disparaître sans avoir amené quelques bons numéros à la loterie. Si tu avais passé par les mêmes ruelles, à seize ans, il t'en resterait dans tous tes actes quelque chose de plus décidé. »

Quand Astiné eut fini son récit, le jeune homme désormais avait dans sa conscience, comme un virus dans son sang, un principe par quoi devait être gâté son sens naturel de la vie.

Je ne veux pas dire seulement qu'il était tourmenté de voluptés imaginaires et par là dégoûté des imperfections de toute existence. Cette inquiétude, fréquente à son âge, est toute analogue à la maladie des jeunes chiens; l'énergie du sujet en triomphe facilement, aidée par la médiocrité ambiante qui a vite fait de fondre nos humeurs singulières... Mais quelque chose de plus grave vient de se composer en François Sturel qui commandera son humeur.

Défiance de petit garçon maltraité dans les lycées, exaltation quand, à dix-sept ans, l'étoile de poésie avait surgi des livres, songes de la vie et de la mort sous les premières nuits d'été que distingua de l'hiver son âme de prisonnier, angoisses métaphysiques au pied de la chaire de Bouteiller, — tous ces éléments et bien d'autres flottaient dans ce jeune homme, de qui la mère à vingt ans avait été rêveuse. Le récit d'Astiné isola Sturel de la vie mesquine, lui forma une sorte d'atmosphère particulière qui, le pressant de toutes parts, détermina une condensation générale de ces vapeurs.

Dans ce premier instant, il put supposer un accroissement de sa force intérieure. Son énergie cessait de sommeiller, bouillonnait dans ses veines. Cependant, les paroles d'Astiné laissaient diffuser leurs dangereux éléments étrangers dans cet organisme en désordre. Sturel, qui subit l'invasion énervante de l'Asie, en croit d'abord sa clairvoyance plus étendue. Quelle erreur! Ce n'est pas une plus-value que lui laisseront ces grands mouvements: les vagues sentiments qui l'envahissent ou qui, déjà présents en lui, s'y développent, ne valent que pour le détourner de toutes réalités ou du moins des intérêts de la vie française.

La première excitation dissipée, il put reconnaître en son âme un principe qui n'était pas de sa nature. Comme une matière dissoute, à mesure que le temps passe, abandonne son dissolvant et tombe au fond du vase, quelque chose s'était déposé au fond de François Sturel qui était l'essentiel de ces vapeurs mélancoliques, un précipité de mort.

Si l'on admet que des poussières toxiques peuvent pénétrer la vie morale d'un adolescent, on s'étonnera peut-être que la conversation d'une femme soit ici leur véhicule. C'est méconnaître les prestiges de la poésie.

Il était naturel qu'un récit apporté des pays de la toison d'Or remuât tout le romanesque d'un enfant généreux, grandi entre les hauts murs d'un cachot et dont les puissances n'avaient pas eu d'issue vers la nature, vers le risque et vers l'amour. Les rossignols de qui l'on crève les yeux sont au printemps les plus éperdus de lyrisme... Une ville d'Orient parmi des vergers, assise dans le crépuscule auprès d'un cimetière, telle devait être désormais la patrie de ses rêves, la cité de ses trésors. Elle chantait pour lui, du fond des déserts antiques; et de ses terrasses se levaient, comme au crépuscule le chant du muezzin, tous les vers qu'il avait élus aux veillées de son collège. Un voile la recouvrait comme une beauté nubile de l'Asie. Et c'était encore une pleureuse qui, sur un cadavre, se déchire le sein et qui fait aimer avec précipitation une vie destinée à si vite se défaire.

Présentée par les mains d'une femme, cette coupe de poison doit d'autant mieux agir que Sturel est mal pourvu, peu préparé à résister. Ses forces vitales héréditaires, on les a par système affaiblies. Il ferait face à l'assaut s'il était, depuis sa petite enfance, demeuré dans son domaine national, parmi ses vraies propriétés psychiques. Mais l'enseignement universitaire l'a conduit sur le plan de la raison universelle. D'ailleurs, s'il est constant qu'un esprit vigoureux, bien assuré de ses assises, peut se hausser de son étroite patrie, de son milieu et de sa race, pour atteindre à d'autres civilisations, on n'a constaté chez personne l'énergie de faire de l'unité avec des éléments dissemblables. Un enfant de Neufchâteau, le fils d'une province militaire et disciplinée, saurait sans périr prétendre à s'assimiler tout l'hellénisme. Mais le rêve de l'Orient, la cendre des siècles asiatiques, n'est pas pour lui respirable.

François Sturel, un jour que madame Aravian était allée plus profond dans son âme, se taisait.

— Ah! — dit-elle avec un ton de caresse, mais

légèrement dédaigneux, — je fais des éducations!

Il pâlit de ce mot.

Les puissants toujours sont solitaires. Cette jeune femme, qui mettait l'Asie dans les bras d'un jeune Lorrain, ne trouva pas auprès de lui le bénéfice de ses enchantements. Par la violence des sensations elle l'épouvanta. Etourdi d'une telle reine, il fuyait pour jouir de ses dons à l'écart. Ces mêmes qualités d'étrangère qui l'attiraient le blessaient.

Avez-vous vu dans les broussailles un enfant de la montagne guetter, admirer, haïr une belle promeneuse? Il lui jette des pierres, en demeure tout rêveur.

Astiné qui dit ce mot profond : « Je pense qu'il faut tout faire, mais avoir de la tenue », gardait dans la débauche des manières polies, une modestie de la voix, une simplicité sûre de tous ses gestes, un maintien qui imposaient.

Sturel prit tout de madame Aravian et se tourna ainsi paré vers mademoiselle Alison. Elle avait un visage d'une beauté touchante et un joli petit corps, et fournissait ainsi des réalités sensibles à l'imagination, subitement informée, d'un garçon de vingt ans. Surtout il espérait pouvoir la dominer. Peu importe si la force et le haut caractère d'idole passionnée d'Astiné sont d'un caractère plus rare que la grâce de jeune bête encore hésitante de cette jeune fille. Cela plaît au jeune mâle d'étonner, et, formé par une femme, il se hâte de trouver une fille à débrouiller.

Astiné, c'est un livre admirable qu'il feuillette; il s'empoisonne avec avidité de toutes ses paroles, mais n'est pas né pour s'endormir sous le plus beau des mancenilliers.

Tous les jeudis, il est exact auprès de mademoiselle Alison. Il aime les élans qu'elle a dans sa voix, et les manières de la dix-septième année. Et puis, avec les moyens de son âge, sa bouche fraîche, ses yeux limpides et la férocité des jeunes êtres, elle entreprend, elle aussi, l'éducation de cet adolescent, qu'il ne faut pas plaindre.

— Je vous passe tous vos amis, quoiqu'ils ne sachent guère s'habiller, dit-elle en souriant des Rœmerspacher, des Suret-Lefort qu'elle avait entrevus; — du moins des hommes, bien qu'inexcusables de se mal tenir, peuvent offrir des compensations; mais cette Persanne, cette Turque, cette Arménienne!...

Pauvre petite Lorraine, par sa moue méprisante elle exprime une vérité de son ordre. Un gentil oiseau des climats modérés a des objections légitimes contre un animal de la grande espèce, qui consomme abondamment et par là détruit beaucoup. Quand même la moralité sociale française repousserait justement madame Aravian, Sturel à jamais porte sa marque : quelle atmosphère pourrait contenter celui qui respira une fleur d'Asie portée par le vent des orages!

— Et vous, mademoiselle, — répliqua-t-il avec un dédain encore plus accentué, — écarterez-vous M. de Nelles?

Le baron de Nelles est un habitué des jeudis à la pension Sainte-Beuve. Il a vingt-huit ans; il est attaché au ministère des affaires étrangères. Il a gardé tous ses préjugés de caste, des niaiseries qui n'ont ni direction ni tradition. Excusables, gaies et charmantes chez des petites mondaines, ces pauvres vues se traduisent, chez ce gros garçon à tête de cocher anglais, par un sourire irritant et par une prodigieuse servilité pour tout ce qui représente une influence sociale. Il plaisante volontiers sur les femmes de la société républicaine, mais il admire profondément M. Jules Ferry. Il n'a pas l'intelligence assez large pour concevoir que l'intérêt n'est pas seul à mener le monde, qu'il se mêle souvent et qu'il cède parfois à des passions plus fortes, voire à des passions nobles. Enfin, travers impardonnable, il met de l'esprit où l'on n'a qu'en faire : il n'y a que les sots pour avoir toujours de l'esprit... Ce ton boulevardier fut exactement la manière de Paris sous le second Empire, d'où, en s'avilissant, il glissa au Café de la Comédie, dans les sous-préfectures et dans les casinos.

Aux critiques de Sturel et pour le taquiner, la jeune fille répond :

— Bien au contraire, je cherche deux autres Nelles !... A Nice, à Carlsbad, partout il me fallait toujours trois gardes du corps !... Vous ne montez pas à cheval, le théâtre vous ennuie. Ils n'auront pour eux que d'être jolis garçons ; je pense bien que vous n'avez pas la folie d'être jaloux de ces figurants !

Et quand il explique en quoi le baron de Nelles le froisse :

— Je veux que vous soyez amis, dit-elle. Il est presque aussi intelligent que nous.

La vérité, c'est que Nelles, avec aplomb, couvre mademoiselle Alison de compliments. Leur qualité choque le goût un peu provincial et par là peut-être trop délicat de Sturel. Mais ils enchantent la jeune fille et, comme une caresse qui lustre les plumes d'un bel oiseau, ils lui donnent plus de vie, plus l'éclat, plus d'attrayante irréflexion. Belle voix, lumineux sourire, ignorance de la vie et confiance en soi-même qui s'épanouissent chez une fille de dix-huit ans comme au printemps s'étale la queue en panache d'un paon!

Les circonstances facilitèrent les arrangements de François Sturel. Au bout de trois semaines, madame Aravian, ainsi qu'elle avait projeté, quitta la ville pour n'y plus reparaître. Elle bâillait dans le salon de l'honorable et pectorale madame de Coulonvaux, parce qu'elle avait vu au Caucase des sociétés bien autrement pittoresques où s'agitaient des princes géorgiens, souples de corps, ignorants, magnifiques, ruinés et qui empruntaient de l'argent pour faire des cadeaux. Sturel, plusieurs fois par semaine, alla lui demander la suite de ses beaux récits qui ne finissaient jamais qu'à l'heure du premier déjeuner.

Il écartait toutes les occasions où le nom de cette grande amie pouvait être prononcé par sa petite amie Thérèse Alison. Il eût tant joui du parfait accord de toutes les personnes qui lui voulaient du bien! Le rêve est chimérique. Mais à vingt ans, on est excusable de croire au bon sens des femmes qui vous jurent vouloir uniquement votre bonheur.

Erreur plus grave, dans un âge où se consacrer tout entier à un amour heureux serait probablement fort agréable, il complique les plaisirs réels que lui donne madame Aravian d'un flirt enfantin avec mademoiselle Alison. Il a tort également d'apporter à celle-ci une âme que l'Arménienne a troublée. Ne devrait-il pas réserver sa jeune compatriote pour une sensibilité plus saine, traditionnelle, qu'il eût facilement retrouvée en lui quelques années plus tard? Elle-même, par riposte, exagère sa légère fanfaronnade, son ton de ville d'eaux. L'un et l'autre se cachent leur véritable et touchante naïveté d'adolescence; ils sont secrètement gênés de tout l'esprit qu'ils prêtent à leurs cœurs. Ils contrarient le destin favorable qui les a rassemblés, et, pour la vanité de s'étonner, ils gâchent des instants de jolie jeunesse d'où, par une pente insensible, ils eussent pu, sans hâte, glisser à de sympathiques fiançailles.

CHAPITRE V

UN PROLÉTARIAT DE BACHELIERS ET DE FILLES

Pendant l'année 1883, ces jeunes Lorrains d'âmes avides s'assimilèrent, selon leur tempérament, la civilisation, l'ensemble des opinions et des mœurs où ils étaient plongés.

Le Quartier latin, cet amas d'Écoles, né par alluvion du fleuve des morts, doit être conçu comme un Ararat, une haute terre de refuge, un sommet où la nation se ressaisit, défie les invasions. Dans une patrie, il faut ce point fixe : une conscience; non pas immuable, mais qui s'analyse et qui évolue, en ne perdant ni sa tradition, ni le sens de sa tradition. C'est un lieu national, mais où quelques privilégiés, délégués de chaque génération, viennent s'élever jusqu'à la raison internationale, humaine, en comprenant toutes les conditions de l'existence sous tous les climats et que la dissemblance des visages nécessite celle des mœurs comme l'éloignement des pays celui des sentiments.

Sur cette haute terre, il est beau que soit installé le Panthéon, essai d'un culte qu'il faudrait rendre aux grandes ombres. Le voilà, le point suffisant de centralisation. Une chaire suprême, un cimetière et des génies font l'essentiel de la patrie.

Pourquoi donc cet impressionnable Sturel, Rœmerspacher, laborieux et puissant, Saint-Phlin, Suret-Lefort, Racadot, Renaudin et Mouchefrin, qui à Neufchâteau, à Nomeny, à Varennes, à Bar-le-Duc, à Custines, à Villerupt, n'avaient pas senti la Lorraine, sur les pentes du Panthéon demeurent-ils encore étrangers à la France?

Le lycée de Nancy avait coupé leur lien social naturel; l'Université ne sut pas à Paris leur créer les attaches qui eussent le mieux convenu à leurs idées innées, ou, plus exactement, aux dispositions de leur organisme. Une atmosphère faite de toutes les races et de tous les pays les baignait. Des maîtres éminents, des bibliothèques énormes leur offraient pêle-mêle toutes les affirmations, toutes les négations. Mais qui leur eût fourni en 1883 une méthode pour former, mieux que des savants, des hommes de France?

Chacun d'eux porte en son âme un Lorrain mort jeune et désormais n'est plus qu'un individu. Ils ne se connaissent pas d'autre responsabilité qu'envers soi-même; ils n'ont que faire de travailler pour la société française, qu'ils ignorent, ou pour des groupes auxquels ne les relie aucun intérêt. Déterminés seulement par l'énergie de leur vingtième année et par ce que Bouteiller a suscité en eux de poésie, ils vaguent dans le Quartier latin et dans ce bazar intellectuel, sans fil directeur, libres comme la bête dans les bois.

La liberté! c'est elle qui peut les sauver. Qu'à vingt ans ils soient déracinés, cela n'est point irréparable! Ils s'orienteront pour vivre : vigoureux comme on les voit, ils peuvent supporter une transplantation. En tant qu'hommes, animaux sociables, ils aspirent à s'enrôler. Une série de tâtonnements leur permettra de trouver la position convenable aux personnages qu'ils sont devenus en cessant d'être des Lorrains; quelque détour de rue leur proposera leurs justes compagnons... Malheureusement, un quartier de jeunes gens ne constitue pas une cité. Il faut voir des vieillards pour comprendre qu'on mourra et que chaque jour vaut, pour mettre ainsi au point nos grandes joies, nos grands désespoirs, et pour nous dégager de ces préoccupations d'éternité où s'enlizent, par exemple, des jeunes gens amoureux. La fréquentation d'un commerçant, d'un industriel, qui ne doit rien aux livres et qui se soumet aux choses, prémunirait un étudiant contre des vues trop professorales. Enfin la joie d'être estimé s'apprend au spectacle d'une vie utile qui s'achève parmi des concitoyens qu'elle a servis.

Dans cette vie factice des écoles, des adolescents noyés parmi des adolescents ne parviennent même pas à ce faible résultat de se grouper selon leurs analogies, les semblables avec les semblables : le Quartier latin émiette. Si des jeunes gens sont d'une espèce telle que, soumis aux mêmes circonstances, ils réagissent de la même façon, il ne suit pas qu'ils puissent former une vraie société : à défaut d'une grande passion sociale, — ardeur militaire, ou politique, ou religieuse — qui ferait de la Faculté une caserne ou une église, il y faudrait le jeu d'intérêts divers et communs.

En vérité, des esprits incapables de saisir les relations des choses pourraient seuls méconnaître la malchance de cette jeunesse française, de cette élite qui, systématiquement, est alanguie, privée des conditions où elle pourrait s'épanouir en citoyens. Quels efforts cependant pour tirer parti de ce qui leur est propre! Avec quelle énergie ces jeunes Lorrains utilisent pour se nourrir, ou pour s'empoisonner, les éléments que le milieu leur offre!

Voyez ce sauvage François Sturel, comme il a profité de sa pension pour s'élever à une certaine délicatesse de vie! Il profite moins de la Faculté : il prépare passablement sa licence en droit, mais ne suit aucun cours. « L'enseignement verbal, dit-il, n'est supérieur au livre qu'au cas où le professeur prend une autorité personnelle sur son auditoire. Sinon, c'est perdre son temps de rédiger ce qui se trouve excellemment imprimé. Plus qu'aux amphithéâtres bruyants, je trouve de l'âme aux bibliothèques que dessert un paléographe silencieux. »

Saint-Phlin, sans se fixer de délai, c'est-à-dire peu sérieusement, prépare sa licence ès lettres. Il avait été mis en rapport, par des relations de famille, avec les organisateurs des cercles ouvriers; il connaissait l'entourage de MM. de Mun et de la Tour du Pin, il subissait aussi l'influence des disciples de M. Le Play. Il commençait à se dire : « Ma naissance et ma fortune me donnent une force qu'acquerront bien difficilement un Renaudin, un Mouchefrin. Les classes élevées ont un rôle social. Elles doivent remplir une fonction de patronat, se consacrer au bien général, plus spécialement aux intérêts populaires. » Dans cet esprit traditionaliste, il devait répugner au droit tel qu'on l'enseigne place du Panthéon, par groupes d'abstractions isolées des temps, des causes et des lieux qui les produisent : il avait besoin de considérer les notions comme des choses vivantes qui naissent et évoluent sous l'action de causes extérieures et intérieures. Une méthode purement dialectique, et pas même philosophique, le rebutait. Il eût voulu que l'enseignement du droit fût historique, c'est-à-dire qu'au lieu de présenter les codes comme un assemblage de règles arbitraires, on essayât de découvrir les origines des institutions, de comprendre leur vie et même de prévoir leur avenir : il faut reconnaître dans l'étude du droit un chapitre de la sociologie.

Pareille critique est négligeable aux yeux d'un Suret-Lefort, qui tient ces études de droit pour un stage, et les examens pour un procédé administratif d'élimination, auquel un bon esprit se soumet sans discussions fastidieuses... Dès sa première semaine, il a découvert la Conférence Molé. En 1883, il suit toutes les graves intrigues électorales des quartiers ; on y dépense infiniment plus de diplomatie que dans les grandes ambassades. La force de celui qui parle au nom d'un pays est proportionnelle au nombre de fusils que peuvent aligner ses compatriotes ; un meneur de comité est puissant avec rien derrière soi : il faut qu'il distingue les simples machines à voter et les citoyens qui, dans une circonstance donnée, seront capables d'une action ; il doit ménager ces derniers, connaître leur vanité, leur amour de l'argent, leur aptitude à commander. A manier la matière électorale, on perd toute illusion ; on acquiert toute prudence... Si l'on entre profondément dans le personnage que devient chaque jour Suret-Lefort, on reconnaît qu'il n'a pas à proprement parler d'ambition; du moins ce qui la constitue, c'est la joie d'être mêlé à une intrigue, de la comprendre, de la déjouer chez ses adversaires, de la tourner à son profit. Un homme de comité, à force de raisonner les moyens, arrive à se complaire en eux plus que dans leur objet. Une telle éducation, qui nous indique à chaque pas les trop réels dangers d'un mouvement généreux, et qui ne laisse aucune place aux décisions esthétiques, développe exclusivement la faculté de calculer des forces. Voilà comment on peut être un politique sans avoir l'esprit de gouvernement, et avec plus de goût pour l'intrigue que pour le pouvoir.

De ces jeunes hommes, Rœmerspacher est le seul qui travaille réellement. Bien qu'il se fût placé au premier rang des étudiants en médecine de son année, il trouvait du temps pour des lectures nombreuses; il les analysait, les résumait et, ce qui vaut mieux encore, les classifiait.

Renaudin continue son pénible métier de reporter et regrette toujours les deux années où régulièrement payé, il travaillait sous la direction de Portalis. C'est fâcheux qu'il ait mangé son pain blanc le premier, mais dans ce noviciat il s'est fortement déniaisé: il sait voir et il sait écouter, aussi dans ses causeries avec ses camarades, à leur profit et au sien, l'étude et la réflexion ont une large part.

Quant au gros Racadot, qui est un peu clerc de notaire, et au petit Mouchefrin, qui s'intitule par mensonge « étudiant en médecine », ils vivent de préférence avec des bookmakers et de basses prostituées... Singulier usage de cette liberté qui fait l'unique objet de leurs désirs et l'unique moyen de leur salut!

Sans doute, pour s'expliquer la conduite d'un garçon de vingt ans, on peut s'informer s'il a le caractère noble ou bas, mais tout de même le document psychologique, c'est de savoir dans quelle mesure ses ressources sont inférieures ou supérieures à ce budget moyen de l'étudiant : cent francs de pension et quarante francs de chambre. Que voulez-vous que Mouchefrin devienne avec trente francs péniblement obtenus, tous les deux mois, de Longwy? Un héros, s'il se maintient honorable. Il espérait faire sa médecine en donnant des leçons. D'abord, il fit la fête avec Racadot; à la fin du mois, son malheureux argent épuisé et quand il dut payer son terme, il se préoccupa de trouver des élèves... Le clerc ne boudait pas à l'ouvrage : après avoir grossoyé tout le jour, il aurait lui aussi vendu volontiers du latin, de l'histoire, de la géographie et de l'orthographe au rabais. Tous deux s'adressèrent à Bouteiller. Par son secrétaire, il leur fixa un rendez-vous.

Bouteiller habitait rue Claude-Bernard. Dans la petite salle à manger où une domestique les fit entrer, ils trouvèrent quatre personnes qui attendaient. Le professeur venait lui-même chercher ses visiteurs et les conduisait dans son cabinet. La première fois qu'il ouvrit la porte, les deux jeunes gens se levèrent; ils s'attristèrent de ne recevoir pas même son regard. Pourtant sa redingote, sa pâleur et son port de tête en arrière n'avaient pas changé. Leur tour venu, il leur tendit la main, et, quand ils furent assis :

— Monsieur Mouchefrin, monsieur Racadot, — dit-il avec simplicité, — en quoi puis-je vous être utile?

Au même moment sa domestique déposa auprès de lui un plateau supportant deux œufs, un verre d'eau, une tasse de café.

— Permettez que je déjeune tout en vous écoutant.

Mouchefrin exposa leur désir et leur détresse. Il demandait à Bouteiller de leur procurer des leçons particulières.

— Monsieur Mouchefrin, monsieur Racadot, répondit Bouteiller, voilà ce que ma conscience ne me permet pas. Une indication de ma part à mes élèves sur le choix d'un répétiteur serait une pression. Non, je ne puis leur parler de vous. Je le regrette...

Il leur donna des paroles encourageantes, et lui-même faisait leurs réponses. Puis, se levant :

— Messieurs, conclut-il, si vous voulez venir partager mon déjeuner, vous trouverez toujours ici un ami.

Mouchefrin et Racadot regardèrent les deux petits œufs, la bonne pièce bien chaude, pleine de livres, de journaux, de dossiers, la haute figure, si grave, si noble de Bouteiller. Ils songèrent à tout ce qu'ils devaient lui proposer : d'être ses hommes de paille, de l'aimer, de le servir. Mais, sûr de soi comme il se montrait, sollicité, absorbé par tant de travaux, sans doute il avait déjà ses créatures. Ils entrevirent qu'ils étaient à ses yeux du néant. Ils sortirent très gauches, très humiliés et très remerciants.

Parents et élèves assez justement se méfient du

professeur inconnu et préfèrent celui qu'emploie déjà un ami ou que protège leur concierge. Racadot et Mouchefrin s'adressèrent aux bureaux de placement. Dans ces officines sombres, ils attendirent souvent des soirées entières, pendant ces premiers mois de l'hiver, si douloureux à ceux qui sont jeunes, misérables et solitaires. Un vieux bonhomme écrivait le nom, les titres et les aptitudes du visisiteur sur un registre, puis leur déclarait qu'il n'avait rien à leur offrir, qu'on ne s'adressait guère à lui, sauf pour des maîtres d'études et des professeurs à tout faire dans les petites pensions de province. Ils allaient frapper ailleurs, revenaient, revenaient encore, se répétant que le succès appartient à celui qui persiste... A celui qui persiste, en effet, le placeur indique quelque lointaine adresse où un chef d'institution offre au jeune homme de plus en plus humble ses regrets de n'avoir aucune vacance. En d'autres agences, on les accueillait à bras ouverts : « Quel âge avez-vous? Vingt ans, vingt et un ans... Mais c'est parfait... Bachelier! élève en droit!... en médecine!... Comme vous tombez à point! C'est tout à fait surprenant! » On se félicite, on les félicite de l'heureux hasard... Moyennant un versement premier de vingt francs, on va leur révéler l'adresse... Pour finir, un compère les reçoit, qui justement vient de trouver son bachelier.

Racadot, assez perspicace, se résigna, s'en tint à son notaire et chercha d'autres ressources. Mouchefrin ne put payer son deuxième terme rue Racine; il déménagea « à la cloche de bois », c'est-à-dire par escroquerie — que vouliez-vous qu'il fît? — et alla habiter une petite chambre rue Cujas. Il trouva une mauvaise place de professeur dans une institution des Batignolles. Il s'y rendait matin et soir; au retour, fatigué, il se couchait; il ne pensait qu'à ses pommes de terre qu'il faisait cuire lui-même. Au bout d'un trimestre, et n'ayant touché que son premier mois il réclama : on le congédia. Il quitta subrepticement encore la rue Cujas, et se transporta rue de l'École-de-Médecine. Pour vingt sous, il donna des leçons à des étrangers. Ces jeunes gens étaient peu studieux. A fuir d'hôtel en hôtel, il avait abandonné le peu qu'il possédait de linge et d'habits. A chaque instant, ce nain lamentable monte les escaliers de Rœmerspacher, de Sturel, de Saint-Phlin, de Suret-Lefort, les rejoint à la pension, au café : « Je n'ai pas mangé depuis deux jours, je n'ai pas fumé! » Son père lui écrit à peine; pour payer ses inscriptions, il n'a pas d'argent. Racadot, d'un degré moins bas dans la misère, a dû, lui aussi, interrompre son droit. Nulle issue. Pourtant ils ne veulent pas céder à ces impérieux avertissements de la destinée. Ils s'obstinent à être des étudiants.

A l'heure où l'on écrit ces lignes, il y sept cent trente licenciés de lettres ou de sciences qui sollicitent dans l'Université des places ; ils tiennent leur diplôme pour une créance sur l'Etat. En attendant, plus de quatre cent cinquante pour vivre se sont fait pions. Et combien de places à leur fournir ? Six par an. Cette situation ne décourage ni les jeunes gens, ni l'Université. Il y a trois cent cinquante boursiers de licence et d'agrégation. C'est-à-dire que l'Etat prend trois cent cinquante engagements nouveaux quand il ne dispose que de six places déjà disputées par sept cent trente individus qui vont devenir mille quatre-vingts et enfler ainsi à l'infini. Il en va de même dans les autres facultés, et les diplômés qui ne sont point des boursiers, c'est-à-dire des recrues de l'État et qui gradés de droit, de médecine, de pharmacie ne prétendent point être fonctionnaires, s'ils ne peuvent s'irriter contre le gouvernement, s'en prennent à la société. Racadet et Mouchefrin emploient toute leur énergie à pouvoir continuer leurs études et s'aigrissent de ne pouvoir, malgré les privations qu'ils s'imposent, s'ajouter à ces aventureux solliciteurs de fonctions inexistantes. Ils s'obstinent à poursuivre des diplômes qui ne leur serviraient de rien. Ils collaborent à la création d'un élément social nouveau. C'est une classe particulière qui sous nos yeux, en ces années 1882-1883, se constitue : un prolétariat de bacheliers.

Les Racadot, les Mouchefrin en font partie et même de l'extrême gauche, je veux dire de la fraction la plus irritée, la plus malheureuse.

Comme une basse-cour se rue sur le poulet malade pour l'achever ou l'expulser, chaque groupe tend à rejeter ses membres les plus faibles. Ce n'est pas à dire que les Sturel, les Rœmerspacher aient pourchassé Racadot et Mouchefrin par dégoût de leur misère. Mais les conditions de la vie universitaire broient les pauvres.

Furieusement Racadot et Mouchefrin se débattent. Déliés de leur pays et de toute société, c'est à la liberté dont ils meurent qu'ils font appel pour vivre. Perdus au désert parisien, comme Robinson dans son île, ils ne comptent que sur leur industrie. Puissent-ils avoir le sens pratique de Robinson! Leur cellule d'origine ne fournit plus rien à leur nutrition : il faut qu'ils trouvent moyen de se nourrir sur tout leur parcours aux dépens des régions qu'ils traversent. Si leur milieu est empoisonné, les voilà eux-mêmes bien compromis.

A cette époque-là, les deux dominantes de la vie au Quartier, c'étaient les courses et les brasseries de femmes.

Le gros Racadot, au risque de se faire chasser par son notaire, grimpait parfois en semaine et tous les dimanches sur les grandes voitures au coin du café Soufflet. Quand Sturel, Saint-Phlin, Rœmerspacher laisseraient dans les brasseries et sur les hippodromes l'argent destiné à leur restaurateur, celui-ci, s'étant renseigné en Lorraine, accepterait de patienter. Pour Racadot, c'était plus grave. Par sa maîtresse, la Léontine, il rassemblait quelque argent des filles et le leur jouait aux courses. Il s'en tirait assez heureusement. Avec un capital, il eût réussi des opérations impossibles par petits paquets. Il ne se voyait aucun avenir dans le notariat. Obstiné à désirer son héritage, qu'il enflait et disait toujours de cent mille francs, il ne se laissait pas oublier par son père : « De t'écrire, cela ne me coûte pas un centime : l'étude vous affranchit toutes vos lettres pour rien ; sois sûr que j'en profiterai pour te donner de mes nouvelles. » Il ajoutait : « Paris est certes bien agréable pour celui qui a trois cents francs par mois à dépenser, car tous les plaisirs y abondent. Beaucoup prodiguent des sommes folles. Si je disposais d'un pareil argent, j'économiserais. »

Le père Racadot sentait qu'il faudrait lâcher les trente mille francs, mais répugnait à les jeter dans

Paris. Il pressait Honoré de hâter son retour : un notaire du pays avait l'intention de prendre un clerc, le voulait capable et le payerait dix-huit cents francs. « Si tu revenais, tu aurais bien plus de bénéfice que de rester à Paris, où tu ne gagnes rien. Tu dois y réfléchir, car, depuis que tu es parti, il est sorti de ma bourse près de deux mille francs par année! Je te prie de croire que tu me serres et que tu m'empêches des affaires. » Honoré, dont les rêves débordaient un budget de dix-huit cents francs, se faisait plus âpre; le père céda jusqu'à offrir l'achat d'une étude dans le pays. Ce rural était dupe d'une imagination vaniteuse : un notaire des petites villes lorraines, à moins qu'il ne risque le bagne, ne retire guère de son étude que l'intérêt à trois pour cent du prix d'achat. Racadot, convaincu que ses trente mille francs ne le nourriraient pas en Meurthe-et-Moselle, s'entêtait à considérer que le bonheur est parisien et qu'on ne rencontre pas de hasards serviables dans les arrondissements de Toul ou de Pont-à-Mousson. Il tenta son père. Il lui présenta ses gains de courses comme des courtages sans risques qu'il touchait sur des ventes et achats de titres pour des clients de l'étude. « Laisse-moi gérer mes trente mille francs : si j'avais de l'argent, plus de tenue, je passerais troisième clerc. Avec mes appointements, mon revenu normal et les bénéfices que je réaliserais par des maniements de valeurs, je vivrais sans attaquer le capital. A l'occasion, je t'aiderais. »

Mieux encore que sur les hippodromes, dans les brasseries alors en pleine vogue, ces jeunes Lorrains se formèrent à la vie. La maison-mère fut fondée en 1867, rue de la Banque, en face du Timbre : un petit cafetier, père de famille, à la veille d'une faillite, fit choisir, aux quais de Marseille, des filles qui le relevèrent si bien que, son bail expiré, il ouvrait un vaste établissement sur la rive gauche. Sa manière fut imitée.

Toutes les nuances de l'amour libre s'étaient fondues dans ces innombrables brasseries qui remplissaient en 1883 la rue des Écoles, la rue Monsieur-le-Prince, et, près de l'Odéon, la rue de Vaugirard. Succès qui s'explique. Le plus grand nombre des jeunes étudiants habitent des chambres déplaisantes, où ils sont mal chauffés et éclairés ; puis, ils tiennent de leur âge l'horreur du chez soi, le goût de l'agitation et des camaraderies. Il faut qu'ils s'entassent dans quelques cafés. Or, de tous les cafés, la brasserie de femmes leur procure le sensualisme le moins grossier : il est agréable de fumer un cigare en regardant vaguer une créature qui a pour objet de plaire.

Que les consommations y soient mauvaises, l'air vicié et les filles de mauvais aloi, c'est un argument valable, mais qui ne ruine pas le statut particulier de la brasserie de femmes. Certains artistes délicats de cette époque les ont fréquentées. C'est là que, depuis 1870, on a transformé la prosodie française, et des cris du cœur qui nous touchent furent adressés à des « dames servantes. »

On n'aime vraiment que les endroits où l'on s'est plu vers l'âge de sa majorité. Nous serions ridicules de substituer notre vision au jugement des Rœmerspacher, des Suret-Lefort, des Saint-Phlin, des Racadot, des Mouchefrin : ces brasseries qui nous choquent enchantèrent plusieurs générations d'éphèbes. Les mœurs de ceux-ci seront retenues, aussi bien que les tristes manières des bohèmes et des grisettes, par la mémoire complaisante de leurs petits-fils. Sur l'emplacement de ces brasseries disparues, on viendra cueillir une certaine petite poésie.

Le dénué Racadot recourut très vite à l'expédient de placer sa Léontine, dans un de ces établissements. Si laide, elle fut admise difficilement par une maison de troisième ordre, rue de l'École-de-Médecine. On n'y voyait que d'humbles filles échappées l'avant-veille des cuisines. Tout altérées encore par les fourneaux qu'elles avaient dû quitter à cause de leur invétérée fainéantise, ces créatures buvaient comme des gendarmes et ne proféraient que des propos obscènes ou vulgaires. Racadot, désireux de constituer une clientèle à sa maîtresse, lui amena un jour de vive force Sturel. Celui-ci fasciné par l'incomparable puissance de dilatation stomacale qu'elle révélait, reçut d'elle cette réponse :

— Quand on a un bon gibier, on peut boire toujours.

La malheureuse, par « un bon gibier », voulait dire une nourriture saine et abondante.

— Cette Léontine, disait Rœmerspacher à Sturel, est abominable... Je te déconseille également l'âme ironique, susceptible et glacée de certaines bourgeoises qui pullulent dans des maisons plus estimables : elles négligent d'aimer à plaire pour réclamer des égards et pour jalouser les robes de leurs amies. Mais je puis te montrer des petites filles imprévues et toutes gaies. Elles comprennent que leur charme est de rire et de paraître vicieuses. Je dis : paraître, car, à moins qu'elles ne soient débutantes ou déjà poitrinaires, leur tempérament est fort modeste. Elles mangent beaucoup et boivent juste assez pour être amusantes.

On comprend qu'un quartier si plaisant, approprié à la médiocrité de tous les appétits, recrute ses créatures parmi les plus fraîches, les plus réussies de la jeunesse indigente à Paris et dans la province. De ce troupeau, parfois, une ou deux se détachent qui font voir et toucher des charmes triomphants. Aussitôt elles dominent ce grouillement de garçons échauffés par la concurrrence et le souci de paraître, autant que par l'âge. Elles-mêmes, pour leur orgueil naïf et joyeux, sont curieuses à observer. — En dépit de la monotonie professionnelle, ces spectacles sont propres à augmenter chez des jeunes gens la connaissance des réalités. Rœmerspacher y prit l'habitude de ne jamais plaisanter les femmes, et ce ton grave qui semble les toucher vivement. — Ces agitées de choix traversent la brasserie, mais n'y demeurent pas. C'est un refuge, c'est une montre où elles rentrent après chaque amant quitté pour vivre en bavardant jusqu'à une nouvelle aventure. Et, d'une façon plus générale, ces créatures sacrifiées par la société à la jeunesse mâle ne font qu'apparaître. Quand elles remplissent avec conscience leur fonctions, qui est de mettre de l'entrain à la brasserie, au restaurant, à Bullier et, vers l'aube, aux Halles, en quatre ou six ans elles disparaissent.

Ce mélange de mort et de beauté aurait intéressé Sturel si madame Aravian et mademoiselle Alison ne l'avaient heureusement dispensé des soucis de son cœur à pourvoir. Rœmerspacher le fit dîner un jour au Boulant du boulevard Saint-Michel ; ils virent applaudir telle toilette nouvelle de Marie Pasco, alors adorée de toute la jeunesse, avec une émotion, un enthousiasme qui peuvent donner une très bonne idée de ce que furent, d'après la tradition universitaire, les sentiments des Grecs, gens de loisir et qui donnaient à la volupté, aujourd'hui tout individuelle, un caractère social. Toute jeune et les yeux magnifiques de cette gravité qui naît à contempler la mer ou des prairies interminables, elle était noble comme un jeune berger qui pousse son troupeau sous un ciel menaçant d'orage. Sturel, de qui le goût passait pour épuré, prit plaisir à contempler ces formes sarrasines, cette marche sûre de pêcheuse sur le sable, ce teint doré qui éclairait tous ses amants autour d'elle empressés. Son suffrage fortifia le sentiment naturel de son ami : Rœmerspacher ressentit durant la soirée cette tristesse qui accompagne les premiers mouvements de l'amour. Cette jeune femme était toujours distraite, inquiète, hâtive ; son beau regard, à tout instant, se jetait de côté, sans qu'on pût deviner de quel pas, de quelle attente elle frissonnait : ses journées semblaient des haltes dans une fuite. Rœmerspacher put l'embrasser deux ou trois fois au prix de sacrifices notables et après des délais fort ennuyeux. Ces longs intervalles empêchèrent qu'il y compromît son cœur, que la solitude pourtant disposait à la tendresse.

Quoi qu'en dise la légende, les années de la première jeunesse, dans les villes du moins, sont laides. L'homme ne s'est pas encore fait la vie qu'il mérite ; des distractions et une société l'emprisonnent qu'il n'a pas choisies. Plus tard, comme un heureux mollusque, il aura sécrété sa coquille.

Au jeune homme, la ville la plus pleine, où qu'il se porte, est vide. Sa belle fougue de sens et de sentiment, comment la contenter? Le monde, la société, où il n'avait pas ses entrées, n'eussent offert aucune ressource à ce Rœmerspacher merveilleusement intelligent, mais qui vient de province avec des formes lourdes et une conversation sans goût. Dans un salon, l'adolescent qui a vécu dix ans au lycée est plus occupé à faire son attitude qu'à jouir des autres. D'ailleurs, quand Rœmerspacher se serait nettoyé de ses premières tares, son âge eût inspiré peu de confiance aux femmes. Elles veulent pour leur tranquillité un ami prudent, dont la passion n'éclate pas. Un jeudi, à la villa Sainte-Beuve, le baron de Nelles, qui trop souvent parlait pour ne rien dire, mais que sa fatuité servait, donna aux jeunes Lorrains une bonne indication d'aîné :

— Avant trente ans, il est presque impossible, dans la société, que nous plaisions aux femmes, ou, du moins, qu'elles se confient à nos assurances... Et encore ! quarante ans vaudraient mieux. Aujourd'hui, madame X..., en me disant : « Je ne suis pas contente du roman que vous m'avez conseillé ou de la pièce que j'ai vue hier soir », saurait me faire entendre que je l'ai peinée par quelque négligence. A votre âge, — disait-il à Sturel vexé, — le front est trop prompt à rougir.

Que des centaines de jeunes gens prennent si bas leur premier usage de la femme, voilà l'origine de malentendus irrémédiables. Mais il faut exploiter au mieux les pires situations. Rœmerspacher, Suret-

Lefort, Saint-Phlin, en 1883, à moins d'être favorisés par d'incroyables hasards, ne pouvaient trouver que les maîtresses les plus vulgaires, envers qui, pour conclure, ils eussent nécessairement commis une lâcheté. La débauche papillonne leur déplaisait, que seul beaucoup d'argent relève : car, médiocre, c'est un peu froid et très vilain. Les voilà donc réduits au grossier flirtage de la brasserie : insuffisant banquet, mais où l'heureuse santé et l'imagination de la vingtième année remplacent le rôti. Pour la plupart des adolescents, c'est une nécessité de passer quelques heures chaque semaine dans la société des femmes. Leur atmosphère n'est guère moins bienfaisante que leur caresse. Cette frivolité, ce ton affable, ce souci de plaire où forcément elles amènent, détendent l'esprit et raniment des parties de la sensibilité trop négligées entre camarades. La société des pires femmes elles-mêmes est une école de civilisation. Parfois, après des jours et des nuits du plus acharné travail, Rœmerspacher se repose auprès de ces petits êtres qu'il imagine d'excuser, de plaindre, en un mot d'aimer, parce qu'il possède au plus haut degré le sens de l'humain.

Suret-Lefort, qui travaille pour devenir un des chefs de la démocratie, méprise ces filles, ou, plus exactement, ne leur attribue pas une existence réelle. Ces bas-fonds de l'exploitation sociale, il les traverse sans y rien voir. Sa passion pour l'intrigue politique a pris rapidement l'intensité d'une manie. A vingt et un ans, il sait la géographie électorale comme un vieux candidat, et les filles, qu'il traite avec une politesse sèche compliquée de myopie, l'impatientent comme des servantes trop familières.

Ces infortunées, d'ailleurs, ne distinguent guère entre tous ces jeunes bourgeois, qui leur sont seulement des proies plus ou moins faciles ; mais du profond de leur humiliation et de leur détresse elles se sentent les sœurs des Racadot et des Mouchefrin.

Il y a entre eux une animalité pareille, le goût de la boisson, des grosses nourritures, les privations de toutes sortes, le froid, la faim, un langage analogue. Libérées de leur dure infamie, elles eussent été les bonnes compagnes de ces malheureux. La Léontine donnait à Racadot les témoignages les moins douteux de son affection, prête à partager avec lui les bénéfices de sa demi-prostitution, à se battre avec ses collègues si on l'eût déprécié, fière des titres universitaires dont il ne parvenait pas à vivre. Si les meilleures brasseries du boulevard Saint-Michel où se plaisait Rœmerspacher, que traversait Suret-Lefort, étaient déjà si déplaisantes, imaginez ces établissements de dernier ordre, toujours à la veille d'une faillite, attristés de maladies plus encore que de vices ! Racadot et Mouchefrin pourtant y trouvent leur palais. C'est l'instinct des noyés qui, sur l'océan social, s'accrochent les uns aux autres pour essayer de se sauver ; mais c'est aussi l'instinct d'exilés qui se reconnaissent et bivouaquent fraternellement. Pour eux, la brasserie n'est pas comme pour la jeunesse heureuse l'endroit méprisé où l'on s'amuse : c'est le lieu où l'on se glisse pour avoir la pitié d'une femme, sa pitié utile.

— Pourquoi Racadot, s'il ne peut faire vivre la Léontine, ne la quitte-t-il pas ? disait un jour Sturel.

— Il n'est pas assez riche, répondit Rœmerspacher.

Parole inexacte : c'est vrai que la Léontine sert de

rabatteur pour que des filles confient à Racadot l'argent qu'il jouera aux courses; mais eût-il raflé tous les hippodromes, et quand il pourrait acheter la plus grosse étude de Paris, cette fille peuple serait sa femme d'élection.

Le petit Mouchefrin, comme il arrive assez souvent chez des êtres bas sur pattes et qu'on croirait malingres, était un enragé et constant amateur de femmes. Si débile, mal bâti, il leur réservait pourtant de puissants arguments. Rœmerspacher considérait même cette particularité de son camarade comme une vérification d'une loi fameuse de Geoffroy Saint Hilaire. Elle a été prévue par Gœthe, qui s'écrie : « La nature a son budget fixe ; quand elle a fait d'une part un excédent de dépense, il faut qu'elle se rattrape ailleurs. » Mais les bénéfices que cet hercule nain eût pu tirer de ces virements secrets étaient indéfiniment différés, faute d'argent. Aux longs soirs d'été, beaux dans le Luxembourg, sortant d'une triste crémerie, ce fils de paysan enrageait de sa solitude. La brave Léontine lui fit une réputation, lui assura quelques agréments. Mieux encore : bien qu'à de certains jours, elle et Racadot souffrissent d'avoir à diviser leurs vivres, il leur dut de ne pas périr de faim.

Racadot et Mouchefrin, sur ces pentes de la montagne consacrée aux grands hommes, s'ils n'arrivent pas à profiter de l'héritage national et des richesses capitalisées par l'humanité, participent au moins de la sociabilité animale. L'homme qui cherche du travail et n'a plus de vêtements propres est aussi dépourvu que la prostituée en guenilles. Celle-ci et celui-là prennent en haine le jeune bourgeois dont ils s'ingénient à soutirer la pièce de quarante sous. Ils souffrent également de leur chambre froide, de leurs nuits sans bougies, de l'insolence du garçon d'hôtel; c'est par la même série d'humiliations injustes, puis de turpitudes nécessaires, qu'ils s'acheminent à la pleine et délibérée infamie.

Racadot et Mouchefrin souffrent la faim, le froid, avilissent et martyrisent leur jeunesse, sans but noble et pour le seul espoir de gagner tout de même un jour quelque argent. Cette brasserie décriée, rue de l'Ecole-de-Médecine, où Racadot, muet, tandis que hurlent les clients sérieux, et s'épongeant le front, attend qu'à deux heures du matin la Léontine compte ses jetons, n'est point la chambre glacée des héros de Balzac. Valentin, Z. Marcas, Rubempré, Rastignac, à minuit, dans leur solitude, se disaient la bonne aventure, qui ressemblait toujours aux aventures du jeune Bonaparte. — Mais Mouchefrin, à la Faculté, dans les bibliothèques où il va se chauffer, n'apporte rien que les sentiments des bêtes dans les bois : l'inquiétude, jour par jour, de son manger, de son abri.

Des fauves libres dans leurs taillis, voilà ce prolétariat de bacheliers. Ils en ont le regard, l'odeur immonde, peut-être les cruautés, les lâchetés, et certainement l'endurance.

Est-ce une qualité utile? Peut-être; mais, comme toute force, il faudrait qu'elle fût heureusement dirigée. Moins énergique, Racadot retournerait à Custines, Mouchefrin se résignerait à n'être pas un intellectuel, chercherait un métier.

Accepter, voilà ce que n'enseigne pas l'Université. On y raille la bonne et humaine philosophie qu'entrevit Saint-Phlin au lycée, un jour que, classé à la queue, il disait : « Il faut bien qu'il y ait un dernier. »

Sturel et Saint-Phlin, avec des différences de caste, sont jusqu'à cette heure des Mouchefrin, en ce sens qu'ils flottent au fil de l'eau, sans réagir. Il faut l'avouer, Racadot leur est supérieur; réaliste, il ressemble plutôt à Rœmerspacher. Il a de la volonté et, dans les détails, une méthode assez puissante. Ah! s'il avait, comme Rœmerspacher, le temps d'être patient!...

C'est seulement dans les romans historiques qu'un personnage se fixe un rôle auquel il se conforme petit à petit. On ne demande pas à Sturel, Saint-Phlin, Mouchefrin, Racadot de dessiner dans leur esprit un plan de leur avenir et de s'y promener par avance. Mais dans aucun moment ils ne prennent conseil, pour s'y soumettre, des conditions imposées par les circonstances. Ils se composent de vagues chimères et ne veulent rien entendre qui les détourne de cette chasse impossible.

Heureusement Sturel, avec ses tantes, sa vieille maison de Neufchâteau, Saint-Phlin, fils de la terre de Saint-Phlin, s'appuient sur des familles raisonnables, qui ont constitué un capital : s'ils ne s'amendent pas, ils priveront la collectivité de leur concours; du moins, ne seront-ils pas atteints dans leur individu. Qu'ils laissent vaguer leur imagination; soit! l'usure de la vie les débarrassera de cette énergie. Comme le taureau qui se fatigue le garrot à crever de vieux chevaux pour qu'enfin, sur les genoux, il tombe devant le matador, ils s'épuiseront, eux aussi, sur trente-six illusions; et peut-être, un peu vaincus, deviendront-ils sur le tard des éléments sociaux très passables. Mais un garçon sans le sou n'est pas dans la vie comme dans un beau cirque, à tournoyer et à faire jeu de son activité. Il doit l'employer à se nourrir. Racadot et surtout Mouchefrin en sont incapables. Ils ne savent pas un métier déterminé, et ils n'ont pas le bon sens de renoncer aux rêves de domination que suggère à ses meilleurs élèves l'Université.

Au bout d'une année de Paris, Racadot et Mouchefrin n'avaient rien tiré de leur misère : donc ils y avaient perdu. Ils ne sont pas une démocratie qui monte, mais une aristocratie dégradée.

CHAPITRE VI

UN HASARD QUE TOUT NÉCESSITAIT

> Il est impossible, si l'on examine les plantes qui poussent sur un talus ou au bord d'un bois épais, de douter que leurs jeunes tiges et leurs feuilles ne prennent les positions convenables pour assurer à ces derniers organes l'éclairage le plus complet et les rendre ainsi capables d'opérer la décomposition de l'acide carbonique.
>
> (DARWIN. — *La Faculté motrice dans les plantes.*)

Parce qu'ils ne sont pas pauvres, Rœmerspacher et Saint-Phlin jouissent de la plus noble des libertés : ils s'orientent vers le point où sont amassés leurs véritables matériaux de nutrition. Ils se passionnent pour la connaissance des phénomènes de l'esprit, c'est-à-dire pour les différents sentiments ou états de conscience. Reconnaissons-leur un don pour distinguer l'évolution des diverses formes de l'intelligence dans les individus, dans les peuples et dans les races; ils discutent volontiers sur les moyens de servir le plus utilement la grandeur de l'humanité.

Saint-Phlin, en qui le vieux duché de Bar et M. Le Play unissent leurs voix, pensait que l'on aurait beaucoup à emprunter aux coutumes du passé. Rœmerspacher, en plus de la médecine, étudiait l'histoire, non l'histoire éloquente, mais l'érudite, à l'École des Hautes Études; sa belle vigueur physique et morale le poussait à avoir confiance dans l'esprit de nouveauté. Leurs conclusions ne s'accordaient pas. Mais, comme les tireurs qui ont l'habitude de faire des armes ensemble, ils se rendaient hommage l'un à l'autre. Dans leurs discussions, ils goûtaient un grand plaisir : la franc-maçonnerie d'un langage commun; — d'ailleurs, elle les amenait fréquemment à soupçonner les autres d'inintelligence, quand eux-mêmes n'avaient su ni comprendre, ni se faire comprendre. Enfin, ils étaient gourmands. C'est de chez Foyot qu'à certains jours ils se plaisaient à examiner les transformations insensibles des mœurs et la date où elles seront légalisées par un nouveau statut social. De là, fort échauffés, ils se rendaient au Café Voltaire.

Au terme de leurs colloques, ils s'apercevaient qu'ils étaient nés pour conclure à des vérités différentes, mais que, sur la méthode, ils s'accordaient. Depuis le lycée, ils n'avaient pas perdu leur temps; le caractère scrupuleux de Saint-Phlin, qui jadis faisait rire, forçait maintenant l'estime; et tous deux, ils avaient compris une chose très importante : nous pouvons admirer ou blâmer l'ordre social, — c'est un agréable exercice de conversation, et pourquoi s'en priver! — mais, si nous prétendons le rectifier, il faut d'abord que nous le prenions très au sérieux par ce fait seul qu'il existe. Attachons-nous à reconnaître ce qu'il a d'excellent parmi des défauts qui nous ont facilement frappés. Sans posséder une force d'analyse qui leur permît de fixer leur attention sur Gambetta et son équipe, assez longtemps pour saisir en quoi le système a modifié le milieu préexistant, ces jeunes gens entrevoyaient que le clan gambettiste a fourni à la France un gouvernement, une administration, des moyens et un état d'esprit qui durent.

— Quoi que puisse faire notre intelligence pour se dégager, disait Rœmerspacher, nous réagissons selon le gambettisme, où nous sommes plongés.

— Oui, dit Saint-Phlin, Bouteiller nous a ouvert les fenêtres sur la France,

Quum gætula ducem portaret bellua luscum...

« quand l'énorme bête de Gétulie portait sur son dos le général borgne!... »

Le poète Léon Valade, à une table voisine, leva la tête et regarda avec douceur ces jeunes gens qui aimaient les vers pittoresques.

Grâce aux bons offices de ce charmant homme qu'aimaient alors tous les lettrés, la table de Rœmerspacher, au Café Voltaire, prit une valeur réelle par la variété de sa composition. On n'y vit pas de dessinateurs, de peintres, de sculpteurs : Rœmerspacher et ses amis, faute d'éducation, n'avaient aucun sens des habiletés manuelles; mais beaucoup de jeunes littérateurs encore inconnus, qui dans la suite eurent du talent, s'y asseyaient, et parmi eux, ces poètes qui, — ayant fait leurs humanités dans le temps où l'on supprimait des programmes scolaires l'exercice du

13.

vers latin — modifièrent la prosodie française. Avec bon sens, mais avec trop de dédain, Rœmerspacher souriait de ces compagnons vaniteux ; il avait le tort de juger leur œuvre future sur l'opinion bistournée qu'ils prétendaient donner d'eux-mêmes. Un homme n'est jamais que le spectateur de son talent et ne peut se prévoir.

Disons-le en passant : des jeunes gens qui se croient doués pour écrire n'ont qu'à laisser les sentiments qui, cette semaine, avec le plus d'intensité les hantent, s'exprimer sous la forme qui, pour l'instant, leur paraît la plus aimable — et entasser le tout dans un tiroir. Se relisant après quelques mois, ils sentiront dans ce fouillis ce qui leur fait le plus de plaisir. Et si quelque page, une sur mille, est enveloppée d'un fluide, comme le visage émouvant d'une femme porte partout une atmosphère, c'est qu'ils sont nés pour dépasser la commune polygraphie... Plutôt que de faire le commis voyageur et de se perdre en vanteries à la table de Rœmerspacher, ces artistes débutants devraient en eux laisser agir la nature. Seule, cette puissance silencieuse saurait leur dire la direction de leur génie. A leur dam, parfois, dans la suite, ils se croiront obligés de se conformer aux images qu'à l'avance ils ont proposées d'eux-mêmes.

Suret-Lefort souvent les rejoignait. La merveilleuse mémoire, la précision et l'autorité de ce jeune homme élancé et sec étonnaient sans faire sourire. De quel ton souverain il disait, en posant son verre de bière : « Mes amis politiques et moi, nous pensons...! » Parmi ses coreligionnaires, il rangeait Rœmerspacher, mais il se désintéressait des interprétations philosophiques que l'excellent carabin et historien donnait des actes de M. Clemenceau, objet de leurs préférences, et son inattention, toujours courtoise d'ailleurs, indiquait un peu de mépris qu'on se perdît dans ces billevesées.

Renaudin, l'homme au monocle, quand il pouvait s'échapper de ses journaux, leur apportait les bruits de couloir du Palais-Bourbon, les racontars des rédactions. Sa puissance est de tuer en eux la notion du respect : sa faiblesse, c'est qu'après avoir discerné les intrigues, — généralement des ventes d'influence qui dégradent tel député ou publiciste, — il conclut épanoui d'admiration : « Comme il est fort! »

Pendant la première année, le délicat Sturel vint rarement au Café Voltaire. Il passait les soirées à la villa, auprès de mademoiselle Alison, ou rue de Chateaubriand, chez madame Astiné Aravian. Elle s'était installé un vrai salon oriental : un divan circulaire, avec un grand tapis de Smyrne, au centre un brasero, sous un lustre luxueux, de mauvais goût et chargé de cristaux. Elle avait fait creuser aux murs de petites niches présentant les courbes persanes, où elle plaçait ses bibelots, colliers de perles, de corail, reliques précieuses, poignards et ceintures circassiennes ornées de turquoises. De ces mêmes objets, beaucoup étaient épars sur le divan, miroirs ronds, amulettes en forme de triangles pendues à des chaînes de cou, collections de voiles légers aux couleurs tendres. Sa fleur était le jasmin, qui toujours avec la rose enchanta l'Orient. Parfois, une longue tunique descendait jusqu'à ses pieds, ouverte devant sur une robe que serrait à la taille une ceinture en étoffe d'argent ornée de rubis. Des amis lui dirent, sans doute, que Paris est las des turqueries, car elle ferma presque aussitôt cette pièce à la fois singulière et banale, pour vivre — comme devrait raisonnablement faire avec ses intimes toute jolie femme — dans le plus élégant des cabinets de toilette.

Sturel était de ces gens qui, de propos délibéré, excluent absolument de leur imagination les réalités mesquines. Il avait en horreur les parties basses de la vie, toutes les nécessités physiques, et tenait pour de simples misérables ceux qui se plaisent à y faire allusion pour nourrir leurs plaisanteries. Cette délicatesse le conduisit à passer dans la chambre des femmes de plus longs moments de sa jeunesse qu'avec ses amis. Naturellement dédaigneux et exclusif, il exagérait encore ce caractère, parce qu'il se rappelait toujours que deux femmes raffinées l'appréciaient. Rœmerspacher, qui n'en était pas à se réjouir des trivialités, en tolérait pourtant de ses camarades, dont la moindre faisait souffrir l'ami de Thérèse Alison et d'Astiné Aravian. Aussi, les deux jeunes gens se voyaient-ils peu.

Mais l'Asiatique avait de romanesque tout ce que peut en contenir une âme sans tourner à la niaiserie. Elle avait fréquemment dit à son ami : « Vous allez me juger sévèrement! Dès que je n'ai plus un très grand plaisir à voir celui que j'aime, soudain sa vue me devient pénible : il me fait souvenir qu'une chose heureuse est morte. » En novembre 1883, après des vacances où il avait tant souffert de ne recevoir aucune lettre, Sturel, qui de la gare de l'Est s'était fait conduire rue de Chateaubriand, apprit que depuis deux mois la jeune femme avait disparu. Tous ses meubles déposés chez son tapissier, elle avait pris le train de Marseille, sans laisser d adresse ni d'instructions. Une hirondelle émigrante s'enfonce dans les airs. Il fut mélancolique et fréquenta la table de Rœmerspacher.

Il est certain que ce Renaudin, comme Mouchefrin et Racadot et, pour dire franc, Suret-Lefort aussi sont de basse société; mais on ne se fait pas une psychologie, pas plus qu'on ne devient chimiste, sans se tacher un peu, et par ces expériences, Rœmerspacher, Saint-Phlin, Sturel furent rendus attentifs à bien des choses. On en va voir un splendide témoignage.

Mouchefrin et Racadot, toujours assurés de trouver à la table de Rœmerspacher un verre de café et des cigarettes, y étaient assidus, et Mouchefrin expliquait volontiers qu'il n'avait pas mangé de vingt-quatre heures. En outre, ils s'attachaient à Renaudin, dans l'admiration de ses appointements de trois cents francs et avec l'espoir qu'il leur procurerait une place de secrétaire, de reporter.

Aussi quelle fureur de haine les saisit, quelle abondance de désespoir les envahit, ces deux malheureux, le soir où Renaudin, sans même les regarder, dit à Rœmerspacher, à Saint-Phlin, à Sturel :

— Un des journaux où j'écris, *la Vraie République*, accueillerait des collaborateurs capables, fussent-ils jeunes et inconnus. J'ai eu du mal à les convaincre!... Si quelqu'un de vous trois, mes maîtres, avait un morceau à imprimer, je m'en charge.

Et quelle joie sur le visage de Renaudin! Il a parlé à peine assis, et de l'air essoufflé d'un homme qui apporte des choses joyeuses, inattendues... Plutôt des choses impatiemment attendues! Depuis le lycée, qu'ils en prennent conscience ou non, ils attendent d'écrire dans les journaux. La proposition de Renaudin est un hasard que tout nécessitait.

Renaudin, de ces êtres tout abstraits, est le premier, le seul qui ai trouvé sa corporation. Et il tend naturellement à la fortifier en lui adjoignant des amis dont il fait grand cas.

Or, sa profession, sa corporation, il les conçoit d'après celui qui l'initia, d'après ce Portalis, qu'il compte toujours voir à la tête d'un journal ou du gouvernement, et de qui il est devenu une âme de reflet.

Pour connaître ce que peut le prestige d'un homme, il faut voir Renaudin à la table de Rœmerspacher, après qu'il a détaillé les vilenies des personnages en vue, passer enfin à son ancien patron et dire, en ajustant son monocle :

— Oh! celui-là, mes petits!...

Ce reporter bohème et qui ricane derrière son monocle, il a tout de même une hérédité de fonctionnaires respectueux et gobeurs : comme ces commerçants parisiens toujours flattés d'un brillant faiseur qui veut bien les exploiter, il appartient corps et âme à ce personnage de grand vol. Je ne dis pas que tout au fond il l'aime, ni même qu'il professe de bouche des sentiments dévoués. C'est plus grave : l'ensemble des règles de conduite que l'imposant Portalis affiche est devenu pour cet adolescent encore amorphe la seule vérité viable, la vie même. Le jeune Alfred Renaudin, c'est un poisson des eaux troubles de Portalis.

Son admiration pour les intrigues d'argent et d'ambition de l'ex-directeur de *la Vérité* heurte Rœmerspacher, Sturel, Saint-Phlin ; ils lui répliquent par Bouteiller « de qui personne ne peut nier la valeur » et qui pourtant a de la moralité. Alors Renaudin prétend leur faire admettre que le professeur se fait des buts et des moyens exactement la même conception que le journaliste. Il les plaisante et les protège, les traite en « poètes » qui n'ont pu mesurer les difficultés de la politique et des affaires. Il n'ose pourtant pas leur présenter l'argument qu'à part soi, et bien à tort, ce jeune reporter, qui comprend les faits et non les esprits, juge décisif : le conseil que lui donna Bouteiller d'espionner pour Gambetta.

Admirons, dans une certaine mesure, que cet enfant dont personne n'a formé le goût sache sentir l'énergie insolente d'un Portalis qui parfois le brusqua, mais ajoutons — et nous l'étonnerions fort — qu'il se méprend lourdement s'il confond à cette date un Bouteiller et un Portalis, et s'il juge que ce dernier possède mieux que des « poètes » les moyens d'agir et de s'élever dans le milieu national. Voilà la vérité ; le Renaudin qui se croit un grand admirateur des esprits réalistes ne juge pas sainement la réalité de la vie française. Comme son « patron », il manque de bon sens ; — ce que nous allons démontrer du premier.

Cette démonstration importe pour caractériser les influences que subit cette petite équipe : par la force de l'air que déplace en se développant une masse comme est Portalis, ces jeunes gens, feuilles détachées du grand chêne lorrain, allaient être entraînés sur un assez long espace dans la direction au moins suspecte où s'enfonçait, selon la pente de ses appétits, cet individu implacable et correct. De plus, à souligner ce défaut de bon sens, nous trouverons un enseignement utile de psychologie politique.

CARACTÈRE D'UN GRAND JOURNALISTE PARLEMENTAIRE

Dans cette longue file de politiciens que, tout le long de l'histoire récente de notre parlementarisme, nous voyons s'acheminer vers Mazas, l'intéressant d'un Portalis et qui lui compose d'abord une figure balzacienne, c'est qu'il possède un beau nom, de la fortune, du tempérament, tout ce qu'on peut trouver dans un berceau, et que pourtant, par une suite absolument logique, sa destinée le mène en correctionnelle, à la ruine et au déshonneur.

Il fait partie de l'équipe chargée du maniement de l'opinion pour le compte du parlementarisme français, les Camille Dreyfus, les Canivet, les Magnier, les Henry Maret, les Eugène Mayer, les Edwards, les Hébrard, cohorte intelligente que les difficultés de la vie ont décimée. Mais avec un commun idéal mercenaire et cynique, ces messieurs présentent des nuances. L'ex-directeur de *la Vérité* n'est pas de ces gens grossiers, menés par leur fringale et leur verve bourbeuse, et qui, après un instant de fortune excessive, trouvent une fin qu'on avait toujours jugée vraisemblable : s'il fait la culbute, il trompera les premiers pronostics.

Frappé avec le même coin que les autres, mais dans une matière plus noble, il est pourtant un sou mieux venu. Il offre l'attrait d'une forte figure qui peu à peu se dégrade. Son allure puissante, son expression fermée jusqu'à l'hypocrisie et dure jusqu'à l'insensibilité, son mutisme évoquent, ce me semble, certaines figures terroristes et austères des grands magistrats de jadis.

Ayant le choix entre divers patronages, Renaudin montre une sorte de goût puisqu'il a particulièrement senti la maîtrise de Portalis. Parfois, en vérité, ce vulgaire reporter trahit les mouvements d'une certaine poésie intérieure. Ainsi, quand, traversant la place de l'Opéra, aux premiers temps de son arrivée de Nancy, il répétait : « Me voilà au centre de Paris... le centre de Paris... », c'était l'accent d'un poète. C'est encore une imagination poétique, celle qui s'émeut pour ces formes insolentes, âpres, rêches qui voilent en Portalis un feu plus destructeur de l'être que toutes les ardeurs d'un débauché. Cet homme qui sondait tout pour en extraire l'argent n'a jamais joué ni joui ; il n'aimait comme distraction que la marche, l'équitation, les sports violents. Sa seule fête était d'actionner l'opinion par des arguments et les hommes par leurs intérêts. C'est l'ambitieux, qu'on peut définir : l'homme sans plaisir. — Un second élément de romanesque qu'avait entrevu confusément Renaudin dans les bureaux de *la Vérité*, c'était autour de Portalis l'extraordinaire dévouement de son administrateur Girard. Les relations de ces deux hommes donnent des indications à ceux qui savent goûter ces amitiés émouvantes que Balzac a présentées dans son Vautrin et son Rubempré. Elles sont, dans la réalité, très fréquentes.

Girard qui fit trembler toutes les sociétés financières, grâce à son génie de comprendre leurs pirateries et de s'y associer, est pour le psychologue tout simplement un homme à qui de tristes circonstances ont interdit d'avoir un fils, et chez qui le sentiment de la paternité était extrêmement développé. Dans la physionomie de Girard auprès de Portalis, on pouvait distinguer à la fois la douleur d'aimer un égoïste, l'ironie d'un homme tout à fait clairvoyant à l'égard d'un malin un peu alourdi par la vanité, enfin l'admiration que lui inspiraient, comme d'un fils à son père, les moindres mouvements de son Portalis...

Un nom met dans le sang de celui qui le porte toutes les vertus des traditions familiales qu'il évoque. L'arrière-petit-fils du grand Portalis, avocat, membre des Anciens, conseiller d'État et ministre des cultes, le petit-fils du second Portalis qui fut, lui aussi, conseiller d'État du premier empereur, se devait d'être un autoritaire et un légiste.

Pourtant chez ce blond de grande taille, le type anglo-saxon matine fortement l'hérédité napoléonienne; son grand-père, né à Aix, épousa en Saxe une comtesse de Holck. Comme Wilson, avec qui il présente de fortes analogies par son allure physique et par sa conception de la domination politique, il est parmi nous un étranger.

Et voilà le secret profond de la conduite de ces hommes, un Wilson et un Portalis, ou encore un Camille Dreyfus et un Mayer, fort intelligents, mais qui se détruisent eux-mêmes parce qu'ils ne sentent rien en accord avec notre pays où ils évoluent. Quant aux autres, c'est le principe de chantage qu'il y a dans le parlementarisme français qui les a détruits et qui les livre à l'histoire, déjetés, comme elle les recueillera.

Le premier point pour être selon le type national, c'est de réaliser en soi, ou de donner comme formule-programme à son énergie propre, cette définition dont on peut se contenter en attendant meilleure analyse : « Générosité, progrès, humanité. » Les êtres qui, par leur naissance ou leur libre choix, appartiennent à une tradition opposée se reconnaissent toujours : à leurs paroles, à leurs sentiments qui nient, contredisent le type français, puis à leurs actes. L'éducation accentua l'hérédité étrangère dans Portalis.

Enfant, il était indomptable. Son père, qui fut receveur général sous les divers gouvernements et qui résidait alors à Orléans, ne put obtenir que Mgr Dupanloup, ami de la famille, le gardât. Trente-six collèges l'expulsèrent. Nulle discipline ne le domptait; à seize ans, sa manie particulière était de dévisser les serrures. Un maître de boîte à bachot, décidé à tout supporter pour garder un pensionnaire riche et de beau nom, lui fit remettre une clef sous main. Dès lors le jeune homme respecta les serrures. Mais non les professeurs! Tous se plaignaient. Un colleur de mathématiques, enfin, prit de l'empire sur ce terrible élève qui, un jour, avec ce singulier mélange de franchise et d'effronterie dont il devait plus tard, et les grâces de l'enfance passées, user moins heureusement sur les banquiers et tenanciers de cercle, lui dit : « C'est curieux, vous seul m'intimidez. » Le colleur amusé, flatté, s'intéressa à cette nature singulière.

C'était un nommé Girard, un blond à l'œil bleu,

fils de paysan bourguignon, trapu et vigoureux, d'une parole douce, qui, ayant fait sa médecine en donnant des répétitions, s'attardait, par une sorte de bohème, dans cette besogne nonchalante. Il prit plaisir à causer fréquemment avec son élève qui lui dit un jour : « Pourquoi n'auriez-vous pas vous-même un établissement comme celui-ci? — Je gagne largement ma vie, répondit Girard. Je vais au théâtre, c'est ma passion et je suis indépendant. — Je vous amènerai mes amis, les plus beaux noms de France — Je n'ai point d'argent. » Le père de Portalis prêta les cinq mille francs nécessaires, et Girard s'installa avec succès dans une impasse du quartier Marbeuf.

Quand Portalis avait dix-neuf ans, ses parents, installés à la recette de Versailles, eussent désiré qu'il s'accommodât auprès d'eux d'une oisiveté de bon ton. Mais ce jeune homme, trop ardent pour s'amuser exclusivement des petits théâtres, des filles et des soupers, à l'une des fêtes offertes aux souverains étrangers pour l'Exposition de 1867, eut le pressentiment des catastrophes prochaines. Dans l'Hôtel de Ville, embrasé d'illuminations splendides, son imagination ambitieuse distingua Paris en flammes : « Ce soir-là, disait-il souvent, j'ai connu les sentiments que dut avoir un Ninivite aux derniers jours de sa patrie. » Pour être prêt à profiter de la chute de l'Empire, il voulut étudier, comme c'était la coutume, la démocratie américaine.

Outre-mer, ce jeune Anglo-Saxon, qui dans son enfance pensait en langue anglaise, se retrouva parmi ses pareils. Il y vit des sénateurs de vingt-cinq ans. Il en rapporta le goût de voir net et d'agir brutalement, et en outre, un livre de valeur : *Le Césarisme et la Liberté.*

Le parti de l'opposition devait s'intéresser à un débutant de ce nom et d'esprit ouvert. Portalis fonda avec Ernest Picard *l'Électeur Libre*, dont il se procura les fonds par des expédients de fils de famille.

Ainsi préparé à la grande curée, au 4 septembre 1870, il s'élança. Pour la meute parlementaire l'entrée en chasse sonnait. Vers le 12 septembre, Ernest Picard, membre du gouvernement, fit savoir à Portalis que l'armée allemande tournait Paris par le sud, que Châtillon était désarmé, qu'il fallait ameuter la population. Portalis fit l'article dont l'effet fut effrayant sur la rue déjà surexcitée ; on le mit en arrestation. Son cas, fort grave, relevait de la cour martiale. Picard ne bougea pas ; c'est Girard qui intervint et se démena. Dans cette tourmente sa maison avait sombré, faute d'élèves, mais par eux il gardait de belles relations ; il fit tant de démarches et si pressantes qu'on relâcha Portalis. D'ailleurs Châtillon avait été pris par les Allemands sans coup férir. Portalis irrité contre Picard attaqua Gambetta et la Défense nationale. Son attitude violente lui fit une réputation rapide. Le parti de l'opposition, qui allait être la Commune, s'intéressait à ce jeune homme dépourvu de ménagements. Il traita les fédérés d'étourdis, — modération dont ils lui furent plus ou moins reconnaissants, — tandis qu'il invectivait Versailles. Pour ses amis et pour « le monde », il fut un renégat.

Après ces terribles agitations dont il avait tant espéré, Portalis se retrouvait étranger à tous les partis et les mains vides. Il fut étonné et dépité. Résultat fort explicable, pourtant! A bien examiner sa manière dès le début, on voit comment sa vie penchera. Ces premières années sont les assises branlantes d'une fâcheuse destinée. Par la logique de ses idées générales, ce jeune politicien était voué à l'isolement et aux besoins d'argent.

A l'isolement : — il venait de rompre avec ses anciens amis devenus le personnel gouvernemental, par une confiance excessive en soi qui résulte d'une certaine énergie d'homme de sport, et surtout d'une vanité fréquente chez les fils de famille.

Aux besoins d'argent : — il croyait avoir constaté en Amérique qu'une seule chose vaut qu'on la respecte, — la force, — et que la force unique, c'est l'argent. S'assurer des concours en payant et multipliant les journaux, tel fut le système où il s'acharna et dissipa ses ressources réelles, puis imaginaires.

Portalis, après avoir éprouvé que l'opinion n'admettait pas qu'on fût républicain contre Gambetta, essaya de traiter : « Vous êtes écrasé, lui disait-il; on parle de vous mettre en cour d'assises pour vos comptes. Eh bien! moi je vous prends. Voulez-vous lier nos parties? Je serai effacé et n'apparaîtrai qu'après votre installation! » C'est ainsi que parut dans *la Constitution* un article intitulé *le Prétendant de la démocratie* et qui venait de Gambetta. Ces deux génies de l'intrigue, — dont l'un toutefois n'eut jamais d'amis — pouvaient s'entendre, car sceptiques l'un et l'autre, sauf devant les forces, ils ne se souciaient que des résultats. Mais Gambetta savait déjà que Portalis n'était pas maniable. Spuller, Ranc, Phéphaut réunirent assez d'argent pour fonder *la République française*. « Vous avez quarante mille francs, — dit au grand orateur le publiciste, profondément froissé, — mais vous aurez les coups. Un journal, pour un chef de parti, c'est un désavantage. » Les deux équipages suivaient une marche parallèle tempérée de mauvais procédés, comme c'est la coutume, jusqu'au discours de Grenoble. Portalis se hâta de reprocher à Gambetta la phrase fameuse : « Il n'y a pas de question sociale! » Ce n'est pas qu'il fût socialiste. Il croyait bien trop à l'argent comme à la réalité suprême de la force. Puis son sentiment aristocratique ne lui laissait voir dans la République, en dehors des combinaisons parlementaires, que démagogie. Mais il cherchait plus avant que Gambetta un levier contre celui-ci. Par ces attaques où il satisfaisait sa vanité froissée, il retardait indéfiniment la réussite de ses ambitions de pouvoir.

Il s'en rendait mal compte. A cette époque Gambetta n'était pas la puissance qu'on vit depuis : Portalis, avec un journal à dix centimes et d'un tirage considérable, croyait pouvoir marcher de pair. C'est *le Corsaire* qui fit l'élection Barodet contre Rémusat, candidat de M. Thiers et que Gambetta tout d'abord avait pensé soutenir. Tolain ayant demandé que le gouvernement ouvrît, comme avait fait l'Empire, un crédit de 100,000 francs pour envoyer des ouvriers à l'exposition de Vienne, Teisserenc de Bort répondit : « La Révolution n'est pas article d'exportation ; nous faisons voyager les ouvriers dans les trains de nuit. » *Le Corsaire* ouvrit une souscription qui permit de réunir à nouveau les syndicats et obtint 71,000 francs. Portalis expédia cent ouvriers à Vienne, mais son journal fut suspendu ; on vint lui offrir *l'Avenir national* qu'il organisa.

Ainsi ses journaux étaient supprimés quand ils

avaient du succès ou mouraient faute de fonds. Ces difficultés marquèrent plus fortement encore les traits de son caractère. Sa morgue lui inspira dans ces crises de belles audaces : ainsi quand il offrit brutalement une mensualité de 500 francs à un secrétaire de M. Thiers qui accepta. De tels souvenirs gardés par les bureaux de rédaction émerveillaient Renaudin. Et vraiment c'est assez bien de ne pas ruser avec les coquins. Souvent aussi ce mépris profond des individus prêtait à ses raisonnements une sorte de logique à coup de poing, qui a les apparences du bon sens. Mais cette conception cruelle de l'humanité engage nécessairement celui qui l'adopte dans les voies du chantage. Et d'autre part, ne croire qu'à la force et surtout à la force de l'argent, c'est, en France du moins, se priver de plusieurs éléments d'action. Le mépris des individus a de l'allure, mais nulle fécondité : à l'usage, il ne vaut pas plus que la philosophie du doute subjectif. Il fait partie des vérités de cabinet ; pour que les hommes aient de l'âme, un bon moyen, c'est que le chef leur en prête.

Ce goût de la logique et cette nécessité de trouver de l'argent pour des journaux, sans cesse tués et renaissants, ce mépris hautain des réalités sentimentales et cette conviction qu'on capte des forces morales comme on groupe des capitalistes amenèrent, dès 1873, Portalis à une grave opération qui lui valut de perdre définitivement l'orthodoxie républicaine. Je veux parler de la fusion qu'il imagina et tenta « entre la démocratie et les Napoléons », un des plus fameux épisodes de l'intrigue politique sous la troisième République.

C'était en 1873 ; la monarchie semblait faite. On

savait quelles étaient les voix acquises. Portalis et le Prince Napoléon eurent une entrevue chez une femme, Mme de Brimont, qui la leur avait ménagée. A peine les premières paroles de politesse échangées : « Eh bien ! » dit le prince, monsieur Portalis, que dites-vous de la situation ? — « Monseigneur, je n'en dis rien. » — Le prince le poussa assez brutalement, laissant entendre qu'il n'aimait pas les rendez-vous inutiles. « Êtes-vous homme à tuer votre cousin ? » lui dit en face Portalis. On entend qu'il s'agissait du prince impérial, seul obstacle entre l'Empire et le prince. Celui-ci sursauta. Peu après, il se leva et prit congé. « Votre gros homme, dit Portalis à Mme de Brimont, n'a dit que des banalités. » Au bout d'un quart d'heure, il descendait l'escalier. Au moment où il franchissait la porte, un bras se passa sous le sien : c'était le prince. « Comme vous y allez devant les femmes, dit-il ! » Et venant à son but : « Qu'allez-vous faire pour empêcher la Restauration ? » — « Ce n'est pas une question de presse, » dit Portalis, « c'est une question militaire ». — « J'ai plus d'hommes qu'on ne croit », répliqua le prince, « mais il faut qu'on s'entende. »

On fit des plans. On pensa à faire marcher de Lyon le général Bourbaki sur Paris. On s'arrêta à un coup de main renouvelé du général Mallet. Le prince croyait pouvoir disposer, dans ce pacte d'alliance entre la démocratie et les Napoléon, contre la monarchie, des éléments bonapartistes très nombreux encore dans l'armée : « La question », dit-il, « c'est qu'il n'y ait pas de blouses devant les régiments dont je peux disposer. L'armée tirerait sur les blouses et ne tirera pas sur l'uniforme. Votre rôle dans le journal c'est de disposer l'opinion de telle sorte qu'il n'y ait pas de blouses, ou que les blouses ne crient pas. »

A cette alliance entre la « Démocratie et les Napoléon », tout le monde s'employa, approuvant la campagne de *l'Avenir national*. Trois lettres furent écrites à Thiers, à Gambetta, au prince Napoléon, rédigées par Pierre Denis et que devait successivement publier *l'Avenir national*. On avait pressenti Thiers qui se montra disposé à une campagne où il ne risquait pas sa personne et qui lui vaudrait de la popularité. Il voulut lire la lettre qu'on lui destinait. Il y fit de légères corrections et promit d'y répondre. Gambetta, inquiet du progrès rapide du courant socialiste, avait traité avec les monarchistes. Laurier, autre Girard, s'était dévoué jusqu'à se donner en gage. On connaît les conditions de Gambetta. Assuré de demeurer rééligible, c'est-à-dire qu'on laisserait de côté le règlement des comptes de la défense nationale, il se contentait du rôle d'un général Foy, d'être le chef des libéraux, c'est-à-dire d'une opposition assurée de dominer même sous la monarchie. On ne lui communiqua pas la lettre publique qu'on devait lui adresser, car l'adhésion de Thiers devait entraîner la sienne.

C'est la lettre au prince Napoléon qui fut tout d'abord imprimée. Admirable morceau d'éloquence! Portalis la lui porta à neuf heures du soir. Le prince dit : « J'y répondrai. » A dix heures et demie, son officier d'ordonnance apportait la réponse fameuse, adhésion à « une alliance pour soutenir le drapeau tricolore en face du drapeau blanc étranger à la France moderne ». Cette hâte, comme on va voir, eut pour la combinaison de désastreuses conséquences. Le sens d'étiquette de Portalis, cette morgue ou plus exactement ce snobisme que nous avons déjà signalés, furent ici un facteur important. Logiquement la lettre adressée au prince eût dû paraître seule ce soir-là et la réponse venir dans le numéro suivant. Non seulement Portalis voulut qu'elle parût sitôt apportée au journal, mais encore qu'elle parût en tête du numéro. Il faut se souvenir de ce qu'était en septembre 1873 ce nom de Napoléon et l'effet terrible de cette signature éclatant en lettres formidables en première colonne d'un journal républicain. La rue, le Parlement, la presse, tous crièrent à la trahison. Il n'y avait pas alors d'argumentation qui pût tenir contre le sentiment. La plupart des rédacteurs donnèrent leur démission; Portalis s'affaissa; Girard vint à son aide.

Durant ces années, Girard s'était tenu à l'écart; il venait en ami aux journaux de Portalis quelquefois, mais le plus souvent pour l'accompagner au théâtre qui est sa passion. Il avait reconstitué sa « boîte à bachot » avec de jeunes Américains et quelques jeunes gens de grande famille. Il mangeait avec eux du bœuf bouilli, lisait, faisait des mathématiques et de la chimie. Sa volupté profonde semble avoir été de boire des bocks et de fumer sa pipe avec une vieille houppelande sur le dos. Son vice était d'être joueur. Dans les cercles où l'on ignorait sa qualité exacte, il s'était fait une situation considérable par l'audace de ses mises. Et certes, nul des amis que très fier et habile il y comptait n'aurait soupçonné que chaque matin il allait lui-même aux Halles faire ses provisions. Un trait qu'on signale, c'est l'amour de Girard pour les animaux et poussé à ce point qu'il achetait des chevaux malades à vil prix pour les soigner, ce qui lui permit dans une fortune assez modeste d'avoir un cheval de trait et un de selle, ce dernier lui gagnant des paris.

Girard se chargea d'aller trouver le prince Napoléon et de maintenir des relations utiles que Portalis ne pouvait avouer. Celui-ci n'abandonnait pas l'idée de son triumvirat républicain ; il voulait aller vite et à l'américaine, c'est-à-dire acheter des concours comme a fait depuis le Boulangisme. Son premier soin devait être de rallier ses collaborateurs. A prix d'argent, il y parvint. Alceste fit sa rentrée avec un article : « A bas Chambord ! » qui fit supprimer *le Corsaire*. Portalis réorganisa un nouveau journal : *la Ville de Paris*, qui tout de suite eut le même sort. Sur ces entrefaites, le comte de Chambord se retira. Les monarchies étaient en déroute. C'était la République. Mais Portalis, tout de même était par terre, accablé, excommunié, et l'état de siège durait. Le prince se lassa. Portalis à la fin de 1873 disparut.

Portalis vaniteux, égoïste, comme tous les fils de famille avait de l'allure, mais pas de résistance. Son père lui offrit de 12 à 15,000 francs par an à condition qu'il ne ferait plus rien.

Après six années il réapparut. Sa situation était difficile. C'était le centre droit, Broglie et les ducs, qui tenaient le pouvoir tandis que Gambetta était reconnu comme le chef de l'opposition. Son équipée napoléonienne lui fermait la politique à moins qu'il ne redevînt une force.

Un Gambetta est en mesure de maintenir son journal dans les discussions d'idées, sans y mêler des affaires et sans l'attrait du scandale, soit que son autorité attire assez d'abonnés, soit que ses amis le soutiennent; mais un Portalis, avec son talent brillant et tous ses appels à la curiosité, n'est jamais sûr que sa vente durera six mois, ou qu'un procès ne le tuera pas demain. Un Gambetta, de plus, peut nourrir un personnel : il place ses pauvres auprès de ses amis riches, et même, par Laurier, jusque dans la droite; on peut dire qu'il a fait de l'amitié une franc-maçonnerie. Le problème, de ce point de vue, se résume à trouver l'argent pour créer et nourrir sa clientèle, et c'est bien ainsi qu'il devait apparaître à un Portalis, infatué d'américanisme. Il résolut de demander aux affaires l'argent indispensable à son organisation politique.

Elles étaient fort à la mode. L'aristocratie ruinée et qui disposait alors du pouvoir s'y jetait. Il collabora d'abord à l'organisation des Messageries Générales. — Les compagnies n'avaient pas de tarifs pour les petits paquets. Au-dessous de cinq kilos, on payait pour cinq kilos. La Société dont Portalis fut un des organisateurs imagina de faire le rassemblement des petits paquets; c'était un système de poste qui se mettait à la disposition des grands Magasins, groupant leurs envois et s'engageant à en faire la distribution dans les quarante-huit heures. Les compagnies firent des procès de toutes parts; puis elles s'avisèrent d'abaisser le minimum de poids. C'est ainsi que d'une affaire excellente Portalis sortit avec de grosses parts de responsabilité civile qu'il s'agissait de diminuer, d'éteindre. Girard faisait les courses, apaisait les créanciers.

Dans le même temps, *le Corsaire* qu'il avait reconstitué sans s'y mettre en nom, pour avoir sous la main un instrument, lui mangeait en six mois 60,000 fr., car le public à cette date, n'appréciait que les feuilles érotiques. La pornographie exploitée par de prétendus lettrés enthousiasmait le public. Portalis mit sur pied l'affaire du Grand-Café. Girard aurait pu s'en tirer : la serviette du gérant de café n'eut pas plus gêné cet excellent esprit que la serviette du professeur; Portalis ne pouvait pas surveiller les plongeurs. Faute de surveillance dans le détail, ce théoricien manqua encore cette exploitation que de plus humbles eussent réalisée.

Ses échecs, comme il arrive toujours, lui firent la réputation d'un homme d'affaires. Tous les bandits de Paris apportèrent dans son cabinet leurs combinaisons. Avec ces faiseurs, il accentua son ton brutal, son air de dompteur. Sa vanité lui composa l'attitude d'escarpe que les délicats lui reprochent, parce qu'il préféra cette réputation à celle de maladroit. Roulé par les uns et responsable envers les autres, il choisit de paraître associé à la malhonnêteté des premiers plutôt qu'à la naïveté des seconds.

Le Seize Mai arriva. Le centre droit fut bouleversé. Portalis aurait voulu un siège à Paris. Mais parmi tant de champignons électoraux surgis au lendemain des orages, il n'y avait pas de place. C'est alors que Lepelletier (le banquier de la rue de Londres), qui avait affermé tout *le Petit Lyonnais*, journal considérable de Lyon et d'un tirage de 100,000, offrit à Portalis de lui céder une partie de son droit, soit la direction politique. Girard fut nommé président du conseil des intéressés. La politique de Lyon est très difficile. Les partis y sont des partis d'intérêts. C'est un point de vue juste, mais auquel Portalis se devait trop étroitement tenir. Il y fit du radicalisme avec le souci de ne pas avoir contre lui les opportunistes. Il flirta si fort que *le Petit Lyonnais* diminua de tirage.

Il fit sa rentrée à Paris avec un livre : « les Deux Républiques » c'est-à-dire la République des légistes et la République américaine. C'est là que la première fois on parla de la Revision. Cet ouvrage où il y a de belles pages sur la loi et de bonnes idées sur l'émancipation régionale, eut un certain succès. Tous ces efforts lui permirent de ramener dans *la Vérité*, qu'il fonda, des collaborateurs (Sigismond Lacroix, Henri Maret, Tony Révillon), dont la défection l'avait perdu en 1873. C'était se raccommoder avec le gambettisme et le radicalisme. De nouveau il avait sous la main une belle partie à jouer. Girard lui dit : « Vous avez fait assez de bêtises ; je veux quitter mon établissement et gérer votre journal. »

Avec le concours de cet administrateur, il trouva enfin sa vraie manière qui mariait les affaires et le journalisme. Elle témoigne gravement contre le régime parlementaire ; mais dans son principe elle n'est point du chantage. C'est une conséquence et une application du système gouvernemental. A cette époque, l'argent n'était pas rare : pour lancer une entreprise, un banquier ne demandait pas qu'elle fût bonne, mais seulement qu'elle pût fournir un prospectus. De cette prospérité industrielle et de la spéculation, Portalis jugea que les journaux devaient plus largement profiter. *La Vérité*, d'un petit tirage et peu connue en dehors des salles de rédaction et du Parlement, avait une très grande influence, parce qu'on y discutait les questions sans phrases et que beaucoup de députés, ministrables ou anciens ministres, y écrivaient.

Bien doué pour comprendre les affaires, sinon pour les mener à fin, il se faisait expliquer une combinaison par l'intéressé, en recevait un dossier, établissait des calculs, créait des arguments, puis, de sa personne ou le plus souvent par un homme sûr, parlait aux ministres, aux présidents de commission, aux députés. Il se chargeait encore d'exposer ou de faire exposer aux compagnies, aux diverses administrations publiques ou privées, les propositions ou doléances de ses clients. C'est un avocat d'affaires, mais qui plaide l'escopette au poing. Fût-ce pour un bec de gaz nouveau à installer dans une administration, il savait obtenir qu'il y eût un arrêté pris. Avait-il rencontré des propriétaires préoccupés de l'endiguement d'une rivière, des financiers désireux de constituer quelque banque coloniale, il usait en leur faveur de son influence sur les membres du cabinet et sur des particuliers auxquels l'humeur de son journal ne pouvait être indifférente.

La mise en œuvre de ce système exige du tact. Pour comprendre les rapports du fils de famille politicien qu'est Portalis et de cet excellent cerveau-peuple qu'est Girard, il faut noter que Portalis lui avait dit tout d'abord : « Vous êtes un fou ». Mais quand il vit les résultats, il crut que tout était possible, et c'était une querelle permanente entre eux. Girard disait : « J'ai ma conscience à moi. »

Tant que le journaliste qui pratique ce système demeure gouvernemental, les magistrats n'y voient que les démarches d'un homme influent. Les journaux de Portalis n'intervenaient jamais. Girard disait : « Quand on parle d'une affaire dans un journal, elle est fichue. » Celui qui étudierait les collections des feuilles dont les directeurs ont le plus exigé et le plus obtenu pourrait n'y rien voir de suspect. Il disait encore : « On peut menacer les gens d'un poignard de carton, mais il ne faut pas le leur montrer, car ils vous rient au nez. » Le journal était leur moyen de relations.

De 81 à 86, au café de Madrid, au café de la Porte-Montmartre, au café Cardinal, il y eut la Bourse aux décorations et aux places. Le ministère Rouvier (84-85) fut l'apogée de ce système, que le général Boulanger interrompit, et qui réapparut en 87. Les gens de province affluaient. Décorations, avancements, concessions, tout était trafic. Renaudin fut mené quelquefois sur ces marchés par les agents divers qui rabattaient pour Portalis. Dans les bureaux de *la Vérité*, courait cet axiome : « Avec les hommes politiques, le tout c'est de pouvoir offrir. Trouver l'intermédiaire et construire la phrase de proposition, voilà les deux points délicats. » L'orgueil de Portalis écartait rudement les combinaisons de quatre sous ; il n'acceptait que les grosses sommes.

La Vérité avait rapporté des bénéfices énormes qui servirent à payer les dettes des entreprises personnelles où régulièrement son directeur échouait. Ainsi ses besoins d'argent n'étaient pas satisfaits, et d'autre part, pour peser utilement sur les ministres, en faveur de tous ses clients, il demeurait dans une sorte d'opposition bizarre qui ne satisfaisait ni les opposants déterminés ni les gouvernementaux. Il n'était pas encore député. On le craignait, et partant on le prisait très haut ; mais, en dépit d'une influence incontestable, il demeurait plus longtemps que des médiocres éloigné du pouvoir, — qui faisait pourtant son véritable objet.

Peut-on dire intelligent celui qui sacrifie la fin aux moyens ? Il faut être Parisien et dénué de toute méditation pour prendre au sérieux des génies qui travaillent si âprement à gâter une situation facile. Cet homme fort est en réalité un personnage du plus haut comique. Mais, comme il est dur, il ne fait pas rire.

Renaudin, extasié par un champion politique « si bien en machine » et dont le style plaisait tant aux connaisseurs, rêva de « coller à sa roue » comme un cycliste à son entraîneur et, tête baissée, il pédale, pédale, sans vérifier vers quels paysages désolés cette belle course l'égare.

C'est tout à son honneur vraiment que séduit par une telle performance il ait encore de la curiosité, de la sympathie pour le développement obscur de ses camarades. Par son activité, il a réussi à se faire une place d'informateur habile ; sa promptitude à se dégager des scrupules de sa première moralité lui donne bon espoir de devenir un homme d'affaires. Mais il se sait peu instruit et mal à l'aise avec les idées. Voilà pourquoi il se rapproche toujours si volontiers de Rœmerspacher, de Sturel, de Saint-Phlin, de Suret-Lefort qui laissent en jachère des forces que lui saurait cultiver.

Précisément une circonstance semble favorable à cette exploitation.

La spéculation financière s'est ralentie en 1884 et *la Vraie République*, un des journaux où collabore Renaudin, entre en demi-sommeil; c'est-à-dire qu'on la fabriquera chaque matin avec la composition d'autres journaux en n'y donnant de neuf qu'un ou deux articles littéraires non payés. Cela s'appelle « mettre un journal en pension ». L'ingénieux Renaudin entrevoit que ses amis et les jeunes littérateurs de leur entourage pourraient rédiger le journal, lui donner de l'allure et que Portalis ou Girard séduits par cette collaboration originale et gratuite, pourraient s'intéresser à *la Vraie République* et, qui sait, lui en confier la sous-direction.

Comment s'étonner si ces jeunes gens accueillent l'offre de leur camarade. Quand une société reconnaît ses vérités vitales à ce signe qu'elles obtiennent la majorité des suffrages exprimés, l'art du polémiste ou de l'avocat, — c'est tout un, — tient le premier rang. Dans leur cité naturelle, ces Lorrains auraient un emploi utile ; on leur offrirait un mandat de conseiller municipal ; si jeunes, ils organiseraient la fanfare, se préoccuperaient de la voirie, des eaux et des centimes additionnels. Dans cette cité artificielle, qu'est le Quartier latin, des organisateurs ne trouvent d'autre emploi que de mener la Conférence Molé, comme fait Suret-Lefort, de discuter, comme fait Rœmerspacher, les règlements et les catalogues des bibliothèques et de la Faculté, de rêver avec Sturel. Mais enfin, pour mener, réclamer et divaguer, le journalisme, voilà le vrai moyen des êtres livresques.

Rœmerspacher propose et esquisse immédiatement un article sur les premiers volumes des *Origines de la France contemporaine*, de Taine.

Cet écrivain — vénérable par la masse de ses richesses, par sa puissance de coordination et par sa perception du divin moderne, — vaut spécialement comme professeur pour les esprits robustes et capables de supporter l'inévitable lourdeur de la véritable intelligence. L'enthousiasme du laborieux garçon pour un si honnête homme égale en intensité les sentiments que, de ses vils parloirs, Renaudin rapporte pour Portalis. Avec autant de jolie ardeur que les jeunes gens de Platon, Rœmerspacher et Renaudin, ignorants de la vie, pensent avoir besoin de maîtres. Le désintéressement, la reconnaissance de la supériorité sont deux qualités fréquentes. Seulement l'étudiant est né avec une âme pleine de goût, et il n'a pas l'esprit tendu à gagner sa vie : voilà comment il s'est choisi un modèle qui passe celui du reporter. Toutefois, ces deux jeunes gens s'apprécient.

— Parfait, dit Renaudin. Le croiras-tu ? moi, qui ne comprends rien à la littérature telle que l'entendent tes amis les poètes, j'ai lu, j'ai compris les livres de Taine. Ils ont justifié à mes yeux le mépris de notre système social auquel arrivent, par d'autres chemins, mes amis des réunions publiques.

Rœmerspacher ne releva pas cette phrase qui le frappait. Il la commenta avec Sturel. Elle leur fournit une de ces vérités que notre jeunesse découvre avec fierté, et par la suite a toujours du plaisir à vérifier : la plus forte besogne de négation dans notre société n'aura pas été faite par ses ennemis affichés ; auprès des grands philosophes admis par les pouvoirs officiels, les nihilistes révolutionnaires sont de naïfs idéalistes. Renaudin, avec une sincérité qui toucha Saint-Phlin, Sturel et Rœmerspacher, ajouta :

— Si je n'étais pas un misérable journaliste, voilà pour quels livres je voudrais préparer des documents...

Il conseilla quelques précautions à Rœmerspacher :

— *La Vraie République* est un journal opportuno-radical, c'est-à-dire d'esprit classique, et fidèle au système césarien que Taine bat en brèche...

— Ne crains rien, dit Rœmerspacher, je donnerai à mes idées une expression philosophique et non politique. Vos « inspirateurs politiques » ne les reconnaîtront pas. Et comment se froisseraient-ils ? Les hommes d'action ne prennent pas au sérieux les théories qui émanent d'une personnalité sans mandat, telle que M. Taine.

Tous étaient joyeux. Ils avaient bon espoir pour Rœmerspacher. L'un d'eux, et leur préféré, allait déployer des forces que chacun sentait accumulées en soi ; pour eux tous s'ouvrait la barrière.

— Que coûte un journal ? dit alors Racadot d'une voix dont l'expression étonna.

— A trois sous et avec une rédaction utile, daigna lui répondre Renaudin, c'est une opération très possible. Ce qui tue les journaux, c'est de se vendre un sou et d'attribuer quarante mille francs par mois à des rédacteurs de parade, influences de coterie, mais sans action utile sur le public.

A onze heures, Racadot et Mouchefrin se levèrent, ne voulant pas entendre la fin d'une conversation qui les faisait trop souffrir.

— Voilà ceux qui désirent le plus, pensa Renaudin, mais je n'ai pas besoin d'eux.

Dehors, il pleuvait.

— J'ai le parapluie de la Léontine, dit Racadot; je t'accompagne jusque chez toi; j'irai la prendre à sa brasserie vers deux heures.

Après qu'ils eurent fait trois cents mètres en silence sous la pluie glacée, Mouchefrin, dans l'obscurité, fit un faux pas du trottoir au milieu du ruisseau... Il lança un juron obscène et ajouta :

— Je leur souhaite la gale !

Le domicile de Mouchefrin était au premier étage d'une affreuse maison de la rue Saint-Jacques : un cabinet obscur, empesté par une étroite cour intérieure où s'ouvrait sa fenêtre. Ses amis s'étaient cotisés pour lui assurer un trimestre à trente francs. Trop tard, d'ailleurs : dans la longue série des chambres garnies d'où il décampait sans payer, il avait égrené son très modeste trousseau. Jamais une femme de ménage n'avait introduit un balai dans cette écurie empoisonnée, ce soir-là, de hideuses petites charognes : Mouchefrin vivait de préparations anatomiques; douze écureuils qu'il travaillait répandaient dans l'atmosphère une odeur fade intolérable. La fausse cheminée, le lit, tout était encombré d'ossements et de squelettes.

— Si j'étais au bagne dans des conditions aussi peu hygiéniques, Renaudin protesterait dans son journal, et Suret-Lefort organiserait une pétition à la Chambre ! — dit Mouchefrin avec amertume.

Racadot, ce vigoureux paysan, n'en était pas à s'offenser de besognes répugnantes.

— Ce qui est grave, répliqua-t-il, ce n'est pas que

tes rongeurs tombent en pourriture : ils ne sentent guère plus mauvais qu'une chambre de caserne pour un fils de famille, ou le lit d'un cholérique pour un docteur. C'est ton avnire qui a mauvaise odeur, mon garçon! Médecin sans protection et sans argent, tu mourrais de faim comme tu fais étudiant. Seule l'agrégation garantit un salaire. Mais onze années de frais!... Quand tu empaillerais tous les écureuils de France, tu n'y parviendrais pas.

Mouchefrin qui n'avait pris qu'une inscription à la Faculté, ne voulait pas s'avouer sa déchéance. Pour lui, le titre de bachelier, la qualité d'étudiant en médecine gardaient d'autant plus de valeur qu'à Villerupt et à Longwy, où il avait ramassé tous ses préjugés, on peut encore en tirer vanité.

— Je vaux bien Rœmerspacher, répliqua-t-il.

— Et moi, Sturel! Mais nous sommes des pauvres.

— Combien a Rœmerspacher? dit Mouchefrin.

— Peut-être trois cents francs par mois.

— Qu'on m'en donne cent cinquante! je vivra deux fois mieux que lui, et je saurai comprendre un ami qui meurt de faim.

Serais-tu assez sot pour te brouiller avec eux? — dit Racadot en le dévisageant. — Ils sont encore notre seul lien avec le monde des heureux.

— Je les exècre, dit Mouchefrin.

Dans cette minute et au point de croire que son souffle avait empoisonné l'air, mais en réalité parce que la bougie venait à bout, la mèche tomba en jetant quelques sales lueurs. Les deux hommes lancèrent à pleine volée deux jurons.

— Ecoute! dit Mouchefrin.

Et, s'approchant de la cloison :

— Ma voisine a quelqu'un... Quand l'homme sera parti, elle me prêtera bien un bout de chandelle.

Ces deux grands garçons, barbus et dont l'un était un hercule, demeurèrent dans le silence à écouter gémir la paillasse de la prostituée... Sache, lecteur offensé, qu'il leur eût été plus agréable d'avoir des sentiments délicats. Précisément, c'est la conscience qu'ils ont de leur ignominie qui crée l'ignominie : car c'est encore de la solidarité de faire appel à une fille; mais Mouchefrin songeait que ses amis eussent usé de celle-ci et l'auraient payée, tandis que lui était son obligé. L'horreur de cette obscurité et de cette attente ajoutait de la force aux sentiments de ces deux parias. Mouchefrin, préparé dès l'enfance, eût fait un délicieux et heureux Scapin ; il pillerait l'argent des filles sans en souffrir; au contraire, pour un élève de la morale kantienne, c'est une humiliation intolérable. — Encore, s'il avait eu, comme Gil Blas, le bachelier de Salamanque, des maîtres sans dignité!... Hélas! le bachelier de Nancy, par Bouteiller, a connu des mouvements de l'âme héroïques.

Quand la porte s'ouvrit et que le consommateur descendit l'escalier, Mouchefrin sortit et rapporta une bougie. Tout en faisant couler du suif pour la fixer, il mêlait à d'ignobles injures les noms de Rœmerspacher, de Suret-Lefort, de Sturel, de Saint-Phlin, de Renaudin. Dans la demi-obscurité, ce gnome à la voix pointue, et qui marchait comme un boiteux, semblait cuisiner quelque sorcellerie de haine.

— Assez! dit Racadot, les exécrer, c'est du luxe sentimental. Il vaudrait mieux t'en faire aimer... La plupart d'entre eux arriveront haut; non qu'ils aient du génie, mais parce qu'il faut trouver dans chaque génération des hommes pour tous les rangs de l'État. Désarmés comme nous sommes, nous avons pour unique ressource de maintenir le rapport où nous nous trouvons avec eux, et de telle façon que le jour où ils seront députés, millionnaires, ministres, nous puissions leur demander un service qui sera, avec leur nouvelle situation, dans la proportion de la pièce de quarante sous qu'ils te lâchent quelquefois.

— Au lycée j'avais plus de prix que Saint-Phlin, ce nigaud! répliqua avec fureur le carabin, — dont j'atténue le vocabulaire, — et j'ai passé en trois mois mon baccalauréat ès lettres et mon restreint ès sciences. Que je sois ivrogne, c'est possible, mais je gagne quelques sous; ils n'ont jamais travaillé de leurs doigts. Et tu fixerais pour espoir à ma vie de maintenir avec eux une relation de patrons à protégé, de maître à domestique!

— Pendant huit ans, j'ai rossé Sturel, — dit Racadot avec âpreté, — mais alors nous étions dans l'égalité parfaite, dans le communisme du lycée. Aujourd'hui nous avons à subir les lois d'un ordre social criminel.

Je ferais sauter avec joie tout Paris! — prononça Mouchefrin, mais d'une voix étouffée : car les pauvres croient à l'existence réelle de la police.

— Petite tête, toute petite tête, — répondait Racadot, en lui tapant du doigt sur le crâne, — mauvais bélier pour abattre les hôtels des Champs-Élysées! Tu feras mieux de t'y installer avec eux vers quarante ans.

Mouchefrin avoua ce qui leur crevait le cœur :

— Eh! ce soir, ont-ils seulement pensé à nous ouvrir *la Vraie République*?

Sur ce mot, ils se regardèrent, et, incapables d'exprimer la fureur, l'humiliation qui dans cet instant faisait d'eux des frères misérables, ils s'étreignirent.

— Antoine, dit Racadot, nous sommes des gêneurs dont on aspire à se débarrasser. Notre diplomatie, c'est de les lier en leur rendant service : en un mot, les *obliger*.

— Obliger qui? Rœmerspacher, Sturel, Saint-Phlin, Renaudin, Suret-Lefort?...

— Et Bouteiller, — ajouta Racadot, imposant par son regard son énergie à son compagnon.

— Comment leur être utile? moi qui pourrais bien mourir ici sans qu'ils s'en aperçussent!

— Les chiens maigres doivent se mettre en chasse plus tôt que les gras. Et ceux-ci pourtant commencent à donner de la voix... Tu te plains que tes écureuils ne te soient pas un gibier suffisant : eh bien! si tu n'agis pas, ils demeureront ton ordinaire... Ah! mon petit Mouchefrin, — et il s'animait, — tu ne veux pas travailler en souffrant, ce qui est un des moyens pour jouir plus tard de la vie!... A défaut de la puissance du labeur, ayons du moins quelque ingéniosité d'expédients.

— Tu as un plan? dit Mouchefrin.

— Les cuistres! continuait Racadot. Ils ont besoin de Taine pour apprécier les égoïsmes et les gaspillages du système social. Il ne nous regarde donc jamais, ce Rœmerspacher!... Des minutes comme celles-là m'expliquent la haine qui m'emplissait déjà quand je tapais sur eux au lycée... Mais voilà des querelles qui ne se règlent pas à jeun, mon petit! Et si pour obtenir une place à table, il faut leur copcours, agissons de telle sorte qu'ils nous l'offrent.

De la bouche d'Honoré Racadot, si elle avait été débarrassée de sa gêne paysanne, on sentait qu'une voix tonnante devait parler, mais faite pour des dénonciations personnelles, pour une campagne étroite de haine dans un milieu limité.

— Ils nous méprisent! s'écria Mouchefrin.

— Les aristocrates vaniteux! Moi, je saurais leur rendre des services qui les forceraient à m'accepter et à partager! — dit Racadot dans un accès de fureur orgueilleuse, soufflant et se balançant comme un ours.

Mouchefrin se crut diminué de la supériorité que son compagnon s'attribuait et il lança comme un sarcasme d'infirme :

— Tu sommeilles, Racadot! Tu temporises, donc tu trahis...

Racadot lui saisit le bras comme à un enfant qui ramasse de la boue.

— Nous ne sommes pas assez riches pour les moyens réguliers : il faut que nous recueillions notre énergie et que nous lui trouvions une courte voie. Tu souffres de ton dénûment? Il y a beaucoup de puissants qui à nos âges étaient méprisés et qui, dix années plus tard, assez jeunes encore pour jouir, avaient de l'argent, des maîtresses au théâtre, des habits à détruire, des poignées de main sur tous les boulevards, et qui payaient au restaurant sans même vérifier la note. Je te dis cela dans le détail banal... Tu installerais ton bonhomme de père, si tu pousses le goût du superflu jusqu'à te piquer de piété filiale, et si tu veux écraser les gens de Villerupt!

La voix seule de Racadot donnait à ces rudes grossièretés une telle force sur une imagination avide de les accueillir, que le regard de Mouchefrin s'animait, sa tête se redressait, il défiait la destinée... Jurons, évocations d'un épais bonheur, c'est le cri de 1796 : « Soldats, vous êtes mal nourris et presque nus. Je vais vous conduire dans les plus riches plaines du monde!... »

— Crois-tu, — conclut le brutal excitateur — que Bouteiller, à notre âge, geignait?... Avant trois mois, j'aurai organisé une occasion... Tu m'as dit ton père propriétaire d'une maison de quarante-cinq mille francs?

— Sur laquelle, il en doit vingt-cinq mille.

— Tu hériteras bien quelque petite chose.

— J'ai mes frères, mes sœurs.

— Non, Antoine, voilà ce que je voulais te faire dire : tu n'as ni frères, ni sœurs, ni père; tu n'as que moi. Je réaliserai l'argent de ma mère, que mon père injustement détient; malgré Rœmerspacher, Saint-Phlin, Suret-Lefort, Renaudin et les autres, Racadot et Mouchefrin se maintiendront à Paris.

Dans cet instant, Mouchefrin était heureux. Ses habitudes de boire et de mal manger, les duretés soudaines du désert parisien avaient déjà détruit en lui une bonne part du jeune homme assez doux et intelligent qu'il était à Nancy. Maintenant, comme un impulsif, il espère tout de Racadot et tient pour assuré l'avenir... Et puis, ce pauvre Mouchefrin, il est content d'entendre des mots affectueux!

Racadot se leva :

— Les deux heures approchent! il faut que j'aille chercher la Léontine. Prête-moi tes souliers : les miens n'ont plus de semelles. Qu'il fasse sec ou non, je te les rapporterai avant midi.

A son tour, Mouchefrin mendia. Il n'avait pas un sou pour sa journée du lendemain.

— Je t'apporterai cinquante centimes avec tes chaussures. Pour le café du matin, tu as ta voisine. A ton âge, mon garçon, le premier déjeuner et le souper ne font pas difficulté.

Le vaniteux célibataire acquiesça ; mais, demeuré seul dans sa solitude infecte, il soupirait :

— Ah ! si j'avais la Léontine !...

Vers sa Léontine, corps dégradé et qui pour eux cependant incarne le bonheur, Racadot s'en va, avec les yeux bandés de la jeunesse. Il jouit de ses pieds secs dans les chaussures pourtant un peu étroites de son camarade, et, comme il a vingt-trois ans, et que, dans une heure, il sera près de sa maîtresse, il a envie de courir et de sauter comme un jeune taureau. De tous ses appétits, et avant le boire et le manger, la femme était le plus impérieux. La certitude d'en trouver une mettait dans tout ses centres nerveux une sensation de force, et plus spécialement dans son cerveau une philosophie optimiste.

S'il croisa douze gardiens de la paix avant de rentrer dans sa tanière, quelques observateurs, considérant cet homme dans la vigueur de l'âge, et qui n'est pas intéressé à la bonne organisation de la collectivité, jugeront que le budget de la police n'est pas encore assez élevé. Vraiment aucune force armée n'y peut suffire : un garçon qui a de l'audace et qui ne raisonne pas le rapport des moyens avec leurs conséquences, des efforts avec les obstacles, c'est tout ce qu'il y a de plus dangereux. Que les pauvres aient le sentiment de leur impuissance, voilà une condition première de la paix sociale.

Ce Racadot, ce Mouchefrin, avec leur méconnaissance tout universitaire des conditions d'une réussite, que n'oseront-ils pas entreprendre? Et la mise en relations d'un Portalis avec les Rœmerspacher, les Sturel, voilà encore un principe de désordre qu'une police idéale devrait surveiller.

CHAPITRE VII

VISITE DE TAINE A RŒMERSPACHER

> M. Taine, sur la fin de sa vie, avait coutume chaque jour de visiter un arbre au square des Invalides et de l'admirer.
>
> (*Conversations de* PAUL BOURGET.)

> Ceux qui ont l'esprit de discernement savent combien il y a de différence entre deux mots semblables selon les lieux et les circonstances qui les accompagnent.
>
> (PASCAL.)

Quinze jours après, le journal *la Vraie République* publiait une étude de Rœmerspacher sur Taine, un peu longue et mal éclairée, mais notable. On y sentait une intelligence mâle qui s'applique uniquement à son objet et ignore les ménagements et les compromis imposés à la plupart des écrivains par leurs soins de carrière. En outre, la page était noble parce que, d'instinct, le jeune auteur pratiquait la grande règle de la compréhension, — qu'il faut toujours dégager, ce qui, dans une œuvre, dans un homme, est digne d'amour.

Renaudin n'en eut pas de compliment à son journal; ses collaborateurs déclarèrent l'article assommant et le prièrent de laisser là ses « littérateurs ».

Or, le surlendemain, étant à sa table de travail, Rœmerspacher entendit qu'on frappait à sa porte, — la troisième à gauche, au deuxième étage de l'hôtel Cujas, — et, du fond de son unique chambre, sans bouger, il cria :

— Entrez!

Un inconnu, presque un vieillard, plutôt petit, d'aspect grave et simple apparut, examina d'un coup d'œil cette installation d'étudiant, le lit avec des vêtements épars, l'étroite table de toilette, les livres nombreux, tout un ensemble joyeux et sympathique.

— Vous êtes bien monsieur Rœmerspacher? dit-il. Je suis monsieur Taine.

Évidemment l'illustre philosophe, intéressé par le travail de cet écrivain ignoré, avait passé aux bureaux du journal; et de là, cédant à sa bienveillance, à la curiosité, il était venu jusqu'à l'hôtel garni où, sous le même toit que trente filles, le jeune garçon s'enivrait de travail.

Et maintenant, M. Taine est assis auprès de Rœmerspacher, il l'examine, il lui applique ces mêmes regards, cette même intelligence, cette méthode aussi, qui ont été ses instruments pour contempler tant d'œuvres d'art, tant de figures historiques, tant de civilisations.

Sturel, dans cette situation, eût ressenti les mouvements de honte et de bonheur suprême que put éprouver Lamartine quand M. de Talleyrand, en 1820, ayant lu les *Méditations*, lui envoyait un brevet de gloire; attentif à se montrer digne de cette visite, peut-être, sur le moment, n'en eût-il point joui. Rœmerspacher sut témoigner son profond respect avec simplicité. La seule gêne dont il souffrit, c'est qu'au fond de son âme mille notions se levaient, saluant leur auteur dans ce visiteur royal, et qu'il devait observer les distances entre un modeste étudiant et celui dont il se savait le familier. Rœmerspacher n'est pas un esprit qui subit; même dans cet instant, il juge. Ce n'est pas sous une impulsion de poète ou de nerveux, c'est par un naïf sentiment de l'équité, encore intact des « trop de zèle! » que nous jette l'expérience, qu'il voudrait, dans son premier élan, dire à ce vieux monsieur :

« Voici ce que je tiens de vous, et il y a en vous ceci que je comprends, que j'aime et que j'essaie d'acquérir... Mon maître, mon père, comme je suis heureux de vous voir et de me faire reconnaître aux signes indéniables que je porte! »

Heureusement, ce jeune homme, s'il avait du cœur, possédait aussi du tact; il s'en tint à répondre quand M. Taine l'interrogeait. Surtout, il tâchait de bien le voir, pour en garder une image complète.

Le philosophe avait alors cinquante-six ans. Enveloppé d'un pardessus de fourrure grise, avec ses lunettes, sa barbe grisonnante, il semblait un personnage du vieux temps, un alchimiste hollandais. Ses cheveux étaient collés, serrés sur sa tête, sans une ondulation. Sa figure creuse et sans teint avait des tons de bois. Il portait sa barbe à peu près comme Alfred de Musset qu'il avait tant aimé, et sa bouche eût été aisément sensuelle. Le nez était busqué, la voûte du front belle, les tempes bien renflées, encore que serrées aux approches du front, et l'arcade sourcilière nette, vive, arrêtée finement. Du fond de ces douces cavernes, le regard venait, à la fois impatient et réservé, retardé par le savoir, semblait-il, et pressé par la curiosité. Et ce caractère, avec la lenteur des gestes, contribuait beaucoup à la dignité d'un ensemble qui aurait pu paraître un peu chétif et universitaire dans certains détails, car M. Taine, par exemple, portait cette après-midi une étroite cravate noire, en satin, comme celle que l'on met le soir.

Le jeune carabin démêla très vite que ces yeux gris de M. Taine, remarquables de douceur, de lumière et de profondeur, étaient inégaux et voyaient un peu de travers; exactement, il était bigle. Ce regard singulier, avec quelque chose de retourné en dedans, pas très net, un peu brouillé, vraiment d'un homme qui voit des abstractions et qui doit se réveiller pour saisir la réalité, contribuait à lui donner, quand il causait idées, un air de surveiller sa pensée et non son interlocuteur, et ce défaut devenait une espèce de beauté morale.

— Ma santé est un peu mauvaise, — dit M. Taine, que vieillissait déjà le diabète, dont il devait mourir dix ans plus tard. — Je suis obligé de me promener tous les jours au moins une heure : voulez-vous m'accompagner? nous causerons en marchant.

Sa voix était très prenante: une voix comme teintée d'accent étranger, qui prononçait les finales *euse* comme les Lorrains exactement.

Ils descendirent la rue Monsieur-le-Prince, trop agitée, puis gagnèrent la rue de Babylone et des quartiers paisibles. Le vieillard demanda au jeune homme :

— Avez-vous des ressources?

Et, sur une réponse satisfaisante :

— Je suis content; voilà le point qui m'inquiétait, vous ayant lu et vous trouvant, à ma grande surprise, si jeune. Je vous crois propre aux spéculations intellectuelles : or, je tiens comme un grave danger pour l'individu et pour la société, la contradiction qu'il y a trop souvent entre un développement cérébral qui nécessite des loisirs, des dépenses, car la grande culture est fort coûteuse, et une condition qui oblige à des besognes... Quels sont vos projets?

Rœmerspacher expliqua que, tout en menant convenablement, sa médecine, il suivait les conférences d'histoire à l'École des Hautes Études.

— Vous n'avez pas encore trouvé votre voie. Ne hâtez pas vos décisions. Prêtez-vous à la vérité qui, peu à peu et d'elle-même, se créera en votre conscience... Pourtant, donnez-vous une méthode, une discipline. Rien n'est plus dangereux que de laisser vaguer son esprit... Comment vivez-vous? Avez-vous un petit cercle? des idées communes avec des jeunes gens?

Rœmerspacher parla de Sturel et de ses camarades qui seraient journaliste, avocats, médecins.

— Êtes-vous enthousiasmé par une idée? Voudriez-vous faire triompher une conviction philosophique?

— Sans doute, dit Rœmerspacher assez froidement, il y a des maîtres que nous admirons...

— Enfin, poursuivit M. Taine, quelles sont les idées philosophiques et politiques des jeunes gens?

Et, comme l'autre hésitait, il ajouta :

— Voyez-vous qu'ils aient un principe directeur, ou qu'ils se préoccupent plus spécialement de quelque problème?... Nous, par exemple, à votre âge, dans nos causeries indéfinies, nous revenions toujours sur les mêmes points.

— Je sais, dit le jeune homme, ce sont des problèmes fameux : la grande crise de M. Renan à Saint-Sulpice, et son adhésion à la science; votre protestation contre la philosophie spiritualiste, quand vous réhabilitiez le sensualisme de Condillac... D'une façon plus générale, la grande affaire pour votre génération aura été le passage de l'absolu au relatif... Permettez-moi de vous le dire, monsieur, c'est une étape franchie, et nous sommes sur le point de ne plus comprendre l'angoisse de nos aînés accomplissant cette évolution. Ce n'est pas que nous voulions restaurer des liens que vous avez coupés, mais enfin nous ne pouvons pas plus être matérialistes que spiritualistes. Qu'est-ce que la matière?... Il faut vous dire que nous avions pour professeur de philosophie un kantien : il nous a exposé avec une force admirable la critique de toute certitude. Dès lors, comment parler des propriétés de la substance universelle? ses qualités ne sont rien de plus que des états de notre sensibilité; nous ne connaissons en soi ni les corps, ni les esprits, mais seulement nos rapports avec les mouvements d'une réalité inconnue et à jamais inconnaissable. Le matérialisme est devenu pour nous une doctrine absolument incompréhensible. Ce n'est plus qu'une conception de la vie dont les parlementaires de toutes nuances et leurs journalistes — je suis renseigné par un de mes camarades, rédacteur à *la Vraie République*, — sont les représentants.

Avec tout cela, Rœmerspacher n'aboutissait pas à

une profession de foi décidée. Eh bien! M. Taine parut goûter que le jeune homme n'improvisât pas quelque belle réponse de circonstance. — Il y a dans notre pays de nombreux esprits qui veulent qu'à tout problème posé on fournisse une solution nette. Grâce à notre éducation littéraire ou, plus exactement, oratoire, nous préférons aux indications délicates d'une pensée qui tâtonne la rotondité d'un beau discours. Mais préciser une question et la laisser en suspens, n'est-ce pas en marquer excellemment l'état? — Rœmerspacher, qui a si bien défini l'œuvre de ses aînés : « Ils passèrent de l'absolu au relatif », appartient à une génération établie dans le relatif et qui constate pourtant la difficulté de se passer d'un absolu moral. Cet instinct, dont le jeune homme ne prend peut-être pas une conscience claire, se marque par sa répugnance au matérialisme amoral.

Un Taine aurait le droit de s'étonner que ce jeune homme ne distingue pas une éthique dans les méthodes scientifiques qui ont commandé la vie de Renan, de Littré et la sienne propre. Mais cet insatiable curieux de l'esprit humain n'est pas homme à laisser dévier sa petite enquête. Est-il spectacle plus émouvant que de suivre, à vingt-cinq années de distance et chez un être d'élite, l'activité, la force des idées que jadis on a recueillies, élaborées et qui, sans jamais tomber dans le néant, toujours se transformeront?...

— Si votre maître était un kantien, il a dû vous donner une conception du devoir?

— Comment donc! — dit Rœmerspacher, avec son bon rire de carabin méprisant. — L'appel au cœur!...

Et puis, la fameuse loi fondamentale de la raison pure pratique : « Agis de telle sorte que la maxime de ta volonté puisse toujours valoir en même temps comme principe de législation universelle. »

Il est évident que le jeune homme tourne ces derniers mots en dérision.

— Cette formule ne vous satisfait pas? interroge le consciencieux M. Taine.

— Je ne crois pas qu'un seul de mes camarades ait pris au sérieux la péripétie par laquelle Kant ressuscite la certitude. C'est bien théâtral! et cela nous rappelle que l'ennuyeuse tragédie philosophique du dix-huitième siècle avait déjà des moyens de mélodrame. Pour nous, l'impératif catégorique est réduit à être, comme on l'a dit, le « consultatif catégorique ». J'étais trop votre élève, monsieur, pour demeurer celui de M. Bouteiller et admettre une formule qui implique la possibilité d'une législation universelle. J'en ai parlé souvent avec l'un de mes amis, un catholique, Gallant de Saint-Phlin, et qui s'en tient à la morale théologique. Il oppose à Kant la constatation de Pascal : « Vérité en deçà des Pyrénées, erreur au delà » que vous avez pour nous mille fois contrôlée. Les hommes, de siècle en siècle, comme de pays en pays, conçoivent des morales diverses qui, selon les époques et les climats sont nécessaires et partant justes. Elles sont la vérité tant qu'elles sont nécessaires. Alors, monsieur, nous apportons devant la vie ce que vous ressentiez devant l'œuvre de Balzac : la curiosité la plus passionnée d'une si abondante zoologie.

La figure de Rœmerspacher était charmante de liberté, de force et de politesse. M. Taine, surpris que ses interrogations aboutissent à de si rapides et brutales lumières, insista d'un dernier mot :

— La politique ?

— Oh ! qui peut calculer les conséquences d'une réforme ? Nous approuvons un peu au hasard les programmes qui témoignent des intentions les plus généreuses... Nous nous passerons de système jusqu'à ce que vous nous ayez donné vos conclusions.

Cette honnête flatterie ne déplut pas. Le philosophe resta quelques instants à méditer sur le nihilisme ou plutôt sur le vide dénoncé en termes si simples par un jeune homme qui ne semblait ni bas ni médiocre. Tout en marchant, il avait le plus souvent tenu la tête baissée, puis soudain il la relevait pour fixer le ciel. Son regard presque jamais n'allait à hauteur de Rœmerspacher ; évidemment, il suivait exclusivement les idées émises sans les vérifier sur la physionomie de son jeune interlocuteur. Il causait avec une espèce plutôt qu'avec un individu. Tout au moins, était-il tombé sur un excellent spécimen. Rœmerspacher est en voie d'acquérir par ses études la conception rationnelle du monde qui nous est imposée dans l'état actuel des sciences ; mais il révèle autre chose que les besoins logiques de son jugement : les besoins moraux de ses sentiments.

Les réflexions qu'en fit M. Taine l'amenèrent à poser une série de questions plus personnelles et minutieuses : de quel endroit était Rœmerspacher ? s'il avait des parents ? s'ils habitaient Nomeny depuis longtemps ? si l'on peut travailler à la Faculté de Nancy ?

— En 1864, lui disait-il, j'ai admiré le bel aspect opulent et paisible de cette ville. Une pareille cité mériterait de devenir un centre. Mieux que d'aucune ville française, pensais-je alors, on pourrait en faire un Heidelberg. Toutefois, il est bien possible que la concentration des choses de l'esprit à Paris vous ait forcé de venir chercher ici la grande culture.

Il se fit répéter plusieurs fois que le jeune homme, après deux années, vivait encore presque exclusivement avec des Lorrains.

— Ainsi vous avez une sorte de famille, sinon une parenté, des compatriotes, un clan. Les idées sont abstraites; on ne s'y élève que par un effort : quelque belles qu'elles soient, elles ne suffisent pas au cœur. Ce sera une chose admirable si, grâce à ces compatriotes, vous pouvez introduire dans votre vie la notion de sociabilité. La qualité de galant homme n'est pas, comme on est disposé à le croire, un raffinement de gentilhomme, une élégance à l'usage des privilégiés : elle importe à la moralité générale. Que chacun agisse selon ce qui convient dans son ordre. Respectons chez les autres la dignité humaine et comprenons qu'elle varie pour une part importante selon les milieux, les professions, les circonstances. Voilà ce que sait l'homme sociable, et c'est aussi ce que nous enseigne l'observation de la nature. Si vous formez un groupement, vous serez amené à considérer et à écouter tantôt celui-ci et tantôt celui-là, selon les intérêts que vous examinerez : car ce ne sont pas les mêmes hommes qui sont les plus capables en tout.

Ce point de vue est si nouveau que le jeune homme ne sait pas s'y placer. M. Taine, au hasard d'une conversation, vient d'aborder de biais un ensemble de notions qui forment sa philosophie pratique, la philosophie gœthienne. Il n'en est pas qui contredise plus fortement Kant et M. Bouteiller. Rœmerspacher a reproduit et souligné, dans son article, les arguments par lesquels l'historien condamne toute tentative de refondre les sociétés au nom de la raison pure ; et maintenant l'illustre auteur des *Origines* lui dévoile brièvement ses conclusions, lui indique comment la meilleure école, le laboratoire social, c'est le groupement, l'association libre... La thèse pourra prendre d'étranges prolongements en Rœmerspacher : un principe quand on le fait admettre à quelqu'un sans l'accompagner des documents, des cas particuliers qui le justifient et le limitent, entraîne des conséquences variées suivant la constitution mentale de ceux qui l'interprètent et l'appliquent.

Ainsi M. Taine s'abstient de compliments. Et Rœmerspacher est assez délicat pour sentir que ce maître, en voulant bien venir jusqu'à sa chambre, puis, en le pressant de questions, lui donne le plus précieux des témoignages. Mais, où le jeune homme fut ému, c'est quand le philosophe parla de soi-même :

— Jusqu'au bout, disait-il, j'espère pouvoir travailler.

Ce beau mot, vivant et fort, « travailler », prononcé avec simplicité, prenait dans cette bouche un son grave qui fascina le jeune homme. Un être qui pressent la mort, s'il nous disait : « J'espère, jusqu'au bout, marcher, voir la lumière, entendre la voix des miens », déjà nous émouvrait par ce mélange de faiblesse, de résignation, mais ceci : « Jusqu'au bout j'espère pouvoir travailler ! » Quelle superbe expression de l'unité d'une vie composée toute pour qu'un homme se consacre à la vérité! et soudain, relié à cet étranger par un sentiment saint, oui, par un lien religieux, Rœmerspacher sentit dans toutes ses veines un sang chaud que lui envoyait le cœur de ce vieillard.

Voilà donc qu'un jeune garçon qui, de Kant, croyait ne pouvoir utiliser que la dialectique destructive, brusquement, par un très simple accident de la vie, sent jaillir de sa conscience l'acte de foi nécessaire aux opérations élevées de l'esprit. Il dépasse le point de vue rationnel qui, dans l'étude des hauts problèmes, nous fournit seulement des probabilités; il affirme le vrai, le bien, le beau, comme les aliments qui lui sont nécessaires et vers lesquels aspirent les curiosités de sa raison et les effusions de son cœur. A cette âme de bonne volonté, il faudrait seulement qu'on proposât une formule religieuse acceptable.

Ils étaient arrivés devant le square des Invalides; M. Taine s'arrêta, mit ses lunettes et, de son honnête parapluie, il indiquait au jeune homme un arbre assez vigoureux, un platane, exactement celui qui se trouve dans la pelouse à la hauteur du trentième barreau de la grille compté depuis l'esplanade. Oui, de son parapluie mal roulé de bourgeois négligent, il désignait le bel être luisant de pluie, inondé de lumière par les destins alternés d'une dernière journée d'avril.

— Combien je l'aime, cet arbre! Voyez le grain serré de son tronc, ses nœuds vigoureux! Je ne me lasse pas de l'admirer et de le comprendre. Pendant les mois que je passe à Paris, puisqu'il me faut un but de promenade, c'est lui que j'ai adopté. Par tous les temps, chaque jour, je le visite. Il sera l'ami et le conseiller de mes dernières années... Il me parle de tout ce que j'ai aimé : les roches pyrénéennes, les chênes d'Italie, les peintres vénitiens. Il m'eût réconcilié avec la vie, si les hommes n'ajoutaient pas aux dures nécessités de leur condition tant d'allégresse dans la méchanceté.

« Sentez-vous sa biographie ? Je la distingue dans son ensemble puissant et dans chacun de ses détails qui s'engendrent. Cet arbre est l'image expressive d'une belle existence. Il ignore l'immobilité. Sa jeune force créatrice dès le début lui fixait sa destinée, et sans cesse elle se meut en lui. Puis-je dire que c'est sa force propre ? Non pas ; c'est l'éternelle unité, l'éternelle énigme qui se manifeste dans chaque forme. Ce fut d'abord sous le sol, dans la douce humidité, dans la nuit souterraine, que le germe devint digne de la lumière. Et la lumière alors a permis que la frêle tige se développât, se fortifiât d'états en états. Il n'était pas besoin qu'un maître du dehors intervînt. La platane allègrement étageait ses membres, élançait ses branches, disposait ses feuilles d'année en année jusqu'à sa perfection. Voyez qu'il est d'une santé pure ! Nulle prévalence de son tronc, de ses branches, de ses feuilles ; il est une fédération bruissante. Lui-même il est sa loi, et il l'épanouit... Quelle bonne leçon de rhétorique, et non seulement de l'art du lettré, mais aussi quel guide pour penser ! Lui, le bel objet, ne nous fait pas voir une symétrie à la française, mais la logique d'une âme vivante et ses engendrements. Au terme d'une vie où j'ai tant aimé la logique, il me marque ce que j'eus peut-être de systématique et qui n'exprimait pas toujours ma décision propre, mais une influence extérieure. En éthique surtout je le tiens pour mon maître. Regardez-le bien. Il a eu ses empêchements, lui aussi ; voyez comme il était gêné par les ombres des bâtiments : il a fui vers la droite, s'est orienté vers la liberté, il a développé fortement ses branches en éventail sur l'avenue. Cette masse puissante de verdure obéit à une raison secrète, à la plus sublime philosophie, qui est l'acceptation des nécessités de la vie. Sans se renier, sans s'abandonner, il a tiré des conditions fournies par la réalité le meilleur parti, le plus utile. Depuis les plus grandes branches jusqu'aux plus petites radicelles, tout entier il a opéré le même mouvement... Et maintenant, cet arbre qui, chaque jour avec confiance, accroissait le trésor de ses énergies, il va disparaître parce qu'il a atteint sa perfection. L'activité de la nature, sans cesser de soutenir l'espèce, ne veut pas en faire davantage pour cet individu. Mon beau platane aura vécu. Sa destinée est ainsi bornée par les mêmes lois, qui, ayant assuré sa naissance, amèneront sa mort. Il n'est pas né en un jour, il ne disparaîtra pas non plus en un instant... Déjà en moi des parties se défont et bientôt je m'évanouirai ; ma génération m'accompagnera, et puis un peu plus tard viendra votre tour et celui de vos camarades... »

M. Taine, quand il était heureux d'une idée, d'un développement d'idées surtout, avait pour conclure un sourire extrêmement doux qui plissait ses paupières et jouait autour des lèvres sans presque remuer les joues. Il regarda un instant avec cette bienveillance son compagnon.....

Comme ils tournaient sur eux-mêmes pour regagner le quartier Saint-Sulpice, il heurta, laissa tomber son parapluie; et dans l'effort qu'il fit pour le ramasser, devancé d'ailleurs par le jeune homme, il advint que son pantalon découvrit son cou-de-pied. Rœmerspacher remarqua la forte cheville du vieillard, puis observa son mollet assez développé; il pensa qu'il devait être de constitution vigoureuse, d'une solide race des Ardennes, affaibli seulement par le travail, et, pour la première fois, il lui vint à l'esprit de considérer M. Taine comme un animal. Précisément le philosophe, qui mâchait d'ordinaire un petit bout de bois pour tromper sa nervosité et sans doute son besoin de fumer, et qui avait toujours sous la main plusieurs de ces morceaux préparés, en prit un dans sa poche et le porta à sa bouche. L'avance du bas de son visage lui donnait, quand il se livrait à cette distraction, l'apparence d'un rongeur. Aux yeux de Rœmerspacher, jusqu'alors, ce qui constituait l'auteur des *Origines de la France contemporaine*, c'était exclusivement ses idées, sa méthode, ses abstractions. Qu'il fût un corps et le parent des bêtes, cette constatation le surprit : elle le choqua légèrement, parce qu'elle ramenait du ciel sur la terre l'objet de son admiration; en même temps elle l'émut d'une façon indéfinissable, parce qu'un tel homme était assujetti à toutes les conditions de l'animalité..... Voilà des naïvetés, ou plutôt d'excellentes délicatesses! Rœmerspacher s'aperçut que sa vénération se transformait en un sentiment fraternel. Tandis qu'il reconduisait le vénérable philosophe jusqu'à son logement de la rue Cassette, il s'interprétait soi-même comme un animal philosophe, mais plus jeune, admis à s'approprier l'âme d'un condamné à mort pour lui servir d'immortalité.

Le langage de ce maître faisait une nourriture si vigoureuse, un tel alcool, que ce jeune homme s'en trouvait cérébralement troublé. Brusquement sortie de ses horizons ordinaires, sa pensée oscilla comme l'oiseau qui s'oriente, le prisonnier qu'on libère. Dans cette ivresse d'une mélancolie bizarre, il crut prendre conscience tout à la fois des forces destructrices et conservatrices de l'univers ; il les trouvait tragiquement manifestées en son illustre compagnon : il reconnaissait une forme où la nature avait accumulé d'immenses richesses et qu'elle allait abolir. Quand, sous les eaux limpides de la baie de Vigo, Rœmerspacher contemplerait le repos de l'or, des perles et des diamants légendaires écroulés, ces magnifiques amoncellements susciteraient moins chez lui les facultés du rêve que ne fait l'image de M. Taine englouti dans la mort... Son âme amollie par une émotion métaphysique d'une si voluptueuse poésie en fut plus aisément marquée par cette conversation et prit le sceau de la grande philosophie moniste.

Les paroles de M. Taine, en ce jeune homme qui a des loisirs, épuiseront peu à peu leurs conséquences. Immédiatement ce qu'il entrevoit, c'est la position humble et dépendante de l'individu dans le temps et dans l'espace, dans la collectivité et dans la suite des êtres. Chacun s'efforce de jouer son petit rôle et s'agite comme frissonne chaque feuille du platane; mais il serait agréable et noble, d'une noblesse et d'un agrément divins, que les feuilles comprissent leur dépendance du platane et comment sa destinée favorise et limite, produit et englobe leurs destinées particulières. Si les hommes connaissaient la force qui sommeillait dans le premier germe et qui successivement les fait apparaître identiques à leurs prédécesseurs et à ceux qui viendront, s'ils pouvaient se confier les lois du vent qui les arrachera de la branche nourricière pour les disperser, quelle conversation d'amour vaudrait l'échange et la contemplation de ces vérités?... D'avoir approché, à côté de M. Taine, en union avec M. Taine, et d'un cœur modeste mais ému, ces problèmes de l'universel et de l'unité, naît pour Rœmerspacher un contentement joyeux et d'une qualité apaisante et religieuse. Il voudrait être relié avec tous ses semblables, leur communiquer et s'approprier dans l'allégresse, cette curiosité que ne peuvent manquer d'inspirer les lois de la nature, et en même temps cette soumission à laquelle elles ont droit.

Cette visite, ce contact d'un homme illustre avaient trop vivement animé l'adolescent. Il lui fallait communiquer ses impressions. A qui? au plus digne. Il courut chez Sturel, tremblant de ne pas le trouver. Au premier mot de cette merveilleuse nouvelle, l'avide jeune Lorrain le serrait dans ses bras. Quoi de nouveau allait apparaître dans leur vie?

Rœmerspacher, ému, rapporta fidèlement les détails de la conversation et de la promenade.

— Je lui ai parlé de vous tous et de Bouteiller. Il sait que la manière dont Kant reconstruit la certitude morale nous semble une duperie... Alors il a voulu plus de détails encore sur notre amitié, sur toi, sur Saint-Phlin. Il m'a dit : « Les idées sont abstraites ; on ne s'y élève que par un effort : quelque belles qu'elles soient, elles ne suffisent pas au cœur de l'homme... » Il nous conseillait de nous unir... A propos d'un arbre, il m'a présenté de la façon la plus émouvante, avec des images extrêmement fortes et vraies, un tableau de la vie tout spinoziste. Évidemment il se rallie à la règle du devoir selon l'*Éthique* : « Plus quelqu'un s'efforce pour conserver son être, plus il a de vertu ; plus une chose agit, plus elle est parfaite... » C'était en même temps une doctrine d'acceptation, car il m'indiquait que nous ne pouvons échapper à nos lois et que la mort nous borne... Ai-je su lui marquer tout mon respect ? Il m'a engagé à l'aller voir. Je m'en garderai. A notre âge et dans notre situation, un jeune homme empressé peut être soupçonné d'habileté... Je suis tout ivre de la force et de la plénitude de cet entretien. M. Taine vaut encore plus que ses livres.

Les esprits pauvres ou mornes trouvent toujours une désillusion auprès d'un homme illustre : il nous faut une imagination vive pour restituer à celui que nous contemplons l'atmosphère de son œuvre ; mais une âme de feu transfigure tous ses objets. Rœmerspacher et Sturel eussent été capables d'illuminer d'une auréole les vieux habitués du café Voltaire pour ne pas se priver d'admirer. En distinguant l'un d'eux, M. Taine avait justifié leurs ambitions, il les introduisait dans le monde des intelligences, il leur ouvrait les barrières d'un avenir obscur qu'ils sollicitaient de toute leur ardeur. Aussi étaient-ils intéressés à ce qu'il fût le premier génie de l'univers, pour que son témoignage valût davantage. Telle est la récompense du premier grand homme qui tend la main à un adolescent.

Rœmerspacher ayant mené son ami « à l'arbre de Taine », Sturel admira que ce platane poussât contre les Invalides où repose la gloire de Napoléon. Deux éthiques contradictoires se déployaient à cette fin de journée devant leurs imaginations, tandis que du milieu de l'esplanade ils se retournaient pour contempler la glorieuse coupole dorée et le petit bouquet verdissant du square. « J'ai tiré des hommes tout ce qu'ils peuvent donner, dit l'Empereur. » — « Je n'ai pas réveillé les capitales, les peuples, réplique le philosophe, mais j'ai tenu en éveil les parties les plus profondes de mon cerveau. Moi aussi, je domine l'univers : je lui impose les lois de mon esprit. Ce cosmos que je porte passe en beauté le globe que tenait sous sa main Napoléon, car le temps et l'espace ne le bornent point, et il n'est pas une étendue de choses précises et fragmentaires ; en lui, rien n'est isolé, rien ne se termine : tout s'y limite, et s'y prolonge ; rien n'y est faux, rien n'y est complètement vrai : tout y est un élément du vrai, une phase d'un devenir indéfini, dont l'ensemble jamais ne pourra se réaliser que dans mon cerveau. »

Ce dialogue du Platane et du Dôme commandait les pensées des deux amis.

— La sympathie de M. Taine pour un bel arbre qu'il comprend dans toutes ses époques, voilà, dit Rœmerspacher, un raccourci du meilleur emploi qu'un homme puisse faire de son intelligence : ordonner son cerveau, concevoir toutes les manifestations de la nature organique et inorganique et notre âme elle-même comme des parties de l'âme universelle qui englobe tout, comme des parcelles individuelles du grand corps de l'univers! telle est la seule tâche pour ceux qui veulent vivre noblement. Toi, tu veux faire figure glorieuse devant les hommes : quelle préoccupation indigne d'un homme à qui notre Saint-Phlin a si souvent commenté Pascal et qui, d'autre part, avec moi, a feuilleté des atlas d'astronomie et de micrographie!

— Tu te méprends, répliqua Sturel : dans la poursuite de la gloire je chercherais moins la notoriété et les louanges qu'une dépense d'énergie; pressentir des dangers, connaître son risque, faire face à l'imprévu, supporter des malheurs, c'est avoir sans trêve une animation intérieure. Le programme très honorable : « Vivre pour penser », que s'est fixé M. Taine, suppose l'abandon de parties considérables du devoir intégral : « Être le plus possible. »

— Eh! dit Rœmerspacher offensé, tu ne veux pas sacrifier la vie active à la contemplative : soit! Mais puis-je inventer des circonstances? Je ne suis pas homme à me battre contre des moulins à vent... D'ailleurs, toi-même, l'enthousiaste, tu languis isolé dans tes rêves.

— Qu'un cheval piaffe sous mes fenêtres, je serai vite en chasse!

Les deux étonnants dialecticiens marchaient à travers la cohue de Paris. Chacun écoutait en soi le bruissement de ses pensées.

— Aller à la chasse! reprit Rœmerspacher au bout

d'un long silence ; tes images datent les idées qu'elles expriment. Ce sont des plaisirs barbares, du moins de primitifs ; la vraie vie, aujourd'hui et dans notre ordre, c'est simplement de comprendre le monde. Non ! M. Taine n'a éliminé aucun devoir ; en vivant pour penser, il s'est soumis à sa destinée.

Ils avaient monté la rue Royale, suivi les boulevards jusqu'à la rue Drouot ; maintenant ils grimpaient la rue des Martyrs. Comme un décor, les pensées de ces deux enfants s'interposaient entre leurs yeux et la réalité. Les régions qu'ils parcourent vers ces sept heures du soir, c'est pourtant le grand parc de la vénerie parisienne. Des hommes en quête de filles, les uns légers, bondissants, prêts à s'envoler ; les autres lourds et sous qui leurs jambes s'écrasent. Des femmes aussi : prostituées rapides et éclatantes comme des lumières, trottins et blanchisseuses qui rient en pressant le pas ; étrangères touchées par l'atmosphère de Paris, qui s'offrent et, au premier geste, s'épouvantent. Cette chasse érotique, avec ses arrêts dans la pleine lumière des magasins et sous les becs de gaz, avec ces regards qui dévisagent, elle a la gravité, l'ardeur d'une monomanie. C'est la folie crépusculaire des grandes villes énervées du manque d'oxygène. A cette heure, dans ce centre de Paris, passe aussi la chasse de vanité, tous ceux qui, à un titre quelconque, voudraient qu'on les désignât du doigt, boursiers, journalistes, gens de cercle, cabotins, quelques artistes, tous hystériques convaincus que l'univers partage leurs trépidations. Enfin la chasse d'argent, depuis le négociant qui court à des rendez-vous pour trouver des ressources à son affaire compromise, jusqu'au malheureux qui cherche, avec une âme prête à tous les crimes, les quarante sous de son dîner. Ces trois chasses qui se mêlent, sur ce bitume vicieux et souillé autant que le tapis d'un tripot, ni Sturel ni Rœmerspacher ne les sentait. Si chasseurs et gibier, dans leur élan brutal, les coudoyent sans même se faire reconnaître, c'est que le galop de leurs jeunes idées couvre le hallali du soir parisien. Il y a en eux une brutalité de désir au moins égale à la fureur vitale de tout ce peuple. Les idées de Taine, en se mêlant à cette jeunesse de qui l'âme déjà se tourmentait merveilleusement, viennent d'y multiplier l'énergie.

Fussent-elles les plus fortes et bonnes comme celles-ci pour fonder une religion, des doctrines valent en partie par l'homme en chair et en os qui entreprend de les faire pénétrer dans notre sensibilité. Sturel, qui eût cédé à Taine, retrouvait son opposition naturelle en face de Rœmerspacher. Revenant toujours à son point de vue, l'ami, l'élève d'Astiné déclare :

— Dans ce que tu me rapportes et que je discerne de M. Taine, il y a quelque chose de triste, d'humble; excuse-moi, Maurice : quelque chose de serf... c'est la doctrine du renoncement... Laisse-moi, Maurice, je veux t'expliquer toute ma pensée. Assurément, je préfère l'intelligence stoïcienne de M. Taine à l'intelligence exploitante que je soupçonne en Bouteiller. Mais un intellectuel qui, à l'encontre de M. Taine, n'aurait pas peur de la vie et qui, à l'encontre de Bouteiller, serait aussi dégagé qu'un magnifique joueur mené par les seules émotions du jeu, oui, un intellectuel avide de toutes les saveurs de la vie, voilà le véritable héros.

— Ah! François! si tu l'avais vu!...

— Je l'aurais honoré; mais plus loin, par delà ce maître, j'aspire à ne rien renoncer, à tout absorber pour faire avec tout de l'idéal?

— Comment, de l'idéal?

— Mais oui, pour en faire une matière qui intéresse mon âme. Ce que vous appelez une succession de faits vulgaires, un sentiment pour une femme, une intrigue politique, les acclamations populaires, je saurais les ressentir et les interpréter d'une certaine façon indéfinissable, poétique, avec amour. Et ces réalités ainsi ennoblies auraient des prolongements qui se confondraient en moi pour que je fasse d'elles toutes de l'unité, pour que je m'en augmente... Oui, c'est bien cela que je veux dire : absorber tout et en faire de l'idéal.

Ils étaient arrivés à Montmartre. Déjà l'heure du dîner avait passé, sans que de tels fiévreux s'en aperçussent. Ils regardèrent la ville dans ses ténèbres. De toutes les sortes de ténèbres Sturel et Rœmerspacher savaient faire sortir les beautés qui s'y cachent. Comme les magiciens qui retrouvent sous le sol des trésors invisibles, ils évoquaient, à se promener dans Paris, trop piétiné pourtant, bâti, bouleversé, des fantômes, dont ils faisaient leur compagnie. Ils avaient souvent animé le sanglier des Tuileries où s'accoudèrent Fontanes et Chateaubriand; avec moins d'effort on fait parler Montmartre. Renaudin, habitué des réunions publiques, leur avait décrit l'esprit de cette butte qui, depuis des années, met son honneur à adopter les plus truculentes nouveautés de la politique. Montmartre se montrait à leur imagination gorgé d'éloquences, de désirs, d'épouvantes et de toutes ces fureurs que notre éducation romantique et politique nous dispose à concevoir comme généreuses et fécondes; gorgé, jamais saturé, et prêt encore à recevoir quelque ivresse nouvelle. Ces maisons basses, ces ombres qui passent auprès d'eux dans la nuit, ces marchands de vin éclatants, toute cette vie installée sur cette terre glaise, à la moindre impulsion, ne va-t-elle pas glisser sur la Ville? Du quartier des bibliothèques ils sont venus vers ce mont de l'instinct; dans ce grouillement, Rœmerspacher commence à céder.

— Si tu t'abandonnes à tous les mouvements de la vie, dit-il, quelle part fais-tu à la réflexion?

— Agir, réplique Sturel, c'est annexer à notre réflexion de plus vastes champs d'expérience. Il faut d'abord dénombrer les sentiments qui bouillonnent dans les êtres et les classer suivant la prise qu'ils offrent à un dominateur. Cela fait, nous pourrons placer des hommes dans des circonstances arrêtées d'avance, et en obtenir des effets prévus. C'est, en somme, soumettre à l'expérimentation des vérités psychologiques. Bel objet pour toi que passionne la science et pour moi qui me préoccupe de dépenser mon activité.

— D'où juges-tu qu'on puisse ainsi mécaniser les hommes?

— Qui donc l'a jamais contesté? C'est dans l'Orient que tu en vois les plus fréquents, les plus fameux exemples. Espaces sacrés de l'Orient!... Le don de suggestionner la personnalité des autres et sa propre personnalité se manifeste de différentes manières, selon le génie particulier des époques; prenons en exemple Loyola : c'est ici même, sur cette butte, qu'il prononça le serment par lequel, avec trois amis, il se partageait le monde...

— « A nous deux ! » disait Rastignac, du haut du Père-Lachaise.

— Maurice, comprends-moi ! Je ne suis pas aigri ni intéressé ; j'ai le cœur joyeux et des désirs purs. Ce n'est pas un héros du bagne, mais un saint, M. Taine, qui nous a menés à cet entretien : il t'a loué, me disais-tu, que nous fussions une société d'amis. Sache que moi, François Sturel, je trouve Rastignac, avec son serment de dominer Paris, honteusement médiocre. Et en Loyola, ce n'est pas le conquérant du monde qui m'attire, mais j'aime qu'il se soit donné une raison héroïque de vivre... Il faut le connaître directement, et non pas à travers les petits journaux anticléricaux, ou les petites images dévotes. C'était un Espagnol enthousiaste et qui avait l'esprit d'aventure. Qu'il se soit mis au service de l'Église et plus particulièrement du Pape, c'est l'emploi de ses facultés, mais cela ne le caractérise pas. Il a fondé une société ; elle est admirable, non point tant par le lien rigoureux qu'il a constitué entre ses membres, que par la façon dont il crée ces membres. Et même il ne les crée pas ; il leur donne une méthode pour que chacun se crée soi-même. Voilà sa force incomparable !... Méthode prodigieuse, par où chacun de nous, dans la solitude et sans intervention extérieure, peut porter au maximum son énergie spirituelle. La méthode de Loyola, c'est l'art d'éveiller en soi des émotions, de perfectionner ses impulsions, de cultiver ses aptitudes, de nous organiser enfin une vie cérébrale telle que nous incorporions l'idéal que nous nous sommes proposé.

Lui et les siens usèrent de ce mécanisme psychologique pour réaliser un type dont la puissance, en pesant sur la destinée des peuples, a irrité l'opinion... Comme toi, comme M. Taine, je voudrais me faire une conception du monde ; mais je vais plus loin, je voudrais qu'elle me fût un motif d'agir, qu'elle donnât une direction aux forces qui sont en moi. N'importe quelle direction, pourvu qu'elle m'entraîne et me soit plus chère que moi-même... Ah ! dans ce désert de Paris, si nous étions quelques-uns à penser en commun ! si nous pouvions découvrir la sphère où, dès le germe primordial, nous fûmes destinés à nous mouvoir !

— Une association ! dit Rœmerspacher. Mais à quelle fin s'associer ? Loyola, ses amis, voulaient participer de la vie de Jésus. Il était leur modèle, leur point d'appui. Mais où trouver maintenant un lien entre des individus ? Quel homme, quelle idée peuvent aujourd'hui fournir à des imaginations le modèle, l'élan initial, l'image exaltante ?

Et, après un silence, une hésitation :

— C'est vrai que M. Taine parlait de groupement...

Rœmerspacher a raison d'hésiter. Il sent que l'ardeur de Sturel les engage dans une voie où le philosophe les eût désavoués. « Association ! » c'est vrai ! mais si l'on examine ce qu'entendait M. Taine et ce qu'ils tendent à réaliser, on se convaincra que le même mot n'est plus le même selon les lieux et les circonstances où il est logé. Un principe produit des fruits variés selon les esprits qui le reçoivent.

Maurice Rœmerspacher, de qui la mère mourut quand il était très jeune, a beaucoup vécu sa petite enfance à l'écart, de préférence avec une vieille domestique, la cuisinière, issue des fonds les plus lointains de la paysannerie lorraine. Son service fait, elle lui racontait les histoires des fées, des géants, des magiciens, mêlées de récits de cour d'assises, qui sont plus récents, mais bien beaux aussi. Ces après-midi passées derrière les groseillers, dans le jardin, eurent une influence notable sur l'imagination de Rœmerspacher. Il distingua toujours l'absurde dans la vie, mais il ne le détesta pas quand il ressemblait aux contes de la cuisinière. Voué aux études scientifiques, il aime encore les récits merveilleux : il ne s'endormirait pas sans avoir lu une centaine de pages d'un roman, non pas des études, dites d'observation, mais des constructions imaginatives, si médiocres soient-elles. Et le voici qui pense tout haut :

— Quel singulier garçon tu fais, François ! Il y a en moi quelque chose qui ne renie pas l'ensemble de tes préoccupations ; tu as bien dit cela : découvrir la sphère où nous sommes destinés à nous mouvoir, que nous remplirons de notre vie... Notre enfance, notre passé nous ont portés dans Paris et se taisent. Paris n'est pas un univers saisissable pour nous ; c'est un désordre. Eh bien, soit ! Je comprends que tu veuilles organiser notre vie, nous donner un centre, une direction, des idées qui soient notre patrie...

Ainsi le bon sens de Rœmerspacher se rallie aux inquiétudes de Sturel.

Des hommes de vingt-deux ans intéressent peu leur raison dans la recherche de la vérité, mais leur sensibilité, que Pascal nommait « volupté » et « caprice ». A cet âge où l'imagination, comme une aiguille aimantée, s'affole sous des courants insensibles aux esprits rouillés, vers quel point l'attraction d'un illustre passant va-t-elle précipiter ces romanesques de qui le cœur se gonflait de désirs tous les soirs au coucher du soleil sur le Luxembourg?

M. Taine a indiqué qu'aux individus toute vie venait de la collectivité. Son raisonnement supposait que la beauté et la force pour chacun, c'est de se conformer à sa destinée. Il a dit expressément : « Je mourrai et bientôt viendra votre tour. » Rœmerspacher a constaté que ce maître lui-même était un animal avec les conditions, les phases, les fragilités d'une bête. C'est cela surtout, cette idée de la mort et de leur animalité qui met dans leur sang, comme un aphrodisiaque, la hâte, la frénésie de vivre.

— Réunissons donc nos camarades!... Suret-Lefort, Saint-Phlin, Renaudin, Racadot et Mouchefrin, — conclut Sturel, entraînant son ami au bas des pentes de Montmartre. — Examinons avec eux le plan d'une action commune. Il est temps d'employer la vie.

— Fixe le jour, l'heure, l'endroit, dit Rœmerspacher.

— Nous sommes aujourd'hui le 1er mai... Eh bien! au tombeau de l'Empereur, le 5 mai, jour de sa mort.

Les voilà, comme les Orientaux du désert, qui cherchent un prophète!

CHAPITRE VIII

AU TOMBEAU DE NAPOLÉON

Le 5 mai, avant deux heures, Rœmerspacher, Sturel, Saint-Phlin, Racadot, se rejoignirent à la grille des Invalides. Le jeune soleil du printemps, qui n'avait pas encore donné de feuillages aux arbres, répandait sur l'esplanade nue la fatigante inquiétude des premières journées chaudes. Racadot, toujours sale et sombre, se taisait ; Rœmerspacher et Saint-Phlin, bien que s'expliquant mal ce lieu de rendez-vous, ne songeaient pas à plaisanter Sturel dont la jeune figure, plus pâle, trahissait l'énervement. Auprès des grilles dorées et dans ce style pompeux de Louis XIV, qui, avec le style romain, l'espagnol de Philippe II et l'impérial, donne à un si haut degré le sentiment du génie administratif, ce groupe d'adolescents aux vêtements d'hiver fatigués, paraissait chétif et peut-être bohème ; mais, précisément, un véritable administrateur, apte à juger le vrai mérite, n'eût pas jugé négligeables ceux qu'assemblait un projet si extraordinaire. Enfin Suret-Lefort déboucha de la rue Saint-Dominique, se hâtant depuis le Palais. Avec sa serviette de cuir noir sous le bras et malgré des pantalons trop courts, il avait, ce marcheur fatigué, une saisissante allure, toute faite des mêmes qualités d'aplomb, de netteté et d'impertinence polie qui créaient son autorité oratoire. Bien qu'il n'eût guère de romanesque, il ne montra aucun étonnement de cette convocation. C'est qu'il n'y cherchait pas plus loin qu'une pensée de groupement : il l'eût mieux compris sous forme de conférence hebdomadaire, mais, tel quel, cela satisfaisait son instinct de légiste ambitieux.

Les cinq jeunes gens, à travers les longues cours, se dirigèrent vers la chapelle majestueuse qui possède le cadavre du héros.

A l'ordinaire, le visiteur, soudain prenant conscience de son anonymat, s'intimide de l'écho que son pas sur ces dalles sonores éveille dans les vastes espaces du dôme funéraire. Mais ces jeunes pèlerins-ci ne s'imaginent pas troubler le repos de celui dont ils viennent solliciter la leçon exaltante : ils courent saluer l'Empereur qui s'achemine le long des siècles. Et tout ce bruit de leurs talons résonnant, c'est pour leurs nerfs frémissants un prolongement de cette formidable acclamation qui, jamais interrompue, montait des peuples massés sur le passage du héros et l'empêchait de dormir, tandis qu'il parcourait l'Europe dans sa berline de voyage.

Le tombeau de l'Empereur, pour des Français de vingt ans, ce n'est point le lieu de la paix, le philosophique fossé où un pauvre corps qui s'est tant agité se défait ; c'est le carrefour de toutes les énergies qu'on nomme audace, volonté, appétit. Depuis cent ans, l'imagination partout dispersée se concentre sur ce point. Comblez par la pensée cette crypte où du sublime est déposé; nivelez l'histoire, supprimez Napoléon : vous anéantissez l'imagination condensée du siècle. On n'entend pas ici le silence des morts, mais une rumeur héroïque ; ce puits sous le dôme, c'est le clairon épique où tournoie le souffle dont toute la jeunesse a le poil hérissé.

Penchés sur ce puits où les architectes, qui désespéraient de lui dresser un trône suffisant, laissèrent s'enfoncer le trop lourd cadavre, les sept Lorrains, tous petits-fils des soldats de la grande armée, sentent leurs poitrines de jeunes mâles s'élargir, se gonfler amoureusement contre la balustrade de marbre, à vingt mètres de l'objet en qui ils reconnaissait leur pareil, mais plus beau qu'eux-mêmes. Ils s'enivrent de l'espoir de respirer, à travers le triple cercueil, des miasmes de mort qui seraient pour eux des ferments d'immortalité.

Ce qui repose sur l'oreiller, dans le cercueil de plomb, nous en avons des documents certains... Les cloches de France portent les traces de leurs battants qui sonnaient ses victoires; rien d'étonnant que son cœur qui battit trente ans d'épopée ait déformé l'homme d'airain. Sur ce cadavre sont imprimés par un petit signe tous les grands instants de sa vie, la maladie de Toulon, le soleil d'Egypte, l'émotion de Brumaire, l'orgueil de son cœur au sacre, la gloire d'Erfurt, le baiser de Marie-Louise d'Autriche, les neiges de Russie, le froid matin de Fontainebleau, les cris : « Blücher! Blücher! » à Waterloo, ses songeries à Sainte-Hélène. Dans Sainte-Hélène, îlot sans arbres et sous le climat des tropiques, il était le roi Lear, proscrit, persécuté par ses filles. Ses filles, c'étaient ses idées, le souvenir de ses grandes actions. Il était fou de son génie. C'était un terrible roi Lear, obèse avec un grand chapeau de planteur. Et voilà la dernière forme, le vieux Corse autoritaire que l'on a mis dans le cercueil.

Mais ce César-cadavre marqué des cicatrices et des injures innombrables de la vie, c'est tout de même un des plus beaux parchemins à déchiffrer. A ses rides, se vérifieraient tant d'images de Napoléon accumulées dans les musées, dans les bibliothèques, dans la légende.

Son iconographie physique et morale semble ne pouvoir être dressée complète, tant les numéros en sont nombreux. Tous les spécialistes des sciences sociales ont incarné en lui l'idée que chacun d'eux se compose de la plus haute compétence. C'est ainsi que nous connaissons le Napoléon des tacticiens, des diplomates, des légistes, des politiques. Ce sont des aspects exacts de l'empereur, des détails de son ensemble. Il fut également le corsaire de Byron, l'empereur des Musset, des Hugo, le libérateur selon Heine, le Messie de Mickiewicz, le parvenu de Rastignac, l'individu de Taine. Aucun de ses grands hommes ne s'est mépris. Les peuples non plus ne se trompèrent pas, — Français, Allemands, Italiens, Polonais, Russes, — quand chacun d'eux crut Napoléon né spécialement pour l'électriser : car cela est exact qu'il a tiré de leur léthargie les nationalités. Toutes les nationalités en Europe et, depuis un siècle, chaque génération en France ! Aux libéraux de la Restauration, aux romantiques de 1830, aux messianistes de 1848, aux administrateurs du second Empire, aux internationalistes qui rêvent d'obtenir du prolétariat européen l'empire de Charlemagne, — à ces Sturel, préoccupés d'allier l'analyse à l'action, il donne la flamme. Pour chaque génération de France, comme il fit avec sa garde, sur la fin du jour, dans le suprême effort de Waterloo, il forme lui-même les premières lignes des combattants et, quand tout le régiment passe, il leur adresse une courte allocution en leur montrant de l'épée les positions à enlever.

« Quoi! dira-t-on, tant de Napoléons en un seul homme!... » — Nuages, qui colorez diversement le ciel et dont l'ensemble peut faire le ciel même, vous symbolisez magnifiquement le sens universel qu'a pris dans une époque où il ferme tous les horizons cet homme singulier. Les nuages se plaisent à changer, et leur action se déploie tantôt en une demi-sphère magnifique, tantôt en figures innombrables. Ce rapport constant qui s'établit entre la terre et le ciel par les vapeurs qui s'élèvent pour retomber en pluies bienfaisantes, je le retrouve entre l'empereur Napoléon et l'imagination de ce siècle... Napoléon, notre ciel, par une noble impulsion, nous te créons et tu nous crées!... Dès l'abord, les regards ardents de son armée lui donnèrent son masque surhumain, comme une amante modifie selon la puissance de son sentiment celui qu'elle caresse. Et depuis un siècle, dans chaque désir qui soulève un jeune homme, il y a une parcelle qui revient à Bonaparte et qui l'augmente, lui, l'Empereur. Dans sa gloire s'engloutissent des millions d'anonymes qui lui règlent sa beauté. Comme sa force était faite, en juin 1812, au passage du Niémen, des hourras de 475,000 hommes, le plein sens de son nom est déterminé par les plus puissantes paroles du siècle. Les

Sturel, les Rœmerspacher, les Suret-Lefort, les Renaudin, les Saint-Phlin, les Racadot, les Mouchefrin qui, le 5 mai 1884, entourent son tombeau et viennent lui demander de l'élan, lui apportent aussi leur tribut. Sous tous les Napoléons de l'histoire, qu'ils ne contestent pas, mais qui ne les attacheraient pas, ils ont dégagé le *Napoléon de l'âme*.

Sans parti pris social ni moral, sans peser les bénéfices de ses guerres ni la valeur de son despotisme administratif, ils aiment Bonaparte : nûment.

Sa plus belle effigie, à leur gré, c'est de Canova, à Milan, dans la cour de la Brera, son corps de héros tout nu avec sa terrible tête de César.

Oui, nûment et sans circonstances! Nul excitant ne le vaut pour mettre notre âme en mouvement. Elle ose alors découvrir sa propre destinée. C'est la vertu profonde qu'il se reconnaissait, disant : « Moi, j'ai le don d'électriser les hommes. » Ce Napoléon-là, celui qui touche, électrise les âmes, qu'il soit l'essentiel, on le vit bien à son lit de mort, quand il eut prononcé les dernières paroles que lui imposait sa destinée : sa volonté prolongée par-delà son souffle fit sur ses traits un superbe travail de vérité ; après avoir flotté un moment, comme s'ils cherchaient leur type pour l'immortalité, ils se rapprochèrent de l'image consulaire. — Aux heures du Consulat, et quand s'élargissaient les premiers feux de sa gloire, on voyait encore un Bonaparte songeur, farouche, avec le teint bleuâtre des jeunes héros qui rêvent l'Empire. Monté au rôle de César, ce capitaine de fortune adoucit sa fierté amère, il garnit en quelque sorte le dur, le coupant de ses traits, il prit l'ampleur, la graisse de l'empereur romain... Puis ce furent les dégradations du martyre. — Mais quand on eut sur son visage essuyé les sueurs de l'agonie, on vit réapparaître l'aigu de sa jeunesse, l'arc décidé des lèvres, l'arête vive des pommettes et du nez. C'était cette expression héroïque et tendue qu'il devait laisser à la postérité comme essentielle et explicative. Le jeune chef de clan du pays corse, le général d'Italie et d'Égypte, le Premier Consul, voilà en effet le Napoléon qui ne meurt pas, celui qui a soutenu l'Empereur dans toutes ses réalités, et qui supporte sa légende dans toutes les étapes de son immortalité.

Et comme il convenait que, par-dessus tous les stigmates de la vie et les aspects de son génie, son dur profil de médaille se dégageât pour marquer définitivement son corps où la vie avait clos le cycle de son activité, de même il est nécessaire qu'au bout de toutes les transformations de la légende on aboutisse à ceci : NAPOLÉON, PROFESSEUR D'ÉNERGIE.

Professeur d'énergie! telle est sa physionomie définitive et sa formule décisive, obtenues par la superposition de toutes les figures que nous retracent de lui les spécialistes, les artistes et les peuples. De tant de Napoléons, les traits communs nous représentent un excitateur de l'âme. Quand les années auront détruit l'œuvre de ce grand homme et que son génie ne conseillera plus utilement les penseurs ni les peuples, puisque toutes les conditions de vie sociale et individuelle qu'il a envisagées se seront modifiées, quelque chose pourtant subsistera : sa puissance de multiplier l'énergie. Que l'élite de l'humanité, pour en user selon ses besoins, le reconnaisse et l'honore comme tel. Par une formule saisissante, on dit en

Russie : « Il n'y a d'homme puissant que celui à qui le tzar parle, et sa puissance dure autant que la parole qu'il entend. » Alors même que la parole de Napoléon ne durera plus, quand elle aura cessé d'être une chose positive, quand son code, ses principes de guerre, son système autoritaire auront perdu leur vitalité, une vertu de lui émanera encore pour dégager les individus et les peuples d'un bon sens qui parfois sent la mort et pour les élever à propos jusqu'à ne pas craindre l'absurde.

On le voit bien, ce 5 mai 1884, que son contact encore a la puissance de grandir les âmes. Cette mystérieuse réunion présente les caractères d'une transfiguration. Ces enfants, tout à l'heure quelconques sur l'esplanade des Invalides, ont maintenant l'aspect d'une bande de jeunes tigres. Mouchefrin, avec des yeux changeants, brillants, va et vient de cinq ou six pas le long de la balustrade en boitant à cause de ses chaussures. Seul Renaudin fait un peu le ricaneur, mais tout de même, pour venir, il a abandonné un rendez-vous d'où dépendait une affaire de publicité.

Si quelqu'un des étrangers qui visitaient la coupole eût examiné ce groupe de jeunes gens tous divers, mais chauffés au degré impérial, chaque observateur les eût interprétés d'une façon différente, comme les commentaires varient sur tous les poèmes, mais chacun en eût été ému. C'est que littéralement ils évoquaient les morts.

Quand le héros de l'Odyssée selon les rites de la vieille nécromancie a versé le sang chaud des brebis, les âmes des trépassés montent en essaim de l'abîme : jeunes femmes, adultes, vieillards, toutes ces ombres se pressent et voltigent autour de lui avec une immense clameur. Par la seule vertu de la fièvre que Napoléon met dans leurs veines, Sturel, Rœmerspacher, Suret-Lefort, peuplent de fantômes les fastueux espaces des Invalides. D'abord les membres de sa famille ensevelis dans les pays les plus divers selon des coutumes différentes; au premier rang, ces êtres tragiques : le duc de Reichstadt à Schœnbrunn, Napoléon III à Chislehurst, le Prince Impérial qui tomba dans le kraal d'Ityotosy. Aux Napoléonides se joignent les vrais associés de son œuvre et de son âme, ses généraux, meneurs d'armée, Masséna, Lannes, Soult; ses braves, ses fougueux, Augereau, Ney, Murat, Lassalle; ses financiers, Gaudin, Mollien; ses politiques, Portalis, Tronchet, Cambacérès, Montalivet, Chaptal; et encore une foule d'où s'élève une magnifique louange : c'est que par la force de leur imagination nourrie de livres, les Sturel, les Rœmerspacher, les Suret-Lefort, les Saint-Phlin mêlent aux Napoléonides, les poètes, qui depuis un siècle sont les voix du grand homme. Et voici qu'eux-mêmes, jeunes bacheliers, ils appuyent de leurs accents cette symphonie triomphale du cortège toujours grossissant de César.

De quels termes ils usaient, je ne puis le dire exactement, mais je connais les sentiments qui les emplissaient; j'entends leur parole intérieure, et si je veux l'exprimer, je dois en hausser l'expression : car, au contact de Napoléon, des mouvements lyriques bouleversent l'âme, qui ne peuvent avoir que des traductions lyriques. Tous lui disaient le mot des vingt-quatre mille conscrits de la jeune garde en

1815, dans l'héroïque dessin de Raffet : « Sire, vous pouvez compter sur nous comme sur votre vieille garde. » Enfants qui saisissent maladroitement leurs fusils, mais possèdent la force morale!

Et sans nul doute, par la puissance du lieu et par la contagion qui sous le nom de « napoléonite » sera classée parmi les principaux ferments de notre siècle, tout adolescent placé dans cet atmosphère se fût enfiévré comme ceux-ci, aurait eu leur geste de fierté, de tête levée, leur regard confiant sur l'avenir, quand Sturel leur jeta :

— Ce n'était d'abord qu'un jeune homme dépourvu!...

Instinctivement ils l'entraînèrent plus à l'écart, dans la chapelle du roi Jérôme et lui dirent :

— On sait sa biographie d'empereur, sa gloire, mais sa formation? Et sa candidature à la gloire, comment la posa-t-il?

— Dans leur île, à la fin du dernier siècle, les Bonaparte, mes amis, c'était une famille de petite noblesse, sans moyens d'action, mais tenace et ardente à se maintenir et augmenter. La mère, une femme magnifique de caractère et selon la grande tradition corse. Dans les rudes sentiers du Monte-Rotondo, la jeune femme héroïque, âgée de vingt ans, est enceinte de Napoléon quand elle fuit avec des patriotes qui ont essayé de défendre leur indépendance contre l'envahisseur français. Paoli, qui symbolisait devant l'Europe le héros vertueux, le sage qui tenta de réformer sa patrie en se conformant aux mœurs traditionnelles, cédait à la fortune et se réfugiait en Angleterre. Les Bonaparte s'accommodèrent des conditions nouvelles, et ils tiraient tout le possible des vainqueurs de leur pays. Pour Napoléon, quand il eut neuf ans, ils obtinrent une bourse à l'École de Brienne, et toute la famille, une foule d'amis solidaires l'accompagnèrent sur le môle avec orgueil, parce qu'il allait devenir un officier. Il connaissait le sentiment de l'honneur.

« Ah! se disaient les jeunes Lorrains écoutant Sturel, quand on nous a conduits au lycée, notre père, notre mère étaient seuls, par une triste soirée, et nous ne nous sentions délégués d'aucun clan, mais soumis à des nécessités lointaines, mal définies et qui nous échappaient... »

— A neuf ans, au collège d'Autun, puis, de sa dixième à sa quinzième année, écolier à Brienne, il tressaillit et trembla de rage, dans son isolement d'étranger qu'on raillait, et il prenait tout avec exaltation, jusqu'à vomir quand ses camarades ou ses maîtres le voulaient humilier. Mais il supportait sans médiocrité cette épreuve; elle ajoutait encore à l'image qu'il se formait de sa patrie; il s'efforçait d'être digne de l'injure de « Corse ».

« Nous aussi, pensent ces anciens élèves de Nancy, on nous raillait; nous souffrîmes de l'isolement; mais nous n'avons pas su dégager notre idéal et nous tendions à nous renier pour devenir pareils à nos insulteurs... »

— A quinze ans, continue Sturel, le jeune Bonaparte, élève de l'École militaire à Paris, par sa raideur prétend signifier à ses camarades, de grandes familles, que la fortune ni la naissance ne lui imposent. Petit noble, sans argent ni relations, il juge tout et tous, et il affiche du mépris pour l'esprit et les frivolités. En même temps qu'il s'affirme devant les autres, en secret et avec passion il se découvre dans Rousseau et dans les chroniques de la Corse. — A seize ans, il fut officier... Chambres de Valence, d'Ajaccio, de l'Hôtel de Cherbourg à Paris, de Seurre et d'Auxonne, cabinets de lecture où s'amassait l'esprit révolutionnaire, promenades fiévreuses de la route des Sanguinaires, vous connûtes ces mêmes tempêtes dont les bois de Combourg venaient d'être témoins ! C'est René, ce petit officier qui assiste avec toutes les souffrances des nobles adolescences à la formation de son génie. Dans l'hiver de sa dix-huitième année, il écrit la page sublime sur le suicide : « Toujours seul au milieu des hommes, je rentre pour rêver avec moi-même et me livrer à toute la sincérité de ma mélancolie. De quel côté est-elle tournée aujourd'hui ? Du côté de la mort. »

« O notre Bonaparte, — songeaient-ils, d'un même élan — c'est nous tous que tu tuerais avec toi !... »

— A nulle époque la nature ne produisit en plus grand nombre le type bien connu, le César, l'animal né pour la domination. Qu'à se faire reconnaître il trouve trop d'obstacles, sa plainte sera le principe du romantisme. Bonaparte pouvait être l'un de ces enfants divins qui exprimèrent avec une force contagieuse ce délire mélancolique des grandeurs. Sans doute, Corse francisé, il ne disposait pas des moyens héréditaires d'expression d'un Byron, d'un Chateaubriand, mais la vigueur de son âme aurait bien su imposer un rythme à ses rédactions.

« D'ailleurs, un Bonaparte est un plus bel animal que les Byron et les Chateaubriand. Ce sont des frères nourris par le sol riche et puissant des provinces à la fin du dix-huitième siècle et issus de races féodales analogues ; leurs trois noms fameux sont représentatifs d'états d'esprit également nobles ; mais tout de même le nom de Bonaparte évoque un système d'idées infiniment plus logiques et réalistes que ne furent jamais les caprices passionnés de René et le byronisme. Quelle qu'ait été la sincérité de Byron et de Chateaubriand, leurs sentiments déjà nous semblent artificiels. Ils se disaient isolés, se plaignaient des hommes, se cherchaient à travers le monde une patrie. A la fois aristocrates, révolutionnaires, utopistes et nihilistes, ils apparaîtront, de plus en plus, à mesure que l'humanité cessera de produire leur genre de sensibilité, comme un incompréhensible amas de contradictions. Bonaparte, lui, n'était pas homme à flotter. Ce grand homme, naturellement créait de l'ordre ; il usa de ses propres passions suivant la méthode scientifique qui, en présence de caractères constatés, les ordonne et les relie par une forte hypothèse, de manière à constituer une unité.

« Jeune et solitaire, il se persuada qu'il ne devait pas à quelque qualité mystérieuse de l'âme sa répugnance à s'accommoder de sa vie, mais qu'il serait heureux seulement dans la Corse libre et après avoir accompli le relèvement national rêvé par

Paoli. Grâce à cette interprétation patriotique qu'il se donnait de son vague, il devint sur le sol français un véritable exilé, tandis que Byron et Chateaubriand sont des exilés imaginaires. Ce personnage d'insulaire mécontent, qu'il faisait de toute bonne foi, lui fut des plus favorables. Cet heureux expédient laisse déjà pressentir l'homme d'État doué pour installer les hommes dans une situation ou dans une opinion qui leur facilite de vivre. En effet, dès qu'il devint à ses yeux un exilé, il put appliquer son esprit à des réalités; sa mélancolie, loin d'être un épuisant, le stimula; son amour pour son pays lui fit un centre où tous ses sentiments se rattachaient. Tandis que Chateaubriand et Byron, à chercher partout le bonheur, usent et dégradent leur énergie, lui, l'affermit autour de son idée fixe. Habitant comme eux du monde idéal, il n'y caresse pas des chimères sans forme : il cherche à soutenir son clan, à organiser sa patrie.

« La force du rêve chez lui peut dès l'abord se transformer en action. Plus tard, sans doute, cédant à cet orgueil d'occuper les hommes que nous avons reconnu au principe de la mélancolie romantique, Chateaubriand confessera le catholicisme, et Byron, le libéralisme; mais eux-mêmes douteront toujours de leur mission, d'autant qu'ils ont énervé de la tristesse des débauchés cette première sauvagerie qui faisait leur ressort... Bonaparte, lui, ayant su trouver le but le plus convenable à son ardeur, s'y réserva tout entier, jusqu'à se refuser de distraire en faveur de l'amour rien de sa résistance secrète.

« Sa passion ainsi concentrée, il la munit des expériences de l'histoire, pour connaître le caractère des hommes et les lois des sociétés. Enfin, ayant un métier, il se préoccupe d'y exceller et il analyse les campagnes des grands capitaines pour se familiariser avec le génie. On possède la liste des travaux que méthodiquement il s'imposa. Ils valent non point par l'étendue, mais par la puissance de sa réflexion utilisée avec constance dans le même dessein. Une méthode au service d'une passion, voilà Napoléon à vingt ans !

« S'attacher à des réalités ! se placer dans des conditions vitales ! » se répètent ces jeunes gens subitement éclairés sur l'art de vivre. Et, dans cet examen, dans cette vision concrète du jeune Bonaparte, leur vigueur trouve sa prise comme s'ils sortaient des sables mouvants où ils s'épuisaient pour mettre pied sur le vrai sol.

— 1789 ! La tempête soulève l'aigle, le force à s'élever. De grands rôles pouvaient devenir disponibles : il se jeta en Corse, son milieu naturel, le seul où il eût une raison d'être. C'est lui qui, à vingt ans, distribua la cocarde tricolore à Bastia... Redoublons ici d'attention...

« Trouver un but à son âme, lui fournir un idéal où elle relie tous ses désirs, et qui leur donne du ressort, voilà une besogne nécessaire. Mais ne soyons pas dupes de nos inventions ! Profondément, une âme n'a pas d'autre but qu'elle-même. Il ne faut pas que nous désertions notre propre service pour nous attacher à nos idoles. On a vu des esprits notables, égarés ainsi dans l'artificiel, se dévouer à une cause qui n'était plus la leur et, soit par goût du succès, soit par impuissance de réflexion, contredire leur principe. C'est pour avoir su toujours se conformer à sa destinée, se ramener sous sa loi, que Napoléon nous est un magnifique enseignement.

« Il avait été amené à diviniser Rousseau et Paoli, et il s'était résolu de collaborer à leur œuvre, mais il sut voir un jour que, pour rester fidèle à sa nature, à soi-même, il devait s'écarter de ces deux maîtres, se différencier du premier et même combattre le second. Vers sa vingt-deuxième année, il fit ce suprême effort de sa formation psychique. L'apprentissage se terminait.

« En s'associant à Paoli, que suivait la Corse entière, il eût manqué à sa destinée. Il retira de ce chef populaire son idéal, pour le réincarner dans la France. Notre pays, jusqu'alors, aux yeux de Bonaparte, avait été l'ennemi parce que l'ensemble de nos institutions entravait ses aptitudes au commandement, tandis que la Corse, où Paoli avait régné, se prêtait à la dictature bienfaisante d'un patriote; aujourd'hui, en face de la France qui aspire à s'organiser, et de la Corse qui se fait conservatrice, Bonaparte, fidèle à ses besoins, n'hésite pas à bouleverser les habitudes de son esprit. Il se résigne à être « voué à l'exécration » par sa patrie et par son héros Paoli. Bien qu'il ne goûte pas la démagogie jacobine, il se range avec ce parti qui possède alors la France. — A ce signe, reconnais César! Il a fait le geste des Maîtres... Il nous donne la suprême leçon d'énergie que tant de fois, dorénavant, il répétera : dans une situation déterminée, il n'y a pas à subir, mais toujours à délibérer. La Fortune, elle aussi, dans un tel homme, reconnaît l'espèce qu'elle aime à servir. Quand, le 13 juin 1793, n'ayant pas vingt-quatre ans, il débarque avec les siens, tous proscrits de Corse, ruinés et honnis, elle l'attendait au rivage de Toulon.

Ainsi parle à peu près Sturel, soutenu, commenté par ses pairs. Mais que le bruit des syllabes restitue mal tous les mouvements d'émulation et de gloire que viennent de subir leurs âmes!... D'un tel Napoléon, pas un trait n'échappe à ces délégués de la jeunesse s'entretenant de l'Imperator à quinze pas de son cadavre : car, à leur âge et pleins de beaux désirs, ils ont précisément ce qu'il appelait « l'esprit de la chose », l'intelligence particulière. Nulle nécessité qu'ils traduisent sur l'heure en formules serrées les admirables raisonnements intérieurs que nous essayons de fixer dans une théorie impériale de l'énergie : cette réunion près du tombeau, c'est plus qu'un dialogue; une action. Tout d'abord, portés par la fièvre qu'exhale un tel caveau, ils s'étaient élevés d'un haut vol et se comparaient au héros pour leur âpreté et leur ardeur; mais peu à peu il leur échappe et, à chaque coup d'aile, la distance plus grande les fait plus petits. Maintenant, comme des misérables, ils sont à la fois fiers qu'un tel homme ait vécu et désespérés du temps qu'ils ont perdu. Ils se reconnaissent comme des frères. Ils se serrent les mains. Des interjections brûlantes s'échappent de leurs lèvres. Soumis au jeu de forces si puissantes, échauffés par l'admiration et par la solidarité, ils sont prêts pour accueillir une parole décisive...

— Et Nous, dit Sturel, allons-nous déjà glisser sous la vie?...

Ils laissent Napoléon, ils reviennent à eux-mêmes dont ils sont chargés. C'est assez dire : l'*Empereur*; et son grand nom, qui crée des individus, les force à dire : *Moi*, *Nous*.

— Nos études vont se terminer. Nous contenterons-nous d'exploiter nos titres universitaires? Serons-nous de simples utilités anonymes dans notre époque? Rangés, classés, résignés, après quelques ébrouements de jeunesse, laisserons-nous échoir à d'autres le dépôt de la force? Dans cette masse encore amorphe qu'est notre génération, il y a des chefs en puissance, des têtes, des capitaines de demain. Si quelque chose nous avertit que nous sommes ces élus de la destinée, ne cherchons pas davantage, croyons-en le signe intérieur : camarades, nous sommes les capitaines! Au tombeau de Napoléon, professeur d'énergie, jurons d'être des hommes!

— Nous le jurons! s'écria le petit Mouchefrin qui s'était glissé au premier rang.

— Soit! dit Racadot.

— Étonnant! murmura Suret-Lefort, dérouté de de se sentir ému.

— Il était temps! ajouta Renaudin qui, depuis deux ans, cherchait à faire de ses amis une coterie d'action.

— J'approuve Sturel, dit Saint-Phlin, mais Bonaparte et Loyola, qu'il aime à citer, dominaient les hommes parce qu'ils savaient en faire — l'Empereur des héros — et Loyola, des saints.

— En même temps, Renaudin disait :

— Bonaparte eut Paoli. Quel est l'homme national que nous pourrons servir pour le lâcher en temps voulu?

— Pas si vite! intervint Rœmerspacher. Examinons la question de principe. Tu m'étonnes, Sturel, de croire aux grand hommes. Certes, rien de plus intéressant que les biographies; on y trouve du dramatique et surtout elles simplifient l'histoire. Mais ne sens-tu pas que l'individu n'est rien, la société tout?...

— C'est bien, dit Sturel très nerveux : M. Taine t'a fait panthéiste. Tu regardes la nature comme une unité vivante ayant en elle-même son principe d'action. Moi, j'y vois un ensemble d'énergies indépendantes dont le concours produit l'harmonie universelle.

— Et moi, dit Saint-Phlin, je tiens l'univers pour une matière inerte mue par une volonté extérieure... Napoléon a été voulu par Dieu.

— Rappelez-vous, messieurs, — dit Renaudin en assujettissant son monocle, — qu'Il n'aimait pas l'Idéologie, c'est-à-dire les abstractions en l'air.

— Au fait, donc! reprit Sturel. Toutes nos théories sont excellentes, si chacun de nous y trouve son motif d'action. Et notre ami Saint-Phlin est fort heureux d'avoir une conception du monde qui lui permet d'espérer qu'un jour il pourra être un homme providentiel. Réservons la discussion du rôle des individus. Dans quelle mesure appartient-il à un César, je veux dire à une tête, à un chef, de modifier l'humanité, ce n'est point en cause aujourd'hui. Où Rœmerspacher a-t-il entendu que je lui proposais d'inventer quelque nouveauté touchant les institutions et les gouvernements, les codes, les religions, la littérature, les beaux-arts, l'agriculture, la patrie, la propriété, la famille? Ce sont toujours, je ne le conteste pas, de vastes collaborations inconscientes et anonymes qui jettent, à la façon de l'océan sur la grève, les idées révolutionnaires. Mais les grands hommes se chargent de ramasser, de trier ces richesses. Voulons-nous être ces endosseurs, ces audacieux qui prennent des responsabilités devant leurs contemporains? Telle est la position exacte du beau problème qu'en nous réunissant ici j'ai voulu soulever.

Mouchefrin, qui suivait avec passion ce débat, trouva, dans son émotion, une pensée vigoureuse :

— Votre Napoléon était préparé pour présider à la réorganisation de la France sur table rase, parce qu'en son âme d'étranger et d'homme supérieur, aucune des institutions de la monarchie n'avait jamais été une chose vivante. Il pouvait être représentatif des nouveaux préjugés, parce qu'il ne ressentait aucun des anciens. Eh bien! pour tout l'ordre social moderne, ressentons-nous rien d'autre que du mépris et de la haine? Nous sommes désignés pour le détruire.

— Craignons, — dit Saint-Phlin choqué, — de demeurer négatifs : Napoléon à toutes les minutes eut un sentiment très vif de son devoir.

— De sa destinée! rectifia Sturel.

— De sa culture! interrompit Rœmerspacher.

« Il y a des mots déterminants, dit Pascal, et qui font juger de l'esprit d'un homme » : destinée, devoir, culture, voilà bien les trois termes où Sturel, Saint-Phlin, Rœmerspacher, se devaient résumer. — Suret-Lefort, lui, pensait à paraître; Racadot et Mouchefrin, à jouir; Renaudin, à manger.

— Eh bien! dit Suret-Lefort, peu importent les

mobiles : en quoi consiste la tâche que nous allons entreprendre?

— En effet, dit Renaudin, précisons.

Il y eut un silence anxieux. Tous ces jeunes gens craignaient d'être des incapables. La question si simple demeura quelques minutes sans réponse, — et nul ne s'en étonnera si l'on veut bien considérer le terrain qu'offrait à des déracinés inquiets de leur état la France en 1884.

CHAPITRE IX

LA FRANCE DISSOCIÉE ET DÉCÉRÉBRÉE

Depuis leur sortie du lycée, soit quatre années, ces jeunes Français veulent agir. En Lorraine, isolés et dénués, enfoncés dans l'inertie, l'ennui, la mort, ils aspirèrent à Paris. Ils le tenaient pour un centre où ils pourraient collaborer à de grands intérêts. Ils s'y trouvent seuls, ignorés de tous, ne sachant avec qui se concerter, tourmentés par leur activité sans emploi. C'est alors qu'ils organisent ce syndicat. À défaut d'un point de ralliement et d'entente que leur offriraient des groupes naturels importants, ils entreprennent de faire eux-mêmes un corps... Autour de quoi? à quelle fin? C'est la question que pose le bon sens de Suret-Lefort, de Renaudin.

Quelque chose d'imaginaire, comme la figure de Napoléon en 1884, ne peut pas fournir à des unités juxtaposées la faculté d'agir ensemble. Bonne pour donner du ressort à certains individus, cette grande légende ne peut donner de la consistance à leur groupe, ni leur inspirer des résolutions. Où les sept bacheliers peuvent-ils se diriger, pour quels objets se dépenser, à quelle union s'agréger?

Les forces vivantes de notre pays, ses groupes d'activité, ses principaux points d'union et d'énergie, dans l'ordre matériel ou spirituel, c'est aujourd'hui :

1° Les bureaux, c'est-à-dire l'ensemble de l'administration, où il faut bien faire rentrer l'armée. — Qu'on aime ou blâme leur fonctionnement, c'est eux qui supportent tout le pays, et, s'ils ont contribué pour une part principale à détruire l'initiative, la vie en France, il n'en est pas moins exact qu'aujourd'hui ils sont la France même. Il faut bien les respecter et les appuyer, quoi qu'on en ait : car, après avoir diminué la patrie par des actes qui n'ont plus de remèdes, ils demeurent seuls capables de la maintenir.

2° La religion. — Si l'on veut, nous possédons la catholique, la protestante et la juive ; mais, à voir de plus haut, la France est divisée entre deux religions qui se contredisent violemment, et chacune impose à ses adeptes de ruiner l'autre. L'ancienne est fondée sur la révélation ; la nouvelle s'accorde avec la méthode scientifique et nous promet par elle, sous le nom de progrès nécessaire et indéfini, cet avenir de paix et d'amour dont tous les prophètes ont l'esprit halluciné.

3° Les ateliers agricoles, industriels ou commerciaux. — Ils se proposent de produire l'argent et sont eux-mêmes à la merci de ses manœuvres. Le capital agiote, détruit, devient de plus en plus international et aspire à n'être pas solidaire des destinées françaises.

4° D'innombrables associations de toute espèce, que les bureaux dépouillent d'initiative, d'indépendance. Parmi elles, seuls les syndicats ouvriers ont de la vigueur, de la confiance en soi, la connaissance de leurs origines et de leur but. Ils sont nés d'un mouvement de haine contre la forme sociale existante et luttent pour l'anéantir, cependant que l'administration cherche à les écraser.

Quant à la noblesse, qui, avec les bureaux, la religion et la terre, encadrait et constituait l'ancienne société, c'est une morte : elle ne rend aucun service particulier, ne jouit d'aucun privilège, et, si l'on met à part quelques noms historiques qui gardent justement une force sur les imaginations, elle ne subsiste à l'état d'apparence mondaine que par les expédients du rastaquouérisme.

Voilà les groupements distincts qui devraient coopérer, en exécutant chacun sa tâche propre, à un effet final et total qui serait la prospérité de la communauté française. Voilà les masses selon lesquelles la nation est ordonnée. Sur les vigoureuses épaules de ces diverses équipes sont portés tous les hommes influents, tous ceux dont le nom est prononcé avec amour ou respect. Ils semblent exister par eux-mêmes : ils n'ont de solidité que s'ils sont installés sur ces blocs. L'homme soutenu, soit par les bureaux, soit par l'une des deux Églises de la révélation et de la science, soit par la terre, soit par l'argent de banque et d'industrie, soit par les associations ouvrières, c'est une puissance. Et celui qui représenterait, qui unirait en lui ces divers syndicats, serait l'homme national, le délégué général, le chef.

Mais entre ces divers groupes d'énergie, — nous venons de le constater quand nous essayions de les caractériser très brièvement, — il n'y a point de coordination... Bien au contraire, ils s'appliquent à s'annuler. Manifestement, notre pays est dissocié.

Eux-mêmes, ces fils de l'Université si désireux de jouer un rôle, ne sont reliés à aucune de ces grandes forces éparses. Peut-être, à les examiner avec complaisance, surprendrait-on chez deux d'entre eux des éléments de sociabilité. — Saint-Phlin aime et comprend son patrimoine de Varennes. Par un séjour annuel de quatre mois à Saint-Phlin, ils donne de la réalité à ses rapports avec la patrie, dont ses champs lui enseignent vaguement les droits historiques. Leur voix existe en lui, pourrait y prendre de l'intensité. Rœmerspacher, fait son noviciat dans cette importante confrérie qui demande aux recherches scientifiques, non pas seulement de contenter la haute curiosité ou d'accroître le bien-être général, mais de satisfaire notre besoin d'harmonie et, pour tout dire, notre besoin du divin. Probablement il sera de ceux qui s'efforcent, par la transformation des consciences, à faire entrer la France, l'Europe, dans une phase de civilisation nouvelle. — Les autres, hélas! qu'ils sont isolés! L'ordre des avocats donne à Suret-Lefort des commodités et des gênes, mais non pas un esprit, une foi. Il en use sans y être rattaché par aucune fibre vivante. Le journaliste Renaudin, qui croit avoir des confrères, est plus seul qu'au coin d'un bois. Il s'agite, pour gagner son pain, sans s'intéresser à sa corporation, ni à aucune œuvre commune supérieure. Sturel, Racadot, Mouchefrin plus évidemment encore sont déliés de tout,

De cette situation les bureaux sont responsables. Le Bureau de l'Enseignement public les a dégoûtés de leur petite patrie, les a dressés par l'émulation et sans leur inculquer une idée religieuse, — religion révélée ou idéal scientifique — qui leur fournirait un lien social. Le système des « humanités » ne rend pas l'homme apte à la culture, au commerce, à l'industrie, mais au contraire l'en détourne. L'administration les a préparés seulement pour elle et pour qu'ils deviennent des fonctionnaires. Ils s'y sont refusés... Ce n'est donc pas assez que les corps sociaux soient dissociés : il y a des déserteurs. Ce n'est pas assez qu'il y ait dans ce pays de nombreux ressorts d'action antagonistes : voilà des jeunes gens, et d'une espèce fréquente, qui, dans le vaste et puissant atelier qu'est une patrie, ne sont mis en mouvement que par leur ressort individuel et ne travaillent que pour eux-mêmes. Ils sont mal servis et ils servent mal.

En vérité, il ne faut pas craindre d'y insister. C'est en maintenant le plus longtemps possible notre regard sur ces Lorrains que nous comprendrons l'ensemble de la situation. Et déjà nous entrevoyons ceci : dans le massif national, entre les blocs descellés, il se trouve une nombreuse poussière d'individus. C'est un gaspillage de forces. Quand même ce déchet serait formé de déments, d'incapables, d'hommes de mauvaise volonté, il serait regrettable, car dangereux : dans une ville mal balayée, où le service de voirie pèche, le moindre orage détermine des boues insalubres.

Cet émiettement se retrouve jusque dans les consciences. Un homme, en effet, n'appartient pas à une seule œuvre, à un seul intérêt : il peut être, au même moment, engagé dans des groupements distincts; que ceux-ci, grâce à l'état général de notre pays, soient antagonistes, voilà un homme en contradiction intérieure, et par là diminué, sinon annulé.

En conséquence, ce qui fait question, c'est la substance française.

Qu'entendons-nous par là?

En principe, la personnalité doit être considérée comme un pur accident. Le véritable fonds du Français est une nature commune, un produit social et historique, possédé en participation par chacun de nous; c'est la somme des natures constituées dans chaque ordre, dans la classe des ruraux, dans la banque et l'industrie, dans les associations ouvrières, ou encore par les idéals religieux, et elle évolue lentement et continuellement. Si nous admettons que nos forces constitutives sont dissociées et contradictoires, le fonds de notre vie, notre vraie réalité, notre énergie, ne sont-ils pas gravement atteints? Ce qui se confirme à constater que la puissance de reproduction est en baisse, et que la résistance faiblit sur les frontières de l'Est, d'où l'esprit allemand fuse dans tous les sens sur notre territoire et dans nos esprits.

Mais si la substance nationale est atteinte, vraiment il devient fort secondaire de savoir qui sera vainqueur de M. Clemenceau ou de M. Jules Ferry, en qui se concentre à cette date tout l'intérêt parlementaire. — D'ailleurs, ils font un jeu qui permet à chacun d'eux d'exister, et si l'un venait à disparaître et n'était pas sur l'heure remplacé, l'autre devrait également disparaître.

Il devient secondaire de savoir si la France, vraiment par ses troupes au Tonkin et à Madagascar, par sa diplomatie en Égypte et au Congo, par une convention financière en Tunisie, mènera à bien son extension coloniale dans l'Extrême-Orient. — D'ailleurs, l'extension de la France a-t-elle rien à voir avec des succès militaires en Extrême-Orient? Ces possessions lointaines ne vaudront que par notre action sur les bords du Rhin.

Il devient secondaire de savoir si les théories révolutionnaires d'une minorité évidemment faible, qui excitent au vol et au pillage par protestation contre la propriété et la misère, sont dangereuses et significatives d'un temps nouveau. — D'ailleurs, l'évolution sociale dans le sens du « collectivisme » se fera fatalement et s'accomplit déjà sous nos yeux, avec le concours de ceux mêmes qui en combattent les formules; et quant à des accents de révolte contre l'ordre établi, on les a toujours entendus, on les entendra toujours.

Il devient secondaire de savoir si l'honneur et le bénéfice d'avoir percé l'isthme de Panama reviendront à la troisième République. — D'ailleurs, les accents d'humanitarisme lyrique par lesquels la Banque, la Presse, les agents du gouvernement saluent l'entreprise de M. de Lesseps expriment simplement le plaisir que les subventions donnent à ces messieurs; elles coûtent plus cher à la Compagnie que les pelletées de terre utilement enlevées dans l'isthme.

Quand de telles questions sont considérées comme essentielles par ceux qui discutent les affaires de ce pays et par ceux qui les mènent, on penche vraiment à conclure que la France est décérébrée, car le grave problème et, pour tout dire, le seul, est de refaire la substance nationale entamée, c'est-à-dire de restaurer les blocs du pays ou, si vous répugnez à la méthode rétrospective, d'organiser cette anarchie.

De leur anarchie, ces bacheliers mêmes, qui errent sur le pavé de Paris comme des Tonkinois dans leurs marais, sans lien social, sans règle de vie, sans but, se rendent compte. Quand ils essaient de se grouper selon le mode primitif du clan, quand ils sont hantés par l'idée césarienne, c'est un instinct de malades. Ils voudraient prendre appui les uns sur les autres; ils se tournent aussi vers le dictateur, et vers celui dont l'histoire a dit : « Le vrai mérite, dès qu'il lui apparaissait, était sûr d'une immense récompense. » Leur énergie et leur malchance les rendent sympathiques. S'ils travaillaient d'accord avec des forces sociales honnêtes et utiles, ils pourraient faire des choses honnêtes et utiles. Mais des hommes qui n'ont pas de devoirs d'état, qui sont enfiévrés par l'esprit d'imitation en face d'un héros, et qui prétendent intervenir avec leurs volontés individuelles dans les actions de la collectivité, c'est pour celle-ci fort terrible!... Car les héros, s'ils ne tombent par exactement à l'heure et dans le milieu convenables, voilà des fléaux.

CHAPITRE X

ON SORT DU TOMBEAU COMME ON PEUT

On s'explique maintenant l'embarras de ces jeunes gens, quand Suret-Lefort et Renaudin, qui ne sont pas hommes à se passer de conclusion, traduisent leur souci commun : « En quoi consiste la tâche à laquelle nous décidons de nous consacrer? »

— Aujourd'hui, — dit Sturel, — en 1884, admirer Napoléon, ce n'est point nécessairement sanctionner l'organisation qu'il nous a léguée; c'est seulement rendre justice à sa puissance d'organisateur. Son génie fut de tirer le meilleur parti possible de circonstances données. Heureux celui qui refondra la société, s'il retrouve pour une telle tâche ces mêmes qualités que manifesta Bonaparte en créant l'ordre qui depuis quatre-vingt-quatre ans tel quel maintient la France!

— Comprends pas, dit Suret-Lefort. Te voilà à la fois révolutionnaire et césarien!

— Parfaitement! Je ne crains pas un état de liberté en comparaison duquel tout ce qu'on a vu jusqu'ici de liberté sur la terre ne serait qu'un jeu d'enfant : mais je considère l'idéal moderne de la bourgeoisie française, même libérale, même républicaine, comme ennemi de la grande personnalité et de la grande liberté.

— Ce qui te mène à quelle conclusion pratique?

— Mon cher Suret-Lefort, intervint Rœmerspacher, écartons d'ici le verbalisme politique. Le but de cet entente n'est point que nous adoptions un des partis, — conservateur, radical, opportuniste, — mais que nous décidions, en haine d'une destinée médiocre, quelque action commune. Au reste, tu sais combien Sturel est impatient de toute entrave : il aime la liberté, mais il possède aussi l'amour spécial aux natures élevées pour la grandeur humaine et l'horreur nerveuse propre aux natures délicates pour tout régime de médiocrité. Je crois connaître les tempéraments : je juge son sang plus révolutionnaire que celui de tes veines, mais il veut voir le génie reconnu comme guide souverain.

— Pour que nous nous consacrions à la réforme économique intégrale, je vois une objection, — dit Saint-Phlin, qui gardait un malaise des mots haineux de Mouchefrin contre la société. — Les formes qu'il faudrait abolir sont encore puissantes chez quelques-uns d'entre nous; c'est un homme réellement incapable de respecter, voire de sentir les beautés et l'utilité morale de la propriété individuelle qui pourra la supprimer. On ne détruit réellement que ce qu'on ne comprend pas. Pour ma part je suis attaché...

Mouchefrin, par ses exclamations, fit entendre que les instincts réactionnaires de Saint-Phlin l'écœuraient. Chacun allait discuter là-dessus, Rœmerspacher exigea le silence.

— Écoutez! Nul doute que l'avenir dépende des forces qui agissent autour de nous, mais, s'il s'agit de les interpréter, chacun proposera une leçon différente. Dès lors, c'est prudence de parler du futur comme s'il échappait à nos procédés d'investigation, et nous lui appliquerons le mot de Claude Bernard : « Chacun doit rester libre de l'ignorer et de le sentir à sa manière... » Le problème est simplement de s'associer à l'énergie nationale, de distinguer sa direction et d'accepter ses diverses étapes.

— Eh bien! répliqua Suret-Lefort, le régime organisé par Gambetta est encore solide. Pourquoi se buter contre? Pourquoi ne faisons-nous pas cause commune avec ses amis?

Ce même Suret-Lefort, dans cette fameuse nuit où Rœmerspacher arriva de Nancy, brûlait d'attaquer tout le gambettisme! Le jeune ambitieux, déjà un peu maté, aura heurté le mur d'airain.

— Morale d'esclaves! s'écria Saint-Phlin. Les amis de Gambetta finiront à Mazas.

— Bah! ils lâcheront à mesure les plus compromis, interrompit Renaudin.

— L'entourage d'un héros, continua Saint-Phlin, n'est pas une chose distincte de sa personne et qu'on puisse accabler en l'exaltant. Le rayonnement d'un homme est une partie essentielle de son être. Celui qui rayonne en MM. X..., Y..., Z..., pâlit et va s'éteindre.

Suret-Lefort et Renaudin se regardèrent, en souriant du naïf Saint-Phlin.

— Ce qu'il y a d'exact, seigneurs, dit Renaudin, c'est que l'opportunisme n'a pas besoin de nous... Heureusement, la nouveauté et l'imprévu sont toujours probables en France. C'est un pays passionné pour les aventures romanesques d'un héros sympathique. Un peu de justice sociale leur ferait plaisir, mais moins qu'un beau roman qui, au jour le jour, les tiendrait en haleine. Je parle en journaliste qui connais les lecteurs; mais toi, Saint-Phlin, qui t'attendris, je suppose, sur les vieux romans de chevalerie *Flor et Blanchefort*, *Fier-à-Bras*, tu sais bien le goût de la race, et qu'un Fier-à-Bras, un individu, ferait l'affaire.

— Un homme national! dit Sturel.

— Soit! dit Suret-Lefort. Pourtant c'est dangereux et, pis encore, hypothétique!

— L'entente est faite! — lança Mouchefrin, et de sa voix insupportable à elle seule comme une goujaterie : — Où se procurer ce remorqueur?

Le gros Racadot, qui jusqu'alors s'était tu, s'avança :

— Vous voulez une locomotive; encore faut-il que vous soyez sur rails, pour qu'elle vous remorque... Dans votre obscurité, un Napoléon lui-même ne vous distinguerait pas! Nous attendons toujours la conclusion pratique de ce conciliabule.

Tous, sauf Mouchefrin qui riait bruyamment, furent gênés, pour le romanesque et imprévoyant Sturel, que le petit-fils des serfs de Custines eût si évidemment raison.

Ces deux-ci, Racadot et Mouchefrin, dans le cénacle représentent la pauvreté. C'est bien elle qui les maintient; riches, ils eussent été écartés : quelque chose en eux répugne, Mouchefrin étant méprisant jusqu'à la cruauté, et Racadot matois comme un courtier véreux. Pauvres, on ne pouvait les exclure; en les tolérant, on se fournissait à soi-même une preuve d'humanité. Cet accord à les supporter mettait une sorte de déférence autour d'eux. Nul ne leur eût dit : « Tais-toi. »

D'ailleurs, Mouchefrin, toujours collé à Racadot, n'appréciait que l'intelligence de Renaudin qui gagne trois cents francs par mois, et il ne se cachait pas de mépriser Sturel, Rœmerspacher, Suret-Lefort et particulièrement Saint-Phlin, qu'il appelait « ce bon Monsieur Gallant ».

Racadot, avec son regard en dessous, sa mauvaise barbe semée de boutons et sa politesse obséquieuse, imposait comme un hercule, et comme un notaire : — il avait le cerveau madré de ces avoués qui vont au bagne ou deviennent de grands parlementaires.

Il mit une sorte de bonhomie à ne pas abuser de l'impression produite, et, posant la main sur l'épaule de Sturel un peu déconcerté, il fit signe qu'il voulait parler ; ce fut le moment le plus important de cette après-midi.

— Moi, dit-il, je me charge de vous donner le premier moyen d'action.

On murmura d'étonnement. Il jouit de son effet, puis :

— Théoriquement, le moyen césarien, c'est l'armée. Bien qu'elle soit suspecte, très surveillée, très amoindrie, transformée en régiments de fonctionnaires, un de ses chefs saurait encore jouer un rôle. Reste un second moyen, la presse. Ce qu'il vous faut, en somme, c'est grouper autour de vous quelques centaines de fidèles et donner votre mesure aux puissants. Par un journal vous tâteriez l'opinion, vous distingueriez le courant; vous verriez venir les événements... Oui, un journal!

— Mais, l'administration? dit Rœmerspacher.

— L'argent? précisa Renaudin en ricanant.

— Mouchefrin et moi, nous nous chargeons de tout... Je m'en charge, — reprit-il en accentuant le mot. — Nous serons vos marchepieds, messieurs : plus tard, ne nous oubliez pas.

Ils se regardèrent. Leur sourire, incrédule d'abord, s'effaçait, car ils désiraient croire. Ils se rappelèrent les perpétuelles allusions de Racadot à cette « grosse fortune » que sa mère lui avait léguée et que son père détenait. Déjà l'imagination de Sturel saisissait cette solution. Des idées fortes et abondantes de toutes parts se présentaient à lui. Ce n'étaient pas des idées raisonnables, mais il utilisait son droit de rêver l'avenir.

« Qu'ils sont jeunes! » pensera-t-on. Des hommes « dont l'âme n'est point sevrée », disait avec orgueil Saint-Just qui mourut lui-même à vingt-cinq ans. Sturel, Saint-Phlin, Rœmerspacher et Suret-Lefort ont encore aux lèvres une goutte du philtre des philosophes et des poètes.

En réalité, ils viennent d'échouer. Leur beau frisson d'enthousiasme se transforme en une médiocre résolution.

L'entrée dans l'action s'est faite pour Sturel en deux moments distincts. D'abord, ses rêveries du lycée, auprès de « ses femmes » et sur le mot de Taine : « Association ». Le second temps, c'est quand il doit sur la nature de cette association s'accorder avec ses camarades. La moyenne de ce petit cénacle relève un Mouchefrin, abaisse un Rœmerspacher, un Sturel : il en va ainsi de tout groupement.

C'est un grand problème de s'expliquer pourquoi de jeunes bacheliers français, ayant pour tout lien, pour religion, des ardeurs qu'ils assemblent sur le nom de Bonaparte, en arrivent à concevoir qu'ils doivent fonder un journal. Il y aura, sans doute, des époques où de tels raisonnements et de telles destinées seront incompréhensibles. Mais, en 1884, leur raisonnement est banal ; leur destinée fréquente. Il faut voir chacun d'eux comme un vaisseau avec son éperon qui se fait sa route. Tout était préordonné de façon que le journalisme devait être leur voie tracée. C'est pour eux la ligne de moindre résistance. Ce n'est point son génie littéraire ou sa force prosélytique qui ont mené ce Racadot, parmi les immenses territoires de l'activité parisienne, vers ces régions du journalisme. Il veut vivre. Comme un animal qui va de lui-même où se trouvent amassés ses éléments de nutrition, — et tel que l'ont fait son exil, Bouteiller, le prolétariat des bacheliers et le rayonnement de Cosserat, — il va devenir publiciste.

Encore ceux-là, Racadot, Mouchefrin, sont-ils affamés d'argent ; mais le but de leurs amis ? Ils vont batailler pour rien, pour le plaisir... Eh quoi ! ce sont de jeunes Français. Des animaux d'une espèce particulière ; non pas des Slaves, ni des Anglo-Saxons : des chevaliers, des gentilshommes, des amateurs d'aventures glorieuses engagées avec frivolité.

Admirable spectacle, ces enfants fiévreux assemblés dans la tombe du plus formidable des aventuriers.

Sur leur poitrine, il y a toute la légende amassée par les imaginations qu'il a enivrées. Le bloc de son tombeau est moins pesant que son histoire. Combien en ont été écrasés! Et pourtant ceux-ci respirent largement. Je le jure, d'après le ressort, l'élasticité de leurs jeunes reins, et surtout, à la flamme plus noble qui apparaît maintenant dans les yeux de Rœmerspacher, de Saint-Phlin, dorénavant ils voudront exister et seront bien capables de se proportionner à leurs rêves.

Quand, pour sortir des Invalides, ces étranges conjurés, animés par cette scène de haute évocation, traversèrent les longs couloirs, — remplis, à cette heure de la fermeture, par le débat des visiteurs et de leurs guides insatiables, — ils croisèrent deux jeunes femmes qui insistaient en offrant de l'argent pour pénétrer dans la chapelle. Avec l'instinct de curieuses désœuvrées, qui passent d'un spectacle à un autre, soudain elles se détournèrent de leur premier objet, et semblèrent échanger la satisfaction de visiter le Tombeau contre le plaisir de dévisager ces garçons dont l'aîné n'avait pas vingt six ans.

— Où ai-je vu cette figure? se demanda Rœmerspacher en examinant l'une de ces deux femmes.

Sans doute, elle se posait la même question : car, pareille à une petite bête qui pare au danger, elle reprit pour l'heure cet air modeste et d'eau dormante qui cache si souvent, comme des volets sur une maison, toutes les invitations du désir... Ce type énergique, cette allure provocante et charmante, cet ensemble voilé : « Hé! se dit-il soudain, c'est madame Aravian! »

Son premier mouvement fut de prévenir Sturel qui, le précédant de trente mètres, n'avait pas croisé la jeune femme venue par un bas-côté. Encore sous l'influence de cette atmosphère héroïque, Sturel était allé à Racadot, le tenait par le bras, lui parlait avec animation, lui disait qu'il avait quelquefois douté de lui, mais qu'ils uniraient leurs efforts pour réaliser une belle œuvre. Rœmerspacher, conscient de cet enthousiasme qu'il regardait avec des sentiments de véritable ami, ne voulut pas l'en distraire par une histoire de petite femme.

L'admiratrice des princes géorgiens appréciait trop peu le genre d'agrément physique de ces petits Lorrains pour se souvenir de les avoir aperçus, trois années auparavant, qui traversaient la cour de la villa. Peut-être cependant les trouvait-elle sur le modèle de ce singulier François Sturel qui demeurait dans son esprit comme un échantillon aimé. Marchant vers la sortie parallèlement à Mouchefrin, elle l'inspectait avec une telle persistance que Saint-Phlin, qui n'a jamais eu de psychologie, dit au physiologiste Rœmerspacher :

— Le *dæmon meridianus* inquiéterait-il les Parisiennes comme il tracasse les moines dans leur clôture ?

Ils ne purent s'empêcher de sourire, car cet insecte de Mouchefrin, assurément, n'était point de ces jeunes gens à la peau blanche, avec une nuque grasse, où l'on dit que les femmes honnêtes ont tant de plaisir à enfoncer les doigts. Pourtant, de petite taille, les cheveux très épais et crépus, avec la prétention des nains qui se dandinent, il était de ces garçons que, par un instinct justifié, paraît-il, certaines femmes sensuelles distinguent. Tout au moins nous savons comment quelques bonnes fortunes, peu disputées, dans le bas milieu d'alcoolisme où il vivait, avaient fait de ce hère un monstre d'audace. Rœmerspacher et Saint-Philin le virent s'approcher d'Astiné et lui glisser de force dans la main une carte qu'après une légère hésitation elle garda. Avec sa mémoire excellente des types curieux, a-t-elle décidément reconnu un camarade de Sturel? Rentrée depuis peu à Paris, saisit-elle l'occasion de se renseigner sur son ancien ami sans s'exposer à sa mauvaise humeur?...

— Oui, — dit Mouchefrin en les rejoignant, — c'est ma carte que je lui ai donnée. Il y en a très peu qui refusent, et quelques-unes écrivent... Croyez-vous donc que les pauvres n'ont pas de belles maîtresses? Nous valons mieux que les plus discrets : nous sommes ceux qu'on ne croirait pas.

Sur ce mot atroce, les deux amis restèrent rêveurs. Tous ils allèrent se promener sur la terrasse des Tuileries, d'où ils virent, avec les sentiments des officiers en demi-solde de la Restauration, le soleil, au moment de passer sous l'horizon, s'encadrer exactement dans la porte de l'Arc de Triomphe et l'entourer d'un rayonnement éblouissant. Cette position du soleil ne se voit que le 5 mai, jour où Napoléon meurt à Sainte-Hélène. Ses fidèles, jadis, ne manquaient pas ce pèlerinage. Ces dernières recrues du grand homme s'attardèrent aux rêveries que cette circonstance leur suggérait. Rœmerspacher et Saint-Phlin s'abstinrent de raconter à Sturel l'audace de Mouchefrin : il leur sembla que leur ami serait froissé de supposer une déchéance des goûts de madame Astiné Aravian, à qui tout au moins le liait un souvenir de tendresse.

Et, comme s'ils devaient — dans cette journée qui demeurera une date considérable de l'adaptation de leur sensibilité au milieu parisien — rencontrer tous ceux qui contribuèrent à la leur former, ils croisèrent sur cette belle terrasse au bord de l'eau, Bouteiller, qui, dès six heures et demie, se promenait en habit et cravate blanche. A plusieurs reprises, il s'interrompit dans sa songerie pour interroger sa montre, comme un homme impatient. Surpris par le salut de ses anciens élèves, il les reconnut sans les arrêter, bien qu'ils fussent si voisins tous les huit dans cet étroit espace. Leur présence parut plutôt le gêner et, leur cédant le terrain, il traversa la place de la Concorde dans la direction de l'Arc de Triomphe, embrasé de feux magnifiques.

CHAPITRE XI

BOUTEILLER PRÉSENTÉ AUX PARLEMENTAIRES

> MÉPHISTO. — Voilà mes coquins lancés ; vois comme ils y vont.
> FAUST. — J'ai envie de m'en aller.
> MÉPHISTO. — Encore une minute d'attention, et tu vas voir la bestialité dans toute sa candeur.
> (FAUST.)

Au tombeau de l'Empereur et tandis que des jeunes gens impatients de recevoir une direction s'agitaient sous nos yeux, nous avons cru reconnaître que la France est dissociée et décérébrée.

Des parties importantes du pays ne reçoivent plus d'impulsion, un cerveau leur manque qui remplisse près d'elles son rôle de protection, qui leur permette d'éviter un obstacle, d'écarter un danger. Il y a en France une non-coordination des efforts. Chez les individus, c'est à de tels signes qu'on diagnostique les prodromes de la paralysie générale. Ce pays n'en est qu'aux prodromes. Il est même possible que nous nous trompions et qu'un cerveau nouveau soit en voie de se constituer. Quoi qu'on en pense, débris d'un cerveau ancien ou embryon qui se développera, quelque chose perçoit les énergies du pays, cherche à les diriger. Il y a en France un groupe d'hommes qui assument la tâche de trouver des solutions.

Précisément, ce même soir où ces romanesques s'efforcent d'être héroïques et, n'étant propres à rien, aspirent à tout, la société, la coterie qui est le mieux en mesure d'actionner et d'exploiter ce pays se réunit pour procéder à l'admission d'une recrue.

Bien qu'un homme décidé à entrer dans la vie politique ne puisse mépriser personne, Bouteiller, en vérité, est fort excusable de n'avoir donné aucune attention à ses anciens élèves quand il les croisa tout à l'heure sur la terrasse du bord de l'eau. Le temps est passé où il pouvait occuper son activité à enrégimenter de jeunes intelligences. Il doit prendre contact avec des forces vraies, avec ceux qui tiennent sous leur dépendance trente-huit millions trois cent quarante-trois mille Français et trente-six millions huit cent neuf mille coloniaux. Quand Sturel, Rœmerspacher, Saint-Phlin, Racadot et les autres, qui cherchent un appui pour agir et dominer, mais qui ignorent si naïvement la vie, ont rencontré leur ancien maître, il agitait dans son esprit des problèmes analogues aux leurs, mais il allait dîner rue Murillo, 20, chez le plus grand déniaiseur de Paris.

Le fameux, influent et actif banquier juif, baron Jacques de Reinach, est un produit de la République parlementaire. Né à Francfort, en 1840, il a obtenu la naturalisation française depuis la guerre. Un de ses frères, demeuré allemand, dirige encore, à Francfort, la banque à la tête de laquelle mourut leur père en

1879. Son autre frère, Oscar, baron chevalier de Reinach, par son mariage avec mademoiselle de Cessac, est allié à de vieilles et honorables familles françaises; en conséquence il affiche du dévouement pour la légitimité et s'est porté candidat monarchiste aux élections législatives. Leur titre de baron, comme c'est la coutume, ils l'ont pris chez le fripier, exactement ils l'ont acheté en Prusse et en Italie. Le baron Jacques de Reinach a fait sa fortune dans la banque Kohn-Reinach, où Kohn d'ailleurs était la vraie tête. Cet Allemand naturalisé pensa à se servir de son argent pour mettre la main sur le personnel gouvernemental. Il se donna le rôle d'éclairer les parlementaires, voire les ministres, sur la valeur de toutes les affaires qu'ont à connaître les pouvoirs publics. C'est hanté par cette idée, qu'il introduisit auprès de Gambetta son neveu, M. Joseph Reinach, dont le père venait de se faire naturaliser français. Bien qu'il fût lourd et frivole, ses projets réussirent; il n'y a pas une affaire qui ait été portée devant le Parlement depuis 1877-78, ou qui ait eu besoin de la sanction gouvernementale, sans que le baron de Jacques de Reinach usât de ses procédés pour obtenir le vote des Chambres ou la décision ministérielle. Parfois il avait besoin d'un écrivain capable de développer des vues de haute finance, de philosophie économique; il vient de mettre la main sur Bouteiller.

Depuis huit jours qu'est commencée cette éducation, ce connaisseur s'émerveille de la force laborieuse de son élève et celui-ci ne souffre pas de la familiarité, de la vulgarité du personnage, tant il est heureux de s'instruire, ardent à devenir un financier, le grand financier de la République. A lire l'histoire, à suivre les débats parlementaires, il s'est convaincu de ce principe, d'ailleurs exact : « Si vous voulez jouer un rôle politique, attachez-vous aux questions de finance : c'est là le centre de l'influence et du gouvernement. »

Toutefois il ne suffit pas de savoir, pour agir : il faut tenir compte du personnel. Bouteiller jusqu'alors n'a approché que les chefs, et il les a vus dans l'attitude qu'il leur plaît de montrer à un fonctionnaire, à un partisan non initié. Au dîner et à la réception du baron de Reinach il trouvera les puissances du régime, les hommes qui dirigent ou du moins qui assument les responsabilités. Financiers, hommes politiques, journalistes, le brillant universitaire se les énumère par avance, en remontant jusqu'à l'Etoile, puis en descendant l'avenue Hoche pour gagner le Parc Monceau par le chemin des écoliers; il en sait assez pour écrire l'histoire de la Troisième République, mais non pour se mêler utilement à cette histoire : — car la vérité littéraire n'est pas toute la vérité; même il y a peu de rapports entre la manière dont il faut écrire des hommes et la manière dont il faut en user. Bouteiller n'est pas un gobeur; pourtant il ne soupçonne pas le rôle d'un baron de Reinach, par exemple, et précisément celui-ci avec des ménagements le va mettre au point.

Initiation que peu d'hommes auraient la clairvoyance et la liberté de donner, et qu'un plus petit nombre encore pourrait supporter sans déchéance. L'art de conduire les autres suppose une connaissance profonde de la nature humaine, mais dispose à la berner. L'initié devient aisément un exploiteur.

Dans son hôtel de la rue Murillo, le baron, ce soir, réunit à sa table quelques-uns des sujets importants de sa collection parlementaire :

Un sénateur, disert et aimable économiste qui porte dans le monde les rabâchages agréables, l'ironie d'intention supérieure du *Journal des Débats*, sans mélange de ton aigre.

Le directeur d'un grand journal gouvernemental, farceur merveilleux, de verve un peu vulgaire, mais attrayant par sa bonne grâce et surtout par cette mélancolie indéfinissable des vieux parapluies que leurs longs services bientôt feront déclarer impossibles.

Cinq ou six politiciens, ministres, anciens ministres ou ministrables, figures fermées, masques énergiques. Ce qui frappe ce n'est point leur air endimanché : ils le sauvent par le négligé même de leur tenue, où se trahit leur complète indifférence à toutes les séductions de vestiaire ; mais, dépourvus de la frivolité ou de la résignation des mondains, ils ont dans les premières minutes du repas l'air boudeur, isolé, voire brutal d'un voyageur qui, s'asseyant à table d'hôte, vérifie d'abord son assiette, sa fourchette, son verre, fait jouer sa chaise et ses bras.

Un membre du Parlement anglais, incompréhensible comme tous les étrangers, et qui, d'ailleurs, n'essayant même pas de comprendre ce milieu, pense à ses intérêts d'Angleterre et à la qualité du vin qu'on lui versera.

Deux peintres, qu'on peut sans ridicule appeler « mon cher maître ».

Un grand entrepreneur, apoplectique, réservé et

le poil dur, avec l'expression des gens qui pensent à leur argent et sauraient le défendre.

Trois banquiers enfin. — L'un d'origine étrangère, lettré, aimable et joli homme. Considérant qu'à Paris le pourboire, jadis de bon plaisir, est devenu une obligation envers les cochers de fiacre, il jugea équitable que le pot-de-vin, pourboire des classes supérieures, suivît la même évolution. Il le reconnut comme un droit aux cochers du char de l'État. Ces messieurs furent tentés de lui imposer leurs services qu'il rémunérait si galamment : certains mélomanes, excités par la réputation qu'a le cygne de prodiguer ses meilleurs accents à l'heure du trépas, se laissent parfois entraîner à serrer un peu plus fort la gorge de ce palmipède. — Mieux gardé en apparence contre les solliciteurs, le second est un financier jadis associé aux travaux de l'Empire ; en homme solide qui ne se perd pas en intrigues, mais accapare les forces existantes, il s'est donné à Gambetta et à l'opportunisme, comme il faut se donner, en le prenant. — Le troisième banquier, personne ne le traite avec familiarité. Il se distingue de ses deux collègues en ce que ses combinaisons sont exclusivement financières. Il agit par le poids des intérêts qu'il syndique, sans avoir à marchander des complices. De là sa puissance : les deux autres peuvent bien tenir trente-six secrets ; précisément, l'avantage qu'ils ont à maintenir leurs hommes au pouvoir les lie à ce régime ; en l'effondrant, ils se précipiteraient. Ce financier-là, juif lui aussi, et venu d'Allemagne, ne s'intéresse pas au détail de la politique intérieure, mais seulement aux rapports des États entre eux. S'il n'était, par caractère, détaché de toute préférence de régime et, d'ailleurs, avec la haute philosophie d'un Gœthe, d'un Vinci, « ennemi des orages », un tel homme serait de taille à ébranler l'édifice gouvernemental. Mais pourquoi? Dans toutes les administrations de l'Etat, n'est-il pas, comme à cette table, entouré et servi?

Bouteiller, modestement assis à un bas bout, de suite a distingué le personnage, la magnifique lenteur et le poids de ses phrases, son indifférence un peu morose, propre dans nos ménageries aux bêtes des grandes espèces, Dans tous les sports, la marque du joueur excellent, c'est qu'il s'interdit les gestes inutiles. Toujours intervenir utilement. A la manière dont celui-ci ménage et proportionne ses égards, Bouteiller reconnaît un peseur de forces. Une application constante à deviner le jeu de ses adversaires et l'habitude de songer : « Quoi que ta raison objecte, et même si ton cœur me hait, j'ai tellement d'argent et je sais si bien m'en servir qu'avec tous tes détours, tu viendras à mon heure à mes fins », ont donné à sa physionomie cuivrée et plissée une expression sans aucune noblesse, mais prodigieusement fine, et, à bien voir, insultante.

Il est de ces grands Allemands hégéliens qui se sont répandus sur le monde en disant avec Méphisto : « Je suis l'esprit qui toujours nie, et c'est justice, car tout ce qui existe est digne d'être détruit : il serait donc mieux que rien n'existât. » Mais il n'est pas seulement une survivance archéologique de la vieille Germanie, un philosophe du *devenir* qui est devenu, comme nos Saint-Simoniens, un puissant brasseur d'affaires. Cet hégélien, selon la loi de son développement national, est aussi un bismarckien, et, dans *Faust*, il a encore compris cette réflexion de

Brander : « On ne peut pas toujours se passer de l'étranger. Les choses bonnes sont souvent bien loin. Un bon Allemand ne peut souffrir les Français ; seulement, il boit leurs vins très volontiers. » Pour l'instant, comme s'il soupait avec des filles, il s'amuse de ces farceurs de députés et journalistes, des habiletés de l'économiste à tout faire rentrer dans son système ploutocrate et de l'ensemble de cette tablée que le baron et les deux banquiers en son honneur animent et font briller. Et pourtant ce puissant financier-là, ce n'est point un Rothschild. Un Rothschild peut bien conférer à de rares occasions avec un ministre, mais de préférence se tient à l'écart des figurants officiels.

Le trait commun à toutes ces figures, c'est l'impudence, depuis la bassesse du coquin et du mufle, jusqu'au nihilisme de Méphisto. Il y a surtout des impudences de gras, qui font penser aux valets du répertoire, et des impudences de maigres, qui plaisent par une franchise soldatesque. Mais, pour soutenir la comédie qu'aiment à donner dans le repos d'un bon dîner tous ces visages, quelles énergiques charpentes ! les fortes mâchoires, les fronts de bélier !

Il faut mettre à part l'économiste et les peintres, chez qui l'on distingue de la puérilité. L'économiste, c'est un peu un artiste comique, ou plus exactement une coquette : il ne se suffit pas à soi-même ; il n'a pas le goût de la réflexion ; il attend toujours l'occasion de placer un propos fin, une interprétation heureuse des statistiques, un paradoxe délié et malin à l'usage des riches ; son impatience, son habitude de bavarder sont si fortes que, dans ses silences, son menton marche tout seul, comme il arrive à ceux qui n'ont pas de dents. Les deux peintres, convaincus qu'ils se trouvent là parmi des bourgeois, des ronds-de-cuir, des philistins, sont pourtant si fort animés du désir simiesque des décorations qu'ils approuvent tout ce qu'on dit, sans même attendre la fin des phrases, et, fort éloignés de chercher à rien comprendre, ils ne songent qu'à fournir de soi une opinion favorable. D'ailleurs, tous ces initiés les traitent avec égards et les tiennent pour des enfants vaniteux et des ouvriers, sans plus.

Ce n'est pas la peine de mentionner les femmes présentes : certes elles sont majestueuses et honnêtes, mais elles ignorent trop que des femmes, surtout celles des grands personnages, sont tenues d'être parfaitement aimables.

Assurément, les amis de Rœmerspacher au café Voltaire, s'ils avaient réfléchi à ce que peut être un dîner ainsi composé, l'auraient imaginé comme une suite de « prudhomies », de préjugés professionnels coupés d'hypocrisies ; mais, en fait, c'est chez les jeunes gens qu'on trouve le plus de propos convenus et de niaiseries sans attaches avec la réalité. Les hôtes du baron de Reinach ne se perdent pas à chicaner comme des avocats, à faire parade d'imbéciles complications sentimentales, à la façon des jolies filles et des poéteraux qui pour rien, pour le plaisir de se faire connaître et sans démêler leurs interlocuteurs, disent et redisent : « Moi, je pense ceci... » Inférieurs à Rœmerspacher, à Saint-Phlin, à Sturel en curiosité intellectuelle désintéressée, ils les égalent au moins en flamme par l'intensité de leurs passions soutenues de ressentiments, de soucis pécuniaires, de vanité professionnelle.

Leurs propos révèlent l'habitude constante de tenir compte des proportions entre les divers hommes et entre les divers intérêts qu'ils ont à manier. Ils savent mettre chaque chose à sa place. C'est la grande sagesse pratique. Et puis ne partons pas en campagne sur des mots, ne discutons pas des cas hypothétiques; seuls les faits comptent... En public, s'ils ont à parler, ce devient du galimatias à peine coordonné : — c'est manque de talent et c'est prudence, rien n'étant plus dangereux à la longue que les affirmations claires; dans le privé, ils sont elliptiques et nets, comme des complices qui s'entendent à demi-mot. Ce ne sont pas des romantiques. En eux se continue un état d'esprit qui a exprimé son idéal dans le second Empire : adhésion à l'idée de progrès et de douceur générale des mœurs, nulle notion de moralité ni de dignité personnelle; certitude que le troupeau sera bien soigné si chacun soigne ses propres intérêts. Il en est des écoles de vie comme des écoles d'art : elles ne disparaissent pas sans avoir épuisé tous leurs principes. On les approuve d'abord, et moins pour leur valeur propre que par dégoût des formes qu'elles balayent; puis elles-mêmes se vident, fatiguent et sont supplantées.

La conception des politiciens du second Empire supposait chez eux une élégante indulgence pour leurs propres faiblesses et pour celles des autres; Morny, avec de jolies manières, de la bravoure et de l'esprit, peut masquer sa médiocrité de fond et faire un agréable personnage. Quand ces qualités tout extérieures manquent, comme il arrive chez des hommes sans éducation, nulle délicatesse profonde ne se trouvant en eux qui puisse y suppléer, les voilà de simples mufles. Ceux-ci, qui se délassent autour d'une table somptueusement servie et dans le bien-être des bouteilles, échangent allègrement une suite de propos pittoresques et professionnels. Et la basse façon de penser qu'ils trahissent forme la plus haute comédie.

— Quel est le meilleur travail synthétique sur la Révolution française? — a demandé, sans doute pour lier conversation, le membre de la Chambre des communes assis à côté d'un député opportuniste.

Et l'autre, haussant la voix :

— Tous les discours de comices agricoles et l'ouvrage de Taine. Mais je préfère les discours de comices; ils sont mieux accueillis.

— Ajoutons, pour être impartial, — objecte le banquier lettré, — que la conception de Taine a des chances de leur survivre une dizaine d'années.

— En politique, c'est duperie de s'inquiéter plus avant que six mois.

Ainsi parle un journaliste de tendance radicale.

— Très bien, — lui répond le subtil économiste, et n'est-ce pas dans cet esprit qu'il faut interpréter la phrase de Gambetta : « La question sociale n'existe pas? » Permettez! je ne vous reproche pas de l'avoir attaqué : vous suiviez votre jeu. Mais, vous le reconnaissez, Gambetta ne devait pas mêler à la besogne et aux soucis du jour...

— Je suis fâché que Joseph soit en voyage, dit le baron, il nous expliquerait tout cela.

— La phrase de Gambetta! — dit un autre qui les interrompt, — faut-il qu'elle ait un sens? Certaines formules d'orateurs prétendent moins exprimer une vérité qu'obtenir un effet immédiat sur l'auditoire.

— Vous avez mille fois raison, reprend l'économiste, c'est très souvent ainsi qu'il faut entendre les opinions d'orateur. Elles ont un sens aussi longtemps que résonne la voix qui les émet. Ce sont des vérités locales et momentanées. Mais, selon moi, au cas particulier, Gambetta voulait dire que la question sociale n'est pas du ressort de la politique, qu'elle est insoluble pour un homme d'État et ne peut intervenir dans ses décisions... Distinguons! Il y a des crises économiques, mais la question même du prolétariat déborde l'espace de temps — vous disiez un semestre — où peut s'étendre la prévoyance d'un homme politique. Ce qui renverse un gouvernement et qu'il faut toujours surveiller, ce sont les déclassés qui, dignes d'y prendre place, se heurtent à des obstacles infranchissables. Dans notre système, cela n'est point à craindre. Nous accueillons tous ceux qui sont en mesure de s'imposer. Nous sommes précisément un personnel de déclassés : la délicatesse des salons peut en sourire; il n'appartenait à personne qu'il en fût autrement, et c'est l'explication du meilleur et — disons-le entre nous — du pire qu'on a fait en France depuis un siècle. En conséquence, qu'ils le veuillent ou non, les plus ardents révoltés de cette heure seront nôtres dans dix ans.

— Pardon, — dit le baron de Reinach, — je crains que vous n'en produisiez trop, des hommes de valeur, des déclassés! Avez-vous calculé ce que la province, chaque jour, expédie sur Paris de bacheliers remarquables et pleins d'appétits? Le voilà, votre danger : la surproduction du mérite.

Il est très probable qu'à la longue c'est le baron,

qui agira sur Bouteiller ; pour le moment le professeur gêne un peu son patron, le force à hausser son ton, à philosopher. Jacques de Reinach a dit cela, tourné vers Bouteiller, pour l'inviter à parler, le mettre en valeur.

Mi-sérieux, mi-bouffon, un convive dit :

— Quand un peuple est trop chargé d'éléments importants, il se trouve une purgation sociale. La Commune, en 1871, a dégagé l'organisme républicaine qui était trop riche, embarrassé.

Celui qui parle ainsi est un ami de Gambetta, qui souffre d'être déjà talonné par les jeunes amis du grand mort. S'ils sont eux-mêmes poussés par d'incessantes recrues, la position ne sera plus tenable pour cet ancien.

Bouteiller le désigne du doigt, comme il ferait parlant à l'un de ses élèves. Dans cette minute, la noblesse que sa figure sévère tient de ses habitudes de méditation est encore accentuée par la mesquinerie d'un habit mal coupé. Ainsi un beau motif d'architecture parfois ne chante que mieux sur une vieille bâtisse négligée... Il professe d'un ton tranchant :

— Il y a des hypothèses nocives. N'habituons pas notre esprit à reconnaître une vertu à ces traitements extrêmes, dont le patient, en cas de succès, demeure toujours gravement atteint. La République peut éviter les maladies sociales. La loi du 22 mars 1882 est excellente. Il faut l'instruction obligatoire : un homme sans instruction est un ouvrier médiocre, un médiocre citoyen, et un médiocre défenseur du pays. Mais la loi n'est pas complète : il faut une philosophie obligatoire. L'instituteur est le représentant de l'État; il a mission de donner la réalité de Français aux enfants nés sur le sol de France. Qu'est-ce, en effet, que la France? Une collection d'individus? Un territoire? Non pas, mais un ensemble d'idées. La France, c'est l'ensemble des notions que tous les penseurs républicains ont élaborées et qui composent la tradition de notre parti. On est Français autant qu'on les possède dans l'âme... Sans philosophie d'État, pas d'unité nationale réelle. Quand vous en posséderez une, vous aurez tout à gagner de la diffusion d'un enseignement qui deviendra une vraie discipline morale...

Avec sa belle voix grave bien posée, son visage pâle aux traits nets et un peu durs, ses yeux noirs où l'on lisait une parfaite assurance, il parla pendant cinq minutes. Et il fut admiré par tous ces professionnels qui ne pouvaient être insensibles à l'accent, à l'autorité, à ce jeu qu'ils appréciaient en critiques dramatiques. Ils se penchaient les uns vers les autres pour s'informer de son nom. Unanimement ils approuvèrent sa manière; mais sa thèse, qui flattait les passions de leur adolescence, précisément leur parut jeune, — c'est-à-dire d'un homme inexpérimenté, — parce qu'elle dépassait ce que les circonstances permettent.

Au bout des cinq minutes, s'il ne s'était tu, on l'allait trouver pédant et un peu gobeur. Mais qu'il est magnifiquement doué! Comme un ténor qui chante l'amour devant des vieux cercleux, il a ramené tous ces messieurs à l'âge héroïque où le parlementarisme n'était éloquent qu'aux cafés Procope, Voltaire et de Madrid.

Le directeur du grand journal gouvernemental

l'approuve, l'encourage du regard et de sa tête balancée, mais son sourire semble dire : « Nous avons été des enthousiastes comme vous, monsieur !... »

A cette objection qu'il saisit chez tous, Bouteiller, qui n'a rien d'un bon jeune homme et qui n'entend pas être traité en amateur, riposte directement :

— Votre journal soutiendrait-il cette thèse du danger de multiplier les maîtres d'école et les maîtres de philosophie?

Qu'est-ce que cette rude façon d'interpeller un homme d'esprit?... Voyez-vous la nuance? Bouteiller a encore l'âpreté d'un néophyte.

— Bah! — dit l'autre qui ne se démonte pas, — mon journal, c'est la marque quotidienne de mon mépris pour la bourgeoisie française.

Soulagé par une boutade qui ramène tout au ton convenable, chacun rit longuement, sauf Bouteiller et le baron. Celui-ci, nerveux pour son protégé, redoute qu'il prête à sourire; il craint, d'autre part, de l'effaroucher par ce ton de libertinage politique familier à des hommes de partis divers quand ils sont liés par des intérêts privés.

— A neuf ans, dit-il, mon ami Bouteiller travaillait avec les maçons à Lille. Il était l'enfant qui monte « l'oiseau » à l'échelle. La journée de l'aide-maçon commence un quart d'heure plus tôt et finit une demi-heure plus tard que le travail du maçon. Malgré ce surmenage, Bouteiller prenait sur ses nuits de gamin pour étudier, et, à douze ans, sans avoir jamais eu de maître, il obtenait au concours une bourse.

Tous les visages exprimèrent une haute estime; mais, tandis qu'ils examinaient Bouteiller, on sentait mêlée à un réel intérêt, une légère pitié, comme devant les naïvetés d'un débutant.

On lui posa quelques questions sur la vie des maçons, sur les difficultés de ses études, sur l'esprit de la jeunesse qu'il enseignait; mais l'importance que lui-même attachait à ces détails diminua celle qu'on leur aurait accordée.

Il n'avait de goût qu'à parler sérieusement, et cela choquait. Au vrai, parmi tous ces hommes agités ou fatigués, car l'effort pour arriver au pouvoir épuise, il était trop neuf : on le sentait disposé à exiger trop des individus.

— Ma foi! — dit, entre ses dents, le gros directeur du grand journal parlementaire, — c'est joli d'avoir monté « l'oiseau »; mais je suis plus sûr que Rouvier a été commis chez Zafiropoulo et il fait pour cela moins d'épaté.

— « L'oiseau! l'oiseau! », — bougonnait un autre: — ça ne suffit donc plus d'être victime ou fils de victime du Deux Décembre!

— Alors, — disait le grand banquier à son voisin qui sourit, — ce monsieur va prendre en main les intérêts du baron?... Il porte cela avec bien de la dignité!

Cependant l'économiste, d'un ton académique, c'est-à-dire dont l'ironie n'était perceptible qu'aux initiés, se chargeait de réparer ce qui dans les propos avait pu choquer cette recrue.

— Je connais depuis longtemps M. Bouteiller, et je sais que Gambetta l'appréciait tout particulièrement... Quand les puissants drainages que par l'instruction gratuite nous opérons dans les masses profondes n'amèneraient à jour que M. Bouteiller, la

République ne serait-elle pas justifiée de ses efforts scolaires? La détermination qu'a prise, je le sais, le distingué ami de notre excellent hôte, l'appui qu'il a déjà donné et qu'il continuera à nos idées de gouvernement, me sont le plus sûr témoignage de la qualité exceptionnelle de son intelligence et de son caractère. Pour l'ordinaire, avouons-le, la filière est bien connue : les clubs, l'extrême gauche, le radicalisme, — et seulement plus tard l'instinct de gouvernement.

— Et plus tard encore, le comte de Paris! — dit finement le banquier lettré.

— C'est notre réserve, ne la découvrez pas!... surtout devant ce terrible homme — répliqua gaiement le journaliste gouvernemental en désignant son confrère radical.

Les deux écrivains, qui, depuis plusieurs années, à la suite de polémiques insultantes, étaient brouillés, se regardèrent en riant et, comme on se levait de table, se rapprochèrent.

Au salon, l'un des financiers, celui qui avait servi l'Empire, prit familièrement Bouteiller par le bras :

— Morny avait coutume de dire au romancier Alphonse Daudet, attaché à son cabinet, jeune alors avec de magnifiques cheveux sur une figure éblouissante de vie : « Quand on entre dans le régiment des gens du monde, il faut en porter l'uniforme... » Laissez-moi vous dire : « Il faut prendre le ton de la politique quand on veut s'y mêler. » Et ce n'est pas le ton de la philosophie... — Non, — continua-t-il d'une voix plus haute en buvant son café, — la politique n'est pas besogne de philosophe, ni de moraliste : c'est l'art de tirer le meilleur parti possible d'une situation déterminée.

Sur ce thème, il développa avec agrément des idées simples et justes auxquelles le baron avec plus de jovialité apporta l'approbation de son expérience.

Ces banquiers sont étonnants, — disait au gros entrepreneur un député qui, sans le connaître, lui souriait depuis une demi-heure : — ils font de la dialectique pour ce professeur à 7,000 francs comme pour un actionnaire.

—Un actionnaire, non! Ils ont placé de l'argent sur lui; écoutez : ce financier qui lui parle de Morny a offert à la « Société d'Encouragement au bien » un prix de 5,000 francs pour récompenser l'auteur du meilleur manuel populaire d'éducation morale. Le prix a été attribué à un travail fort bien fait, paraît-il, de Bouteiller. Et voilà l'origine de l'intérêt pour ce normalien.

— C'est l'intérêt de cinq mille francs. Comment compte-t-il le retrouver ?

— Il a prêté son lauréat à Reinach qui l'initie pour le moment aux mystères de la législation des sucres. Il lui explique l'utilité nationale de forcer par une vigoureuse campagne le gouvernement, quand les sucriers s'endorment, à augmenter la prime d'exportation.

Les deux hommes se regardèrent en riant :

— Ah ! voilà... les sucriers s'endormaient!... Heureusement notre cher baron veille pour eux !

— Diable ! s'il veut un jour être ministre, ce dévouement aux sucriers pourra peut-être le gêner, ce M. Bouteiller !

La fête était pleine d'entrain. Un jeune député s'approchait d'un ancien ministre, du parti modéré, avec qui il venait de dîner et, au bout de cinq minutes, profitant du premier silence quand chacun vidait son petit verre, il lui disait :

— Monsieur, j'ai depuis longtemps des remerciements à vous faire... C'est vous qui m'avez fait entrer dans la vie politique.

— Comment cela ?

— On m'a proposé un jour pour le Conseil d'État et vous avez répondu : « Cette fripouille ! jamais !... »

Le vieux « centre gauche » réfléchit un instant, et, lui tendant la main :

— C'est exact !

— Et voilà pourquoi, conclut gaiement le jeune député, j'ai dû choisir ce f... métier !

On lui fit un succès, en lui donnant de fortes tapes amicales sur l'épaule. C'est avec ces claques du plat de la main sur la chair que jadis on faisait réapparaître les marques du bagne dans le dos des vieux galériens.

Le café pris, le baron s'avança d'un pas, enfonça à la bonhomme ses deux mains dans ses poches, puis d'une voix forte :

— Et maintenant, messieurs, que ceux qui s'intéressent à notre chemin de fer viennent au fumoir !

Immédiatement un ministrable lui emboîta le pas, suivi lui-même de ses collègues, des directeurs de journaux et de l'entrepreneur.

Ils allaient causer des lignes du Var et de Digne à Nice, forte pensée que, dès cette époque, le baron mûrissait. Elles devaient nécessiter des travaux d'art importants sans fournir de trafic, parce qu'elles traversent des pays pauvres. M. de Freycinet les déclara stratégiques, mais le baron en fut le véritable stratège.

Bouteiller ne les suivit point dans leur conseil de guerre; il resta avec les femmes, les peintres et quelques novices. Rapidement d'ailleurs les salons — pareils à tous les salons trop riches et avec la chaleur d'étuve ordinaire — se remplirent des hommes dont les noms, à cette date, apparaissaient dans tous les actes de la vie politique française... Chacun d'eux, pris isolément, a ses faiblesses : celui-ci manque d'argent; cet autre chancelle dans son arrondissement; sur le troisième courent de fâcheuses histoires de concussion; mais leur faisceau constitue la toute-puissance parlementaire.

Depuis seize mois, M. Jules Ferry occupait le pouvoir. Les affaires du Tonkin ne présentaient pas les difficultés qu'on y rencontra peu après. Dans une magnifique majorité, au Palais-Bourbon et au Luxembourg, il avait rallié tous les gambettistes, à l'exception de deux ou trois, entêtés de la pensée entière du grand orateur. Un Jules Ferry, moins intéressant au point de vue artiste qu'un Gambetta, lui est supérieur dans l'art de gouverner. Son ministère venait courageusement d'entreprendre la liquidation à perte de toutes les grandes promesses gambettistes : réforme judiciaire, conventions avec les compagnies de chemins de fer, syndicats professionnels, organisation municipale, revision de la Constitution. Si les parlementaires le maintiennent au pouvoir, s'ils éprouvent très sincèrement cette allégresse qui, depuis le commencement du repas, met ce soir-là sur cette réunion de banquiers, de journalistes, de députés, une atmosphère de fête, — c'est qu'à chacun d'eux, en même temps qu'à l'ensemble du parti, il a rendu un immense service. Il les a soulagés d'une lourde charge. Ils disent le mot banal : « C'est un homme de gouvernement. » Pressez-les de s'expliquer, vous entendrez, vous devinerez du moins leur pensée essentielle : « Enfin, nous avons fait faillite ! »

M. Jules Ferry est le syndic intelligent de cette opération à laquelle les avaient acculés des promesses imprudentes. Il a donné à ses amis, à son parti, une série d'expédients pour qu'ils demeurent en apparence fidèles à leurs engagements et paraissent s'en acquitter, cependant qu'ils se rangent du côté des forces organisées et deviennent des conservateurs. Aux yeux des grands financiers qui sont là, c'est un homme admirable.

On entend des résumés comme celui-ci :

— Laissez donc. L'opinion! des réformes! des progrès!... On est allé, croyez-moi, aussi loin que possible... Nos électeurs ne demandent pas que nous fassions quelque chose du pouvoir, mais seulement qu'il ne soit pas aux mains d'une autre classe — supérieure ou inférieure — qui, elle, s'en servirait.

Quel que soit l'enthousiasme à tendance dictatoriale suscité par M. Ferry, l'intrigue parlementaire subsiste pourtant. Ici même, ce n'est point une simple réunion de *ferrystes*. Non loin de MM. Raynal, ministre des Travaux publics, et Baïhaut, sous-secrétaire d'État, qui, appuyés par MM. Léon Renault et Rouvier, défendirent éloquemment les six grandes Compagnies, un petit monde entoure M. Wilson, qui vient d'être avec MM. Allain-Targé et Pelletan l'adversaire le plus habile des conventions.

M. Wilson a soutenu que les voies de communication, chemins de fer ou autres, c'est-à-dire le « système artériel », la vie et la sécurité du pays, doivent être administrés dans l'intérêt public et que c'est un crime de les livrer au monopole et à la féodalité industrielle... C'est la doctrine orthodoxe, l'ancienne thèse gambettiste. Si M. Wilson, personnage important, gendre du président de la République, la soutient, c'est, peut-on supposer, qu'à l'Élysée on ne serait pas fâché de diminuer M. Ferry, dont les ambitions inquiètent et dont les amis raflent trop d'affaires.

Il est extraordinaire de voir M. Wilson dans le milieu Reinach, et celui-ci, qui déjà avait à sa table quelques radicaux, fort apprivoisés, il est vrai, ferait une magnifique opération s'il pouvait adjoindre leurs chefs à son personnel. Les rédacteurs de la *République française*, élite et noyau du bataillon Reinach, ne sont pas tout-puissants ; en présence des ministères de concentration, il faut compter avec les républicains avancés. Le baron, en même temps qu'il poursuit le projet impossible de s'assurer des concours inconciliables, garde toute sa méfiance d'opportuniste pour l'Élysée. Le ministre Raynal, auquel il a présenté, avec quelques mots très chauds, Bouteiller, traite avec distinction le jeune professeur ; mais laissé à lui seul, celui-ci va se mêler au groupe de Wilson : l'âpreté et la sûreté démocratique du député de Loches lui plaisent. Aussitôt Reinach, qui surveille son bien, le prend sous le bras, l'entraîne et veut le présenter à M. Jules Roche, de qui le monde opportuniste commence alors à faire grand cas. — M. Roche, parti de la gauche la plus avancée, émerveillait les connaisseurs par la rapidité de sa maturité. En juin 1882, il votait avec la Chambre l'élection de la magistrature; en février 1883, il parlait avec érudition et puissance, applaudi par cette même Chambre, contre l'élection de la magistrature. « C'est un esprit courageux, très instruit et qui vous plaira », dit Reinach à Bouteiller, qui voudrait un peu protester.

Beaucoup de ces hommes se croient bien à tort des adversaires : ils sont d'abord, et tous également, des mainteneurs du parlementarisme. Leurs ambitions les divisent, mais leurs intelligences, nourries des mêmes préjugés, quand elles jouent, comme ce soir, d'une façon toute désintéressée, produisent des séries fort analogues d'affirmations et de négations. Dans le brouhaha de tant d'hommes qui crient trop haut parce qu'ils sont mal élevés et qu'ils ont l'habitude des couloirs du Palais-Bourbon, des réunions politiques ou d'actionnaires, de la Bourse et des journaux, on entend des dialogues comme celui-ci :

— Les généraux? Nous n'avons pas de fonctionnaires plus soumis... Demandez à Clemenceau : il les fait monter en lapin, oui, à côté du cocher, en lapin sur son fiacre.

— Celui qui reprendrait Metz et Strasbourg...

— Il aurait droit au Panthéon immédiat!... Vous m'entendez! Tous les honneurs et un mauvais café.

— Le parlementarisme ne peut pas supporter une victoire plus qu'une défaite.

— Allez jusqu'au bout : le régime ne dure que grâce à la peur de la guerre. Nous n'avons rien à craindre du césarisme — qui, dans l'état, est notre seul danger, — tant que la France, par doute de ses forces ou par amour de ses aises, exigera la paix.

Et quelqu'un, par une erreur fréquente, ayant paru confondre le rôle d'un César avec les destinées de la famille Bonaparte, Bouteiller laissait tomber, toujours de haut, en professeur :

— Ce qui constitue un César est en lui et ne peut être héréditaire. Un César intervient comme une nécessité dans l'instant où il n'y a plus de tradition; il ne peut en créer une. La République n'a rien à redouter du bonapartisme; tout, du césarisme.

On échangeait des renseignements qui semblaient alors d'ordre banal et dont chaque détail devait entrer dans l'histoire financière, parlementaire et judiciaire :

— Une bonne nouvelle, messieurs les directeurs de journaux! disait le baron de Reinach : il serait possible que d'ici quelques mois la Compagnie de Panama émît pour 129 millions d'obligations.

— Il y aura un syndicat?

— Bien entendu! En outre, on étudie une combinaison nouvelle de titres à option. Nos amis seront contents. MM. Charles de Lesseps, Marius Fontanes, Martin, demeureront chargés des mesures à prendre pour la réussite de l'émission. M. Lévy-Crémieux sera à la tête du groupe des syndicataires; enfin moi-même, dorénavant, je m'intéresse à la Compagnie et je chercherai toujours à faciliter ses relations avec mes amis.

On se répandit longtemps en éloges, dont la sincérité était évidente. Si l'on excepte quelques banquiers et des théoriciens de finances, qui, d'ailleurs, manquent des documents pour étudier cette immense comptabilité, ces journalistes, ces députés, tous hommes d'action ou hommes d'esprit, devant les trésors maniés par les Lesseps, perdent le sens critique. Ils ressentent ces éblouissements que nous avons constatés chez les jeunes Lorrains à l'énumération des hauts faits de Napoléon. Ils ne songent qu'à participer aux conquêtes de cette immense armée d'actionnaires et d'obligataires. Quant à la responsabilité d'entretenir de telles hordes et de leur assurer le succès, ils ne la soupèsent même pas; ils l'abandonnent toute aux Lesseps. Ils marchent sur les flancs de ces bataillons de souscripteurs, dont ils savent que le nombre pourra être indéfiniment accru; ils se préoccupent avec fièvre de prendre une part du butin final et, en attendant, trouvent fort naturel de se nourrir avec le biscuit de troupe. Fort joliment, le directeur du grand journal parlementaire officiel résume à Jacques de Reinach les sentiments de ses confrères :

— Bonaparte commençait toujours sa journée par la lecture des journaux qu'il avait lui-même rédigés la veille. Vous, avec votre réunion d'actionnaires en juillet prochain. Il dépend de M. de Lesseps d'ouvrir la séance par une lecture des journaux de Paris qui tous affirmeraient aux capitalistes la sécurité et les avantages de placer leur argent en titres de Panama...

Vous avez entendu ces gens-là. Ils ne paraissent pas inintelligents quand ils parlent *sub rosâ*. Ce qu'on distinguerait mieux en d'autres circonstances, — parce que l'occasion qui fait les coquins fait aussi les héros, — ils sont énergiques et féconds en expédients. On ne leur reproche pas leur bassesse ni leur cynisme; c'est par des personnages bas et des moyens cyniques que de très grandes choses ont été accomplies. Seulement on ne voit pas où tendent ceux-ci. L'un d'eux tout à l'heure exprimait leur sentiment profond : « On ne nous demande pas que nous fassions quelque chose, mais que nous occupions la place pour empêcher d'autres de faire des choses... »

Passons-leur encore cette apathie. Peut-être, à cette date, l'intérêt national réclame-t-il qu'on piétine sur place. La politique n'est pas d'agir d'une façon qui satisfasse l'esthéticien ou le moraliste : elle a son objet propre qui est la vie de la collectivité. Mais comment ces invités du baron Jacques de Reinach, qui sont le gouvernement de notre pays, vont-ils accroître, utiliser, maintenir l'énergie française? Et précisément, ce soir, devant nous, une énergie admirable et de tous points précieuse a été mise en rapport avec le ministre Raynal, avec son sous-secrétaire d'État M. Baïhaut, avec leurs amis, et avec M. Wilson et son groupe. Bouteiller — dans cette même journée où ses anciens élèves viennent d'aller à la force imaginative, au tombeau de l'Empereur — prend contact avec cette force réelle, avec ce groupe de dirigeants. C'est une richesse nationale qu'un Bouteiller; il vaut plus qu'un vaste domaine d'État; plus même, selon nous, qu'une bonne loi : c'est un cerveau, une âme, un faiseur d'hommes. Eh bien! cette recrue en qui un César trouverait un merveilleux commis de son pouvoir, et qu'une République peut employer au service de son idéal, comment les parlementaires vont-ils en user?

On pourrait croire que certaines vulgarités, certains cynismes dans cette fête ont choqué Bouteiller, le kantien austère. Mais ses passions y furent satisfaites et excitées : son goût du pouvoir, et son envie sociale. A l'avance il s'était solidarisé avec le personnel parlementaire ; il ne le met plus en question. C'est avec émotion qu'il a franchi jadis le seuil de Gambetta ; dans un sentiment analogue, et même avec une généreuse fraternité qui secrètement lui échauffait l'âme, il a serré tout à l'heure la main de ces journalistes, de ces députés, dont tous les actes, depuis longtemps, lui sont familiers. Et puis, au cours de cette soirée, il a cru discerner que, dans un tel milieu, il dominera aisément. Cette certitude qui apparaissait dans toute sa manière a légèrement prévenu ce public contre un personnage si neuf ; mais lui, tout incapable d'amitiés et de haines particulières, et pour qui les individus ne valent que par le groupe où ils font nombre, il n'a discerné aucune nuance d'antipathie sur ces nouvelles figures. En regagnant à pied son logis de la rive gauche, il évoque tour à tour chacune d'elles avec plus de sympathie qu'il n'a jamais fait pour aucune unité humaine. Ce conscrit voue à son régiment les sentiments d'un jeune colonel qui vient de saluer son drapeau, ses soldats, c'est-à-dire les outils de son œuvre future.

CHAPITRE XII

« LA VRAIE RÉPUBLIQUE »

Dès le 6 mai, Mouchefrin reçut un *petit bleu* :

« On désirerait connaître ce que vous vouliez dire hier, 5 mai, dans la cour des Invalides.

« ASTINÉ ARAVIAN,

« Villa des Anglais, rue de Balzac. »

Le lendemain, il gagna, vers dix heures du matin, la montagneuse petite rue. Il attendit longtemps dans ce qu'on nomme un élégant appartement garni; on lui avait apporté du vin de Porto et des cigarettes de dames. Astiné enfin apparut : certainement, elle était toujours une créature de haut luxe et une personne très décidée. L'affreux garçon, en se dandinant, l'accueillit avec des sens très montés, que la timidité qu'elle lui imposa ne parvint pas complètement à abattre.

La conversation ne prit pas les chemins qu'il avait imaginés.

— Il me semble vous avoir vu chez M. Sturel? Il habite toujours au même endroit? Que fait-il?

— Il tâche d'épouser une petite fille, Hélène Alison.

Il parlait au hasard, mais son désir de porter un coup à la questionneuse le servait assez heureusement. Elle ne fit rien paraître.

— Je connais cette demoiselle : c'est une bonne petite, dans son espèce, mais c'est un ridicule pour M. Sturel de penser déjà à se procurer des enfants.

Mouchefrin s'attardait, fort déçu par cet accueil. Elle s'étonna de s'être intéressée à un garçon qui avait des amis aussi laids que ce nain. Elle lui tendit la boîte de cigarettes :

— Tenez! voilà une petite provision... Peut-être avant de fumer, vous voudriez déjeuner? On va vous servir... Vous n'avez pas faim?... Eh bien! à l'occasion, prévenez M. Sturel de mon retour ; et puis vous m'apporterez sa réponse.

Le petit homme sortit enragé de cette conclusion. Il était venu pour plaire; on l'avait traité à peu près comme le facteur à qui, dans les fermes de Lorraine, on offre un verre de vin. Néanmoins, il se rendit chez Racadot pour se vanter.

Il le rencontra qui courait au Café Voltaire, à un rendez-vous de toute la bande pour l'organisation du journal. Il se plaignit qu'on ne l'eût pas convoqué.

— Est-ce que Foyot soumet la carte aux clients à qui, sur le trottoir, chaque matin, il distribue ses restes? — lui expliqua grossièrement, mais avec amitié tout de même, Racadot.

La crainte de risquer son argent le rendait bilieux et, d'ailleurs, il aimait à jouer les dompteurs. Au Voltaire, deux minutes plus tard, devant Rœmerspacher, Saint-Phlin, Sturel, ce Bidel fut magnifique d'émotion sincère, de déférence, de générosité. Il mettait le journal *la Vraie République* à la disposition de ses amis : il les reconnaissait plus intelligents et mieux favorisés que lui par la naissance; mais il en attendait un appui fraternel. Sur ses ressources, de quelque façon qu'on le poussât, il fut bref. Il avait fait son héritage et le risquait, parce qu' « après la visite au Tombeau de Napoléon, il avait foi dans ses vieux camarades... »

— Et puis, on doit gagner de l'argent!

Avec Mouchefrin, il passa dans la petite salle de la rue de l'Odéon, pour laisser leurs amis délibérer. Ceux-ci pressèrent Renaudin de questions. Fallait-il s'engager là-dedans? Racadot refusait de s'expliquer sur ses fonds : en avait-il? et d'où?

— C'est son affaire, dit Renaudin. Il ne vous demande aucun sacrifice : qu'est-ce que vous aventurez?... Il me tâtait, me pressait, depuis le soir où j'ai invité Rœmerspacher à écrire dans *la Vraie République*. J'ai servi d'intermédiaire. On lui donnera le journal en location pour 750 francs par mois; au bout de trois ans, il deviendra sa propriété. Ainsi, pas de capital à avancer. Je vois, d'ailleurs, à ce brave Racadot, un joli génie; je le guide : bientôt il me dépassera. Pour la rédaction, tout de suite il m'a dit : « Je ne paierai pas; » pour la composition, loin de s'adresser à des ouvriers syndiqués, il emploiera des femmes; ne se proposant pas de faire un journal d'informations, il évitera à peu près le travail de nuit : une colonne de nouvelles en dernière heure lui suffira. Enfin, il se charge de l'administration avec le concours d'un meurt-de-faim que Portalis a chassé pour escroquerie : un très habile homme qu'il suffira de surveiller... Quant au loyer, c'est là que je l'admire : il a trouvé un imprimeur en faillite qui, trop heureux de travailler, se passe de bénéfice... juste les cent sous pour manger... Je regrette que vous n'ayez pas la compétence d'apprécier le devis mensuel où déjà nous sommes arrivés! C'est un chef-d'œuvre!... Et Racadot fera mieux encore!

Sur cette table de café, il leur expliqua ses calculs :

DÉPENSES		RECETTES	
Papier. — 15,000 exemplaires à 10 francs le mille	4.500 f	Vente Paris. — Dans les kiosques, 2.500 exemplaires à 7 fr. 50 le cent	5.625
Composition et tirage — Jusqu'à 20,000, 190 francs par jour.	5.700	Vente Paris — Par les crieurs, 3.000 exemplaires à 1 fr. le cent.	900
Départ et poste, 30 fr. par jour	900		
Administration. . . .	1.200		
Porteurs pour distribution dans Paris, 180 francs par jour.	2.400	Hachette et correspondants de province, 1.000 exemplaires à 7 fr. 50 le cent. . .	2.250
Fermage	750		
Loyer	»	Abonnés, 500 à 40 fr.	1.666
Contributions	»		
Rédaction	»	Annonces, minimum.	2.500
Feuilleton	»		
Havas	600	Bulletin financ., idem.	2.000
	16.050 f		14.941 f

— Vous voyez que la situation n'est pas mauvaise. Quinze cents francs par mois à trouver... Le titre est bon ; seulement un peu oublié. Avec cinq mille francs, on fera un lancement fort convenable... Ah! le propriétaire actuel est malin de se réserver une part dans les bénéfices. Enfin, ne l'oubliez pas, au bout de trois ans, *la Vraie République* appartiendra en propre à Racadot.

Tous, d'abord, crurent devoir admirer.

— Ce serait superbe, dit Rœmerspacher, mais une seule chose est sûre : à savoir que dans l'année il devra payer cent quatre-vingt-seize mille six cents francs. Les a-t-il ?

— Tu supposes qu'il ne ferait aucune rentrée ! C'est inadmissible... Vous vous rappelez qu'il nous a toujours parlé de l'héritage de sa mère ? Son père le lui aura livré.

— Pauvre garçon ! dit Saint-Phlin. Avec cette somme-là, comme il aurait des vignes et qu'il serait tranquille à Custines !

Renaudin, pendant deux minutes, fit les gestes d'un homme d'action qui entend radoter. Puis il parla :

— Pour que votre journal eût à peu près une certitude de réussite, il faudrait un million ! Sans ce capital, tout dépend du hasard, c'est-à-dire, au cas particulier, de l'intérêt que vous présenterez au lecteur. *L'Intransigeant* n'a jamais touché au versement de ses souscripteurs : il a vécu sur la vente de son premier numéro. Racadot, probablement, n'est pas millionnaire : que nous chaut, dès lors, s'il dispose de cent ou deux cent mille francs ? C'est votre effort qui suppléera.

Devant un problème ainsi posé, ces enfants, qui n'avaient qu'une éducation de héros, se fussent méprisés de reculer.

Quand Racadot connut qu'ils acceptaient, il alla se promener au Luxembourg en tenant Mouchefrin par le bras. Il avait le sang à la tête et il aimait tendrement son compagnon, car il avait besoin d'un confident.

Dans ce beau jardin, des petits garçons jouent, jettent du pain au cygne, éprouvent des sentiments confus pour des petites filles, s'emplissent des sensations obscures qui pour jamais donnent de la vie aux dames en pierre, aux vieux arbres, à tout ce décor. Il est pour les Parisiens nés sur la rive gauche une patrie qui se prolonge dans le passé. Racadot et Mouchefrin, accoudés aux terrasses italiennes, ne voient de repos et de plaisir que dans l'avenir : une telle journée est trop mélangée d'inquiétude pour que les lieux où ils la passent deviennent jamais selon leur goût pleinement agréables. Aux yeux de l'étranger qui vient visiter ce sable célèbre, ils sont des figurants de cette fameuse et fantaisiste jeunesse des Écoles, mais en vérité, ils ont dans l'âme moins d'idylle que le cygne du bassin qui, tout le jour, se préoccupe exclusivement de sa nourriture. Le cygne après tout n'a jamais eu de mécompte : il est assuré par son expérience quotidienne de trouver à heures fixes une bonne pâtée. Racadot, à la belle heure du soleil tombant, songe à réduire encore un budget que le compétent Renaudin a déclaré incompressible.

Plus tard, dans la nuit pourtant, il a besoin d'ouvrir son cœur, il dit à Mouchefrin :

— Promets-moi qu'à personne tu ne révéleras le chiffre exact de mes ressources...

Il lui tendait une lettre de son père, le marchand de bois :

« Mon cher fils,

« Puisque tu as le grand tort de l'exiger, je te mettrai en possession. Tu ne te figures pas le mal que j'ai en ce moment pour faire face à mes affaires de commerce; le détail en serait trop long. Si tu voyais mes comptes et le retard de mes paiements, et les marchandises que j'ai sur le chantier!

« Tu me dis que tu ne pourrais pas vivre avec M. Claudin, le notaire de Pont-à-Mousson, qui t'aurait cédé son étude dans huit ans. Celui qui doit gagner sa vie doit supporter tous les caractères. Quand on fait bien son travail, on ne craint pas son maître. Moi, lorsque j'étais ouvrier, c'est toujours les maîtres qui dépendaient de moi : et toi, qui travailles bien, tu t'entendrais avec les patrons les plus méchants... »

— Passe la morale! criait Racadot.

Le marchand de bois concluait en annonçant à son fils un premier envoi de dix mille francs sur les quarante mille, montant réel du fameux héritage.

— Avec cela on pourrait vivre indéfiniment! dit Mouchefrin d'un ton respectueux.

— Mouchefrin, répliqua le géant, tu as toujours été sensuel. Crois-tu que les parents de Sturel, de Saint-Phlin, de Rœmerspacher se sont contentés dès qu'ils ont eu le nécessaire?...

Quarante billets de mille! C'était une fortune durement gagnée, épargnée monnaie par monnaie, en province, dans ces villages de Lorraine où l'argent ne représente devant l'imagination que la nourriture, l'habitation, le vêtement, quelques outils, et puis l'impôt, ce qu'on donne à la puissance mystérieuse de l'État, c'est-à-dire à la civilisation qu'on entretient sans la connaître. Tous ces humbles objets de nécessité, ce pain, cette cotonnade, cette chétive maison, on allait délibérément les transformer en quelque chose de supérieur même à l'État : l'argent de la pauvre mère Racadot va servir à contrôler l'État, la civilisation... C'est le petit-fils des serfs de Custines qui montre cette audace. Peu importent ses intentions secrètes et s'il veut simplement gagner de l'argent ; son acte est prodigieux.

Avec eux tous, nous sommes allés au tombeau de Napoléon ; quand leurs pensées se gonflaient, on craignait qu'il n'en arrivât comme des ballons coloriés qui amusent les enfants dans les promenades et qui, après vingt-quatre heures, tout flasques, deviennent de tristes vessies. Maintenant, quand Rœmerspacher réfléchit, quand Sturel rêve, quand Saint-Phlin s'enorgueillit de ses aïeux et croit qu'ils lui ont légué des devoirs, nous sommes rassurés : par Racadot, ces esprits vont passer à l'acte. Et même, par la nécessité de s'exprimer, ils auront davantage à exprimer.

Rœmerspacher, que désignait le succès de son article sur Taine, s'excusa sur son travail pour refuser la rédaction en chef. Sturel accepta. — Parmi les causes qui ont aidé à la formation de Sturel, l'une des plus importantes est l'action continue des femmes. Leur nature nerveuse se communiquait au jeune homme, et les alternatives de plaisir passionné et de mélancolie où elles le plaçaient l'affinaient en l'usant insensiblement. Sturel n'a que faire de ces amples loisirs dans lesquels une nature virile saurait se développer ; il lui faut des soucis et une tâche qui pèse sur sa vie comme pèserait un maître. Ainsi lui convient ce que repousse son sage ami. Tous les deux cependant, avec Saint-Phlin et Suret-Lefort, formèrent le comité de rédaction.

— Je ne suis ni philosophe ni politicien, avait dit Renaudin mécontent : je ne puis écrire dans ton journal s'il ne paie pas ; c'est ma moralité professionnelle. Mais donne-moi les théâtres : ils n'intéressent ici, je le pense, que la Léontine ; je lui enverrai des loges.

— Nous les vendrons, dit Racadot : la Léontine ira au paradis.

— Et moi, se plaignit Mouchefrin, parce que je suis pauvre, me repousse-t-on du comité ?

On l'allait inscrire, sans l'opposition de Racadot :

— Depuis quand paie-t-on le maçon avant que la maison soit bâtie ? Tu es homme de peine, Mouchefrin. Toi, la Léontine et moi, nous nous enfermons dans l'administration.

Le comité de rédaction crut voir ces deux-là qui, nus jusqu'à la ceinture, descendaient, chauffeur et mécanicien, dans la machinerie brûlante du joli navire de plaisance et de guerre qui les allait promener sur le monde. Tous échangèrent des poignées de main, d'une espèce qu'ils ignoraient encore : en associés.

On jugera une étrange folie d'entreprendre un journal avec 40,000 francs, quand il y faudrait, selon les connaisseurs, un million, et que le plus strict devis monte à 196,600 francs. Reportons-nous toutefois à ces dates.

De 1872 à 1882, pendant les années de grande spéculation, chaque maison de coulisse servait gratuitement un journal aux capitalistes de province pour les renseigner et les tenter. A ces organes spéciaux, les financiers préféraient la presse politique qui est en contact quotidien avec un public qu'elle passionne. De là, ces feuilles qui pullulaient et dont quelques-unes firent de vraies fortunes. Les émissions les nourrissaient. Sans doute, le krach de juin 1882 a, depuis deux ans, suspendu ces ressources et, précisément, déterminé la décadence de *la Vraie République*; mais, dans le milieu de l'année 1884, et quand les plus habiles annoncent tous les jours une reprise, Racadot est excusable de ne pas reconnaître cette mort du marché. Il se sent capable d'un effort auquel tout devrait céder, — l'effort d'un pauvre; — et, de fait, il témoigna, à comprendre et utiliser chaque situation, une volonté et une promptitude telles que la fortune eût été séduite si l'intensité pouvait suppléer à la continuité. Il montra le dur génie du gendarme lorrain, fameux durant des siècles de misère et de discipline et que d'injustes ennemis définissaient : « Lorrain, mangeur de boudin, traître à Dieu et à son prochain... »

Dans la suite, plutôt que de faillir à leurs espérances, Racadot, Mouchefrin et la Léontine pourront trahir les lois divines et humaines; dès maintenant, dans le bureau de la rue du Croissant, en hâte ils déjeunent d'un morceau de charcuterie. La convention est signée; ils ont un délai de six semaines avant l'entrée en possession, pour se mettre au courant. Racadot apprend la typographie en causant avec le metteur en pages qui se vante et déclare, la main sur la poitrine :

— Écoutez, monsieur Racadot, je ne veux pas qu'on dise : « Pinel est un cochon. »

L'administrateur modèle que Portalis a chassé pour escroquerie, mais qui est « très fort », ancien sous-officier de cavalerie, avec une jolie figure, une voix insinuante, explique le métier :

— Mon cher maître, le premier point, c'est qu'un administrateur ait toujours deux portes de sortie.

Comme chez les jeunes médecins, en province, accourent tous les incurables et les mauvais payeurs du canton, c'est dans ces bureaux un défilé des « pas-de-chance » du journalisme. Cent honnêtes gens mêlés d'une vingtaine de canailles, et qui n'ont pas réussi, — à cause d'infirmités de caractère ou d'intelligence, aussi faciles à distinguer que la boiterie, la surdité, la cécité, mais qu'ils s'obstinent à nommer la déveine — faisaient, dans l'escalier encombré, une véritable cour des Miracles. Racadot, avec mille politesses, leur disait :

— Au début, on ne paiera pas.

Et, loyalement, à la manière des hommes d'affaires véreux, il ajoutait :

— Ayez confiance en moi.

Mais le sixième jour, il les chassa parce qu'il portait tout son effort sur Renaudin.

Le reporter, sans connaître au juste les ressources de Racadot, l'avait poussé dans cette entreprise en lui faisant miroiter d'admirables affaires. Quand tout fut signé, il devint moins précis. Aux interrogations de Racadot, pour qui la publicité commerciale et financière devenait une nécessité pressante et vitale comme le boire et le manger, il opposait la force d'inertie. Avec l'émotion d'un homme qui fait appel à des sentiments d'enfance, Racadot lui dit :

— Mon vieux, comment organiser mon bulletin financier?

— Eh! dit Renaudin, c'est l'œuvre du bulletinier! C'est à lui de chercher les affaires. Quand ton journal sera important, ton bulletinier aura sous ses ordres des courtiers, des rabatteurs; jusque-là il courra lui-même. Il ira où les affaires s'organisent et il traitera à forfait : il s'engagera soit à insérer une mention dans le bulletin, soit à faire paraître un article dans le corps du journal. Pour qu'il cherche le client avec activité, je te conseille de ne pas lui donner de traitement fixe, mais une commission de 15 à 25 p. 100.

— 25 p. 100? s'écria Racadot : je serai mon bulletinier!

— C'est prudent, car tu ne saurais pas surveiller un employé; mais sauras-tu où frapper? Ce n'est pas toujours au siège de l'affaire. Très souvent le financier emploie un intermédiaire, un agent de publicité auquel il indique le but à poursuivre, la somme qu'il y peut consacrer; cet agent de publicité se charge de distribuer aux journaux. Voilà l'affaire de Panama, qui est distribuée par MM. Batiau et Privat : ils ont à marchander huit cents personnes. Comment te mettre en relations utiles avec eux?

— Je me ferai craindre.

Renaudin haussa les épaules.

— Il faudrait que tu possédasses la vérité ou des fragments de la vérité : on ne s'improvise pas maître-chanteur.

Les yeux de Racadot, convaincu de son impuissance, s'injectèrent de sang. Il n'avait plus que cinq jours avant l'apparition du journal.

— Qu'est-ce que tu me veux, Renaudin? disait-il. Pourquoi me parles-tu ainsi? Tu vois bien que tu me fais du mal!... Toi, un vieux camarade, tu ne veux pas m'aider?

Enfin, Renaudin fut satisfait : Racadot, qui ne pouvait se passer de ses conseils, lui consentit un traitement mensuel et payable d'avance de trois cents francs. Il en reçut immédiatement un excellent avis: moyennant deux cents francs par mois, le reporter d'un grand journal s'engagea à communiquer à *la Vraie République* la feuille de l'agence Havas, qui coûte six cents francs.

Sturel, Rœmerspacher, Saint-Phlin, Suret-Lefort demeurent étrangers à ces détails matériels. Le journal est une occasion de classer leurs idées, de préciser et libérer leur personnalité. Comme elle augmentera, et avec les plus graves résultats, cette divergence aujourd'hui peu sensible, qu'entraînent leurs conditions économiques si opposées!

Du moins, mai 1884 est, pour eux tous, une période d'allégresse vitale : c'est enfin un objet extérieur qui est le mobile de leurs jeunes énergies. On ne les a élevés qu'avec des livres : les voici arrivés au moment où leur éducation produit son effet normal et complet; ils vont ajouter à la masse des imprimés. Tous les jeunes Français, dans les lycées, sont dressés pour faire des hommes de lettres parisiens. C'est l'affirmation de leur virilité totale, leur premier acte après tant de singeries qui les y préparaient.

Un tel bonheur décolore le monde : que nous souffrions, voilà ce qui le nuance et qui lui donne une voix. Joyeux soldats en marche, ils voilent de leur poussière la jeune robe du printemps. Ces mois de mai et juin 1884, où les premières journées douces et le vert tendre des arbres font une volupté dont il y a peu de chances pour qu'un homme — l'enfance ne comptant guère — jouisse plus d'une quarantaine de fois dans sa vie, ils les passent, comme Racadot, comme Mouchefrin et la Léontine, ces ilotes, dans l'abominable rue du Croissant, tous pêle-mêle, à combiner, chacun de son point de vue, les meilleures conditions de réussite du journal.

Ils sont inexpérimentés, mais c'est précisément pour cela qu'ils prennent un si vif intérêt aux événements où ils se mêlent et qu'ils ont l'énergie et la fantaisie de former des vœux et d'étudier des plans.

— Il ne serait pas mauvais, avait dit Racadot, d'intéresser à *la Vraie République* quelques personnalités.

Rœmerspacher et Sturel montèrent un matin les trois étages de Bouteiller, qui habitait alors rue Denfert-Rochereau. Ils prenaient fort au sérieux leur démarche et n'en éprouvaient aucune gêne, parce qu'une haute intelligence apparaissait à ces jeunes illusionnés synonyme de parfaite bienveillance. Ils avaient conscience de ne déranger leur ancien maître qu'avec à propos et pour un objet de sa compétence.

Quand ils eurent fait passer leurs cartes, le professeur du Lycée Charlemagne les accueillit sans phrases, avec une simplicité agréable, plaçant tout de suite la conversation sur un ton sérieux et aisé. Et, de cette belle voix grave qu'ils reconnurent avec émotion, car depuis Nancy elle était mêlée à des parties profondes de leur être :

— Vous êtes Parisiens, messieurs... les années ont passé, et vous voilà des hommes. Quels devoirs avez-vous acceptés? Comment servez-vous votre pays?

Il avait été convenu que Rœmerspacher parlerait le premier.

Il approcha sa chaise jusqu'à s'appuyer du bras sur le bureau de Bouteiller et, avec un embarras qui peu à peu se dissipait :

— Quand vous avez quitté le lycée de Nancy, vous avez dit à vos élèves que vous aimeriez à ne les perdre jamais de vue. Nous sommes ici une demi-douzaine : Suret-Lefort, qui s'est inscrit au barreau...

— Je le vois quelquefois, interrompit Bouteiller.

— ... Mouchefrin, qui avait commencé sa médecine et qui doit gagner son pain ; Racadot, qui a quitté le droit pour la même raison ; Sturel, qui termine sa licence ; et moi-même, Rœmerspacher, qui tout en faisant ma médecine, m'intéresse plus particulièrement aux sciences historiques. Aujourd'hui, les études de mes amis sont à peu près terminées ; ils veulent entrer dans la vie, ou — pour employer une expression plus prétentieuse, que vous jugerez exacte, — trouver un motif de vivre ; jusqu'à cet instant nous remettions de vous déranger.

— Je sais, dit Bouteiller, que M. Suret-Lefort veut plaider ; l'on m'a dit son élocution agréable et qu'il possède du sang-froid et, qualité plus rare à son âge, de l'autorité. Je sais aussi que M. Mouchefrin a la vie difficile. Mais vous, qu'allez-vous faire?

— A nous tous nous organisons un journal.

— Ah! dit Bouteiller.

Et sur sa belle figure, soudain animée, son regard brilla, ardent et moqueur. Ce fut un éclair, à peine saisissable; mais l'accent demeurait dans l'air, qui inquiéta, blessa les deux jeunes gens : car ce « Ah! » d'une extraordinaire intensité de raillerie, voulait dire : « Ah! vraiment, chers messieurs! rien que cela! peste! vous êtes toujours un peu de Nomény et Neufchâteau!... » Sturel, si nerveux, sentit bien qu'il n'y avait pas de bonté; mais une dure gouaillerie, dans cette intonation où l'on sentait la supériorité du politicien plutôt que la maîtrise du philosophe. Bouteiller rectifia sa physionomie, son regard, son ton, il reprit :

— C'est curieux!

Il parle maintenant en homme qui a rajusté son masque. Ces jeunes gens viennent à l'improviste d'évoquer un objet de ses rêves. Il aborde l'essentiel :

— Il faut beaucoup d'argent.

Rœmerspacher expliqua que le journal aurait peu de frais, grâce à sa rédaction gratuite.

Bouteiller avait reconnu tout de suite des enfants prodigieusement ignorants des réalités, mais ils pouvaient au moins avoir de l'argent. Il les méprisa et retrouva son indifférence glacée. Quand l'eau dans un récipient atteint au degré de congélation, elle est transformée en masse solide par le moindre mouvement.

— Dites-moi, messieurs, leur dit le grand homme. Si vous voulez faire un journal, vous mêler à la vie publique, vous connaissez sans doute la situation des partis, la caractéristique de leurs chefs, de leurs orateurs ou publicistes?... Quelles sont vos sympathies? Comment vous classez-vous?

— Mais, dit Sturel, nous exprimerons nos idées, et l'opinion nous classera.

Bouteiller, qui ne cessait jamais d'être grave, devint sévère :

— Monsieur Sturel, dit-il, vous êtes de bonne éducation, d'esprit lettré, intéressé par les affaires publiques. Vous devriez vous attacher pour quelques années à un homme politique comme secrétaire. Vous trouveriez cela aisément.

Sturel rougit. Il se tourna vers Rœmerspacher, comme pour le prendre à témoin, et celui-ci intervint aussitôt :

— Sans doute, votre avis serait excellent, si nous choisissions la vie publique à la façon d'une carrière et pour notre utilité propre.

Le sourcil de Bouteiller se fronça, il étendit la main... Comme entre gens qui ne pensent pas de la même façon, cela commençait par des froissements de mots.

— Vous vous trompez, monsieur Rœmerspacher, je ne vous donne pas un conseil utilitaire. Je vais plus loin et je vous étonnerai : je ne me demande pas si vous avez du talent et si vous le produirez en écrivant. Cela, je l'admets... et cela, c'est peu. Je cherche à m'éclairer et à vous éclairer sur votre devoir.

De quel ton il a dit : « devoirs »! Rœmerspacher en pourrait être décontenancé; mais, d'instinct, ce Lorrain à tête solide sait, quand il discute, garder sa direction. Si l'on part sur des mots, on ne commande plus, on subit son contradicteur, on s'expose à faire ou à dire ce que l'on ne voudrait pas. Rœmerspacher laisse cette question du « devoir », inopinément soulevée, et se maintient dans son sillon.

— Voici : j'ai beaucoup de travail ; néanmoins j'ai accepté de m'associer à l'effort de mes amis qui n'ont pas de tâche à leur goût et qui ne veulent point d'une vie languissante. Un journal nous tente, comme un moyen d'exprimer le retentissement de notre époque en nous... c'est-à-dire notre idéal propre. Si nous parvenons à le dégager et à le faire entendre, très probablement il sera représentatif.

— Monsieur Rœmerspacher, monsieur Sturel, je vais vous étonner, dit Bouteiller : j'ai deux amis, l'un est un petit tailleur de Nancy, l'autre un modeste jardinier, aussi lorrain. Quand mon travail, mon devoir, — il accentua encore le mot, — me laissent du loisir, mon délassement, mon bonheur, c'est d'aller causer avec eux. Pourquoi je les aime? Pour l'exemple qu'ils me donnent d'un respect absolu à la discipline. Ils ont fait leur devoir en 1870 contre les Allemands, ils ont fait leur devoir depuis en combattant pour le programme que le chef du parti républicain, que Gambetta a formulé. Voilà des hommes utiles et que j'aime et respecte.

— Et nous vous paraissons blâmables?

— Secrètement vous répugnez à la discipline!... Vous pensez qu'une nouvelle génération apporte un idéal! Voilà un mot qui me dénonce un abîme entre nous... La discipline, c'est l'abnégation, plus nécessaire dans un parti que l'intelligence; c'est la première des vertus. Qu'est-ce que des idéals viagers, individuels? Certes, je vois avec plaisir apparaître des besoins nouveaux dans les masses : c'est un témoignage de leur élévation ; et je vous le dirai en passant, dans l'état de la démocratie française, si le nombre des citoyens sachant signer leur contrat de mariage est augmenté de deux pour cent, c'est un résultat infiniment plus important que l'expression originale d'une pensée ingénieuse ou rare. Ne cherchez pas je ne sais quels prétextes de vous particulariser. Faites pour le mieux en vous joignant aux forces de votre pays; ne vous y opposez pas, en révoltés, en sacrifiés.

Tout n'est pas mauvais dans ces affirmations de Bouteiller! Un homme raisonnable, et qui a dépassé la trentaine, se dégoûte des mensonges, de la fausse poésie, des truculences d'un tas de génies; il en arrive très vite à ne plus pouvoir supporter que les idées qui marchent bonnement sur leurs quatre pattes, qui reposent sur des réalités. Cette disposition, louable en soi, amène les hommes qui se trouvent sur le plan de l'action à considérer seulement les vérités qui paraissent vraies à un grand nombre de personnes. Qu'est-ce qu'une vérité que contredit le sentiment de tout le monde? Ce ne peut être qu'une vérité du lendemain; un homme d'expérience le disait au dîner Reinach : « En politique, c'est duperie de regarder plus avant que six mois. » Sturel, Rœmerspacher, eussent-ils la décision, la précision, la concision, qualités qui sont rares chez les prophètes, ils seraient tout de même, jusqu'à ce que leur vérité fût reconnue par un grand nombre de leurs compatriotes, des poètes, des gens en l'air, sans valeur sociale. Aussi m'expliquerais-je qu'un journaliste, un agent électoral sourie de ces guérilléros et les invite à s'enrégimenter, — mais Bouteiller!... C'est lui qui, loin d'atténuer ou de nationaliser leur moi, l'a exalté; il les a placés dans des situations auxquelles nulle longue habitude ne les préparait et sans que l'on voie pour eux un moyen normal d'y renoncer ou de s'y satisfaire.

Aujourd'hui, dans son cabinet, ils viennent au rendez-vous qu'en mai 1880, quatre années plus tôt, date pour date, il leur a fixé. Il ne les reconnaît pas. Lui-même a bien changé! Il était un philosophe, un éducateur d'âmes, et voilà qu'il refuse avec obstination de sortir du plan politique. De toute évidence, il est décidé à ne pas entendre le langage de ses visiteurs. C'est qu'il ne s'agit plus, pour ce passionné, de dominer la classe de philosophie de Nancy, mais la ligue immense des comités politiques, et, comme il en prend les moyens, il parle déjà leur langage. Il se lève et, pour conclure, avec cette voix dont l'autorité sur eux est irrésistible :

— Messieurs, il y a deux sortes de républicains : ceux de naissance, qui ont horreur qu'on discute la République ; ceux de raisonnement, qui s'en font une conception à leur goût. Vous êtes des républicains de raisonnement. Je puis les estimer, je ne les accepte pas. Nous nous rencontrerons dans la vie, nous ne nous entendrons jamais.

Sturel et Rœmerspacher étaient debout. Il les reconduisit, et ils se saluèrent sans s'être serré la main.

Quand ils furent dans la rue, les deux jeunes gens se regardèrent, plus stupéfaits qu'irrités.

Arrivés au bureau de la rue du Croissant, et leurs amis au courant, ils continuaient à n'y rien comprendre.

— Enfin, disaient-ils tous deux, quelles sont ses opinions?

— Opportuniste, radical, selon les milieux, répliqua Renaudin.

— Exactement, rectifia Suret-Lefort, c'est un gambettiste qui répugne aux modérations qu'a apportées Ferry dans trois ou quatre questions, telles que les conventions de chemins de fer... C'est la nuance d'Allain-Targé et de certains gardiens scrupuleux de la pensée du chef, qui vont au radicalisme.

— Alors, ces grands mots : « devoir..., révoltés..., sacrifiés..., » cette excommunication, c'est parce que nous ne nous sommes déclarés ni opportunistes, ni radicaux ?

Quand on examine soigneusement ces chocs de sensibilité et leurs conséquences, on trouve toujours que la plaie a des aspects différents selon la profondeur où l'on sonde. La plus approchante définition ne serait-elle point ceci : formés sur une terre qui n'a pas perdu toute puissance et par une première éducation dans la famille, les meilleurs de ces jeunes gens sont délégués pour affirmer un idéal distinct de celui que sert passionnément ce déraciné supérieur Bouteiller, que nous pouvons dire, dans les termes étroits de notre thèse, un sans-famille et un sans-patrie. — Toutefois, pour la commodité, on peut se borner à déclarer « qu'ils ont des opinions politiques différentes », surtout si l'on entend (et qui serait assez naïf pour l'oublier ?) que nos partis sont des Français groupés selon leurs tempéraments plutôt que sur des programmes.

Renaudin, qui trouvait ses amis bien jeunets de s'émouvoir, déclara, avec le ton désintéressé d'un expert :

— Tout cela, c'est du batelâge. Il fallait mettre votre journal à sa disposition.

Ils se récrièrent. Bouteiller serait un hypocrite, un pharisien ! L'explication leur déplut.

— Non, disait Rœmerspacher. C'est un philosophe qui croit posséder la vérité... Mais enfin, j'ai causé avec M. Taine. Celui-là autant qu'un Bouteiller, honore et sert la vérité. Il n'a pas prétendu me soumettre, ni m'entraver ! Que Bouteiller ait accordé les principes de sa philosophie avec les dispositions de nos lois et la pratique de son gouvernement, cela lui crée-t-il le droit de nous interdire la recherche de notre vérité propre ? Le dogmatisme est permis seulement à qui se réclame d'un principe que la raison n'est pas compétente à discuter, d'un principe religieux. Pour que ce soit « notre devoir », comme il disait et répétait, de servir un parti, il faut qu'il nous montre le lien de ces individus et de leur doctrine à un principe que nous acceptions. Ce n'est pas assez que ces amis affichent des certitudes économiques, financières, militaires, etc. : pour justifier de telles exigences, leur système social devrait satisfaire non seulement l'ordre matériel, mais encore les aspirations, les idéals... C'est cela, Bouteiller ne serait compréhensible et légitime que si sa politique découlait d'un principe religieux. Vous comprenez bien ce que j'entends par religion : une certitude affirmée en commun.

Suret-Lefort, à part soi, trouvait que, dans leur visite, ses amis s'étaient perdus en susceptibilités enfantines : il se félicitait de ne pas les avoir accompagnés. La conversation lui paraissait fastidieuse ;

il saisit d'instinct, pour l'interrompre, le dernier mot de Rœmerspacher :

— Vous rappelez-vous, dit-il, certain rapport de Robespierre sur les relations des idées religieuses et morales avec les principes républicains?

Depuis trois ans il formait son grand talent par l'étude des orateurs illustres. Il se leva, et de mémoire, commença de déclamer ce magnifique témoignage qui affirme aux siècles, toujours en suspens sur ce héros inhumain, son élévation et sa puissance :

« Toute doctrine qui console et qui élève les âmes doit être accueillie; rejetez toutes celles qui tendent à les dégrader et à les corrompre. Ranimez, exaltez tous les sentiments généreux et toutes les grandes idées morales qu'on a voulu éteindre. Qui donc t'a donné la mission d'annoncer au peuple que la divinité n'existe pas, ô toi, qui te passionnes pour cette aride doctrine, et qui ne te passionnas jamais pour la patrie? Quel avantage trouves-tu à persuader à l'homme qu'une force aveugle préside à ses destinées et frappe au hasard le crime et la vertu? Que son âme n'est qu'un souffle léger qui s'éteint aux portes du tombeau?

« L'idée de son néant lui inspirera-t-elle des sentiments plus purs et plus élevés que celle de son immortalité? Lui inspirera-t-elle plus de respect pour ses semblables et pour lui-même, plus de dévouement pour la patrie, plus d'audace à braver la tyrannie, plus de mépris pour la mort?... »

Suret-Lefort, appuyé au mur, faisait voir une physionomie passionnée, expressive des plus nobles émotions, car ces rythmes en oppressant son âme oratoire la forçaient à épouser, pour un instant, la doctrine avec la cadence. Saint-Phlin, les yeux pleins de larmes, Rœmerspacher, Sturel, qui méprisaient la Conférence Molé, admirèrent leur ami et ressentirent une sorte de déférence pour un talent qu'ils ne lui soupçonnaient pas. Ils le prièrent d'aller plus avant et de leur faire encore entendre les accents d'un juste justement sacrifié... Toutes ces formules fameuses leur donnaient l'enivrante illusion que ce qui exalte l'âme est nécessairement une vérité :

« L'innocence sur l'échafaud fait pâlir le tyran sur son char de triomphe. Aurait-elle cet ascendant si le tombeau égalait l'oppresseur et l'opprimé?...

« Un grand homme, un véritable héros s'intéresse trop lui-même pour se complaire dans l'idée de son anéantissement!...

« Plus un homme est doué de sensibilité et de génie, plus il s'attache aux idées qui agrandissent son être et qui élèvent son cœur, et la doctrine des hommes de cette trempe devient celle de l'univers...

« L'idée de l'Être Suprême et de l'immortalité de l'âme est un appel continuel à la justice : elle est donc, cette idée, sociale et républicaine. »

Cette forte politique, à laquelle l'accent de Suret-Lefort restituait une atmosphère de tragédie, redonna aux jeunes gens mis en désarroi par l'accueil de Bouteiller un haut sentiment de leur tâche.

Gallant de Saint-Phlin dit précipitamment :

— Mon aïeule a été guillotinée en 93. Nous sommes une vieille famille du Barrois autonome. Ainsi la Révolution nous a été imposée; et la France aussi nous a été imposée. Mais enfin, bien que la

Révolution et la France aient été faites contre nous, nous ne pouvons empêcher que nous ne soyons leur fils et nous les adoptons toutes deux. Si Bouteiller partage les opinions de Robespierre, pourquoi nous a-t-il crus indignes d'y acquiescer?

— Moi non plus, dit Sturel, je ne reprocherais pas à Bouteiller son accent religieux et de parler de devoirs. Je n'ai pas peur du grand jacobinisme : ne vous ai-je pas mené à Bonaparte? Que Bouteiller nous propose un principe qui agrandisse notre être; de toutes nos sensibilités, nous nous attacherons à ses conséquences.

— Robespierre a raison, dit Rœmerspacher : pour créer le devoir social, il faut une religion. Pas la religion d'un côté et la science ailleurs, mais l'une et l'autre se pénétrant. Seulement, à qui demander cette unité vitale?

— Au catholicisme, dit Saint-Phlin.

— Le catholicisme en France, répliqua dédaigneusement Suret-Lefort, c'est les congrégations, le parti jésuite : immédiatement, vous serez impopulaires. Robespierre s'est tué à vouloir ressusciter Dieu et pourtant il avait pris ses précautions : « Prêtres ambitieux, s'écriait-il, n'attendez pas que nous travaillions à rétablir votre empire! Une telle entreprise serait même au-dessus de notre puissance... »

Saint-Phlin surexcité l'interrompit :

— Tu réduis le catholicisme au cléricalisme, état d'esprit éphémère entretenu par des taquineries administratives. Les catholiques, qu'on chasse le plus possible du gouvernement, contre qui l'on gouverne, ce sont des gens du type français, et on leur substitue le plus possible des protestants et des juifs dont beaucoup possèdent encore des habitudes héréditaires opposées à la tradition nationale. Sturel, Rœmerspacher, laisserez-vous confondre avec sa caricature de sacristie une religion d'une puissance de vie sociale incomparable et qui depuis des siècles anime ce pays?

— Écoute, mon bon Saint-Phlin, répondit Rœmerspacher, ce n'est pas nous qui avons créé cette confusion! Suret-Lefort constate qu'elle existe. D'autre part, est-ce ma faute si mon intelligence se refuse à croire à une révélation, alors même qu'elle reconnaît l'utilité de l'admettre?... Ne compliquons pas la discussion; quant à moi, j'admets pour notre santé sociale la nécessité de rattacher à un principe sacré nos mœurs pénétrées de *l'Encyclopédie* : fortifier et unifier la nation par un sentiment religieux, les grands penseurs de la première moitié de ce siècle en furent préoccupés. Si Bouteiller y parvenait, son ton qui nous fait hausser les épaules serait légitime.

Suret-Lefort s'entêtait :

— J'admire le génie sentencieux de Robespierre, mais il a échoué! La tradition de notre pays est politique, rien de plus. Nous sommes un pays de gouvernement. Que la République montre de l'autorité, voilà tout le nécessaire; c'est chimère de chercher une force dans je ne sais quel sentiment religieux qu'annulera toujours le sarcasme d'un Vadier.

Sturel et Saint-Phlin debout protestaient violemment. Rœmerspacher les pria de remarquer qu'un accord était possible :

— Saint-Phlin a dit un grand mot : « Nous, Lorrains, nous acceptons et voulons belle la France qui s'est faite contre nous. Nous voulons belle l'idée révolutionnaire, qui a pu molester quelques-uns. » C'est donc que nous sommes patriotes français, et c'est encore que nous servons la tradition encyclopédiste. Il est vrai aussi, comme l'affirme Suret-Lefort, que la France aime à être gouvernée, — non pour qu'on la dirige, mais pour qu'on exécute ses indications, pour qu'on réalise l'idéal qu'elle secrète. Patriotes, dictatoriaux, encyclopédistes, voilà les trois termes auxquels il faudrait qu'un principe supérieur donnât une autorité indiscutable, une valeur religieuse.

Tous convinrent que c'était un beau programme pour *la Vraie République.* Mais Racadot tristement pensait : « Tout de même, Bouteiller aurait procuré une subvention ! »

CHAPITRE XIII

SON PREMIER NUMÉRO

Le 24 juin 1884, dès le matin, tous se réunissent pour arrêter la composition du premier numéro, qui va paraître le lendemain. Au début de l'été! Racadot excité par l'optimisme de Renaudin avait tremblé, s'il attendait jusqu'à l'automne, que le journal ne lui fût « soufflé ».

De quelle forte activité Racadot vient tout ce mois d'enfiévrer son affaire! Il apprend la typographie, l'administration, les secrets de la publicité; il n'y met pas d'amour-propre et se fait répéter les choses, harcèle chacun pour être sûr de bien comprendre. Parfois il se sent faible, il doute. Alors son imagination exagère la science de Rœmerspacher, la finesse de Sturel, les belles relations de Saint-Phlin, Suret-Lefort, Renaudin. Il leur prête tous les talents, toutes les influences, et du dévouement. C'est l'hallucination du paysan pour qui ses vaches, son veau, son mouton sont les plus beaux du marché.

Le rendez-vous est « aux bureaux »; — trois petites chambres qui donnent sur une cour intérieure de la rue Saint-Joseph. Quand Racadot entend ses rédacteurs dans l'escalier, il se sent ému comme un jeune homme que ses témoins viennent chercher pour son premier duel.

— Va-t'en, va-t'en! dit-il à Léontine, en la poussant dans la pièce voisine.

Il passe une redingote qu'il s'est achetée sur le chapitre des frais généraux. Lui qui depuis son enfance faisait voir dans toute sa tenue un certain abandon canaille, il atteint à la dignité grave d'un galant homme en deuil. Renaudin s'installe en voyeur, Mouchefrin s'agite. Les autres tirent de leurs poches, de leurs serviettes, leurs articles. Racadot les remercie, les complimente par avance, cherche à leur faire aimer le journal... Le voici qui s'interrompt pour fermer un encrier de peur que l'encre ne s'évapore. Dans ce geste qui porte tout son buste en avant, on voit comme jamais la puissance de sa nuque. Que c'est beau, ces muscles qui font saillie, cette attache épaisse de sa colonne vertébrale! Il semble qu'une hache s'y briserait... C'est une idée exagérée : la guillotine brise tout. Mais ce cou admirable supporterait, au désert, à la guerre, à l'amour, les plus étonnantes aventures.

Et pourtant cette énergie-là, qu'est-ce que vous croyez qu'elle offrirait de résistance à une série de malheurs? On ne se rend pas compte combien les forces d'un homme s'épuisent vite. Dans l'espèce, ce jeune taureau est lié aux destinées de quarante frêles chiffons de papier. Parfaitement! Selon qu'un mince paquet de quarante billets de mille francs diminuera ou s'augmentera, Racadot ira s'affaiblissant, se fortifiant. Voilà son secret. Il peut nous parler de trente-six choses, s'enthousiasmer, s'indigner : une seule lui chaut, cette liasse. Qu'il descende à l'imprimerie, qu'il mesure avec le metteur en pages la longueur des articles, c'est encore son portefeuille qu'à part soi il calcule. Cette obsession tue son allégresse vitale, ne lui laisse plus de gestes inutiles, d'activité en façon de jeu. Mais elle constitue comme un roc en lui, et lui-même, dans cette salle de rédaction, est un roc où s'appuient ces jeunes gens parce que, suivant eux, il fera vivre le journal. De cela, ils se remettent à lui ; ils l'interrogent seulement pour savoir si leurs articles seront imprimés et corrigés avec soin.

A leurs physionomies, on voit bien qu'ils ont pris au sérieux leur collaboration. Ils prient Rœmerspacher de leur faire connaître son travail. Un tel collaborateur, à première vue, donne de l'espoir, paraît utile.

Dans cette période où il échange les caractères de l'adolescence contre une allure déjà un peu lourde, il a le négligé et l'attractif du gros travailleur, du fort mangeur et du grand parleur. C'est vrai qu'il parle trop, mais avec précision. Ce qu'il y a de remarquable en Rœmerspacher, c'est à la fois l'étendue et la plénitude, la bonne qualité de ce qu'il sait. A l'écouter, on est vite assuré qu'il joint aux fortes intuitions d'un abstracteur la vision concrète d'un esprit positif. Il est capable d'accomplir une besogne énorme et très bien faite, grâce à sa force de coordination et à la faculté de mettre de la clarté dans les idées qu'il envisage. Voilà des qualités aujourd'hui rares en France, où dominent presque exclusivement les charmantes vivacités parisiennes ; il fallait pour produire ce jeune homme les provinces de l'Est, et spécialement cet excellent bassin de la Seille.

Capable autant que personne des voluptés de la rêverie et de l'isolement contemplatif, auxquelles s'abandonne Sturel, il restreint chaque jour avec une étrange dureté envers soi-même la part de l'imagination et de la sensibilité. Ce n'est point ascétisme, c'est plutôt instinct de la conservation : il faut s'interdire de mettre perpétuellement en discussion ses motifs de vivre.

Il répète volontiers un aphorisme qu'il a recueilli d'un de ses maîtres préférés, à l'Ecole des Hautes Études. Parlant des savants qui, enfermés dans un étroit domaine, trouvent chacun des parcelles de vérité et créent les sciences, Jules Soury a dit : « Avec plus d'étendue d'esprit, ils auraient été des critiques et non des inventeurs. » Que Rœmerspacher approuve cette phrase où l'on nous fait entendre comment les intelligences créatrices sont enfermées dans leur tâche et dominées par une part d'illusion, un esprit perspicace en augurera favorablement pour le concours qu'il peut donner à Racadot. Sa clairvoyance philosophique pourra fournir une force de bon sens, assez analogue au cynisme pratique qu'apporte un gros brasseur dans le maniement des hommes. Les chimistes ont de ces façons froides et objectives de juger les faits, les caractères et les situations.

Au bref, pour avoir confiance dans ce collaborateur, il suffit de voir comment, sans vanité ni timidité, en garçon qui sait ce qu'il dit et qui est prêt à s'en expliquer, il va commencer sa lecture... Si les cinq autres le valent, la Léontine a sans doute raison qui, pour passer le temps, exilée dans la pièce voisine, annonce déjà le succès à Verdun. Sur un beau papier, avec en-tête de *la Vraie Répu-*

blique, elle écrit à une amie : « Tu me demandes le nouveau métier d'Honoré. Tu connais bien Victor Hugo ? Eh bien ! il est cela, un Victor Hugo ! » Et dépeignant les bureaux du journal : « A Paris, il faut de l'étalage, beaucoup. Nous habitons le quartier le plus commerçant, à dix pas de la rue Montmartre, trois pièces et le cabinet inodore renfermé chez moi. Il ne faut pas que du logement ; il y a des meubles. C'est le cabinet de travail en meubles noirs, avec les doubles rideaux de reps vert, qui est le plus beau. Quand j'ai vu le gas Racadot installé là-dedans, j'ai failli en tomber sur le derrière, tant j'étais contente..... » La lecture un peu philosophique, comme on voit, qui lui parvenait à travers la cloison, ne gâtait ni la manière ni le bon sens de la Léontine.

Rœmerspacher avait voulu donner un complément à son étude sur Taine. L'idée parut bonne à Sturel, à Saint-Phlin, à Suret-Lefort : un article qui avait plu à Taine n'était-il pas un article à succès?

« Soit que nous voulions nous réjouir de la bonne santé de notre pays, soit que, le croyant malade, nous voulions le soigner, il y aurait intérêt à connaître, au long de leur développement, les transformations des forces nationales et les divers instants de l'énergie française.

« Aux deux extrémités de notre histoire, nous avons deux beaux livres : et dans l'intervalle, le vide. *L'Histoire des Institutions politiques*, de Fustel de Coulanges, et *les Origines de la Francc contemporaine*, de Taine, voilà deux blocs admirables, deux assises pour notre jugement. Mais entre ces deux points de repère, quels historiens philosophes nous guideront? Ce n'est pas qu'on oublie, certes, la sublime épopée, si pathétique et si vraie, de Michelet, mais on sait bien qu'elle est d'une autre sorte.

« Qui nous fera comprendre le treizième siècle? Au bout du travail si remarquable de M. Fustel de Coulanges, après qu'il a étudié l'apport des Germains dans le monde gallo-romain, nous devrions être à même de saisir cette merveilleuse poussée de la France débordant sur le monde. Il faut qu'on nous fasse voir comment dans le passé était contenu tout ce qui est notre pays; que nous touchions ce qui s'est atrophié, ce qui s'est développé. Et, plus avant dans notre histoire, il faudrait aussi qu'on nous rendît compte du coude brusque de l'esprit français à la Renaissance. M. Taine nous donne une brillante formule de ce qu'il appelle « l'esprit classique ». Va donc pour l'esprit classique! Mais il ne nous en a point fourni une analyse suffisante, puisqu'il n'a pu nous dire par où et comment cet esprit était apparu dans la nation.

« Pourquoi, dans quelles conditions et par quels éléments s'est transformée si gravement l'âme même de nos institutions, nulle étude n'importe davantage à la vie française. »

Rien qu'au son de cette voix, la Léontine à travers la cloison devrait être inquiète : il a lu son affaire avec bien de la gravité. Son fameux article sur Taine, c'était déjà lourd; mais ceci, pour le lancement de *la Vraie République* transformée!... C'est un désastre, dans le premier numéro d'un journal, même à deux sous, de publier un tel article! Mais c'est bien intéressant pour ceux qui suivent le développement de *la Vraie République*. Depuis que ce jeune homme a vu M. Taine, sa sensibilité s'est transformée. Jusqu'alors il avait fait jouer sa forte intelligence ; il travaillait parce que tel était son emploi naturel et son effort agréable. Avant la visite au Platane des Invalides, pas une fois encore il n'avait entendu un appel à son sens religieux. Maintenant c'est un homme de conscience : aussi n'a-t-il pas daigné se représenter qu'un journal est une entreprise commerciale, que le goût public, en 84, est particulièrement tourné à la pornographie, qu'avec un capital probablement léger, Racadot ne durera pas assez pour changer le goût public — et qu'ainsi, lui, Rœmerspacher, pour le plaisir de penser par écrit, assassine Racadot.

Celui-ci cependant désirait trop espérer pour ne pas se joindre au concert des éloges de Saint-Phlin, Suret-Lefort et Sturel.

Quand ce fut son tour, Sturel s'intimida. Il dit son titre : « L'utilité des hommes drapeaux. » Puis, sur un geste de Renaudin, qui n'avait rien osé objecter à l'article de Rœmerspacher, mais qui paraissait maintenant accablé par trop de philosophie, il jugea nécessaire de se lancer dans une sorte de préface :

— Rœmerspacher m'a souvent chicané sur l'importance que j'attribue aux grandes individualités. « C'est une conception amusante, me dit-il, mais simpliste, qu'il faudrait laisser aux enfants, au petit peuple, à tout ce qui ne peut saisir l'ampleur et la complexité des causes..... » Très bien ! nous sommes d'accord; mon thème n'est pas qu'un individu fait l'histoire, mais c'est comme exaltants et pour leur vertu éducatrice que j'entends vanter les individus. Je crois à l'utilité passagère des hommes drapeaux, à la nécessité de reconnaître systématiquement et de créer, dans des périodes de désarroi moral du pays, un homme national...

... A ce point de son explication, Sturel se déconcerta de la parfaite immobilité de ses amis, — qui, chez Rœmerspacher, était de l'attention ; chez Renaudin, un blâme; chez Racadot, de l'inquiétude. Il renonça à lire son manuscrit et pria que chacun à son tour en prît connaissance : Racadot le tenant en main, les uns lisaient par-dessus son épaule, tandis que les autres se passaient les feuillets.

Ce nerveux Sturel, en dépit de ses vingt-trois ans, a gardé des timidités d'enfant. Nulle femme, d'ailleurs, ne s'y tromperait : ce ne sont pas des caresses enfantines qu'elles apporteraient à ces cheveux noirs, à ces longs yeux mêlés de tristesse et d'ardeur. Cette voix basse intéressait les plus frivoles; seulement, elles se plaignaient d'une certaine réserve qui, dès le premier instant, laissait comprendre qu'il se prêterait peut-être, mais jamais ne se donnerait, fût-ce pour une heure d'expansion. Il aimait la solitude et la perfection : timide, avide et dégoûté, il faisait des objections à tous les bonheurs et ne jouissait pleinement que de la mélancolie. Au reste, il sentait avec une intensité prodigieuse, mais, désireux de mille choses, il était incapable de se plier aux conditions qu'elles imposent. En voilà assez pour comprendre que celui-là aussi servira mal la tentative commerciale de Racadot. Il ne s'occupera que de s'exprimer.

C'est un beau spectacle quand Rœmerspacher, ce véritable homme, s'émeut et non point sur des individus, à la manière romantique, mais sur la nation française, sur cette collectivité qui s'est formée à travers les siècles et dont avec amour il voudrait relever les hauts et les bas, établir la courbe d'énergie, — en carabin historien, convaincu qu'il n'y a point d'interprétation rationnelle des manifestations de l'intelligence sans la connaissance des principes de la biologie... Pour jouir de la sensibilité de Sturel, qui n'a pas de talent d'écrivain et qui ne saura pas mettre dans un article les mouvements de son âme, pour entendre sa pensée quand il préconise « la nécessité de reconnaître, de créer un homme national », c'est peu de lire son article par-dessus l'épaule de Racadot; il faudrait se transporter loin de ces bureaux, à Neufchâteau (Vosges).

Neufchâteau n'est point un endroit où l'on affiche, comme dans les bureaux de *la Vraie République*, la prétention de modifier les âmes; on y suit modestement toutes les inventions de Paris, et cependant, c'est un lieu qui durant des siècles a créé des âmes.

C'est là que Sturel naquit, qu'il a passé ses dix premières années et qu'il va trois fois l'an embrasser sa mère. C'est un petit coin perdu où il y a d'antiques églises et quelques « bonnes familles ». Mais peu à peu les gens ayant une saveur terrienne ont disparu. Il ne reste plus que des très vieilles femmes, adonnées sans mysticisme, par désœuvrement et par instinct autoritaire, à la dévotion : des sortes de mères de l'Église, interprétant les usages pieux, surveillant le curé, lui remontrant au besoin, capables de médisance et d'une certaine violence à trop parler de premier jet, mais prêtes à s'en excuser si l'on fait appel à leur cœur. Elles aiment l'argent, parce que la famille l'a amassé péniblement et qu'elles se savent bien incapables de l'augmenter, voire de le défendre; elles lui préfèrent la considération et ne feraient pas tort d'un sou à leur prochain. Elles ont un haut sentiment de la dignité de leur rang et, se sachant des bourgeoises, mettent leur juste orgueil à être de bonne bourgeoisie. Elles connaissent des histoires du passé et les content avec une verve pittoresque. Elles aiment la jeunesse et sont indulgentes aux garçons. Sans qu'on puisse en rendre un compte exact, on voit qu'avec elles meurt une part essentielle de la France, la vieille vie provinciale, celle qui avait ses racines profondes.

De quoi ces petites villes perdent-elles l'âme? Du départ des fils pour la ville; de l'arrivée des Allemands. La race germaine se substitue à l'autochtone dans tout l'est de la France. Vaut-elle moins? — Oui, car elle est étrangère. Par ces immigrés, le type se modifie et se gâte. Il se maintient encore en Sturel qui fut vraiment l'enfant des femmes. Il doit tout à sa chère mère, si curieuse de la vie, à ses grand'tantes, qui furent les plus caractérisées de ces vieilles Lorraines. Sturel serait porté à leur reprocher leurs idées stationnaires, et même rétrogrades, parce qu'elles s'opposaient à son départ pour Paris. Il les juge superficiellement : elles conservaient tant bien que mal l'esprit de cette honorable et vigoureuse bourgeoisie provinciale, qui semble aujourd'hui saignée ou supprimée par les grandes secousses de la Révolution, par les guerres de l'Empire, pas le fonctionnarisme, mais qui tout de même a duré assez pour assurer aux idées de l'Encyclopédie une diffusion telle que jamais plus, semble-t-il, la France ne sera privée de leurs parties essentielles.

En vain Sturel est-il légèrement prévenu contre ses excellentes parentes par son grief de jeune homme : il jouit sans en prendre conscience du contact avec ce qui subsiste de cette forte espèce disparue; il trouve parmi ses vieux compatriotes et dans les parties anciennes de sa petite ville le bien-être de sympathiser. Peu importe qu'il soit incapable d'analyser, à la façon d'un Rœmerspacher, les éléments de son pays! L'intelligence, quelle petite chose à la surface de nous-mêmes! Certains Allemands ne disent pas « je pense », mais « il pense en moi » : profondément, nous sommes des êtres affectifs.

A l'occasion des vacances de Pâques, Sturel, cette année même, passant quelques jours à Neufchâteau, de sa fenêtre du rez-de-chaussée apercevait des juifs arrivés de cet hiver et qui avaient loué la maison en face : ils reconduisaient des visiteurs jusque dans la rue. C'était peut-être la dixième fois depuis le matin; et toujours des personnes que Sturel, né dans cette ville, ne connaissait pas. Chez le père et la mère étaient venus se loger le fils et la bru. Le dernier dialogue sur le trottoir, à chaque visite, — on le devinait aux gestes, aux physionomies, — c'étaient des compliments sur la naissance d'un enfant survenu le mois d'avant. Et, de voir les quatre juifs recevant ces amabilités, parlant eux-mêmes de leur fils et petit-fils avec amour, c'était un spectacle beau et touchant, oui, un spectacle d'une animalité émouvante... On sentait que ces gens-là eussent été magnifiques dans leur ghetto de Francfort, prolifiques et préparant des humiliés et des vainqueurs du monde; mais ceci restait que, ruisselant d'une certaine intelligence, ils étaient laids tout de même, avec leur mimique étrangère, sous le porche d'une vieille maison de Neufchâteau. Sturel, tout imbu des idées que, petit garçon, il avait prises au collège de Neufchâteau, mais sans nulle animosité, se sentit, à les regarder, envahi de tristesse : « Avec ceux-là, comment avoir un lien? comment me trouver avec eux en communauté de sentiments?... Moins instruits que ces nomades, moins liseurs de journaux, moins avertis sur Paris, les bourgeois de Neufchâteau, qui sont en train de périr, submergés sous leurs bandes, avaient une façon de sentir la vie, de goûter le pittoresque, de s'indigner et de s'attendrir, enfin, qui faisait qu'avec eux je m'accordais et je profitais. Nous avions, ce qui ne s'analyse pas, une tradition commune : elle nous avait fait une même conscience... »

Ce dernier voyage à Neufchâteau aura été très utile à Sturel. Quitte à les élucider plus tard, il a emmagasiné ces sensations. C'est sous leur influence mélancolique qu'il vient d'écrire un article dont voici le sens : En ces années, et depuis le 18 mai 1882, Paul Déroulède et la Ligue des Patriotes, quand ils proposent aux Français le serment : « Nous nous engageons à poursuivre par tous les moyens en notre pouvoir le relèvement complet de la patrie », quand ils honorent Metz et Strasbourg et quand ils mettent à l'index les produits allemands, font une œuvre excellente, car leur sentiment, s'il était partagé par tous, aboutirait fatalement à faire surgir ce héros qui imposera une revision du traité de conquête et de commerce signé à Francfort en 1871. Mais nous n'avons pas subi seulement un Sedan militaire, politique, financier, industriel; c'est encore un Sedan intellectuel. Avec l'intégrité du territoire à reconstituer, il y a aussi l'intégrité psychologique à sauvegarder. La phrase d'un patriote du XVIe siècle reprise par Déroulède est magnifiquement exacte : « Le tout est que tout ce qu'il y a de Français en notre France se réveille, se rallie et ait une parfaite intelligence ensemble. »

L'appel de Sturel au Français-type ne serait-il pas plus puissant s'il nous disait son voyage à Neufchâteau, la genèse de cet article? Il y manque par défaut de talent et par défaut de lucidité. Il n'a pas encore filtré, clarifié ses idées pour que nettes et pures, elles apparaissent à lui-même et au public, disant : « La France débilitée n'a plus l'énergie de faire de la matière française avec les éléments étrangers. Je l'ai vu dans l'Est, où sont les principaux laboratoires de Français. C'est pourtant une condition nécessaire à la vie de ce pays : à toutes les époques la France fut une route, un chemin pour le Nord émigrant vers le Sud; elle ramassait ces étrangers pour s'en fortifier. Aujourd'hui, ces vagabonds nous transforment à leur ressemblance! »

Tel quel, cet article devait contenter Rœmerspacher, qui y retrouva ses préoccupations. Devant l'admiration que les plus importants de ces jeunes gens se témoignaient ainsi les uns aux autres, Racadot n'osa pas exprimer une inquiétude qui venait de l'envahir. Ayant surpris Mouchefrin, dans la pièce voisine, en train de raconter à la Léontine que les articles étaient assommants, il se soulagea par un accès de colère contre ces deux oiseaux de malheur. Ses éclats à travers la cloison interrompirent Saint-Phlin qui maintenant communiquait son travail à ce conseil de rédaction improvisé. On blâma le tapage sans même en demander la cause.

Saint-Phlin a poussé plus loin encore que ses amis l'indifférence aux intérêts de *la Vraie République*. Il tourne tout net le dos au public. Et, pour Rœmerspacher et Suret-Lefort, qui contredisent volontiers le christianisme, il a traité ce thème :

« Le ton de sacristie vous dégoûte. Mais les Homais, les Bouvard, les Pécuchet, les professionnels de l'anti-cléricalisme vous semblent-ils préférables aux bedeaux? C'est dans leurs expressions élevées qu'il faut comparer le système scientifique et le catholique. Celui-ci fournit aux nations modernes une discipline morale que jusqu'à cette heure personne n'a pu dégager de la science. Pourquoi chercher autre chose? La vérité, c'est ce qui satisfait les besoins de notre âme, comme une bonne nourriture se reconnaît à ce qu'elle assure notre prospérité physique. »

Rœmerspacher, décidément, soit qu'il fût le plus capable de rendre des services, soit qu'il eût plus de décision, prenait l'emploi de rédacteur en chef dont il avait refusé le titre; c'est lui qui conteste l'article de Saint-Phlin :

— Pardon, dit-il, j'admets bien le catholicisme comme supérieur à toutes les doctrines révélées actuellement en cours; il a fourni à l'humanité une discipline sociale incomparable. Mais que voulez-vous que j'y fasse si ma raison s'insurge contre un certain nombre de ses dogmes et si ces incrédulités partielles entraînent l'écroulement de tout l'édifice!

Sturel, qui n'a pas encore éliminé le poison d'Astiné, le goût oriental de la mort, se désintéresse de ce qu'il appelle « le catholicisme administratif » pour louer la poésie de l'ascétisme, la doctrine du sacrifice volontaire, toutes ces parcelles de pessimisme auxquelles Saint-Phlin répugne, car, de nature, il n'attribue une force agissante qu'à l'optimisme.

Suret-Lefort, de qui la mémoire, véritable *Conciones*, est pleine de magnifiques appels religieux, se montre pourtant incapable de comprendre l'importance d'une théologie et que c'est la base de toute civilisation. Intérieurement, il ricane. Mais il s'est imposé d'être aussi parfaitement aimable avec les individus, fussent-ils ses adversaires, qu'il serait implacable sur les principes. Et il a bien raison : on pardonne tout, excepté les froissements personnels. Dans cet esprit, il déclare :

— Il est évident que chacun de nous a ses vues sur la religion. J'admire Saint-Phlin ; je demande seulement que nul n'ait à endosser les idées de ses collaborateurs. Je ne pourrais pas écrire à *la Vraie République* s'il n'était bien entendu que la profession de Saint-Phlin l'engage seul.

Saint-Phlin, qui connaît mal les usages de la presse, offre de s'effacer. Sa délicatesse s'alarme :

— Je ne veux gêner personne : je me retire.

Rœmerspacher et Sturel ne peuvent consentir à sa retraite. Ils apprécient la saveur naturelle de leur ami. Dans ses idées, ils reconnaissent quelque chose de la beauté d'une vieille maison bourgeoise bâtie au XVIIe siècle, qui ne fut jamais élégante, mais qui a la noblesse de ses bons matériaux où rien n'est frelaté. Rœmerspacher disait :

— Les gens dont l'extérieur trahit qu'ils sont nés hors Paris, ont un air départemental; Saint-Phlin, lui, a le ton provincial. Cette petite différence est d'un défaut à une perfection.

Cependant Suret-Lefort trouve que voilà bien des gestes inutiles, et répète dédaigneusement à part soi: « Poètes! poètes!... » Il en est un lui-même, s'il entend par ce mot, comme je crois le comprendre, des individus qui reçoivent des choses une impression plus grande que ne sont ces choses. Les conséquences de cette sensibilité peuvent être admirables, parfois aussi pitoyables. Il ne faut pas que le bruit d'un sou qui tombe dans notre sébile couvre pour nous toutes les voix de l'univers : Suret-Lefort, qui méprise ses amis de tant disserter sur le développement national, sur la nécessité d'un homme drapeau, sur la possibilité de retrouver un lien social religieux en dehors des religions révélées, tient pour le centre de l'univers la Conférence Molé, dont il est l'un des membres les plus considérés. Il se propose de lui consacrer dans *la Vraie République* une série d'articles.

On sait que « la Molé » a été fondée en 1832 par les frères Bocher, les fidèles de la famille d'Orléans, et par quelques-uns de leurs amis, pour débattre des questions de législation, d'histoire et d'économie politique. Les séances de ce simili-parlement se tiennent une fois par semaine, de novembre à juin, dans la salle de l'Académie de médecine où il y a des pupitres comme à la Chambre, un bureau, une tribune, un centre, une extrême droite et une extrême gauche. La Conférence publie un bulletin hebdomadaire, contenant un résumé des discussions et des discours, le texte des amendements et propositions. Parmi ses anciens présidents on peut citer Wolowski, Goulard, Ferdinand de Lasteyrie, Mortimer-Ternaux, Frédéric Passy, Ernest Picard, Paul Target, Ferdinand Duval, Albert Leguay, Clamageran, Lefèvre-Pontalis, Floquet, Clément Laurier, Léon Renault, Gambetta, Hervé, Ribot, Méline. C'est le laboratoire où des jeunes gens qui auraient pu être sincères, brefs et respectueux de la vérité, se dressent et s'entraînent à estimer leurs honorables contradicteurs, à développer indéfiniment ce qui pourrait tenir en deux cents mots, et à utiliser, quand l'erreur va apparaître, une cinquantaine de tours inventés par les vieux prestidigitateurs de la tribune. Éducation incomplète pourtant, et c'est fatal! les sujets formés dans le tumulte de ces déclamations d'école ont un dernier stage à accomplir; ils ignorent la partie commerciale du parlementarisme : il leur manque de s'être exercés au marchandage et à la vente de leurs votes.

L'année 1884, où Suret-Lefort se formait l'âme à la Molé, vit peut-être la session la plus brillante. Le nombre des présents à chaque séance variait de quatre-vingts à deux cent vingt membres. Dans ses articles, qui par là demeurent intéressants, Suret-Lefort passa en revue les physionomies les plus notables de ses jeunes collègues.

Il connut et décrivit, à l'extrême gauche : Laguerre et Millerand dont les noms suffisent; Revoil, d'une ironie incisive, dialecticien vigoureux, clair, sobre, amusant. A la gauche radicale : G.-A. Hubbard, éloquence à l'espagnole, très admiré, qui promettait beaucoup; André Berthelot, avec des facultés puissantes d'administrateur, esprit abstrait, orienté vers le socialisme par son peu de goût des individualités. A la gauche opportuniste : Ollendorff, dont la parole chaleureuse, la bonne humeur étaient connues partout, depuis le siège de Paris, où il avait figuré à l'âge de quinze ans ; Joseph Reinach, Théodore Reinach, omniscient, Ledru, avocat, très ferré sur les questions financières ; Henry Deloncle, doué d'une facilité inouïe pour parler de n'importe quoi.

Au centre gauche : Royer-Collard, neveu du grand, âgé d'une cinquantaine d'années, et qui patronnait les jeunes, s'attardant à les reconduire pour causer plus abondamment de la conférence, qu'il prenait au sérieux ; Prache, républicain catholique, taciturne et fort en droit.

A la droite monarchique : Auffray, qui avait discipliné son parti, comme Laguerre à l'extrême gauche : qualités de commandement, dialecticien très vigoureux ; plus catholique que monarchiste ; on devait beaucoup attendre d'un tel homme ; Lamarzelle, professeur à l'Université catholique, aimé comme orateur et comme galant homme ; Deville, bon avocat d'affaires ; beaucoup de jeunes figurants titrés.

A la droite bonapartiste, un monde très remuant, divisé, mais en majorité *victorien :* Gaulot, littérateur, orateur spirituel ; Las Cases, avocat de grand talent ; Rendu, ancien officier... Dureau, secrétaire de M. de Mackau, hésitant entre les monarchistes et les bonapartistes, traitait les questions d'affaires.

Suret-Lefort dénombra tout ce personnel, où il distinguait surtout Laguerre et Auffray ; puis il s'attacha à mettre en valeur un grand débat sur la revision de la Constitution qui était alors l'essentiel des travaux de la Molé. Il s'agissait d'un projet déposé en 1883, débattu par une commission durant six séances, rapporté par André Lebon et discuté en 1884. Le principe de la souveraineté nationale, contre lequel votèrent tous les monarchistes, venait d'être acclamé par quatre-vingt-dix voix sur soixante-dix. La consultation directe, plébiscite ou référendum, avait été acceptée par l'extrême gauche et rejetée seulement à une voix. Enfin, le système parlementaire fut écarté à une écrasante majorité : quatre contre un. Conclusion admirable ! dans cette école du parlementarisme, on vit, à la dernière séance de cette discussion fameuse, repousser successivement la Monarchie, l'Empire et la République !

Suret-Lefort donnait une très grande importance à ces résultats. Il prétendait avoir vérifié comme une loi constante que les fluctuations de la Molé précèdent celles du pays électoral, attestant la recrudescence d'énergie des états-majors. La majorité venait, en 1884, de passer de gauche à droite, dans la Conférence : Suret-Lefort en augurait. pour les prochaines élections générales, une orientation réactionnaire du suffrage universel. — Pour nous, la protestation de ces jeunes politiciens contre la Monarchie, l'Empire, la République, c'est le signe de ce même malaise que témoignent les articles de Rœmerspacher, de Sturel, de Saint-Phlin...

Nous n'avons pas craint de laisser ces jeunes Lorrains prendre devant nous leur tournant un peu large, aujourd'hui qu'ils entrent dans la vie publique. Il s'agissait de savoir ce qu'il y a de social chez les anciens élèves d'un Bouteiller. C'est d'observation constante que chacun dans son premier écrit veut faire tenir tout ce qu'il a pensé depuis sa naissance. Pour certains amateurs de vie, ce numéro de *la Vraie République* représente une superbe énergie à l'état chaotique : en tous cas, un compact pudding, bien indigeste pour la moyenne des estomacs.

Le plus journaliste de l'équipe, c'est peut-être Mouchefrin, qui sait qu'on ne demande pas à son journal des pensées élevées, mais des faits, petits ou grands, du jour. Et dans les cafés de la rue Montmartre, où il commençait à se glisser, il a recueilli quelques diffamations d'un agrément canaille.

Aussi bien, cette salle de rédaction, quel étrange endroit ! Rien peut-il différer davantage de ces journaux, d'ailleurs fort réels, dont Balzac nous a dit le tourbillon, la verve, les amertumes, les frivolités, les soupers, les jolies femmes? Sur quels êtres singuliers ce pauvre Racadot est-il donc tombé ! Et, voulant contenter un public qu'il n'a pas le temps de créer, pourquoi les circonstances l'ont-elles réduit à ces personnages qui, depuis le matin, dans cette salle glacée, glacée par leur sérieux en ce chaud mois de juin, travaillent, discutent, raturent ! Racadot pourtant sait les conditions d'une entreprise commerciale. Mais voilà ! il se fait du tort pour s'être confié à des hommes supérieurs. Dans cette occasion, nous pouvons constater tout ce qu'il faut de travail, de volonté, de constance, de méditation pour organiser même un échec.

A deux heures du matin, quand le journal fut « bouclé », et que Rœmerspacher, Saint-Phlin, Sturel, Suret-Lefort se furent retirés, la Léontine jeta par terre deux matelas. Mouchefrin passa dans la première pièce. Et tous trois ils s'endormirent au bruit de l'imprimerie ronflant au-dessous d'eux. Réveillé dès cinq heures, Racadot déploya son journal et il soupçonna que ce magnifique document était illisible. Vers midi, il alla dans quelques brasseries de journalistes. On l'y recevait bien, parce qu'il pouvait prendre de la copie ; mais, par cette même raison, on lui dénigra plus que de justice ses rédacteurs. Aussi fut-il ému quand chacun de ceux-ci, un peu plus tard, à sa question : « Que m'apportes-tu ? » répondit paisiblement : « La suite. »

Mais ils étaient les rameurs de sa barque et il avait trop d'intérêt à les avoir bien choisis pour ne pas se solidariser avec eux. Sans argent, par qui les remplacer ? Tout de même, il les sentait d'aplomb, et ce solide paysan lorrain, demi-avoué, méprisait comme des farceurs leurs dénigreurs de café.

Au bout de trois jours, pourtant, il dit à Sturel :

— Un journal, ce n'est pas de la poésie, ni de l'histoire, ni de la philosophie. J'aime les genres tranchés.

C'était l'opinion de Napoléon ; surtout c'est l'opinion du plus grand nombre ; et cette autorité-ci plus que la première touche Racadot, car il ne fait pas d'esthétique en l'air, mais d'après les données positives de la vente.

Sturel répliqua :

— Précisément, nous tranchons fortement sur les autres journaux. Nous posons des idées, et qui ont chance d'avoir un public jusqu'alors peu servi. C'est une expérience intéressante.

— Je ne peux pas faire d'expérience, conclut Racadot.

Sturel a vu juste en allant droit au public. C'est éviter bien des impertinences et s'épargner les malentendus avec des personnages compétents, qui sont fixés et incapables de modifier leur point de vue. Mais pour trouver des esprits disponibles, pour les trier, pour les créer, il faut une dispersion considérable, c'est-à-dire un tirage bien supérieur aux vingt mille exemplaires quotidiens de ce journal-ci, et un capital qui permette de durer.

Cette première semaine pourtant, Racadot eut deux satisfactions : un jeune garçon maussade, malpropre, avec des yeux enthousiastes, se présenta aux bureaux et sollicita d'aider ces messieurs parce qu'il admirait le journal. C'était le petit Fanfournot, le fils du concierge chassé du lycée, jadis, par les soins de Bouteiller. Il était orphelin, sans ressources. Comme il ne demandait pas d'appointements, on ne lui demanda pas d'explications, et il devint le servant de Mouchefrin. En outre, des députés exprimèrent à Renaudin le désir de collaborer à *la Vraie République*.

— Mais comment les rémunérer?

— Le député, répondit le reporter, cherche continuellement l'hospitalité d'un journal, au point que, s'il ne la trouve pas, il vole pour l'acheter. A l'origine des grands scandales parlementaires, il y a toujours le besoin qu'eut un représentant du peuple de publier une chronique politique, et sa chronique est toujours illisible.

— Mais alors?

— Cela te fera des relations.

Racadot se demanda si Renaudin ne se f... pas de lui et regretta Bouteiller.

CHAPITRE XIV

UNE ANNÉE DE LUTTES

> L'homme d'action est toujours sans conscience; il n'y a d'homme consciencieux que le contemplatif.
>
> (GŒTHE.)

La première déception de Racadot fut de ne trouver qu'une vingtaine d'abonnements sur les cinq cents qu'il avait espéré recruter, à l'aide d'un numéro spécimen, parmi les relations de ses collaborateurs.

On vendit une moyenne de 2,000 numéros par jour dans les kiosques et les crieurs en placèrent 2,500, ce qui donna une recette de 4,700 francs par mois, soit pour l'année 52,400 francs. C'est un déficit de 37,000 francs sur les prévisions.

Racadot s'efforçait à l'optimisme. Il mentait, comme c'est la coutume, pour déterminer le succès en l'affirmant, et cédait à d'épouvantables colères quand on formulait devant lui ces mêmes inquiétudes qui secrètement l'angoissaient. Il s'en ouvrit au seul Renaudin. Il lui parlait à voix basse, et il guettait avec un cœur épouvanté s'il aurait le malheur d'être approuvé dans ses sombres pressentiments par cet homme compétent, son maître.

— Pas de défaillance! — répliqua paisiblement Renaudin, que le pauvre colosse soudain eût voulu embrasser. — Tous nos lettrés sont satisfaits. Maintenant passons au sérieux!

— Je sais, dit Racadot, qu'un journal ne vit pas de sa vente!

— Je te demande 33 p. 100 de toutes les affaires que fera *la Vraie République*, je te dirigerai.

Renaudin allait commencer l'impitoyable succion qu'il s'était proposée. Il gagnait péniblement 300 francs par mois; il serait heureux, lui, sa mère et sa sœur, s'il doublait cette somme et s'assurait un budget de sept à huit mille francs. Pour ce chétif résultat il n'hésitait pas à dépouiller Racadot de 40,000.

Après un naufrage qui fit grand bruit, le seul survivant d'un canot de douze personnes raconte ceci: « Je ne savais pas si j'échapperais, mais je m'étais juré à moi-même de demeurer le dernier. Il y avait une femme. Pendant deux jours, étendue au fond, elle me léchait les mains, parce qu'elle mourait de soif; quand elle fut morte, je me chauffai les pieds dans son corps. Le onzième de nos compagnons agonisa : presque incapable de me soulever moi-même, je le surveillais, car, sitôt son dernier souffle, j'avais l'intention de lui boire le sang. Il est vrai que dans cet état d'anémie, et chez ces morts par la soif, par le froid, on trouve peu de sang. Mais j'avais ma langue collée à mon palais, une goutte m'eût soulagé. »

Renaudin s'inspire d'un individualisme également

exaspéré; pour une goutte qui le rafraîchisse, il guette l'instant de saigner ses compagnons de navigation. En outre, il se dit : « Bah! qui sait les raisons d'un succès? Il y a le hasard!... » Voilà une phrase tout à fait misérable et qui suffit à dénoncer l'insuffisance, la veulerie, quand même, de ce cynique. Le hasard! mais cela n'existe pas, et le concours des forces dont il est le pseudonyme nous sert seulement dans la mesure où nous les prévoyons. Nous devons pénétrer par notre analyse les ombres où habite cette puissance mal nommée et la soumettre à nos calculs.

— Trente-trois pour cent! et sur l'ensemble des affaires!

Racadot s'essuya le front. Il supporta le coup; mais ce qui restait en lui de croyance à l'amitié s'écroula.

Renaudin prit Racadot ou la victime des idéologues par la main et le mena sur le plan des réalités.

— Il y a deux ans, nous aurions trouvé une mensualité de 2,000 francs dans la première banque venue... Aujourd'hui, je ne vois que Panama. En tout temps ils donnent des allocations, et maintenant qu'ils préparent une émission pour septembre, ils seront encore plus coulants. C'est Marius Fontane qui est chargé de la distribution : je ne le connais pas, mais je veux moi-même te présenter au baron de Reinach, un des plus puissants financiers de Paris, que la Compagnie écoute beaucoup et qu'elle intéresse en première ligne dans tous ses syndicats d'émission.

En réalité, Renaudin, qui comptait bien frapper

pour son compte personnel chez Marius Fontane, n'entendait pas s'user pour Racadot. Il se proposait de le mettre dans la filière, pour en avoir le mérite, et de s'effacer aussitôt, afin que les bureaux de Panama ne lui disent pas plus tard : « On vous a déjà donné, bonhomme ! »

Sous le titre de publicité, la Compagnie comprenait les concours qu'elle recherchait ou qu'elle devait subir. Elle employa en réclames de presse, en achats de ministres, de députés et de gens du monde 23 millions d'après ses livres ; encore faut-il supposer que beaucoup de dépenses de cet ordre durent être dissimulées et qu'on les inscrivit sous d'autres rubriques. La gestion d'un service aussi considérable fut confiée d'abord à M. Lévy-Crémieux, puis, pour l'émission de septembre 1884, comme le dit fort bien Renaudin, à M. Marius Fontane. C'est à partir de 1886 que M. de Lesseps, jugeant les circonstances critiques, prit en main ce service essentiel et le dirigea jusqu'à la catastrophe, avec l'aide du baron de Reinach. On dressait un budget de prévision : aux journaux et aux revues des sommes étaient attribuées d'après leur tirage et aussi d'après l'influence supposée à tel directeur politique ; on tenait compte ensuite des bulletiniers, puis de certains agents. Ceux-ci recevaient des sommes dont le détail n'était pas prévu et qu'ils répartissaient çà et là, en se promenant dans les divers mondes parisiens, au mieux des intérêts généraux. Cette première liste des élus, approuvée, n'était pourtant pas close. Les administrateurs eussent bien voulu s'y tenir, mais pressés de sollicitations, de menaces, ils ajoutaient des noms, augmentaient des sommes. Dans l'intervalle des émissions même, les libéralités n'étaient pas suspendues.

C'était fort raisonnable à ces jeunes gens de solliciter par l'intermédiaire d'un financier considérable. La féodalité n'est pas morte : chaque puissant a sa clientèle qu'il domestique et qu'il défend.

Reçus par le baron de Reinach, les deux novices développèrent leur boniment. Renaudin disait le journal lu par tous les jeunes gens.

— Ils n'ont pas d'économies, — répliqua le baron avec le sourire du grand escrimeur qui de sa parade fait en même temps une leçon pour le débutant.

— Nous allons aussi dans les petits ménages universitaires ! ajouta hâtivement Renaudin, mortifié de sa faute.

Un publiciste et un financier, s'ils discutent une subvention, doivent être interprétés comme deux adversaires qui ferraillent. Et quand, malgré une brillante défense, le journaliste parvient à toucher, ils se serrent la main et s'estiment. Reinach, à tâter une épée aussi inexpérimentée se trouvait diminué. Tout en causant, il parcourait, avec négligence, quelques numéros de *la Vraie République*.

— Vous avez vingt-cinq ans, et il n'y a pas là une seule pornographie ! Seriez-vous naïfs ?

Il feuilleta encore, puis reprit :

— Premièrement, je ne suis pas conseil autorisé de la Compagnie ; et en outre, nous n'aidons que celui qui peut l'exiger, C'est ce que vous n'êtes pas en mesure de faire.

— Baron, dit Renaudin, allez-vous pour cent louis vous faire un ennemi ?

Ce fut un mot de génie, mais le génie du carottier plutôt que du bandit. Tel était Renaudin jeune, et sa manière s'en ressentit toujours. Jacques de Reinach voulut bien sourire et leur promit de les faire inscrire.

Renaudin et Racadot, peu de jours après, se présentèrent rue Caumartin, à la Compagnie de Panama. On était prévenu, mais, au lieu de la mensualité de deux mille francs qu'ils espéraient, on leur remit un bon pour pareille somme à toucher, une fois pour toutes. Et comme ils n'étaient pas des seigneurs qu'on ménage, on pria Racadot de poser sa signature bien lisible au dos de la pièe.

En sortant, ils croisaient les pires vautours de la presse et du parlement. Renaudin les nommait à Racadot; celui-ci, que sa déconvenue aigrissait :

— En voilà qui iront au bagne avant moi!...

Il se trompait grossièrement.

— Patience! fit Renaudin, quoi qu'en jure le vieux Lesseps, leur canal n'est pas encore creusé. Nous avons le temps de le contraindre à nous apprécier. Je suis content que sa ladrerie nous dispense de toute reconnaissance. Considère ses cent louis comme un acompte... D'un tel argent, il faut que tu t'égaies. Emmène-moi dîner chez Foyot. Je te prodiguerai mes conseils au moment du cigare. C'est toujours agréable à donner, et ça profite quelquefois à recevoir.

Quand de bons plats et la bouteille l'eurent disposé à l'optimisme, Renaudin posa la main sur l'épaule de son ami, assura son monocle, et, le contemplant :

— Tu veux faire des affaires et tu organises un journal exclusivement avec des garçons qui auront du talent! et de quelle espèce? des idéologues!... Que j'aille à la réunion du tombeau des Invalides, c'est naturel, parce que je suis un reporter qui ne frissonne plus, même aux exécutions capitales; mais toi, tu risquais d'y troubler ton jugement. Ils te détournent de tes affinités naturelles. As-tu vu Bouteiller?

— C'est un égoïste, peut-être un pharisien!...

Il se mit à commenter avec passion la fameuse visite de Rœmerspacher et de Sturel à Bouteiller.

— Je connais l'histoire!... Je te demande si tu l'as vu toi-même. Ne prends jamais d'intermédiaire! Nos amis l'ont effrayé. Bouteiller aurait soutenu des hommes de valeur marchant avec lui; mais il a reconnu des idées qui peut-être mangeront les siennes... Un plus habile que toi, Racadot, serait déjà fonctionnaire.

— Mon malheur, c'est de m'être embarqué avec des hommes qui seront ministres dans quinze ans. Ils ne céderont sur aucun détail; ils briseraient plutôt des camarades pauvres.

— Durez quinze ans et vous serez leurs hommes de paille; et si tu es encore sentimental, pour te venger, tu les feras chanter.

Racadot, voyant que les cigares coûtaient un franc cinquante, déclara préférer les cigarettes qu'il roulait lui-même. Dans ce milieu plutôt gai, on eût dit un penseur : il cherchait comment avec quarante billets de mille maintenir le journal pendant quinze ans.

Il revint sur le baron de Reinach : il prétendait que le banquier leur avait promis une mensualité; il lui reprochait sa fausseté et l'admirait.

— C'est une vieille canaille, dit Renaudin, mais un

garçon obligeant. Il apporte le monde politique aux financiers, et le monde financier aux politiques. Il tient tout ; voilà sa force.

Elles sont courtes, les vues de Renaudin ! Il croit que ses supérieurs immédiats sont le bout de la hiérarchie. Il y a une féodalité à degrés nombreux. Un Bouteiller, un Jacques de Reinach, commandent un Renaudin, un Racadot, mais tout de même obéissent à des puissances supérieures. Celles-ci, on ne les connaît pas au « Madrid », au « Cardinal » où Girard et les rabatteurs de Portalis opèrent. Renaudin, tout vaniteux d'apporter à son camarade l'esprit de ces cafés, que Spuller appelle les « salons de la démocratie » (il voulait dire du parlementarisme), conclut en disant :

— Voilà un bon cours d'histoire, et qui vaut bien un dîner d'un louis.

— Tu connais beaucoup de ces financiers ? dit Racadot en rougissant de la perspicacité de Renaudin.

— Connaître à fond des hommes, c'est un sûr moyen de faire leur connaissance. Ces puissants tremblent devant un écho de journal.

— Je pourrai donc faire payer à ce Reinach sa déloyauté !

— Il vaudrait mieux lui faire payer le déficit de *la Vraie République !*

Et Renaudin dicta sur-le-champ à son naïf élève :

« De bons patriotes nous signalent avec étonnement la place considérable qu'occupent dans le monde gouvernemental certains salons de financiers allemands. On tiendrait justement à l'écart un réactionnaire, rallié depuis vingt-quatre heures. Comment se fait-il que certains individus nés à Francfort, à peine naturalisés, soient tout puissants dans les ministères et notamment à la Guerre? C'est un scandale. J'espère que nous n'aurons plus à y revenir. »

Racadot courut à l'imprimerie. La note parut dans le numéro du lendemain. Renaudin la porta aussitôt rue Murillo.

— Baron, dit-il, je m'excuse de vous avoir présenté mon confrère de *la Vraie République*. Il aura été mécontent de l'accueil un peu sévère qu'il a trouvé à la Compagnie. Ce n'est pas un mauvais homme, mais il est inexpérimenté. Voilà une attaque que je me charge d'arrêter.

Le banquier lut le journal et se méfia d'une demande d'argent.

Renaudin, pour donner de l'autorité à *la Vraie République*, expliqua qu'elle était rédigée par des élèves, des disciples de Bouteiller.

— J'ai pour M. Bouteiller la plus haute estime, interrompit Reinach ; nous le verrons dans la prochaine Chambre, il y prendra une grande place.

Renaudin, après une conversation prolongée autant qu'il put, se leva et dit :

— Enfin, cher monsieur, pour la note, soyez tranquille, il ne paraîtra rien. Mais que ma démarche reste entre nous. Et pour tout faciliter, soyez donc absent, si le propriétaire de *la Vraie République* se présente ici.

— Entendu, mon cher Renaudin. Croyez qu'à l'occasion je serai enchanté de vous être agréable. Vous êtes un garçon de valeur et d'esprit.

— Dites cela aux directeurs de journaux.

— Mais je le leur dirai!... Êtes-vous chasseur? Il faudra que vous veniez avec certains d'entre eux tirer un perdreau à Nivilliers.

Deux jours après, Racadot, qui comptait bien sur une forte mensualité, se présenta chez M. le baron de Reinach. Une façon de secrétaire le reçut et, dès les premiers mots, renversa le pot au lait.

— Monsieur le baron est occupé.

— Quand pourrais-je le voir?

— M. de Reinach est très pris!... Je crois qu'il va s'absenter. Si vous le jugez à propos, je puis me charger de votre communication.

— Je voudrais voir le patron! — continua Renaudin avec une grossièreté qu'il croyait utile.

— On vous dit qu'il ne reçoit pas! — répliqua du même ton le commis en se levant pour le reconduire.

— Soit! — cria Racadot avec l'expression d'un chien auquel on retire sa pâtée. — *La Vraie République* s'expliquera sur M. Jacques de Reinach.

— Monsieur, je ne traite pas les questions personnelles; mais je vais chercher la police quand on fait du scandale.

Racadot conta la scène à Renaudin, qui rit longtemps de son rire en *u* et sans chaleur. Qu'on fît du tapage au financier, cela lui semblait bien drôle. Il différa quelques jours de fournir à Racadot les éléments d'une campagne, puis l'en dissuada : « Il vaut mieux, disait-il, quand on est le plus faible, donner l'exemple de la courtoisie. » *La Vraie République* fit sa paix avec le baron de Reinach en mentionnant une chasse où avaient pris part Bouteiller, Renaudin et des grands journalistes.

Le rôle de Renaudin demeura confus dans l'esprit de Racadot. Mais il ne faisait pas de psychologie; il avait touché une première somme, espérait toucher encore. Tout se termine par une transaction entre l'optimisme de nos rêves et les duretés de la réalité, et par une nouvelle construction d'espérances.

Sturel, malheureusement, contrarie le génie architectural de ses deux amis. Il surveille son journal de la première à la dernière ligne. Parce qu'elles lui paraissaient dénuées d'intérêt, il a refusé des notes de Mouchefrin où l'on sentait l'éducation de la rue Montmartre. Ces délicatesses irritent Racadot, qui juge que le maître, c'est celui qui paie. Fin septembre, on a déjà mangé une quinzaine de mille francs. Cependant il ne brusque rien. Se méfiant un peu de Renaudin et mal secondé par le dévouement inférieur de Mouchefrin, de la Léontine, et de Fanfournot, il voudrait garder ses vieux amis, tout en faisant un journal « plus moderne, plus raisonnable ». Qui sait, d'ailleurs? un jour ils seront riches, pourront aider *la Vraie République!*

— Mon cher rédacteur en chef, dit-il à Sturel, le journal est admirablement rédigé, mais il perd beaucoup d'argent. C'est que nous sommes un peu naïfs. On m'a indiqué un collaborateur très précieux, parce qu'il s'occuperait en même temps de publicité. Un journal vit par les affaires, n'est-ce pas?

Qu'objecterait Sturel?... On prit rendez-vous pour dîner aux Champs-Élysées.

De quel air courtois et important le nouveau collaborateur se déclara heureux de donner la main au rédacteur en chef de *la Vraie République!* Si Sturel était resté en Lorraine, de sa vie, il n'aurait vu de souliers si vernis, ni un chapeau si miroitant. Dans toutes les manières de ce convive providentiel, quand il saluait, — comme sur le terrain, — quand il s'excusait et vous cédait la parole, quand il parlait d'argent, — avec dédain et toujours par louis, — on reconnaissait un homme susceptible, voire pointilleux, un homme d'honneur, enfin. Il n'avait de douteux que le linge et le regard.

A ce dîner, comme par hasard, Renaudin assista.

— Voilà monsieur Renaudin, — disait le gentilhomme, — qui est très sérieux et qui pourra vous dire avec moi que tous les journaux vivent de la publicité.

— Mais quelle publicité et quelles affaires?

Racadot, qui bout quand on boude contre son ventre, réplique :

— Une affaire, s'entend, est bonne, si elle rapporte de l'argent.

La figure de Sturel s'attrista. Et il commençait de regarder les dîneurs voisins, trouvant que ses convives parlaient bien haut.

— Permettez, dit l'homme. Je devine monsieur. Je vois bien qu'il ne lui conviendrait pas de faire n'importe quelle affaire. Pour un commerçant, cela n'a pas d'importance; mais pour M. Sturel, qui se destine sans doute à la vie politique, il y a des inconvénients, parce qu'on peut, en période électorale, mal interpréter un rien.

— Dame! — jette Racadot, décidément invité à la franchise par la truite sauce verte, — c'est certain qu'il y a des inconvénients. Mais c'est bon aussi de gagner de l'argent.

— Enfin, — dit Sturel, prêt à s'irriter, — il y a des journaux qui gagnent de l'argent sans rien faire de suspect.

— Vraiment? et lesquels, cher monsieur?

Sturel cita des noms. A chacun, l'homme en souriant se tournait vers Renaudin. Racadot, avec le zèle d'un néophyte, ricanait. Pendant une demi-heure, ils passèrent en revue les plus estimés des publicistes contemporains, dont Sturel aimait trois ou quatre pour leur générosité. Ces accusations ne le convainquirent pas; mais il souffrait qu'on osât, devant lui, supposer de telles ignominies. Pour couper court :

— Auriez-vous raison, ce que je ne crois pas, — car la qualité de leur esprit me semble un témoignagne plus sûr que des racontars infâmes, — ceci demeure que, moi, je ne me prêterai pas à ces tripotages.

— Racontars infâmes! tripotages! — murmurait l'homme, que Renaudin calma, — eh! l'on ne force personne!

Offensé dans sa dignité, il alla jusqu'à vouloir payer sa part de l'addition.

Racadot lui disait :

— Allons, mon cher ami, un verre de kummel?

— Vous n'avez pas compris Sturel, affirmait Renaudin.

L'homme fut magnanime et, laissant de côté toute susceptibilité mesquine, il précisa loyalement, en posant sur la table sa main, les doigts écartés :

— Je comprends toutes les façons de voir; au cas où nous entrerions en relations utiles, M. Sturel garderait toujours la liberté de refuser une affaire qui lui déplairait. Je lui ferai des offres, il jugera et je m'inclinerai devant ses convenances, car, qui suis-je? Un galant homme pour qui le baccara a été sévère, mais, vive Dieu!... un galant homme!

Sturel, touché des affres de Racadot, craignit le ridicule d'être moraliste à l'heure du cigare.

— En avez-vous seulement, des affaires? Nous disputons sur les nuances du poil de l'ours.

— Mon cher ami, dit Renaudin, exposez à M. Sturel une affaire que vous ayez en vue dans ce moment-ci.

— Eh bien! voilà! — il baissait la voix. — Je sais une histoire de mœurs qui va venir devant le tribunal, où sont compromis un commerçant et un avocat. Dans une note, nous citons l'avocat qui n'a pas le sou, puis nous annonçons une enquête pour connaître le nom du gros commerçant. Sous prétexte d'interview, je passe chez lui, et, pour qu'on se taise, il allonge la forte somme.

Ayant dit, il regarda son monde avec contentement.

— Suffit! — s'écria Sturel, qui rassemblait son chapeau, sa canne, ses gants, payait, se levait, décampait.

— Soit! — fit l'homme, blessé, — mais je ne réponds même pas qu'on puisse réussir l'affaire avec *la Vraie République.*

Renaudin accompagna Sturel, qui lui dit :

— Tout cela me déplaît.

Il lui répondait, comme à un enfant nerveux :

— Je vois bien ce qui t'inquiète. Le bonhomme est un peu à surveiller. Mais c'est un honnête garçon : tu lui expliquerais ton système, il s'y conformerait.

Sturel, en écoutant la plaidoirie de son compagnon

et les distinctions qu'il établissait entre les ventes de silence « qui réellement ne sont pas dangereuses » et les articles de pression « dont il faut en effet se défier », se le représentait humble, défait, subtil, au banc des accusés en correctionnelle, et il pensait : « Comme c'est plus simple d'avoir des partis pris ! » Il voyait clair que dès maintenant la notion d'honnêteté était détruite en son vieux camarade. Un praticien habile, en posant de petits tampons d'arsenic sur le nerf dentaire d'un patient, arrive à le détruire totalement et avec triomphe il conclut : « Vous ne sentez plus rien ! » — Du même ton que le névralgique soulagé, Renaudin, quand on essaie d'irriter les délicatesses de l'honnêteté, peut répondre :

— Rien, je ne sens rien du tout.

Ce n'est pourtant pas que cet élève de Portalis et des « salons du parlementarisme » n'ait gardé telle naïveté d'âme qui ferait rire au boulevard, un touchant réalisme lorrain, — notamment quand il expliqua d'une façon dégoûtante et familière une éruption qu'il avait eue au visage :

— Je suis heureux maintenant ; ma santé est excellente. J'ai une maîtresse qui a eu l'idée de me faire à minuit, chaque jour, une côtelette aux épinards.

Cette ingénue reconnaissance d'un amant rattache Renaudin à l'humanité, mais acheva de dégoûter Sturel qui résolut de rompre avec *la Vraie République*.

Pour avoir senti sous son pied mollir la rive du vaste cloaque de la presse, telle que l'a faite le système de chantage général qu'est le parlementarisme français, voilà Sturel qui recule ! Dès ce moment, on voit bien que s'il a l'esprit élégant, plein de feu, il ne possède guère la faculté de le gouverner. C'est délicatesse native, c'est aussi la culture héroïque de l'Université. Certains jeunes gens, à vingt-quatre ans et avec notre éducation idéaliste, ne sont pas prêts pour la vie. Ils ont dans le sang toute la poésie des livres. C'est au point que le premier argent qu'ils toucheront les fera rougir. Ils n'éprouveront pas la fierté d'un jeune homme élevé à la Franklin et qui met la main sur son premier salaire, mais une diminution morale, la honte d'un travail mercenaire.

De ce dîner par un beau soir profond sous les arbres des Champs-Elysées, Sturel emporta le pressentiment que jusqu'alors il avait vécu dans une convention, dans l'ignorance des choses. C'est un thème banal, l'opposition qu'il y a entre la vie, telle qu'on se l'imagine, et sa réalité, mais cette banalité soudain pour Sturel devint douloureusement vivante et agissante. Elle infecta toutes les opinions qu'il s'était composées des hommes et des choses. Chaque jour de cette semaine, il fut plus déniaisé, mais plus sombre. Il apprit que si toutes les convictions ne sont pas déterminées par l'argent, presque toutes du moins en rapportent, ce qui atténua leur beauté à ses yeux, Il constata que si certains hommes prennent certaines attitudes sans subvention, certains autres sont subventionnés pour les prendre, et qu'ainsi le plus désintéressé, toujours suspect aux malveillants, n'a même pas la pleine satisfaction de se savoir en dehors des combinaisons pécuniaires : sans en profiter, il les sert.

Sturel dut encore admettre que la meilleure des causes a besoin, pour réussir, d'appuis empruntés aux forces existantes. Les métaphysiciens, les moralistes en chambre agencent des mots auxquels ils ne demandent que d'être conformes aux définitions du dictionnaire ; par leurs fenêtres fermées sur la vie, nulle poussière ne peut pénétrer jusqu'à eux ; et, d'autre part, les serfs, les fellahs, les éternels soumis, s'ils sont couverts de poussière, ont le droit de penser devant Dieu et devant les hommes : « Je ne dois pas être tenu pour souillé, car à travers les siècles toujours j'ai subi et jamais je n'ai pris une résolution. » Mais ceux qui agissent, qui assument des responsabilités !... Les nécessités de leur action les empêchent de demeurer irréprochables ; même ils ne se bornent pas à coudoyer les pourris, ils collaborent avec eux, les ménagent et les sollicitent.

Au 1er octobre, Sturel abandonna la rédaction en chef, ne vint plus aux bureaux du journal, mais envoya toujours des articles. Le dîneur qui lui avait si fort déplu fut installé avec le titre de secrétaire général à la place de l'administrateur qu'on expulsa. Cette brillante recrue multiplia les démarches auprès de tous les grands établissements financiers, compagnies de chemins de fer, messageries maritimes, etc. Après huit jours de vains efforts, toujours optimiste, il dit à Racadot :

— *La Vraie République* n'est pas prise au sérieux : il faut la faire valoir.

Moyennant quelques pièces de vingt francs, il obtint des indiscrétions d'employés et publia une série d'articles contre diverses maisons de crédit. Racadot paraissait regretter ces dépenses, qui demeuraient sans résultat.

— Ils sont touchés! — lui répliquait son convive. Mais c'est question d'amour-propre : ils ne veulent pas qu'on ait compté sur eux pour faire vivre le journal. Il faut leur prouver qu'on a d'autres ressources.

On chercha un bailleur de fonds. Le maître chanteur croyait au hasard, à sa bonne étoile : tous ces gens qui finissent en correctionnelle sont des esprits mous ; incapables d'embrasser la série des causes et des conséquences, ils parlent du hasard.

— On ne sait jamais, disait niaisement celui-là, quel est l'homme capable de mettre de l'argent dans un journal.

Il présenta à Racadot des personnes qui n'avaient pas de semelles à leurs souliers, et qui fortifiaient chacune de leurs phrases des adverbes « loyalement, franchement ». Il feuilleta le *Bottin*, s'informa en tous lieux des négociants « susceptibles de s'intéresser à un journal », — qu'il appelait tour à tour des « enrichis intelligents » ou des « parvenus vaniteux ». Il eût fallu être en mesure d'offrir la croix ou la députation.

— Ah! — disait avec envie le secrétaire général, — si, comme M. Renaudin, je fréquentais Portalis!

On ne trouva pas le bailleur de fonds, mais les établissements commencèrent à s'émouvoir. Mille bruits en coururent à la honte de *la Vraie République*. Hélas! de ces bruits, dix à peine étaient justifiés.

— Patience! patience! répétait l'ingénieux gentilhomme. Ils m'estiment et ils chanteront!

C'est vrai que Racadot manquait de patience. Il n'était pas un spéculateur d'esprit libre, qui se sent une année devant lui et supporte allègrement les mois de baisse parce qu'il peut « tenir le coup ». A toutes les minutes, il voulait savoir où il en était. On atteignait seulement le cinquième mois et déjà son capital était à demi détruit. Comme si la vie même faiblissait en lui, il avait des insomnies. Un matin, il tendit à Renaudin un article de sa façon :

— Voilà de quoi peser sur les Rothschild.

L'autre haussa les épaules :

— Personne ne fera chanter Rothschild : si jamais il donnait un sou, toute sa fortune n'y suffirait pas.

Racadot alla aux renseignements rue Laffitte, et apprit que *la Vraie République* était inscrite pour une mensualité de 500 francs.

Ainsi Renaudin l'escroquait ! Jugeant qu'il pouvait désormais évoluer sans guide, il saisit cette occasion pour se libérer du courtage de 33 pour 100 que son déloyal camarade prélevait. Tout le journal, d'ailleurs, témoignait d'un génie sordide. Mouchefrin lui-même, de grand matin, dispensait d'un des porteurs, distribuait les exemplaires dans les kiosques, chez les libraires. On croit généralement que le premier reporter féminin fut madame Nivert qui, dans *le Soleil*, rendit compte de l'exécution d'Émile Henry : on ignore donc que la Léontine allait tous les jours à la Préfecture de police ? Aucune économie ne paraissait négligeable à Racadot. Naturellement, il vendait les billets de théâtre ; il vendait les livres sollicités des auteurs, des éditeurs. Un ouvrage de 3 fr. 50 est repris par les bouquinistes à 1 fr. 25 ; coupé, il ne vaut plus que 60 ou 75 centimes. A *la Vraie République*, on lisait les ouvrages en écartant les feuillets et en clignant de l'œil, la tête penchée comme un buveur qui tient le verre et fait claquer sa langue. Le directeur d'un journal a une carte de pesage qui trouve acquéreur pour 1,500, voire 2,000 francs. On peut aussi négocier les permis de chemin de fer. Lors d'une exécution capitale, Racadot parvint à placer pour 100 francs deux billets de presse donnant le droit d'approcher de la guillotine. Aussi le journal se déclarait, en toute circonstance, partisan de la peine de mort.

Au milieu de ces vilenies et mesquineries mêlées, Sturel, Saint-Phlin, Rœmerspacher, Suret-Lefort, avec le délicieux égoïsme des idéalistes, poursuivaient leurs constructions abstraites. Ils étaient disposés à tenir Racadot comme engagé envers eux. Et lui, de leur quiétude ressentait une haine accrue par son impuissance à la leur témoigner.

Le journal les avait rapprochés de littérateurs connus, dont ils ne tirèrent pas d'agrément sérieux. Ces messieurs, même habiles et déliés dans leur art, leur parurent grossiers : il faut aimer si sottement la notoriété pour l'obtenir! Dans une même époque beaucoup d'individus sont intéressants à observer, en tant que spécimens rares, comme des monstres enfin, mais trois ou quatre au plus peuvent nous donner de l'exquis ou une excitation héroïque ; ceux-là ont des habitudes de méditation et ne se prêtent pas aux connaissances hâtives.

En réalité, de leur collaboration à *la Vraie République*, Rœmerspacher et Sturel retirent cet avantage qu'à détacher d'eux-mêmes des idées pour les insérer là, ils se fortifient, — comme un fraisier cueilli, élagué, taillé, fructifiera d'autant plus, — mais ils ne trouvent point dans ce journalisme sans but un mobile à leur activité. Le centre de Rœmerspacher devient plus que jamais l'école des Hautes Études; Sturel se replie sur les souvenirs d'Astiné, et, par reflet, sur mademoiselle Alison; Suret-Lefort, chaque jour plus affamé d'applaudissements, ne voit dans l'univers qu'une vaste « Molé ». — Quant à Saint-Phlin, en plein hiver il regagna la Lorraine, à la suite d'une crise sentimentale où l'on trouve un mot de Mouchefrin qui, tombé dans un coin de café, demeure pourtant le témoignage le plus grave contre ce mauvais homme.

Il faut savoir que Saint-Phlin n'avait pas beaucoup d'usage des femmes. Il s'était épris d'une petite créature blonde nommée Mauviette. C'était une Alsacienne du territoire de Belfort, très soumise parce qu'elle avait été débauchée et formée par un gros commerçant, qui jugeait que celui qui paie a le droit d'imposer sa discipline. Quand elle fut si malade que ce négociant l'abandonna, et après une période d'absolu dénûment, — car elle ne pouvait songer à retourner dans son honnête village alsacien où sa mère d'ailleurs était morte et son père remarié, — avec quelle ardeur tendre cette fille de vingt-quatre ans s'attacha à Saint-Phlin! Ardeur de phtisique et tendresse d'Alsacienne pour un jeune homme aimable, presque son compatriote, qui succédait à un bourru. Avant que Saint-Phlin se fixât et quand il fallait bien manger, coucher, fut-elle un peu commune à ces jeunes gens? Ils ne savaient plus au juste qui d'entre eux l'ayant rencontrée l'avait menée dîner avec toute la bande, puis le soir au café, où elle revint durant une quinzaine. Il est certain qu'elle se préoccupa d'isoler Saint-Phlin quand elle fut son amie. Mais quoi! elle avait le goût de la lecture, une religion assez poétique et le pressentiment de la mort, et si quelques-uns la connurent, elle n'apparut avec ces qualités-là, c'est-à-dire vraiment elle-même, qu'au seul Saint-Phlin. Ils passèrent des jours et des jours, tantôt ravis, tantôt désespérés, à chercher dans le silence, l'un à côté de l'autre, le moyen d'éviter à leur amour le chemin du cimetière. Le jour vint pourtant que le pauvre amant y conduisit son amie. Il en revint vieilli, les yeux aisément pleins de larmes, insensible aux questions qui naguère lui semblaient essentielles, enfin plus du tout un adolescent, mais démoralisé par l'effacement de cette gentille servante.

Or, un soir de décembre qu'il était venu au café et que son silence gênait, apitoyait Rœmerspacher, Sturel, Renaudin même, Mouchefrin, lui, par goût de l'infamie, l'interpella :

— Tu sais, Saint-Phlin, ta Mauviette? il ne faut pas non plus que tu t'exagères les choses... Moi... moi...

— Je le savais, — répliqua Saint-Phlin pâlissant, qui prit son chapeau, sortit, s'en alla jusqu'à Varennes.

Tous se levèrent, laissant là Mouchefrin.

Ces messieurs ont bien du loisir, d'avoir tant de délicatesses! Quand Racadot met la main sur son cœur, il constate combien s'amincit la liasse de ses billets de mille.

On n'est vaincu qu'au jour où l'on s'avoue vaincu! voilà l'exacte formule. Il espère envers et contre tous. Non par sottise, mais parce qu'il découvre toujours une issue et, immédiatement, y marche. Il est parvenu à s'assurer un certain nombre de mensualités. Le défaut de ce provincial est dans l'évaluation : remarquable d'activité, d'audace, il attend trop des ressources qu'il entrevoit. Sa lourde main de paysan n'a pas le tact pour soupeser les valeurs imaginaires dont vit un intrigant de la presse. Et puis, dans les chantages, il est un peu goujat : il presse trop.

Pour l'instant, il tient une bonne affaire que lui a procurée Mouchefrin. Et par qui? Par Astiné.

Mouchefrin, qui n'a pas un bon tailleur et qui n'a pas le cœur noble, déplaît; il fait voir tout de même quelque chose d'analogue à la fierté. Comme la sèche trouble l'eau par l'émission volontaire de son encre pour aveugler l'ennemi qui la poursuit, il secrète et projette, en façon de sépia, des propos âcres, insultants. A madame Aravian qui l'interroge sur Sturel, il répond :

— Il aime de plus en plus la petite Alison et ne m'a même pas écouté quand je lui disais votre retour.

Astiné joue avec ses turquoises et ses perles; elle n'a rien à dire contre cette dureté de Sturel, mais, si nerveuse, elle ressent une jolie honte secrète, car elle veut être celle qui ne tourne jamais la tête. Désormais ce Mouchefrin, parce qu'il l'a blessée, existera pour elle. Qu'il soit insultant, elle en est agréablement excitée; elle le bafoue d'une façon supérieure et goûte l'affreux plaisir d'avilir un être : elle se fait de lui, peu à peu, un besoin comme d'un bouffon. Elle s'en explique joliment à un ami, diplomate français, aujourd'hui à X..., et avec qui jadis elle a visité le pays d'Égypte, si bien fait pour lui plaire :

« ... J'ai trouvé ici un étrange claque-patins ; c'est un paysan qui a fait des études et qui est venu à Paris. Certainement sa mère aura cédé dans son pays à quelque kobold ou chercheur de trésors dont il est le fils, car il passe son temps à chercher des piécettes. Malheureusement, madame sa mère a tout à fait perdu la tête dans l'instant de son bonheur, et quand il fallait saisir la baguette de coudrier indicatrice. Il est domestique d'un journaliste et, par là, journaliste lui-même. Si vous demandez aux journaux, mon cher, les chances de succès du canal de Panama, la jolie femme à la mode, les sentiments intimes du Tsar, pensez que mon claque-patins vous renseigne.

« En moi, je crois qu'il n'apprécie que mes perles, mais il distingue dans ma femme de chambre la bonne odeur de la cuisine. Elle frissonne en lui tendant, de la même façon qu'aux ours et aux gros chiens des jardins zoologiques, des morceaux de viande, des verres de vin ; elle retire vite la main ; mais, à ses yeux, on voit bien que ce n'est pas la main qu'il lui prendrait...

« — Rose, lui ai-je dit, songez, ma fille, que ce n'est pas une belle espèce à propager. Je la crois déjà nombreuse ici.

« Il m'a fait voir son « patron », le propriétaire de son journal, un moujik lettré, lui aussi, mais, celui-là, un bourru tout à fait dénué de grâce. Au moins, mon Mouchefrin a-t-il cette vulgarité agréable, à la française, qui, dans tous les pays, distrait les femmes.

« Ces messieurs, qui ont des relations dans la police, m'ont présenté un certain nombre de voleurs et d'assassins. Nous visitons plusieurs fois la semaine les cabarets mal famés. Avez-vous exploré le quartier Maubert? je m'y suis fait des amis. Nous irons ensuite aux boulevards extérieurs et sur les berges de la Seine. J'aime à goûter ce qu'a de plus rare chaque pays. Dans cette belle Égypte, nous avons vu ensemble des enfants frémissant de la fièvre du soir, divins et que leur nombre fait sans valeur; le soleil qui se meurt, comme un poisson du Nil dans la main d'un Dieu, et passe du jaune au rouge, au lilas pour se fondre, de passion pâmé, hors de la vie; les rossignols éperdus sur les palmiers assombris, les siècles demi dégagés de leurs bandelettes, et les solitudes liquides de la paix égyptienne. Mais à Paris, des dégénérés qui boivent des mélanges de Locuste dans une atmosphère d'hôpital et de bagne, cela aussi me sort de l'ordinaire.

« ASTINE ARAVIAN. »

Dans chaque administration, c'est la belle coutume des agents d'user des journaux pour peser sur leurs chefs hiérarchiques, ou pour obtenir du gouvernement ce que celui-ci, toujours craintif des difficultés, accordera seulement à un mouvement de l'opinion. Le diplomate avec qui correspondait madame Aravian saisit au vol cette occasion. Il lui demanda, courrier par courrier, d'être sa discrète intermédiaire auprès de ces messieurs qu'elle lui peignait si plaisamment en Scapins tragiques. Il y avait lieu d'émouvoir le public français sur la situation qui était faite à nos compatriotes à X... « C'est besogne patriotique et dont ne pourra que profiter un journal jeune, ardent, désireux de bien faire et d'attirer l'attention. » Une note technique accompagnait.

Racadot, par Mouchefrin, répondit :

— C'est 1,000 francs.

Astiné les avança de son propre argent. Elle avait engagé quelques pierres chez des marchandes à la toilette, dont elle aimait la société. Racadot s'accusa d'avoir manqué d'exigence. Il marcha huit jours dans le sens promis, puis fit savoir que cette campagne nuisait à son journal. Astiné le pria de passer chez elle et, l'ayant invité à parler vite et net, ne manifesta aucun étonnement quand il dit qu'à moins de 30,000 francs il allait se taire. Les billets de banque n'ont pas pour cette jolie femme la même force émouvante que pour Racadot, qui guette tous les mouvements de son visage. Parce qu'elle a répondu avec flegme : « Je vous transmettrai la réponse », il se crie en dedans de soi-même : « L'affaire est dans mon sac! »

Quelle maladresse par avidité! Il y a moyen de trouver là dedans les 750 francs à payer chaque mois pour la location de *la Vraie République;* Racadot prétend en vivre totalement. Et parce qu'une Astiné n'est pas surprise d'une grosse somme, il croit que l'intéressé n'hésitera pas davantage. Même, ces ressources aléatoires, déjà il les fait entrer en compte dans ses prévisions. C'est qu'il en est aux expédients : le 1er janvier 1885, il vient de donner une délégation sur le fermier de ses annonces, aliénant ainsi une recette de 2,500 à 3,000 francs par mois.]

Le 15 février, il connut la réponse : le diplomate et les commerçants syndiqués pour la circonstance ne croyaient pas devoir consentir plus de 5,000 fr.

Le son de voix de la jeune femme transmettant cette décision à Racadot n'était pas encore évanoui qu'il la haïssait. Elle avait un air si indifférent à prononcer des chiffres! Tel qui, dans un tripot, est en train de se faire dépouiller s'exaspère de l'impassibilité des perdants ou des gagnants que l'argent n'émeut pas. Racadot, c'est un paysan, et la vie qu'il se fait exigerait un tempérament de joueur. Ce gros homme fortement membré serait heureux devant une prairie; devant un tapis vert, il respire mal, son sang s'alourdit et l'engorge. De là, peut-être, certaines fureurs de bête campagnarde, jointes à une dure personnalité. Quelques années plus tard, aux couloirs de l'Opéra-Comique en feu, il eût été de ces terribles fuyards dont les couteaux furent retrouvés fichés dans le dos des brûlés.

A cette date de la mi-février, Racadot n'avait plus que 8,000 francs en poche et des ressources mangées à l'avance. Il crut que Rœmerspacher et Sturel demanderaient à leurs familles un sacrifice en faveur du journal compromis : ils n'y virent aucun intérêt. Il lui fallut bien accepter l'offre de madame Aravian. Mais fin mars, elle lui fit connaître que décidément on se passerait de ses offices. Comme le taureau bondit avec une épée maladroite dans le garrot, Racadot courut chez Bouteiller. Depuis quelques mois, il lui demandait des interviews que le professeur consentait moyennant qu'on tût son nom. Il lui exposa qu'il s'était engagé trop légèrement, sur le désir d'un diplomate, à publier des documents propres à contrarier le gouvernement. Il les lui soumit. On avait abusé sa bonne foi : il désirait, dans un sentiment patriotique, se dégager de cette obligation. C'étaient quelques 1,000 francs à restituer.

Bouteiller le laissa tout au long s'expliquer et se contredire. L'affaire avait la plus mauvaise odeur. Mais les hommes qui veulent réussir dans la vie publique tiennent à la réputation de soutenir ardemment leurs amis. Et pour qu'on le croie, le plus simple est encore que ce soit vrai. Voilà, sans nul doute, ce qui décida Bouteiller. Et s'il accédait au désir de ce protégé suspect, il eut raison, étant donné son système, de se placer sur le terrain du devoir.

— Monsieur Racadot, dit-il en lui tendant la main, vous agissez en loyal garçon et en bon serviteur de la République. A chacun il peut arriver de se tromper ; vous vous êtes immédiatement ressaisi : le gouvernement, s'il a conscience de son rôle, voudra vous aider dans une tâche utile.

Racadot, excité par ce vent de bonheur, entrevit dans un éclair une solution définitive. Et, avec une simplicité dans l'audace qui, si elle réussissait, devait ressembler à du génie, il offrit *la Vraie République* à Bouteiller.

— Elle sera, mon cher maître, votre organe, votre instrument, votre chose.

Ce professeur fort répandu, et considéré, mais pour qui la politique n'était pas un milieu naturel, manquait de petites gens, de ces émissaires effacés qu'un politicien a besoin de posséder dans les couloirs des assemblées, dans les journaux, et qui, plus utilement que de gros personnages, peuvent en certains cas battre le terrain et le jalonner. Les manières serves de Racadot lui agréaient. Il le pressa de questions précises et multipliées sur l'état de *la Vraie République*. Bien que le malin paysan fût parvenu à voiler le pire, Bouteiller ne considéra pas qu'il pût s'engager de sa personne en cette galère, mais il souhaita qu'elle se maintînt à flot.

Il laissa entrevoir qu'avant peu certaines circonstances pourraient se produire où, cédant à de nombreuses sollicitations, il prendrait une part active à la politique. A ce moment il reparlerait avec Racadot de ses intentions. Immédiatement, il promettait de s'employer à lui obtenir une mensualité régulière au ministère de l'Intérieur. L'autre remercia chaleureusement, multiplia des protestations qui étaient sincères, mais se désola, disant :

— Une mensualité, c'est parfait, mon cher maître, mais je me suis lié pour cette histoire de diplomate ; c'est une somme à rembourser : si je pouvais toucher tout de suite quelques billets de 1,000 francs ?...

— Eh bien ! dit Bouteiller, je passerai aussi quai d'Orsay.

La répartition des fonds secrets se fait sans méthode sérieuse, par à peu près, les ministres étant éphémères et mal servis.

Le principe est que chaque parti qui passe au gouvernement subventionne les journaux de sa nuance. Mais la préoccupation qui prime tout pour le ministre, c'est d'associer le plus de journaux à ses intérêts, de façon qu'ils retardent sa chute, et, quand elle est venue, qu'ils s'emploient à le rappeler au pouvoir.

En fait, voici comment on procède. Tous les journalistes *fonds secrétiers* se connaissent, forment une association de frères. Quand un ministre nouveau apparaît, ils se concertent, s'en viennent l'assiéger.

Celui-ci étant neuf, s'informe. Dans les bureaux ou dans les couloirs, on lui dit : « Il y a un tel qui est au courant. » Le ministre et son conseiller examinent la nomenclature des gens achetables, petits ou puissants, qu'ils fassent passer des échos ou de longs articles. Un ministre qui réfléchit se rend compte qu'on agit sur l'opinion par des faits, bien plus que par la manière de les présenter : le publiciste, qui vaut réellement de l'argent, c'est celui qui est en posture d'inventer et de lancer une nouvelle propre à remuer, un jour ou deux, le public. En conséquence, la liste qu'arrête le ministre ne diffère pas sensiblement de celle qu'avait dressée son prédécesseur. Ce sont toujours les mêmes journaux et les mêmes journalistes que les partis au pouvoir subventionnent.

Ce premier travail pourtant n'a rien de définitif. Chaque jour, des publicistes demandent le chef du cabinet :

— Il se prépare une campagne. Il y a des gens qui se promènent dans les journaux, qui colportent des papiers ; ce serait très facile à avoir... C'est une affaire de 500 francs.

A ceux-là, on ne donne rien. Celui qui obtient est plutôt le quémandeur obstiné qui geint :

— On me donne 3,000 francs depuis des années... J'ai pris des arrangements... C'étaient des promesses formelles... Que vais-je devenir? Ma femme est très malade... Il faut pourtant que je vive!

On l'inscrit pour 500 francs.

Le publiciste parlementaire ne tire pas seulement sur le ministère de l'Intérieur. Par ricochet, il peut aussi toucher aux Affaires étrangères. A l'une et l'autre caisse, les subsides sont distribués par paquets ou par mensualités. Le système des paquets lie moins, met une plus grosse somme dans les mains et ménage la délicatesse du personnage. Un esprit ingénieux et économe eut même l'idée de payer à la ligne; il tendait des pièces de 20 francs : une tempête le balaya. Bouteiller compte faire inscrire Racadot pour une mensualité à l'Intérieur; il prévoit plus de difficulté à lui obtenir une forte somme au quai d'Orsay.

Pour le ministère des Affaires étrangères, le chapitre des dépenses secrètes — qu'on a augmenté depuis — montait, en 1885, à 500,000 francs. Ces ressources, raisonnablement, devraient être employées à peser sur l'opinion publique à l'extérieur, sur les parlements, sur les cours. Que d'embarras n'évite-t-on pas, si, dans une crise, à l'étranger, on peut avec tact sacrifier une forte somme en faveur d'un puissant ministre ou d'un chef d'opposition, voire d'un parti! Malheureusement, les journaux de Paris, pour leurs bons offices, les chefs arabes, pour leurs indemnités, prélèvent déjà d'importantes parcelles. Il y a, en outre, des subventions aux œuvres d'Orient. Pour suppléer au travail des ambassadeurs qui aiment leur foyer, on expédie en mission des personnages capables d'approcher des hommes publics à l'étranger. Ce serait une dépense utile si le ministre se préoccupait d'assurer la réussite de la mission; mais, trop souvent, mal averti et tiraillé, il se borne à être agréable par le choix de l'agent à des protecteurs influents. L'homme du monde qui connaît la sœur de ce ministre, la maîtresse de ce prince, à Londres, à Rome, a besoin d'une grosse somme pour savoir plus exactement une nouvelle dont il a des indices. Attaqué de toutes parts, le demi-million — aujourd'hui un million — s'émiette en fractions infimes, sans emploi réellement utile. Aussi la coutume est-elle établie qu'un ministre énergique lève sur les financiers des contributions importantes dont il use, selon sa moralité, pour ses besoins personnels, pour l'intérêt de son parti ou pour le bien public.

Racadot fut sur l'heure inscrit à la place Beauvau. Quai d'Orsay, et devant les gens de la carrière, Bouteiller compte moins qu'auprès des politiciens purs. Tout avril, on différa de le satisfaire. Racadot, d'ailleurs, était un mauvais client : il attaquait la maison depuis trois mois; on n'aime pas à payer pour que des campagnes soient interrompues, parce que c'est primer les attaques. L'affaire pendait encore, quand, au début de mai, à l'une des soirées hebdomadaires de la villa Sainte-Beuve, le baron de Nelles, toujours attaché au cabinet du ministre, dit à Sturel, devant les dames Alison, d'un air mystérieux :

— Votre affaire va bien.

— Quelle affaire? — interrogea le jeune homme, déjà sur la défensive, en face de ce garçon à la grosse face irritante de contentement.

Tant il le pressa que l'autre s'expliqua :

— Nous arriverons à vous donner la forte somme pour *la Vraie République*.

— C'est une indignité! nous n'avons rien demandé.

— Je ne puis pas croire — s'écriait mademoiselle Alison avec dédain — que M. Sturel sollicite l'argent de votre ministre!

— Je vous demande pardon; je regrette de contrarier M. Sturel qui, je le vois bien, y est étranger, mais je ne puis passer pour inexact. Une demande de subvention existe, appuyée par un personnage considérable. Je ne vois rien en cela, d'ailleurs, qui puisse émouvoir M. Sturel.

Mademoiselle Alison, de ses beaux yeux animés, jetait à son ami une telle interrogation que Suret-Lefort, présent à cette scène, se disait : « Ce n'est pas pour Sturel une question de mensualité, mais de 50,000 francs de rente. »

— J'affirme, répondit Sturel, que s'il y a quelque demande de cet ordre, je l'ignore et j'y suis absolument opposé.

— A mon avis, — dit Nelles, avec cette courtoisie affectée qui passe l'insolence, — le sacrifice ne valait que pour vous être agréable ; et si mon opinion a quelque valeur, on refusera.

— Je vous en serai obligé, monsieur, conclut Sturel, tout pâle de ce qu'il tenait pour une agression.

Il sortit avec Suret-Lefort et voulut, sur l'heure, prévenir Rœmerspacher :

— J'en ai assez de Racadot ; coupons court et quittons-le.

— Il faut avouer, répondit Rœmerspacher, que tu n'avais pas le droit de faire le délicat en son lieu et place. Tu pouvais quitter son journal ; mais pourquoi anéantir sa subvention ?

Sturel fut interloqué, non détourné par ce juste reproche.

— Enfin, tout est louche là-dedans. Je veux vivre indépendant et selon mes idées très simples sur l'honneur ; Racadot et son journal salissent mes imaginations.

Rœmerspacher fumait sa pipe en silence. Il admirait et méprisait, amicalement, d'ailleurs, ce joli type de nerveux fatigué :

— Si tu fais toi-même cette démarche auprès de Racadot, tu t'agaceras et tu seras trop brusque. Je désire ne pas m'en mêler, puisque, aussi bien je ne quitte Racadot que pour vous suivre : ses combinaisons ne me gênaient pas. Charge Suret-Lefort de l'opération. C'est de nous le seul qui s'occupe assez activement de la politique pour se froisser des fonds secrets.

Le lendemain 4 mai, vers les six heures du soir, Suret-Lefort monta au journal et, de son plus grand air, fit connaître à Racadot qu'eux tous se retiraient d'un journal désormais domestiqué. L'autre niait d'abord, puis protestait de son dévouement et de son admiration. Suret-Lefort prétendait insérer une note où ses amis et lui prendraient congé de leurs lecteurs. Racadot épouvanté lui rappela leur camaraderie du lycée et ne parvint même pas à le faire asseoir. A la fin, il s'emporta :

— Suret-Lefort, tu n'es pas sincère, tu n'es pas un démocrate! Qu'est-ce que M. Sturel, M. Rœmerspacher et toi vous avez besoin de faire les gentilshommes avec ma peau?

Deux fois, pendant leur entretien, des créanciers essayèrent de pénétrer dans le cabinet de Racadot, et par leur grossièreté ils ajoutaient à cette scène les plus pénibles effets.

Dès le matin, Racadot était chez Bouteiller. Ses yeux tombèrent sur un calendrier pendu au mur : « 5 mai, Mort de l'Empereur », anniversaire de leur entente au tombeau de Napoléon. Ils n'avaient pas juré alors de se soutenir, mais de triompher. Il reconnut qu'ils étaient logiques avec eux-mêmes et, sans l'appeler par son nom, il maudit l'individualisme.

Bouteiller l'accueillit avec humeur :

— M. Sturel a fait savoir au ministre que votre journal refusait toute subvention. Qu'est-ce que cela signifie? Était-il nécessaire de consulter M. Sturel?

Le pauvre garçon protesta qu'il n'avait parlé à personne.

— Nous ne sommes pas ici pour éclaircir des mystères, continua le professeur; quoi qu'il en soit, le ministre refuse de s'intéresser davantage à l'affaire.

Racadot effondré voulut insister.

— C'est un principe absolu, lui dit l'autre, de ne pas demander à ses amis plus qu'ils ne peuvent faire. Laissons le quai d'Orsay. Contentez-vous de la subvention de l'Intérieur.

— Elle ne me suffira pas.

Mot malheureux, d'un accent trop sincère! Bouteiller en comprit la vérité et, dès lors, envisagea Racadot comme un raseur incapable.

— Durez jusqu'aux élections générales. Vers ce moment, je pourrai peut-être quelque chose pour vous.

Là-dessus, il se leva. Sur le trottoir, le directeur de *la Vraie République* pensa pleurer.

Il est très difficile de calculer les conséquences d'un acte. Si Sturel se figurait avoir agi pour le mieux, c'est qu'il ignorait la vigueur des soubresauts d'un Racadot qui agonise. Celui-ci n'eut pas le courage de raconter par le menu à Mouchefrin la catastrophe. Il résuma ainsi :

— Tous nous lâchent. Il ne me reste que trois crétins comme toi, la Léontine et Fanfournot.

Ce dernier, par délicatesse, sortit et s'enfonça, le ventre et les poches vides, dans l'immense Paris. La femme et le nain, pendant deux heures, se répandirent en injures affreuses contre Sturel, Rœmerspacher, Renaudin, Bouteiller, Suret-Lefort et Saint-Phlin. Abandonnés dans le fossé, ils souhaitaient avec fureur que la voiture emportant les vainqueurs, les traîtres, les Judas, se rompît et leur cassât les reins.

— Assez! dit Racadot. Les pauvres n'ont pas le droit d'être fiers.

Il écrivit à Rœmerspacher, à Sturel, à Suret-Lefort, trois billets de la plus plate mendicité. Mouchefrin, ayant porté ces lettres, rentra vers neuf heures, sans réponse. Pour avoir du pain, ils vendirent des timbres-poste.

Et pourtant Racadot, dans son portefeuille, gardait deux billets de cent francs. Mais, sous le coup, ce pauvre, qui avait dissipé en moins de onze mois 40,000 francs, redevint subitement un de ces Lorrains qui, pendant les longues guerres dont fut ravagé son pays, se fût laissé chauffer par les Suédois plutôt que d'avouer où il cachait son blé. Le malheur fait ainsi sortir du civilisé, comme le loup du bois, le bandit, celui des pays de famine, de Sicile ou de Lorraine, la Bête de proie universelle. Plus particulièrement, une crise financière détermine une fièvre. « Au temps de Law, dit un historien, la Seine ne roulait que des cadavres. »

CHAPITRE XV

QUINZE JOURS DE CRISE

La vie de Racadot, sous son tartre de banalité, a vraiment un rude éclat. C'est une situation d'une valeur historique. Voilà un petit-fils de serfs lorrains, hâtivement introduit, juxtaposé plutôt parmi ces jeunes capitalistes. Cet ensemble n'était maintenu que par l'étau universitaire; s'il se desserre, et les intérêts ne s'étant point liés, on constate qu'il n'y avait pas entre eux de sentiment, ni même de simple agrément. Le mécanisme instinctif de cette collectivité tend à expulser les Racadot, les Mouchefrin, à les rejeter dans le prolétariat, à les dégrader.

Bien naturellement, c'est un grand problème pour nous, qui avons vu Racadot entrer par le lycée dans la classe bourgeoise, de savoir si cette expulsion se fera et dans quelles conditions.

Vers la fin d'une grosse crise d'ambition, d'argent, d'honneur, de danger, un homme se transforme. Sur sa figure décharnée par l'effort et par l'angoisse, tout son passé s'efface. C'est physiquement un être prêt à recevoir, d'un dernier coup de pouce de la destinée, son caractère. Son visage blême apparaît aux curieux, aux parieurs qui l'épient, une page blanche. Cela est très dramatique. Ces joues creuses d'où saillit le profil, cette peau tendue, fatiguée, ce regard agité nous donneront demain le masque impérieux du jeune héros vainqueur ou bien la tête penchée, l'aspect phtisique du vaincu.

Examinez le chef à la guerre, le politicien, le boursier dans une longue campagne incertaine; leur être, qui se détruisait dans l'incertitude, soudain affiche son résultat, se fixe dans un caractère, crie à tous par son aspect : « Sauve qui peut ! » ou : « Victoire ! » La voilà bien, la figure de Racadot. Elle est d'un chef, puisque au lieu de tomber, comme c'est l'habitude des individus placés bas dans l'espèce, elle a pris un inexprimable tragique. Ses mâchoires se resserrent, ses épaules plus carrées deviennent une façon de bélier brutal qui dans la rue rejette violemment les passants. Sous le vent de la défaite, le jeune navire fend de son éperon plus ardemment les plaines désespérées de la mer. C'est que le rameur, sûr d'être pendu s'il est rejoint, trouve dans cette certitude d'immenses énergies.

L'opiniâtreté de Racadot est faite de ceci qu'il se sent hors la loi. Pour un particulier, nul bénéfice à acculer ses adversaires : c'est les contraindre à des résolutions de forcenés ; même sans espoir, ils fonceront, dussent-ils s'enferrer. La société accule Racadot, et par là elle court un risque.

D'aucune façon il ne peut admettre qu'il abandonne son journal : tant qu'il possédera *la Vraie République*, où il a englouti ses 40,000 francs, il considérera que ce sont des frais de premier établissement; qu'il puisse durer, et, avec l'expérience acquise, rien n'est perdu.

Dans sa déplorable situation, deux graves difficultés principales : le 2 tombe l'échéance mensuelle des 750 francs à verser pour la location du journal; il a déjà réglé mars par un billet qui va venir à échéance le 25 mai : il craint le protêt d'abord, la faillite ensuite. Chaque jour, il doit payer à l'avance l'équipe des compositeurs... Et plus de capital! rien que de rares affaires à grapiller çà et là.

Hardiment, il fait un sacrifice : on se passera jusqu'à nouvel ordre d'un journal neuf; un imprimeur, auquel il abandonne le produit des annonces, met le titre de *la Vraie République* et la date du jour en tête d'un texte cliché sur un journal de la veille au soir. Quelle triste matinée, ce 15 mai 1885, où paraît le premier numéro de cette nouvelle manière! Racadot s'attriste peu de voir modifier l'aspect typographique de son journal : il n'a pas l'amour-propre professionnel; et que peuvent lui faire des propos de brasseries? L'échec n'y humilie pas : à Paris, on comprend la lutte. Mais c'est un pas sur la route de Custines, et retourner là-bas, après l'héritage de sa mère détruit, serait intolérable. Ce n'est pas un mensonge pour flatter la manie de son père, ce qu'il lui écrivait :

« Comprends bien ma position. Tes dettes sont les miennes, nos affaires sont communes, et j'aurai à cœur de rembourser ce que tu auras emprunté pour moi, et en même temps de pouvoir racheter le bien que tu as vendu. Je ne passerai pas mon existence entière à Paris, et si, dans un nombre d'années, je vais vivre à Custines, je serai bien aise devant les voisins d'avoir de la terre. »

Sur la vaste table de bois blanc gisent en désordre dans la poussière les encriers, le papier-copie, les buvards, tout le petit matériel que d'ordinaire la Léontine préparait pour ces messieurs. Maintenant on n'a que faire de rédacteurs : *la Vraie République* n'est plus qu'un titre. Enfin, d'un jour à l'autre, une opération heureuse peut se présenter ; et, d'ailleurs, il s'agit seulement d'attendre, Bouteiller a semblé le dire, la période électorale qui vers juillet probablement s'ouvrira.

Mais voici que l'imprimeur, propriétaire de l'appartement, veut parler à Racadot. Durement exploité, il n'est pas disposé aujourd'hui à s'attendrir.

— Je vous logeais pour vous imprimer. Vous ne m'employez plus ! Il faut déguerpir.

Racadot poliment le supplie, et, ce qui vaut mieux, lui jure qu'il attend de l'argent : sous peu *la Vraie République* reparaîtra avec un essor nouveau. L'autre consent à patienter deux jours, — jusqu'au 17.

Alors, celui qui lui loue le journal intervient. Avec les sentiments d'un propriétaire qui veut que son locataire occupe d'une façon décente son immeuble, il prétend que Racadot nuit à *la Vraie République* en cessant d'assurer « une rédaction selon les usages ». Les clauses du contrat n'étant pas remplies, il entend rentrer de droit dans sa propriété. Racadot, qui pourrait plaider, préfère supplier. Cependant l'administrateur, certain que le journal va lui revenir, et qui veut prendre ses dispositions, accorde généreusement un délai de dix jours.

Laissé à la solitude de son bureau et à la vue mélancolique d'une cour intérieure, Racadot, les deux mains enfoncées dans son pantalon, ni coiffé, ni lavé, la tête baissée sur sa poitrine, plutôt athlète essoufflé que candidat à la faillite, est loin de ce décor. Comme un bœuf, dans le wagon qui le mène vers l'abattoir, rêve des vastes prairies et de l'auge bien fraîche, parfois il songe aux horizons de Custines. Courtes défaillances idylliques. Son pas, tantôt lent, tantôt précipité, trahit son agitation. Il ressasse une seule et même idée, pour s'interdire, semble-t-il, de la mettre en discussion : « Je ne puis pas abandonner *la Vraie République*... Tant qu'elle demeure dans mes mains, je tiens mes quarante mille francs, mon capital et mon instrument de travail. Il faut donc que, pour le 25, je puisse verser deux termes de sept cent cinquante francs, — et que je sois en mesure de payer l'impression, au moins, d'une page neuve. »

Cet enragé optimiste se convainc que, s'il sort de cette crise, il est sûr de l'avenir : le renouvellement de la Chambre se fera vers septembre-octobre ; dès juillet et même juin deviendront possibles, pour les journaux, ces gros bénéfices que comporte une période électorale. Il s'agit d'adopter une couleur politique et d'opposer à des adversaires riches des candidats qu'au bon moment et moyennant finance on abandonne, voire même on combat. C'est par des trahisons de cette sorte que des leaders politiques alimentent leur caisse de propagande et leur bourse privée. Racadot établit même des plans plus précis.

Si Bouteiller se présente en Meurthe-et-Moselle, il lui servira d'agent : il y conviendrait, étant du pays. L'absurde, c'est qu'il voudrait de *la Vraie République* lui faire un journal électoral : Bouteiller a trop de sens pour donner de l'argent à une feuille parisiene sans influence locale et dont la concurrence irriterait les journaux nancéens ; mais, une fois député, il serait homme à relever, pour la faire sienne, *la Vraie République*. Et voilà le but dont Racadot se croit séparé seulement par le manque de douze mille francs qui lui suffiraient à gagner août-septembre.

Quand je vois ses lèvres lourdes, sa mâchoire serrée et portée en avant, je sens avec quel plaisir il se ruerait contre la société et les conventions, et je regrette extrêmement qu'il ne puisse voyager ou se terrer dans un coin : sans doute il a de la résistance, mais rendu paroxyste par les ennuis, ne prendra-t-il pas des résolutions regrettables? Tout au contraire, dans la solitude, il s'apaiserait ; il serait bien capable de tourner ses pertes à son instruction, car il n'a pas de gloriole.

Remarquons-le en passant : cette absence de la tare littéraire, cette grande vertu — *pas de gloriole!* — qui lui permet d'examiner avec clairvoyance les causes de sa déconvenue, a précisément déterminé cette déconvenue. Tandis que ses amis, toujours demeurés des individus, ne songeaient qu'à se développer, puis, dans le désastre, qu'à se sauver, lui, dès le principe, s'est conduit en être social, qui a le sens du groupe. Intelligence très réaliste et continuellement ramenée aux petits faits positifs par le besoin, il a tenu pour utile tout ce qui fortifiait la collectivité.

« Ma faute, se répète-t-il avec âpreté, c'est de m'être associé à des faibles qui m'abandonnent. »

Il a tort de s'aigrir. Pourquoi veut-il croire son cas singulier? La principale difficulté pour un homme de gouvernement, c'est d'être bien servi. Prendre des décisions, voilà sans doute le premier point, et si essentiel qu'il les faudrait adopter médiocres, détestables, plutôt que de tergiverser. Mais la difficulté presque insurmontable, c'est de faire exécuter ses ordres. Un ministre est entravé à chaque minute par un personnel qui, sottise, plaisir de nuire, désobéit ou trahit.

Malheureusement, Racadot ne trouve pas de consolation à philosopher, parce qu'une pensée l'empoisonne : « A qui le journal a-t-il profité?... A Rœmerspacher, Suret-Lefort, Sturel, qui, de ma barque, en la repoussant du pied, vont sauter dans un bon bateau. Mais moi, je coule lentement... » De son milieu parisien, Racadot n'espère plus rien. Dans toute cette crise, il est tourné vers Custines. La bête inquiète revient à son lancer. S'il trie avec cette vivacité son courrier, où peut-être se trouvent des propositions de beaux chantages, s'il ouvre avant toutes une lettre de son père, c'est qu'il lui a demandé avec éloquence de l'argent. Depuis deux jours, dans ce bureau, désespérément il attend cette réponse. Avec quel dangereux mouvement du côté du cœur, il déchire l'enveloppe!

« Je reçois, mon cher Honoré, une dépêche dans laquelle tu me presses de faire l'envoi que tu m'as demandé. Je ne t'avais pas répondu parce que tu as déjà voulu ta part, et maintenant que je te l'ai remise, je ne puis plus avoir d'argent. Tu me dis de prendre à la Banque : je te prie de ne pas me tourmenter. Le nombre des journaux n'est pas limité, il peut s'en mettre à volonté; et tu peux tomber malade : ton journal, qu'est-ce que j'y comprendrais. Tandis qu'une charge de notaire, cela peut toujours se vendre, ou bien encore on prend un clerc. Après que tu es resté trois ans dans le notariat, dire que ce temps est perdu! Combien de journalistes végètent! Tu aurais mieux fait de me laisser ton argent, et de rester clerc de notaire. Quand tu pouvais être heureux, tu as voulu t'enchaîner. Je ne te comprends pas de traiter avec des gens aussi sévères pour le paiement.

« Tu dépenses de l'argent mal à propos pour tes dépêches et ports de lettres, car tu sais ma position et que je dois travailler comme si je n'avais rien pour vivre depuis que tu m'as réclamé un argent dont ta pauvre mère ne croyait certainement pas que je serais jamais privé. Après cela, je ne comprends même pas pourquoi tu comptes tant sur moi pour te compléter. Tu ne calcules pas ce que tu as coûté à ton père depuis ton entrée au collège. Tu m'écris lettre sur lettre pour me tourmenter comme si le feu était chez toi. Tu devrais penser que moi, maintenant, j'ai besoin d'argent. Tu t'es engagé selon ton idée et malgré ma volonté, car les personnes qui connaissent ce genre d'affaires me disent que le notariat est préférable.

« Depuis que j'ai appris comment, sur ton acquisition, tu devais encore dix mille francs, je ne dors plus, même pas la nuit; je crois que cela va me faire mourir d'avoir tant dépensé d'argent pour un enfant qui ne me donne que des chagrins. »

Un flot de bile envahit la figure de Racadot. Il dit tout haut :

— Seuls me demeurent Mouchefrin et la Léontine... pour que je les nourrisse !

De quel accent, ces derniers mots !... Parcourant son bureau, il écoutait en lui les retentissements de son désastre. L'oppression de son âme fut telle que de grosses gouttes de sueur perlèrent sur son front. Il ne pouvait résister au besoin d'exprimer tant d'arguments qui montaient de son cœur resserré vers son père. Il écrivit pendant une heure.

« Mon cher père, ta dernière lettre est un peu sévère et pleine de reproches. C'est pour m'installer définitivement que je te demande de l'argent. Sois assuré que je serai bientôt à même de t'envoyer de l'argent à mon tour. Crois-tu que je ne serai pas heureux quand je pourrai te rembourser par acomptes tout ce que tu as dépensé pour moi ? Ces 10,000 francs que tu m'enverras me permettront d'en gagner d'autres. Tu dis qu'à Paris on se débauche : pourtant, pas plus qu'ailleurs. Je ne doute pas un seul instant de la réussite ; je t'envoie un numéro du *Rappel* où l'on a discuté *la Vraie République* : par de tels succès, tu vois que la somme que je te demande ne sera pas difficile à rembourser. Ne crains pas que je fasse des excès de boisson. Mon principe est que tout homme qui boit s'abrutit. Je saurai tenir mon rang. Tu n'avais pas les ressources que j'ai ; ta conduite et surtout le travail t'ont fait prospérer et amasser quelque chose ; je t'imiterai.

« Je viens de recevoir la visite de ma vendeuse. Elle est comme bien d'autres, et surtout des femmes ;

elle est bornée. Je lui demande du crédit, parce que sur les 40,000 francs, je lui en ai donné 30,000 et j'ai gardé 10,000 pour le roulement. Notre acte porte 10,000 payables le 20 courant. Les affaires sont très délicates avec les femmes, à cause de leurs nerfs. J'invite celle-ci à patienter, en lui disant que tu vas envoyer de l'argent. Mon cher père, fais donc pour moi tout le nécessaire. Ne te donne pas du chagrin; je ne suis pas si dénaturé que tu le penses. Ton fils gagnant de l'argent te rendra la vie plus douce. Cherche donc, mon cher père, et tu trouveras. Si le banquier de Pont-à-Mousson voulait accepter des traites que tu tirerais sur plusieurs de tes clients pour 5,000 francs, je les remettrais à ma vendeuse : elle attendrait jusqu'à la fin du mois les 5,000 autres francs. Tu auras le temps de te retourner. Déploie toute l'activité possible et réponds en m'expédiant au moins 1,000 francs pour mercredi ou pour jeudi matin. »

Il s'interrompit et, pendant un quart d'heure, demeura appuyé la face contre les vitres, d'où il ne pouvait rien voir qu'une triste cour intérieure. Un délicat l'eût trouvé horrible, car il rongeait les ongles de sa main droite, et grattait son crâne de la main gauche; mais qu'il était expressif, tandis qu'il cherchait par un dernier trait à émouvoir, à convaincre son père! Il se remit à sa table, et ce fut tout d'abord du verbiage; mais bientôt il s'élevait :

« Ne serais-tu pas mieux à Paris que seul à Custines? Tu ferais rentrer tes fonds, tu vendrais ton matériel et tu viendrais te reposer un peu, car il y a longtemps que tu travailles. Je te mettrais au courant des choses de la Bourse. Cela te donnerait une distraction en t'occupant au plus deux heures par semaine, c'est-à-dire le temps de donner l'ordre d'achat et de retourner celui de vente. Regarde : le 11 de ce mois, les actions *Parisien tramway-nord* étaient cotées 172 fr. 50; le 19, elles montent à 200 francs; le 20, elles sont à 250 francs. Eh bien! le lundi 27, elles sont cotées 237 francs. En admettant que, le 10 ou le 11, tu en aies acheté dix actions, cela t'aurait donc coûté 1,725 francs, plus 10 francs de courtage environ : soit 1,735 francs. Tu aurais pu les revendre à 237 francs, soit 2,370 francs, moins 10 francs environ de courtage. Donc, du 11 au 27, tu aurais pu gagner 2,370 — 1,735 = 625 francs.

« Je compte sur ta lettre; envoie le plus d'argent possible. »

Et ce n'était pas fini. Il ouvrit la porte et dit à Mouchefrin, à Léontine :

— Venez.

Ils entrèrent, affreux de misère sous la claire lumière d'une splendide matinée de mai.

— Écris, dit-il à la fille; et il dicta :

« Monsieur Racadot père, votre fils, acquéreur du journal *la Vraie République*, ne remplit pas les engagements qu'il a contractés vis-à-vis de moi, aux termes d'un acte sous seing privé passé en date du 5 mai 1884. Il m'a versé 30,000 francs, et il reste 10,000 francs qui auraient dû m'être remis le 1er mai. J'ai attendu jusqu'à ce jour, mais maintenant, moi aussi, je suis forcée de remplir des engagements.

Les affaires ne sont pas très actives en ce moment; il est dû à M. Racadot des sommes importantes, c'est juste, mais il ne peut les réaliser sur-le-champ. Envoyez donc cette somme à votre fils et soyez persuadé, monsieur, que cela me coûte d'être obligée de vous tourmenter. »

— Vous avez compris? dit-il, après avoir relu la lettre. Le père Racadot ne veut pas envoyer d'argent. Vous le voyez, je lui bâtis la fable la plus simple et la plus pressante. Ah! ces avares de village!

Ils se turent.

— Ma fille, reprit-il après un silence, rentre dans mon cabinet : j'ai à causer avec Mouchefrin.

Comme la figure du gars Racadot, en quelques minutes, s'est modifiée! Les insomnies et les soucis ont fondu le gros campagnard. L'état nerveux, évidemment, est très mauvais. Lui tout à l'heure si allant, le voilà presque sur ses boulets.

— Antoine, je t'en supplie, il me faut de l'argent. Retourne rue Balzac. Décide Astiné; il le faut.

— Elle n'a pas d'argent.

— Elle a ces turquoises, ces perles qui m'agacent, toujours à son col, à ses mains!

— Si tu savais comme elle a peu de goût à subventionner les journaux!...

— Hé! nous ne connaissons d'argent qu'à elle. Il faut bien nous tourner vers cette Turque parfumée!

Il fit suivre son nom des injures les plus exagérées. Tout ce qu'il y a de fureur, de basse haine, d'exaspération chez l'amant repoussé qui viole une fille dédaigneuse, chez le malade enragé qui déchire ses bandages, éclatait sur son front aux veines gonflées, sur son cou de jeune taureau. Un éréthisme brûlait son sang; une sueur infecte l'inondait, répandait autour de lui une vapeur nauséabonde. Il resta un long temps à souffler, puis dans la pièce voisine appela Léontine.

Elle vint et, sans mot dire, effrayée, le regardait, mais lui s'attendrit :

— Pauvre fille!... Nous ne pouvons pourtant pas mourir de faim!

— Il reste quarante sous, — dit cette Verdunoise qui toujours interprétait de la façon la plus réaliste et traduisait en petits faits les théories générales.

— Va nous chercher de la charcuterie et une bouteille. Reste dehors une heure...

La Léontine sortie, il supplia Mouchefrin d'aller rue Balzac insister pour un prêt. Le nain, sans espoir, consentit à tenter la chance. Racadot se jeta sur les provisions que rapportait sa femme. Névropathe surmené, il souffrait littéralement de la faim. Quelque chose d'âpre, d'irrité était en lui. Il eût brisé toutes choses, tout être avec bonheur. Ayant mangé et bu, il retrouva son calme, et dit :

— Tout n'est pas perdu.

Il se remet à ses calculs. Le grave, c'est l'épuisement nerveux qui commence et pourra dangereusement commander son état moral et mental, ses résolutions. Il paraît vigoureux, de forte hérédité et ignore les délicatesses; il s'accommodait de la nourriture simple du lycée, et, dans Paris, tant de privations ne l'ont pas atteint; mais ceci vient de l'anémier, que depuis trois mois tous les chiffres qu'il aligne, et de trente-six façons dispose, aboutissent à un déficit. La multiplicité des excitations qu'il a reçues de ces calculs implacables irrite, puis détruit son énergie affolée. C'est Hercule impuissant dans un cul de basse-fosse, un ours au jardin zoologique. Vigoureux pour résister à des marches, à des veilles, à des débauches, il succombe à la détresse morale.

Quant à ce Mouchefrin, je ne serais pas étonné que son père ou sa mère fût alcoolique. Du moins sa mère le battait durement; c'est à quoi de nos jours on reconnaît une déprimée. Peut-être fut-il conçu sous l'action malsaine du collodion : son père le photographe préparait les plaques sensibles en versant dessus du collodion, puis en laissant s'évaporer l'alcool; de préférence, c'était dans des petites pièces, pour échapper à l'action de la lumière, et, comme l'alcool employé était de mauvaise qualité, il y avait réellement une variété d'intoxication par les vapeurs.

Quoi qu'il en soit, avec son teint terreux, ses yeux inquiets, tout son visage tombant de lassitude physiologique, ce Mouchefrin est méchant et sournois comme un gorille qu'on aurait battu. Sa misérable hygiène, ses privations l'ont jeté bas depuis longtemps. Accroché à Racadot, il ne réagit pas : « On s'habitue à la misère », dit-il. C'est un redoutable personnage, débile, endormi et qui flotte dans la vase.

Racadot et sa maîtresse, de l'après-midi ne sortirent pas, ne parlèrent pas : ils écoutaient le bruit menaçant de Paris. La Léontine connut les angoisses des bêtes qui hurlent à l'approche des orages; cet instinct même, la pauvre fille n'osait le contenter. Quand le jour tomba, entre chien et loup, elle pleurait silencieusement dans un coin.

Vers minuit, et quand ils étaient couchés, Mouchefrin rentra pochard, satisfait et grossier : aux êtres mal nourris, un repas copieux suffit pour les troubler; il raconta avoir mangé à l'office, et tut les vingt francs qu'Astiné lui avait remis.

— Elle m'a dit qu'elle n'avait pas d'argent : comme journaliste, je ne l'intéresse pas, mais elle me fera une situation de guide si je lui montre mieux que « le Père Lunette » ou « le Château-Rouge ». Elle dit que les restaurants à Pétersbourg sont plus raffinés qu'à Paris, et l'opéra meilleur en Allemagne. Elle reconnaît que le café-concert est d'un canaille bien spécial à Paris, mais elle s'en lasse. Elle voudrait, un soir, circuler sur les berges de la Seine et visiter leurs cabarets.

— Des bêtises de riche! — dit Racadot qui trouva, pour exprimer son dégoût et son irritation, l'accent et la formule qu'il aurait eus à Custines, s'il n'était jamais allé au lycée de Nancy.

Le lendemain, 16 mai, Mouchefrin et Racadot étant sortis, l'imprimeur vint et aggrava ses menaces d'expulsion par des propos injurieux pour la Léontine. Il prétendait qu'il avait un client tout prêt et qu'il fallait avant vingt quatre heures ou lui donner du travail ou lui restituer son local. Racadot, maintenant toujours son invention, écrivit à son père :

« S'il t'est matériellement impossible de me procurer de l'argent, envoie-moi, sitôt que tu auras reçu cette lettre, une dépêche que je puisse présenter à ma vendeuse et conçue en ces termes : « Ne puis envoyer 10,000 fr. avant fin courant. Te cautionne envers qui de droit. »

Le 17, au premier courrier, Racadot reçut la réponse à sa lettre du 15.

« Je ne trouve pas d'argent. Charge-toi de le dire à ta vendeuse. Tout le monde prête à l'Etat. Et puis, après que tu as vendu nos biens pour ton journal, on se défie. Moi-même, dans mes affaires, j'en ressens du tort. Je comptais, en te remettant l'héritage de ta pauvre mère, l'année dernière, que, s'il me manquait un ou deux billets de mille dans un moment pressé, tu me les enverrais, et tu t'es mis dans les embarras. Tu t'es lié avec des promesses que tu savais bien ne pouvoir pas tenir. Tu commences bien mal. Tu es tourmenté; mais je le suis aussi.

« Tu me dis d'aller à Paris; crois donc qu'à mon âge je préfère rester au pays. Je connais tout le monde et je ne m'ennuie pas où je suis. Tant que je pourrai suivre les affaires, je tâcherai toujours de gagner quelque chose. Je vais doucement, je travaille sans ambition.

« Tu me parles de ta position qui se fera! D'après ce qu'on m'a dit, il y a cette semaine encore des journalistes qui ont mal tourné à Nancy. Cela ne donne pas confiance; mais enfin, dans tous les métiers il y en a qui font mal. Pour moi, j'ai pensé toujours que tu trouverais plutôt une position au pays qu'à Paris. Tu dois bien voir quelle différence. Si tu étais resté ici, tu aurais déjà des bénéfices. M. Engelault, de Pont-à-Mousson, voulait payer un clerc dix-huit cents francs. Tu verrais notre bourse grossir, tu aurais été des plus riches. »

Ce jour-là, comme il l'avait annoncé, l'imprimeur

voulut les mettre dehors : Racadot promit qu'il lui donnerait de l'argent pour les deux heures, parce qu'il attendait un télégramme. A deux heures, rien n'étant arrivé, pour éviter une nouvelle explication, tous trois sortirent. On mit des restes de charcuterie dans l'éternelle serviette de Racadot. La Léontine demeura dans la rue Saint-Joseph, à guetter le petit télégraphiste espéré.

A chaque instant, d'un ciel d'orage, tombaient des averses. Les deux hommes allèrent jusqu'à la porte de Bouteiller, mais furent heureux d'apprendre qu'il était absent : Racadot sentait qu'à importuner son protecteur, il le mécontenterait sans résultat. Comme ils se retiraient lentement, ils le virent qui sortait de chez lui. Racadot prit tout son courage et l'aborda pour lui demander si le baron de Reinach ne pourrait pas aider *la Vraie République*. Bouteiller, très pressé, s'étonna de la transformation qu'avait subie le journal, et déclara avec une humeur mal dissimulée qu'il ne voyait pas en quoi le financier pouvait intervenir.

Les deux malheureux, avec les derniers sous de Racadot, se rendirent vers l'heure de l'apéritif à la terrasse du Café Cardinal, dans l'espoir qu'une affaire leur serait proposée. En vain, ils se tortillèrent comme deux vers coupés. Chacun s'en alla dîner. L'idée leur vint d'annoncer une conférence de Racadot, avec des entrées à vingt sous : la Léontine les placerait à des amis près de qui ils n'osaient plus mendier sans prétexte. Plus tard, nul télégramme n'étant arrivé, ils allèrent s'abriter, pour manger, dans un coin de la gare du Nord. La Léontine se plaignait de frissons, d'une courbature, d'une forte grippe. Quant à onze heures, ils osèrent revenir rue Saint-Joseph, brisés, aspirant à leur misérable repos, ils trouvèrent porte close : leur passage était par le porche de l'imprimerie, fermée et vide, puisque sans travail. Après une fureur de Racadot qui s'emporta dans un délire de coups inutiles contre les lourds vantaux, ils virent que la Léontine pleurait. Sans argent, sans abri, ils comprirent, sous cette pluie fine, où il fallait en venir.

— Qu'est-ce que tu veux!... va, dit-elle, je trouverai toujours à la brasserie une amie qui me donnera l'hospitalité.

Cette drôlesse devenait une pauvre femme qui ne peut même pas opposer aux cruautés, la suprême arme de ses sœurs, un peu de grâce.

D'envoyer sa maîtresse à la prostitution, c'est une sensation d'horreur, de déchirement qui met dans l'âme quelque chose de frénétique et la volupté des impressions extrêmes. Les ténèbres de l'univers, l'hostilité des hommes, son isolement, tout prenait des proportions insupportables. C'est Robinson dans son île déserte, s'il avait dû tuer son chien !

La Léontine s'éloigna dans l'ombre vers les Halles, le long de la triste rue Montmartre, éclairée çà et là par les lueurs rouges des cafés et où s'engouffraient à tous instants de fortes ravales de vent :

— Antoine, dit Racadot, j'ai toujours été pour toi un ami sincère, un frère. Et aujourd'hui encore, notre dernière bouchée de pain, nous l'avons mangée avec toi.

— C'est vrai, dit Mouchefrin.

— Regarde comme le chagrin me change, quelle figure j'ai... Cette pauvre fille qui m'a toujours été si dévouée et qui est honnête!... Il me faut de l'argent pour sauver le journal.

— Comment en trouverai-je !

— Vois notre position, Antoine, à tous les deux. Dans trois mois nous pouvons, par le journal et par Bouteiller, avoir gagné la bataille. Aujourd'hui je suis ruiné, j'ai à peine de quoi manger. Regarde-toi : tu es à peine vêtu ; tu n'as même pas une femme...

A son tour, Mouchefrin se mit à pleurer. Il pensait à sa pauvre existence, et que si Racadot se décourageait et voulait rentrer dans son pays, il serait tout à fait abandonné dans Paris.

Ils eurent honte de demeurer rue Montmartre où des confrères journalistes auraient pu les voir ; ils s'enfoncèrent dans les rues étroites, obscures, tortueuses du Marais. Le vent ne cédait que pour laisser tomber des ondées, et quand la lumière des becs de gaz avait cessé de vaciller lugubrement, elle produisait une impression plus désolante encore en se reflétant par teintes blafardes dans les flaques et les ruisseaux d'eau noirâtre. Tandis que des vrais Parisiens auraient su trouver un asile dans un des tripots — multipliés sur nos boulevards, grâce à des autorisations vendues en sous-main par des parlementaires — ou dans quelque bouge des Halles, de la place Maubert, tenus par des repris de justice, ils passèrent la nuit embusqués sous un porche. Jamais l'aube sur Paris fangeux ne fut si froide et si malade. Racadot prit les deux mains courtes et grosses de Mouchefrin :

— Antoine, il y a un moyen et tu peux l'employer. Je t'en supplie, Antoine, mon frère... une perle, une turquoise.

— Non, Racadot, c'est impossible. Écris encore à ton père.

— Mon père se moque de moi. Ce qu'il faut, c'est l'argent et les bijoux de madame Aravian. Je te ferai une situation...

— Tu es seul enfant, il est riche : à ta place, par tous les moyens possibles, j'arriverais à bout de ton père. C'est dur à la détente, ces vieilles gens de la campagne, mais, puisque l'argent y est, avec du drame et des promesses, tu le feras sortir.

— Antoine, va savoir à quelle heure elle s'absente... Ne pourrais-je pas monter chez elle, tandis que tu occuperais les deux domestiques à l'office? Rien qu'avec une de ses perles, je payerai le journal, l'appartement, j'éviterai la faillite. Elle ne remarquera même rien et plus tard on pourrait la remettre...

Quand Mouchefrin parut consentir, Racadot lui sauta au cou en s'écriant :

— Tu me sauves la vie !

Au matin de ce 18 mai, et tandis que son camarade se rendait chez Astiné, Rocadot allait prendre son courrier. Une lettre de son père ajoutait à sa sensation d'être hors l'humanité :

« Mon cher Honoré, Je trouve encore ton écriture. Tu me dis qu'il te faut une dépêche pour midi. C'est donc bien pressé tes affaires ! Tu as donc traité avec de mauvaises gens ! Quand on cède un journal, ce n'est pas pour le détruire. Je ne comprends rien à tes histoires : c'est de l'argent, de l'argent qu'il te faut... On te rouleet tu dois t'en apercevoir, parce qu'ils te tourmentent trop. Tu t'es mis dans les gazettes trop jeune. Je t'avais offert de quoi te rendre heureux avec ta place de clerc, et puis avec tes quarante mille francs; mais je ne veux même pas répondre quand tu me proposes de m'engager pour toi. Si tu étais resté à Toul ou à Pont-à-Mousson, j'aurais quarante mille francs que je n'ai pas et cela nous ferait douze cents francs de rente. Fais donc pour le mieux, je t'en ai donné assez. »

Pour répondre, Racadot alla chez l'imprimeur qui avait recueilli *la Vraie République* :

« Tu me dis carrément, et tu en a l'air joyeux : « Si tu as des frais, c'est de ta faute ». Je ne m'attendais pas à pareille réponse de la part de mon père. Toi qui avais pris mes intérêts jusqu'à ce jour, je vois que tu m'abandonnes ! Pourtant, je ne t'ai rien coûté, puisque j'ai été élevé avec l'argent de ma pauvre mère, qui m'appartenait. Jamais tu n'as dépensé pour moi, et pendant six années mes quarante mille francs t'ont profité. Tu ne poursuis même pas ceux qui te doivent, et tu me laisses poursuivre, moi ! J'étais bien loin d'avoir sur toi une pareille opinion. Voilà comment je n'agirais pas envers toi. Et les parents de mes amis du lycée non plus ne se conduiront jamais si durement envers leurs fils.

« On va me déclarer en faillite et m'enlever mon journal. Que devenir, alors? Tu ne seras pas plus longtemps insensible à ma prière, mon père. Donne-moi dix mille francs; si tu veux, oublie-moi ensuite, je me considérerai comme n'ayant plus de père. Tu te diras : « Que mon fils devienne ce qu'il plaît à « Dieu, j'ai fait ce que je devais faire. »

« Tu ne penses dans toutes tes lettres qu'à me

reprocher d'avoir quitté le notariat. J'aurais dû acheter une étude! Mais une étude, à Toul, à Pont-à-Mousson, vaut 45,000 à 50,000 francs.

« Je ne vis plus, ne peux plus manger, et je redoute de tomber malade. Fais un dernier sacrifice; après, tu ne penseras plus à moi. Je suis presque à cent lieues de toi, je ne t'ennuierai plus. Si je n'étais pas installé, si je n'avais pas entre les mains de quoi travailler, je m'éloignerais encore. Et certes, je ne sais ce qui me retient, mais j'ai des idées noires. Je t'en supplie, mon père. Tu ne t'imagines pas ce que j'endure. Ce n'est pas pour dépenser, sois-en sûr. J'ai absolument besoin de 10,000 francs, et puis ma situation, cela est certain, sera magnifique.

« Au revoir, mon cher père, ou adieu. Je comprends bien les ennuis que je te cause, mais ce sera la fin. »

Et après la signature, il recommençait :

« Un effort de ta part, mon cher père, peut me sauver la vie. Fais-le, mon cher père. Je t'embrasse et je t'aime bien encore. »

Quand Racadot eut fini cette lettre où, de plus en plus sincère, il retournait de toute son âme vers la terre natale, il sut obtenir un timbre-poste d'un employé qui se douta de sa détresse.

Mouchefrin le rejoignit : « Astiné portait toujours sur elle ses turquoises de prix, son argent et ses perles; impossible de les lui prendre. »

Racadot devint fou de désespoir. Il reprocha à son pauvre ami tout ce qu'il avait dépensé à le nourrir, puis il l'embrassa et le chargea d'aller chercher la Léontine à la brasserie; il les attendit dans le jardin du Luxembourg. L'arrivée de sa maîtresse le calma. Elle raconta avoir passé la nuit chez une amie, qui lui avait prêté 10 francs.

Ils louèrent un galetas de vingt sous la journée, rue Saint-Jacques. Sur le conseil de la Léontine, Mouchefrin alla rue Sainte-Beuve demander un secours à Sturel; et pendant son absence, ils mangèrent en hâte, pour ne pas partager avec lui, quelques morceaux de viande qu'elle tira de ses poches. Quand Mouchefrin rapporta 20 francs, dont il avoua 10, ils allèrent tous trois chez les marchands de vin s'enivrer.

— Cela fait divertissement! — disait la Léontine, qui avait trouvé à Verdun cette survivance de la langue de Pascal.

Ils rentrèrent à dix heures du soir. Etourdie par son alcool, elle s'endormit profondément. Mouchefrin s'étendit dans un coin. Racadot allait, venait, s'arrêtait, frappait du pied. Il ne semblait point s'occuper de ses deux compagnons. De temps à autre, il laissait échapper des exclamations de dépit, de colère ou d'espoir tour à tour naissant et déçu, sa pensée se développait par secousses violentes... De quelle femme parlait-il donc?...

— C'est la seule?... Seule, elle a de l'argent! Et pour la décider à le donner, Mouchefrin et moi, nous avons trop sur le corps l'odeur des misérables.

Il avait plaisir à s'insulter soi-même... Il y eut des moments où il sembla étouffer; il s'essuyait, non le front, mais toute la tête avec un étrange tournoiement de la main et du bras. On eût dit que de sa conscience tenaillée il arrachait hors de son crâne des lambeaux. Quelle que soit l'infamie de sa préoccupation, ce puissant qui ne veut pas se laisser réduire à l'impuissance offre un fort beau spectacle. Un projet, une chose abstraite, mais qui se réalisera en actes terribles, est en voie d'éclore dans ce lourd cerveau. C'est une onde insaisissable, des éléments de pensée, qu'il pourrait nier, qu'il ne sait même pas formuler, mais déjà il est redevenu l'optimiste qui a un but, le prisonnier qui entrevoit l'évasion possible... Enfin la construction cérébrale parut avancer et devoir bientôt s'accomplir, car, cédant à un mouvement passionné, il s'écria :

— Il faut savoir ce qu'on veut et s'entêter. De l'énergie! de la volonté!... Oui!... c'est risqué... Mais c'est prompt!

Il réveilla Mouchefrin.

— A quelle bêtise as-tu pensé? dit celui-ci en bâillant.

L'expression de Racadot, en une seconde, dissipa son sommeil comme le cri « Au feu! » dans la nuit.

Plus tard, la Léontine fut réveillée en sursaut par des protestations :

— Non... non..., disait Mouchefrin, c'est impossible. Je ne peux pas.

Depuis trois ans, elle avait connu Racadot et Mouchefrin presque enfants, adolescents, hommes, vieillis déjà par la souffrance. Les ayant vus ivrognes et amoureux, elle croyait ainsi savoir leurs pires déformations. Ils lui ménageaient des surprises.

Le grand Racadot était debout, la poitrine rentrée, la tête en avant, le menton plus avancé que la tête, pareil à un chien qui aboierait sans bruit. Mouchefrin, assis, semblait décomposé par la peur. Ils la regardèrent et se turent.

— Couche-toi! lui dit rudement Racadot.

Il éteignit. Au bout d'une demi-heure, il alluma de nouveau. Sa figure était terreuse, ses yeux cernés d'une façon épouvantable. Sous quelle impulsion écrivait-il les excuses suivantes?

« Pardonne-moi, mon cher père, les lettres que je t'ai écrites, mais, ennuyé de toutes parts comme je le suis, cela vous change les idées. Pour le 21 au matin, j'attends donc ta lettre avec la somme que je t'ai demandée. Pense à moi, mon cher père. Je n'ai que deux choses à choisir: le déshonneur ou la mort, si tu ne satisfais pas à ma demande. »

Tant d'insistance et cet effort pour se rattacher à son protecteur naturel aboutirent à une réponse, définitive et qui durement coupait tout espoir :

« Je suis bien désolé de ta position, quoique tu me dises que j'ai l'air d'être joyeux. Tu te trompes : j'ai beaucoup de peine, car un homme prudent chercherait à voir clair dans mes intérêts, sans me dire des injures comme tu m'en as dit. Tu veux de l'argent et je peux t'en trouver?... Mets-toi donc à ma place. Tu ne t'occupes que de prendre et point de rembourser. Viendras-tu donc payer pour moi? Je n'ai jamais vu chose pareille; je crois que tu veux me faire perdre la tête. C'est ridicule, ton affaire; il faut que tu sois en relations avec des canailles. Au fait, je veux vivre sans souci de rien, parce que j'ai été demander de l'argent à un ami et que j'ai vu comme il me recevait; je ne suis plus d'un âge à supporter qu'on me rebute. »

CHAPITRE XVI

LA MYSTÉRIEUSE SOIRÉE DE BILLANCOURT

Racadot, puisqu'il est bachelier et qu'il fréquente les brasseries, a des idées générales, voire philosophiques, mais elles sont d'ordinaire limitées aux instants où il parle en public. Dans son privé, il pense plus économiquement, je veux dire par doit et avoir : ses méditations, au long de cette crise, ont été fort analogues au livre d'un commençant. Aujourd'hui qu'il est débilité par la lutte, la philosophie l'envahit tout, non pour le consoler, mais pour l'irriter. Voilà un homme qui, de famille, a du bon sens et même de la discipline ; pourtant il n'échappe pas — tant la mode est puissante ! — à se considérer comme une victime.

C'est vrai qu'envers ce jeune paysan l'État a assumé un rôle si providentiel pendant ses années universitaires, et lui a donné des notions si exagérées de la place occupée dans le monde par les idées de droit, de justice, de devoir, qu'il reçoit une tape un peu trop forte quand il se trouve soumis à la grande loi pratique : « Si vous réussissez, vous aurez des amis, du talent, de l'honneur, et les idées de droit, de justice, de devoir souffriraient de se trouver en opposition avec vous; — quand par malchance cela arriverait, elles sauraient s'effacer bien vite et passer dans votre camp. Si vous échouez, au contraire, elles ne voudront pas se compromettre par votre échec, et tiendront à marquer que vous êtes puni de les avoir offensées. » Racadot, qui vérifie ces principes dans son cas et qui ignore leur caractère universel, se cabre et sincèrement se croit une victime sociale.

C'est affaire de point de vue. Un sociologue le tiendrait pour un parasite social; un juge d'instruction, pour un maître chanteur; quant à ses amis, ils le fuient maintenant comme un maître tapeur. Petit à petit, il ne prête plus qu'à des associations d'images désagréables. Ces garçons intelligents, ayant décidé qu'ils ne pouvaient rien pour son salut, jugent oiseux et simplement pénible de penser à lui.

A la Conférence Molé, — où *la Vraie République* avait tenu l'emploi de moniteur officiel, — on fit cette remarque : Suret-Lefort qui, jadis, aimait à donner Racadot pour son *alter ego*, désormais affecta d'entendre ce nom comme un assemblage de syllabes inconnues. « Eh bien ! quoi ? semblait-il dire. Ra-ca-dot ! qu'ai-je de commun avec cet individu? »

Il faut l'avouer, ce camarade ne leur valait jamais de compliments. Madame Alison, qui appréciait mal Sturel, parce qu'elle le trouvait « peu naturel », revint dans ce temps-là sur l'incident mesquinement soulevé par le baron de Nelles sur les fonds secrets.

— Avez-vous obtenu votre subvention pour votre journal, monsieur Sturel ?

— Je ne le verrais plus ! s'écria la jeune fille.

Sturel fut froissé qu'elle admît une hypothèse où elle l'écarterait.

Il répondit :

— Je ne fais plus partie de *la Vraie République.*

— Il l'a supprimée, dit la jeune fille à sa mère.

— Je crois que son organisateur veut la maintenir, — rectifia le jeune homme. — Mais je n'ai plus rien à y voir.

— C'est beaucoup à nourrir pour un homme qui n'est pas sûr de son dîner, — fit observer madame Alison avec la blessante supériorité du bon sens.

— Enfin, dit la jeune fille, M. Sturel n'est pas solidaire des gens dont il est moins l'ami que le bienfaiteur.

— Mais qui l'accuse ? Je regrette seulement que M. Sturel perde une occasion de s'occuper selon ses goûts.

Grondée par sa fille et n'ayant aucune méchanceté, madame Alison, pour effacer le souvenir de quelques piques de cette sorte, invita François Sturel à une promenade du soir au bois de Boulogne. Madame de Coulonvaux fut de la partie, en sorte que les deux jeunes gens purent s'occuper d'eux seuls.

C'était le 21 mai, à quatre jours de cette triste pluie qu'ont supportée Racadot, Mouchefrin, la Léontine jetés sur la voie publique. Mais cette pluie, qui avait augmenté la misère de ces trois malheureux et qui collaborait ainsi à d'irréparables malheurs, doit ici être dite excellente, parce qu'elle a dégagé, fait éclore le printemps sur Neuilly, Sèvres, Boulogne et Saint-Cloud.

A travers le bois de Boulogne, la voiture les conduisit d'abord au pont de Saint-Cloud. Thérèse

Alison et François Sturel, laissant les deux vieilles dames, mirent pied à terre et suivirent lentement le parapet. Ils s'émerveillaient sans mot dire des mouvements enivrants, rapides comme des bras d'amoureuses voilées et qui se pâment, que font les flots de la Seine en fuyant sous la lune. Oui, la lune, que jusqu'alors François Sturel n'avait pas pensé à regarder, lui paraît comme elle l'est quelque soir dans la vie de tous les hommes, la magicienne incomparable, quand il voit que pour la jeune fille ces lueurs et ces silences sont des regards et des choses amicales. Si frémissante sous ces contacts de la nuit, au bord de l'eau pleine d'ombre, Thérèse devient pour lui une petite fée à laquelle il se sent enchaînée comme un esclave grossier. Ses soins, ses sentiments enveloppent la jeune fille d'un manteau de protection, de dévouement et d'admiration. En été, des cafés violemment éclairés bordent la *Place d'Armes* à Saint-Cloud, en tête du pont; elle voulut éviter toutes ces grossièretés, et faisant un geste amical d'indépendance à la voiture, ils entrèrent dans l'allée française par où le parc débouche sur le quai.

Les premiers bancs étaient pris par des couples aux occupations mystérieuses et confuses, mais auxquelles les premières tiédeurs du printemps donnent un sens, fût-ce pour les jeunes gens les moins avertis. Sturel en lui-même ne veut pas de mal à ces personnages, parce que tout autour d'une noble image de l'amour un peintre peut grouper les indécences innocentes des bêtes, oui, d'honnêtes bestialités. Ils marchent une cinquantaine de mètres, puis ils trouvent enfin où s'asseoir. Les arbres, qui se confondent au-dessus d'eux dans la nuit, ont une senteur mouillée de verdure ; l'atmosphère est opalisée par la molle clarté, tout respire dans un mélange délicieux d'oppression et d'allégresse : ainsi la force voluptueuse qui est en eux, et n'ose se manifester, les gêne et les transporte. Dans ces tendres ténèbres, son regard ne distingue plus les perfections du corps de la jeune fille, mais sa sympathie les lui fait percevoir avec une vivacité qui le trouble et le contraint au silence. Elle lui raconte alors que sur ce même banc, l'année précédente, elle est venue s'asseoir ; elle dit, puis se tait, il suppose qu'elle calcule combien d'âme il ajoute aux plus beaux soirs de mai.

... Dans la voiture qui stationne sur la place, les deux dames doivent s'impatienter. Les jeunes gens se rapprochent, mais, cette fois encore, veulent traverser à pied le pont pour revoir les vagues douloureuses qui contrastent avec la sérénité inexprimable du ciel. Les rais de lune sur la Seine à Saint-Cloud ne sont pas plus divins que sur la Moselle, et pourtant Sturel ne songera jamais à les comparer.

Deux voyous qui passaient firent une réflexion sur l'odeur qu'exhalait le vêtement de la jeune fille. Elle ne parut pas entendre, mais, un peu après, elle dit avec une petite inquiétude :

— Je ne sais pas pourquoi la couturière a fourré du parfum dans mon collet. Elle sait bien que je n'en porte jamais : je trouve cela grossier.

Voilà qui est touchant et la marque d'une amoureuse de craindre une diminution dans l'esprit de son compagnon à cause du jugement de deux amateurs de Billancourt!... Sturel songe avec une volupté égoïste que leur bonheur s'évaporera dans la vie comme ce parfum dans le courant d'air de la Seine. Le sentiment que de tels instants ne peuvent être fixés leur ajoute une force de mélancolie qui le tint longtemps silencieux.

Les vieilles dames, auprès de qui les deux jeunes gens sont remontés, causent de Victor Hugo, dont les journaux depuis quatre jours disent la santé inquiétante : un vieillard de quatre-vingt-trois ans, et le cœur hypertrophié, supportera mal une congestion pulmonaire. Sturel s'entête à considérer que le héros qui maintient le mieux l'unité française ne voudra pas abandonner la patrie avant qu'un homme ou une passion dominante puisse tenir l'emploi qu'en mourant il déserterait. Les dames se mettent à parler de la fraîcheur, car elles sont à l'âge où les paysages lunaires, sans cesser d'agir sur l'organisme, n'y mettent plus d'inquiétudes, que rhumatismales. Mais la soirée est chaude. On file le long du quai jusqu'à Boulogne, pour rentrer par le Point-du-Jour. Chacun jouit du bien-être, et toute conversation s'est tue, quand madame Alison soudain se penche et dit :

— Oh! la pauvre dame! Si elle espère trouver ici une voiture!...

Sur le côté du chemin, une femme, en effet, de silhouette élégante, avec son ombrelle, fait signe au cocher. Deux individus l'accompagnent, qui ne s'associent pas à ses signaux, mais se tiennent plutôt à l'écart... C'est un petit tableau qu'à l'appel de madame Alison chacun depuis le landau entrevoit; et, si le geste d'un piéton qui fait un vain appel est le plus banal des rues de Paris, à cette heure, dans ce désert, cette femme harassée fait un peu pitié. Elle est bien à cinq kilomètres de la plus proche station de fiacres. Cela pourtant ne suffit pas à m'expliquer que François Sturel ait tressailli.

— Mais — dit madame de Coulonvaux, en Parisienne qui connaît les rues, les fiacres, les tramways et le bois, — ils continuent vers Billancourt : ils tournent le dos à Paris... Peut-être qu'ils ignorent leur chemin.

— On devait au moins les prévenir, dit la jeune fille.

Et elle s'étonne secrètement que son ami n'ait pas offert de monter à côté du cocher pour donner place à cette inconnue. Une fois, à Carlsbad, des étrangers les ont ainsi recueillies, elle et sa mère, qui s'étaient égarées. « C'est sans doute par délicatesse, il ne veut pas mêler à nous n'importe qui ! »

Mais pour François Sturel, ce n'est pas une inconnue. Il est loisible à ces dames d'oublier ; lui ne s'y trompe pas. L'éclair des lanternes, passant moins d'une seconde sur ce visage, lui a révélé madame Astiné Aravian. Il ne l'a pas clairement reconnue, il l'a devinée d'amour. Mais jamais ce visage, il ne le vit marqué de cette inexprimable angoisse. Et ces deux hommes qui se tenaient en arrière, qui baissaient leur chapeau au passage de l'étroit rayon de lumière, n'est-ce pas Mouchefrin, Racadot, avec son éternelle serviette sous le bras ?

Thérèse Alison est triste de s'être montrée égoïste dans son bonheur. L'excellent petit être voudrait avoir rendu service à cette inconnue. Mais Sturel est dominé par le fort symbolisme de cette apparition. Ce n'est point un mouvement de sensiblerie pour des personnes qui, après tout, à dix heures du soir, ne courent aucun risque à trois ; mais il a cru voir son amie toute pâle, exténuée d'une longue course, ses deux camarades dégradés ; et quand il passait avec son bonheur, il les a laissés dans le fossé du chemin ! Sans un geste, la tête détournée vers l'ombre, ils ont donné une impression tragique et glacée à Sturel. Elle, c'est pire, lui a livré d'elle-même une image qui le désespère. Cette main du noyé dans la nuit ! Comment put-il se taire à son geste d'appel, quand en soi-même, toujours il la sent si vivante ? Parfois, soudain évanouie, il pouvait croire qu'elle n'était plus, puis elle renaissait — comme un drapeau qui flotte et retombe sur sa hampe, s'affirme et se renie au gré du vent, mais domine toujours la situation. — Cette étrangère n'est-elle pas mêlée à ses pensées et les nuançant toutes, au point que tout à l'heure, quand auprès de Thérèse il respirait avec complaisance l'atmosphère impure de l'allée de Saint-Cloud, et quand il se réjouissait de mêler l'idée de périssable à leur sentiment, c'était vraiment le poison d'Astiné qui agissait dans son sang ! Où qu'il marche, il la porte en lui. En vérité, à cette date, si elle a accompli sa destinée propre, elle pourra bénéficier en Sturel d'un prolongement de vie. Et c'est peut-être son appétit de se détruire, son perpétuel don de soi au milieu de sa débauche, qui mériteront à cette rare jeune femme de se survivre.

Mais, l'infortunée, comment subira-t-elle sa sentence ?

... Ce soir-là, vers les huit heures, dans la rue, madame Aravian a été abordée par Racadot et Mouchefrin qui la guettaient. Elle allait surprendre à leur hôtel des amis pour les mener au théâtre. Un oiseau, un lophophore, vert et bleu, de ses ailes repliées, la coiffait. Sur une robe de dentelle noire, ouverte en carré et dont les manches venaient au coude, elle avait une jaquette de velours à côtes, de nuance tourterelle. La jupe de dessous à volants était relevée de loin en loin par des nœuds jaunes, tandis que des nœuds jaunes encore ramenaient sur la hanche gauche la jupe de dessus. La ceinture était jaune, et les longs gants de Suède, selon la grande mode de 1885, de couleur bois clair et parfumés au bois de Liban. Troublés par cette harmonieuse créature, ils surent pourtant lui proposer et lui faire accepter une excursion comme elle les aimait, sur la berge de Billancourt. L'idée d'errer la séduisait plus qu'aucune amitié et que nul spectacle. Pour qu'elle ne prévînt personne, Racadot la mit lui-même en fiacre et s'assura qu'elle indiquait au cocher le Pont de Neuilly, lieu convenu du rendez-vous. Prétextant, pour ne point l'accompagner, qu'ils avaient à s'informer d'une adresse, ils gagnèrent le but séparément, par le train de petite ceinture et le tramway Porte-Maillot-Courbevoie.

C'était dix heures passées quand elle descendit de fiacre et apporta son mystérieux et complexe enchantement sur le quai où viennent aboutir les profonds jardins des maisons de Saint-James. Dans cette nuit et ce silence, ils l'abordèrent en s'arrangeant pour cacher leurs figures au cocher. La masse sombre des arbres dans l'île de Puteaux se penchait, en frissonnant, vers elle au-dessus de la Seine.

Ils marchèrent vers Sèvres et Saint-Cloud, en longeant le fleuve. Elle ne tarda pas à regretter qu'ils eussent renvoyé la voiture. Ils reconnurent s'être trompés et qu'il faudrait encore une demi-heure pour atteindre les bouges où ils la menaient. Au bout d'une heure elle leur ordonna de trouver un fiacre. En ricanant ils s'offrirent à la porter. Sur sa menace d'appeler le premier passant et comme il n'était pas minuit, ils cessèrent leurs goujateries; Racadot assura qu'on approchait du Point-du-Jour. Par deux fois, malgré la volonté de ses compagnons, elle avait essayé d'arrêter des cochers. Maintenant s'étendait une solitude menaçante. Elle eût voulu retourner vers Saint-Cloud dont les lumières déjà l'avaient attirée. Ils s'y refusèrent, prétextant les cafés fermés et les voitures remisées.

— On dirait que vous avez peur, ajouta Mouchefrin; aurez-vous bientôt fini de nous insulter?

Ils prirent pour thème de leurs propos qu' « évidemment c'est plus commode d'être dans son lit », et ils développèrent cette imagination avec une extraordinaire liberté dont elle était suffoquée comme d'une révolte de domestiques. Elle espéra qu'ils étaient ivres.

— Allons, dit-elle, Monsieur Racadot, soyons bons amis; si vous me ramenez rapidement chez moi, je vous promets une subvention pour votre journal.

Il parut se rendre à ce désir.

— Appuyez-vous sur nous, disait-il, ne craignez rien, nous sommes solides.

De force, ces bandits mal soignés prirent chacun par un bras la belle aventurière et l'entraînèrent si vite que par deux fois elle déchira sa jupe de dentelle. Elle se taisait. Ils marchaient toujours sur la chaussée qui, sans parapet, surplombe la Seine d'une hauteur de cinq mètres environ. Depuis vingt minutes ils n'avaient rencontré personne. Comme toute l'eau du fleuve était ridée par le même souffle, ainsi leurs trois cœurs étaient contractés par le même sentiment. Le nabot Mouchefrin en serrant le bras de madame Aravian sous le sien la faisait se pencher. Elle lui dit :

— Vous voyez bien que vous êtes encore trop petit pour tenir les femmes autrement que par le jupon.

Dans cette minute, Racadot, heureux d'entendre un homme humilié par une femme qui le ménageait, subit le charme de madame Aravian. Il ne parvint à haïr cette beauté parfumée qu'en se représentant la pauvre Léontine laide, en guenilles et méprisée. Excité par l'offense reçue et par la douceur de la jaquette de velours, Mouchefrin égrenait un chapelet d'horreurs.

— Assez de paroles, Antoine! dit la voix basse, presque méconnaissable de Racadot.

En même temps, pour fouiller dans sa serviette de cuir, il lâchait le bras de Madame Aravian. Mouchefrin fut envahi d'une peur immense et sa mâchoire inférieure commença de claquer d'une manière convulsive. Brusquement la femme se dégagea, courut...

Son mouvement, sa fuite avaient été si prompts, si vigoureux, que les deux hommes n'avaient pu les prévoir ni les éviter. Ils ne poussèrent pas un cri, mais aussitôt la poursuivirent.

Teintes violettes d'un soir tragiques, sombres espaces, élan pour la tuer de ces jeunes gens qui l'eussent tant désirée. Leurs cris dans la nuit épandus!

Leur course avec les vêtements qui battent l'air ! Cet appel immense et puis des plaintes !... « Chien ! » dit-elle d'une voix époumonnée, quand rejointe et se retournant elle vit, le bras levé, et tout lancé en avant, Racadot avec ses yeux ronds et rouges dans un visage que la peur faisait implacable... Qu'il y en a déjà eu de ces appels d'assassinés et qui sont allés Dieu sait-où ! L'horreur profonde, c'est que ce spectacle est tout à fait exaltant ! Les hommes aiment à mordre, et de désir leur bouche se dessèche devant les choses effroyables.

La frénétique action ! Oh, la pire débauche ! Dans sa pleine énergie et capable de susciter encore la pleine énergie, elle roule à terre sous le marteau brutal qui lui brise une tempe et souille le lophophore vert et bleu. C'est Racadot qui frappa ; Mouchefrin la tenait par son petit cou qu'il était heureux de toucher. Ah ! malheureuse ! Bête de luxe, elle a irrité de désirs leur sang, avec son corps dédaigneux. Elle est tuée par deux pauvres, qui sont aussi des mâles orgueilleux. Ces deux caractères, quand ils ne s'excluent pas, constituent une espèce des plus dangereuses.

Les gémissements qui se prolongèrent pendant une dizaine de minutes, malgré le dur genou de Racadot, ne doivent pas être tenus pour un témoignage de la sensibilité propre d'Astiné Aravian ; il faut y reconnaître le murmure commun à toute âme qui s'enfuit. Ils ne révèlent pas plus notre vrai moi que certaines énergies partielles qui survivent dans l'organisme à la destruction de l'énergie principale ; les battements du cœur qui persistent après la mort ne peuvent plus renseigner sur notre conscience propre, mais seulement sur les lois de l'humanité. La vraie personnalité d'Astiné s'exprima par ce dernier mot « chiens » avant qu'elle roulât à terre où ce fut la mêlée confuse, la chiennerie d'un assassinat. Sans doute, elle mit sur ses yeux sa main gantée de « bois clair », d'un geste de petite fille qui se donne pour la première fois, et d'un geste qu'on croyait bien qu'elle ne retrouverait jamais. Ainsi sanglante eut-elle le temps de penser dans la nuit : « Comme ça m'ennuie de mourir!... » Mais eût-elle aimé vieillir? Les Orientales s'alourdissent si fort!

Ces choses-là se passèrent dans les ténèbres et s'y enfoncèrent définitivement avec la conscience qu'en put avoir Astiné. Les deux assassins en prirent une vue bien différente de ce que nous tenons pour la réalité. Éperdus de terreur, ils dépensaient, à frapper toujours, d'excessifs efforts, comme si elle eût été une idole invincible et leur pire ennemie. Les perles maintenant, perles des mains, perles des poignets, perles du col et ses turquoises « immortelles », qu'elle tenait des princes persans, toute cette gentille friperie de ses grâces, ils la lui arrachent avec leurs mains qui tâtent et qui tremblent. Et, courbés, ils complètent leur boucherie par une affreuse précaution : ils la dépouillent de sa jaquette tourterelle, de ses dentelles noires à nœuds jaunes, de toute sa soie parfumée, et leurs dures mains emportent cette tête désormais impure, qu'ils courent enfouir plus loin.

Ce beau corps, cette gorge de vierge qu'elle avait gardée, et que baigne le fleuve d'un sang encore vivant, ces jambes adorables, tout cela qui eut tant de plaisir à éveiller les instincts de la vie, ils l'ont jeté sur le dur gazon des berges de Billancourt. Ce cadavre, ce sang et ces beautés découvertes, dans ce tragique abandon, c'est l'éternelle Hélène « tant admirée, tant décriée » qui une fois encore est venue du rivage homérique, avec le trésor augmenté sans cesse de sa fabuleuse beauté, attiser dans notre sein une ardeur que rien ne satisfera. Hélène! mais du moins, cette fois, pour que soit complète son atmosphère de volupté, il ne manque pas au tableau l'appareil du carnage.

Sturel, plus tard, comprendra que ces circonstances tragiques étaient de nécessité et les instruments atroces de la parfaite biographie d'Astiné Aravian. Il n'admettra pas qu'une hypothèse eût pu surgir où ce sang eût été épargné à son amie. En laissant la biographie de cette femme se constituer dans son imagination, comme on laisse une vérité se concréter en soi de façon à n'en être que le spectateur, Sturel reconnaît bien qu'une telle vie, à moins d'être incomplète et même contradictoire, ne supportait que ce dénouement où il y a du vice, de l'horreur et des accents désespérés.

Le ciel de minuit et ces sombres feuillages, qui tout à l'heure d'un si grand air favorisaient les énergies amoureuses, encadrent avec une égale magnificence la terreur de ces assassins. Le souffle d'un assassin, dans la nuit, ce doit être le halètement d'un coureur demi-asphyxié de qui l'on entend les prises d'air et les expirations, cent mètres avant que l'on distingue son visage douloureux et forcené, — un visage composé par d'affreux battements de cœur. Mais, courant aux côtés de l'homme de sport, il y a le groupe de ses amis, de ses entraîneurs qui le félicitent, le soutiennent de leurs fraternelles exhortations. La clientèle de l'assassin, de l'homme qui vient d'oser cette inhumaine dépense d'énergie, elle est faite seulement de figures d'effroi chuchoteuses, au milieu desquelles il court comme un maudit.

Racadot et Mouchefrin ont lavé leurs mains avec du sable, dans la Seine. Mais Racadot voit sur le cou de Mouchefrin, Mouchefrin voit sur le cou de Racadot une petite raie fine comme un tracé, un projet pour le couteau de la guillotine, la ligne d'intersection selon laquelle leur tête culbutera dans le panier de son. Ils ne veulent point que ce signe et d'autres plus certains encore les dénoncent à l'octroi du Point-du-Jour : ils traversent Billancourt, le haut Billancourt, Boulogne, et par le Parc-aux-Princes, atteignent les grilles, près de la gare d'Auteuil. Là encore un octroi. Ils songent à passer la Seine, et sur la rive gauche ils joindront le pont de Neuilly, pour regagner de là Paris. Sur les ponts, des octrois toujours ! Les novices n'avaient pas prévu que Boulogne, Billancourt, entre Paris, le Bois et la Seine, forment une vraie souricière. Peut-être a-t-on déjà retrouvé le cadavre. Ils se séparent. Isolés, ils pensent attirer moins l'attention ; chacun voit dans l'autre un danger.

Laissons-les à leur épouvante infâme, et, par contraste, plaisons-nous à nous rappeler le beau spectacle, si profondément émouvant, d'un jeune homme dans le bref espace de sa vie où il s'occupe en toute conviction des intérêts de l'espèce et se donne aux choses éternelles. Ainsi, le même souffle qui passe sur le cadavre d'Astiné Aravian caressait tout à l'heure François Sturel, épris de Thérèse Alison, et maintenant encore les rejoint sur cette longue berge de la Seine... Supplie ton amante, jeune homme changeant et sincère! à genoux, ton bras passé autour de son corps, au bas de sa taille, sur ses fortes hanches, ta main gauche tendue vers ses yeux, vers le ciel inexploré. Les arbres aussi vont vers le ciel, et son espoir, ses incertitudes aussi. Veux-tu qu'elle se donne? Es-tu celui qui peut quelque chose pour son bonheur? Jeunesse, amour, déchirantes minutes!... Et sous ses mêmes arbres, sur ce même sable qui crie, la fuite des assassins emportant une belle tête sanglante, des perles et des turquoises.

Bien que François Sturel en prenne une conscience peu nette, ce qu'il aimait de madame Aravian, c'était son âme, sans doute, sur son visage, mais ses perles aussi, ses turquoises, son luxe, le parfum de ses vêtements, toutes les grâces et la mollesse d'une femme qui sait se faire servir. Précisément, elle vient de périr aux mains des serfs à cause de ses perles et turquoises que veut vendre Racadot, et à cause du parfum qui irritait Mouchefrin. Tout à l'heure, Sturel l'a laissée au fossé pour ne pas déplaire à sa nouvelle amie dont le luxe, le parfum, les grâces et la mollesse, ce printemps, l'ont conquis. Racadot, maintenant, court vers la Léontine comme une bête qui rapporte une proie à sa femelle : car, pour cette compagne, il est excellent. Mouchefrin court à côté, suivant les événements, comme le chien du troupeau galope auprès des moutons, et, la langue hors de la bouche, collabore aux desseins obscurs du berger.

Quant à nous, dans cette soirée, pourquoi perdre

notre temps à juger ? Contemplons et vivons. Ayons l'âme de ces grands arbres. Par une nuit d'une beauté rare sous nos climats, la tête perdue dans l'obscurité, assistons aux heurts de ces énergies égarées. Cette fille d'Orient, originaire des pays où la moyenne de la vie humaine est bien plus courte qu'à Paris, semble vraiment s'être toujours appliquée à multiplier autour d'elles les mauvaises occasions et à se créer autant de risques qu'en présente la vallée de l'Euphrate où campa sa famille. Son gémissement dans les terrains de Billancourt vaut sa mère expirant sur la rive d'Asie. Il est naturel qu'une Astiné Aravian meure assassinée. D'autre part, le coup des paysans Racadot et Mouchefrin ajoute un épisode banal à l'éternelle Jacquerie. Mais bien qu'on en sente le déterminisme, leur conduite n'est pas en harmonie avec les façons de voir des gens normaux ; elle offense les lois de la société civile et les lois instinctives : un tel acte doit entraîner la suppression de ses auteurs. Les grands arbres, le courant d'air de la Seine, les nuages, peuvent bien composer de beaux tableaux avec ces animaux fuyants ; la société n'est belle qu'en contrariant la nature. L'ignominie de cette minute est de telle évidence qu'il serait superflu de s'y arrêter davantage. Mais les choses ne sont jamais finies ; elles sont toujours en train de se faire. Précisément, notre rôle, c'est de les considérer dans leurs développements. Nous sommes des botanistes qui observons sept à huit plantes transplantées et leurs efforts pour reprendre racine. Charcot, en traitant celle qui étrangla Gouffé de coquine, se servit d'un mot exact, mais qui n'avait pas le genre d'exactitude, et n'exprimait pas la conception qu'on demande à Charcot. En face d'un fait de cet ordre, la pensée d'un homme bien constitué se développe selon des temps! C'est dans le premier moment qu'il faut crier, et le plus fort possible, « au gendarme! ». Ensuite, un grand problème, et proprement le nôtre, c'est de savoir si l'éducateur Bouteiller et, comme y comptait Challemel-Lacour, « l'esprit de la société où ils vécurent » pouvaient faire que Racadot et Mouchefrin ne préférassent pas un crime à l'effondrement de leurs ambitions.

CHAPITRE XVII

LES PERPLEXITÉS DE FRANÇOIS STUREL

Au lendemain de cette mystérieuse et abondante soirée, les journaux publièrent des nouvelles plus inquiétantes de Victor Hugo : l'illustre vieillard par instants souffrait d'oppression et d'une grande agitation ; on le piquait à la morphine ; il buvait un peu de bouillon, embrassait ses petits-enfants, serrait la main de ses amis.

La France avec angoisse, assistait à ces apprêts de la mort magnifiés par une presse idolâtre. Les poètes avaient passé plusieurs nuits chez le marchand de vins devant la maison du grand homme. Ils buvaient et récitaient ses vers. D'heure en heure, ils venaient sous les fenêtres, d'où on leur jetait des nouvelles. Les comités politiques, sur tout le territoire, étudiaient des mesures de deuil. Dans la matinée, des bruits pires encore circulèrent : qu'il avait dit adieu à sa petite-fille Jeanne et qu'il entrait en agonie. A cet époque, un certain journal paraissait à midi qui continuait obscurément le journal de Mirbeau, *Paris-Midi, Paris-Minuit.* Ce 22 mai, tout Paris l'attendait. Sturel, allant au Luxembourg après son déjeuner, l'acheta. En caractères gras, à la « dernière heure », se détachait, signée des trois médecins, cette seule ligne :

« Situation extrêmement grave. 9 heures 20. »

Et tout à côté, un fait divers :

« Ce matin, au petit jour, dans les terrains vagues de Billancourt, on a trouvé le cadavre d'une femme décapitée et dépouillée de ses vêtements. Les passant qui relevèrent ce corps nu ont été frappés de sa merveilleuse beauté. On n'a pu établir jusqu'ici l'identité de la victime. »

Des gouttes de sueur se formèrent sur le front de Sturel. Il rentra rue Sainte-Beuve et verrouilla sa porte. Ses gestes étaient automatiques. Comme un malade demi-anesthésié subit presque en étranger les contractions de sa douleur, il sentait une idée affreuse se former en lui. Il était dans un carrefour de l'inconnu : vingt avenues, où il craignait de s'engager. Un oiseau qui a reçu du plomb, emploie toute son énergie à se maintenir dans l'air sans choix de direction : il ne voulait pas aller où de tout son poids son imagination se précipitait. A cinq heures, il se dirigea vers la Morgue. Au coin de la rue Notre-Dame-des-Champs et de la rue Vavin, il entendit le cri, lut le titre en manchettes : « Mort de Victor Hugo ! » Son cœur se gonfla dans sa poitrine. Il rejeta tous ses soucis précaires, parce qu'il avait un dieu à créer d'accord avec un groupe important de l'humanité. Aucune réalité, si tragique qu'il la pressentît, ne pouvait l'émouvoir comme la mort du seul homme qui, dans une époque médiocre, donnait la sensation du hors de pair, et semblait essentiel pour maintenir l'unité, la fraternité françaises.

Vendredi 22 mai 1885, la matinée de l'agonie! Un témoin a dit : « Le râle était extrêmement douloureux à entendre ; c'était d'abord un bruit rauque qui ressemblait à celui de la mer sur les galets, puis il s'est affaibli, puis il a cessé. » Quelqu'un s'approcha d'une pendule, en brisa le ressort : une heure vingt-sept minutes de l'après-midi.

A la Chambre, bien qu'on ne siégeât pas, la salle des Pas-Perdus et les couloirs grouillaient ; députés et journalistes piétinaient en attendant les nouvelles. A une heure cinquante, on affichait cette phrase laconique, plus émouvante qu'aucun pathos travaillé : « Victor Hugo est mort à une heure et demie. » Le Palais-Bourbon se vida sur la maison mortuaire; les parlementaires couraient au cadavre, pour lui emprunter de l'importance. Le Conseil municipal s'y rendait en corps après avoir levé sa séance. Déjà l'on disait que le maître, l'Aïeul, le Père serait enterré aux frais de l'État, exposé sous l'Arc de Triomphe et enseveli au Panthéon... Dans tout l'univers, averti par les dépêches, les témoignages se composaient, bientôt allaient affluer, bienfaisants : car, à les lire, et d'amour pour la gloire, des larmes ont monté de certains cœurs.

Ce serait une impardonnable mesquinerie, pensa Sturel, de se distraire de cette mort importante qui est une fermentation, un événement en train de développer des conséquences infinies, au profit d'un cadavre de jeune femme, d'une petite chose finie. Il est bien vrai que l'accidentel parfois peut arriver à nous posséder d'une manière impérieuse : madame Aravian a déposé en Sturel quelque chose qui ne périra pas; mais ce fut une donation entre vifs, à quoi le décès de la donatrice n'ajoute rien. Le jeune homme a cent raisons d'espérer que ce cadavre nu sur une berge décriée n'est pas celui d'Astiné. Et, quand ce serait cette chère malheureuse, convient-il de s'attarder dans un deuil privé, dans l'égoïsme en somme, alors qu'il y a une occasion de communier avec un peuple? Les mouvements de l'intérêt personnel ne doivent pas nous dévier de la raison droite.

Le lendemain 23, cette émotion nationale déjà ressentie par Sturel fut exprimée par les journaux avec des moyens si variés, si puissants, si redoublés, que leur lecture produisit sur tout le public et sur le jeune homme l'effet exaltant des pleureuses antiques ou des vocifératrices corses dans les cérémonies funéraires.

Mêlés à l'énumération des titres du mort et des regrets de l'humanité, il lut de nouveaux renseignements « sur le crime de Billancourt ». Faute de la tête et des vêtements, on n'arrivait pas à établir l'identité ; on fouillait la Seine et toute la région. Il consulta *la Vraie République*. Dans ces quatre pages, établies tant bien que mal avec des blocs empruntés à d'autres journaux, il trouva que la conférence de Racadot aurait lieu le mardi 26. Sturel se promena jusqu'à la Morgue et crut défaillir...

La subsistance dans la mort des apparences de la vie affole tout notre être, qui n'accepte d'expirer qu'avec l'idée de se dissoudre. N'exister plus et demeurer, gésir sans défense exposé aux injures, affecter encore de quelque façon les vivants, c'est infiniment triste. Quelle humiliation déjà d'avoir été jeune, sympathique, confiant, et de mourir, comme c'est la vieillesse, successivement, organe par organe! Du moins faut-il, après le dernier souffle, s'anéantir. Si de belles formes que nous avons aimées deviennent un jouet et n'obtiennent point pour se défaire le silence ni l'obscurité, voilà l'impardonnable insulte. Sturel regarda ce corps charmant qui se dénonçait mal sous un linge jeté; et si terrible que fût son trouble, le cri qui montait à ses lèvres, il ne pensa pas à demander au bureau du greffe qu'on lui facilitât la reconnaissance de cette assassinée. Il n'imaginait pas que nul homme pût être son confident. Que sur du papier administratif, un indifférent notât ses hypothèses, et toute la confrontation de ce pâle cadavre avec certaine splendide image conservée dans sa mémoire, c'était inadmissible; le jeune homme n'eût pas trouvé les termes exacts pour libeller ce qu'il reconnaissait et pourquoi il le reconnaissait. Nécessité fort délicate pour un galant homme de mettre un nom propre sur une femme dont on lui montre tout le corps en lui cachant la tête.

Il rentra chez lui, et, les jours qui suivirent, il se détourna même des dames Alison. Il se prit à aimer la nature qui seule reposait sa pensée autant que le vert repose les yeux.

Les journaux du mardi 26 détruisirent les derniers doutes où il se réfugiait : Astiné, grâce à des découvertes complémentaires, était reconnue. Avec quelle rude précision se vérifiait la première partie du cauchemar de Sturel! Il y a une distance immense entre les probabilités les plus pressantes et le fait accompli. Le « ça y est » que nous murmurons en face d'une réalité décisive, étrangle des milliers d'espérances qui, durant les pires crises et contre tout bon sens, se blottissent dans quelque coin de notre âme. Il s'aperçut qu'il aimait toujours son Asiatique; cependant il jugeait enfantin et contre nature de quereller une destinée pour laquelle cette sœur malheureuse était si évidemment marquée. Quand elle vivait, Sturel semblait prendre son parti de leur séparation : c'est qu'il avait la plus irréfléchie confiance dans la vie; il ne doutait pas de retrouver un jour cette nomade, demeurée si près de son cœur. Certaines façons de sentir propres à Sturel ne pouvaient être appréciées que par Astiné, qui les avait favorisées. Dès l'instant qu'elle meurt, ces sources intérieures soudain vont être envahies par la glace. Sturel se sent plus isolé et plus secret. Il ne peut pourtant jouir de la paix amère de son deuil : fixé sur son amie, il s'interroge avec épouvante sur Racadot et Mouchefrin.

Ce mardi soir, le même attrait pour l'horreur qui conduit l'assassin à la Morgue contempler le cadavre, mena Sturel rue d'Assas, où devait parler Racadot. A huit heures, il trouva dans la salle des conférences une trentaine de personnes : des clients de brasserie à qui Léontine avait placé des billets, des amis de Rœmerspacher, de Sturel, de Saint-Phlin. L'influence du journal n'avait pas décidé le vrai public. Tous ces individus étaient des complaisants qui s'excusaient, sur leur charité. Des petits groupes riaient, causaient, mettaient en commun leur mépris protecteur de celui qu'ils allaient entendre. Rœmerspacher vint s'asseoir près de Sturel et lui montra, courbé dans l'ombre d'un pilier, Mouchefrin dont luisaient comme une dure crinière de bête, les mèches de cheveux en épis.

— Jamais je ne l'ai vu scrofuleux comme aujourd'hui!

Sturel avait froid au cœur, dans l'attente de choses extraordinaires. Rœmerspacher pensa qu'il était distrait ou préoccupé et n'insista pas. A neuf heures, on ouvrit la porte à qui voulait. Vers la demie, on était quarante. Racadot enfin gagna l'estrade et la petite table au tapis vert; il avait coupé sa barbe; cela déjà le changeait; en outre, il fit à ses camarades l'effet pénible d'un homme qu'on a vu jadis plein de vie et qui, réapparaissant après une légère bronchite, déclare : « Les médecins me disent phtisique. » Il disposa quelques papiers, puis commença de parler.

Nous connaissons les lettres de Racadot à son père. Elles montrent un jeune paysan en redingote et nulle philosophie; c'est qu'il les écrivait dans un instant où l'on ne trouve plus à sa disposition que ses caractères de fond. C'est un appel au pays natal, à la famille, à la nature, quand tout lui manque. C'est le « Maman! maman! » que peut jeter un homme terrifié à l'improviste. Les gestes que fait un individu dans la minute où une bombe éclate, et si l'on crie « au feu! » nous renseignent mieux sur ses nerfs et sur son âme que ne fait sa manière de traverser un salon pour saluer une femme. Tous les actes de Racadot, son année de luttes, sa quinzaine de crise, sa mystérieuse soirée enfin, nous l'ont bien fait connaître. Quand il est sur son estrade de conférencier et qu'il parle avec des notes çà et là colligées, vous n'avez guère plus affaire au vrai Racadot qu'à madame Sarah Bernhardt quand elle joue *Phèdre*. C'est un rôle... Mais c'est un rôle qu'il a choisi, c'est la façon dont il veut nous étonner, nous intéresser, nous plaire. Par là, s'il ne nous renseigne pas directement sur lui, il nous éclaire beaucoup sur le personnage qu'il veut paraître et aussi sur son cerveau. — Un juge d'instruction à qui son caractère et sa compétence ont acquis l'estime générale, M. Guillot, remet au prévenu une plume, de l'encre, du papier : « Ecrivez-moi, racontez-moi votre vie. » Le misérable, dans les loisirs du cachot, aime à tracer sa biographie, à donner ses raisons, à se mettre en valeur. Peut-être se souvient-il des romans qui lui touchèrent l'imagination, mais ses mensonges, autant que les documents exacts qu'on a par ailleurs sur son crime, aident à cerner la vérité, permettent d'approcher son âme. Nos vaines prétentions sont une des parties les plus réelles de notre être.

Racadot, des articles publiés à *la Vraie République* par Rœmerspacher et Sturel, avait extrait et mis bout à bout un certain nombre de fragments. Il les lisait et il parlait assis. Avec sa puissance naturelle, il eût été mieux à l'aise debout, la poitrine développée, osant des gestes et déchargeant tout le fiel amassé dans son cœur épouvanté. Son sujet un peu abstrait, c'était *la Nouvelle vérité morale*, mais il le fit « actuel », en exposant sur Victor Hugo des idées que lui avait suggérées le matin même un journal de M. Lissagaray (genre Pyat et Vallès).

— Je voudrais, commença-t-il, vous parler de Victor Hugo. Les nécrologues sont inspirés par l'entourage du mort, et c'était une cour d'une incroyable médiocrité intellectuelle... (Une protestation légère courut sur les bancs). Je ne traiterai pas de son vocabulaire, de ses rythmes, mais de son œuvre en tant qu'elle prétend nous donner le sens moral de l'univers.

« Victor Hugo exprimait, non la vérité d'aujourd'hui, mais ce qui parut digne de ce nom aux personnes peu instruites vers 1848. Il est fâcheux qu'il ne soit pas décédé à cette date où l'on aurait pu avec une certaine justice lui rendre hommage. Et très probablement, nous ne perdrions pas notre temps à reviser les louanges de cimetière qu'on lui eût décernées. Mais aujourd'hui, quand nous ne serions que quarante, ayons la clairvoyance et le courage de dire combien fut fâcheuse pour lui et pour tout le monde sa longévité... »

Des exclamations intolérantes avaient déjà haché le discours; il y eut ici une huée, puis la curiosité domina. On n'allait donc pas s'ennuyer! Vingt personnes crièrent :

— Écoutez!

Racadot ne parut nullement troublé par les protestations; bien au contraire. Evidemment, s'il s'était livré à sa fureur de surmené, il eût été supérieur. Sa riposte, servie par sa figure fébrile, avait plus de ton que ses petits papiers, où l'on croit entendre Sturel, Rœmerspacher...

— Eh bien! quoi, — disait-il avec une grossièreté assez savoureuse, — Hugo! ses grandes flatteries à Paris ne me touchent pas : je ne suis pas d'ici; et quant à sa belle et constante promesse de détruire la misère, le mal, par l'instruction, je pense que j'en suis juge. Or, voilà un non-sens... Hugo! je le tiens pour un endormeur...

Un rire de joie l'interrompit. Evidemment, Racadot était seul à contredire la France, à sortir de cette unité nationale qui se resserrait autour de l'aïeul.

Mais on entendit une voix perçante, qui criait :

— Continuez, monsieur Racadot! Les imbéciles, les réactionnaires n'ont qu'à sortir!

Chacun chercha d'où venait cette voix, et on découvrit l'enfant Fanfournot, chétif et hérissé. L'amusement redoubla. En somme, de ces jeunes bourgeois, nul ne s'irritait, parce que c'eût été accorder du sérieux à l'orateur à qui déjà l'on donnait l'aumône. De son air provocant, Racadot put ainsi, au milieu de protestations modérées, exposer des idées évidemment antipathiques; avec des dons oratoires, il n'avait aucune habitude de la parole; au lieu de conquérir cette petite assemblée, il appliquait tout son effort à s'affirmer en face d'elle, à s'isoler. Il exprima d'abord son mépris pour Victor Hugo.

— Ce personnage a vainement outragé tous les dogmes : il a gardé intacte leur doctrine et nous a traduit en métaphores accumulées des sermons de curé. Il y a pour chacun de nous une nécessité absolue à persister dans l'existence. Voilà « le devoir » — laissons cette expression équivoque et surannée, — voilà l'instinct que la nature dépose en nous et l'exemple qu'elle nous donne. Comment le « contemplateur » n'a-t-il pas vu cela : que chacun, minéral, végétal, animal, se comporte comme si sa propre durée était l'unique objet de la vie universelle, comme si tous les autres n'étaient que des moyens? Vivre aux dépens d'autrui et par tous les moyens, tel est l'enseignement de la nature. A « fraternité », mot vide et mensonger, il faut substituer « parasitisme ». C'est à chanter ce mot que Hugo, s'il n'avait été prisonnier des vieux dogmes qu'il affectait d'outrager, aurait dû se consacrer. En transportant cette formule dans l'éthique, nous détruirons le mal. Le problème n'est pas de changer un état de lutte qui ne peut être modifié puisqu'il est la loi même du monde, mais de renoncer à le considérer comme mal...

Pour fortifier une thèse qu'il lui empruntait avec de si étranges libertés de commentaires, Racadot invoqua l'autorité d' « un des plus brillants rédacteurs de *la Vraie République*, M. Maurice Rœmerspacher, qui, dans vingt articles, a développé brillamment la nécessité pour l'homme vraiment moral de se conformer aux lois de la nature et qui souvent entretint ses amis de la pleine approbation donnée par M. Taine à certain arbre du square des Invalides » :

— Eh bien! messieurs, j'ai étudié ce platane, dont le développement vaut selon le célèbre philosophe comme règle de vie : il n'a pu se conserver à l'existence qu'en opprimant deux de ses voisins, et j'ai lieu de croire qu'il en a supprimé, étouffé un troisième que l'administration des Promenades a dû faire enlever.

Parmi ces jeunes gens qui tous se connaissaient, quelques-uns riaient de cette bonne charge. Rœmerspacher se pencha à l'oreille de Sturel :

— Il y a du vrai dans tout cela; il faut trouver un nouveau fondement à la morale; mais que c'est senti avec bassesse. Le pauvre garçon a une complète anesthésie des facultés délicates.

Sturel tressaillit. Il avait regardé Racadot avec avidité, sans l'écouter. Il ne le reconnaissait plus. Cette figure, cette main qui s'agite, ne lui fournissent plus aucune des associations d'idées que durant tant d'années il a classées sous le nom de Racadot. A ce personnage qui parle et qui gesticule, il est relié seulement par son ardente curiosité, et d'un objet unique. C'est ainsi que, dans un duel au pistolet, la physionomie de l'adversaire, ses vêtements, sa tenue même, deviennent d'infimes détails pour celui qui qui n'a pas l'habitude du terrain et, bien qu'il les constate, il ne se distrait pas à les apprécier, car il est tout à se dire : « A-t-il tiré?... » Sturel, lui, de Racadot, se demandait ceci seulement : « A-t-il tué? »

L'antipathique conférencier termina en affirmant que, pendant des siècles, les hommes ont vécu malheureux par leur obstination à contrarier la vérité naturelle. Certes, leurs actes s'y conformaient. Il ne dépend pas de notre volonté de nous soustraire au « parasitisme » général. Mais en y cédant, nous nous en faisions mille douloureux reproches. Victor Hugo aura été un de ces plus obstinés jeteurs de scrupules. Comme le minéral, comme le végétal, comme l'animal, nous serions heureux si notre intelligence, au lieu de nous créer de fausses et impuissantes délicatesses morales, affirmait avec la science que tout être a le droit de « césariser ».

— « Césariser! » dit Rœmerspacher à Sturel. Ici, c'est toi l'auteur responsable. Il nous rend ta conférence du Tombeau de Napoléon.

Cette brève parole dite doucement, et avec l'intonation lorraine, un peu traînarde, qui réapparaît surtout dans les phrases ironiques, allait indéfiniment se prolonger en Sturel. Comme il arrive aux orateurs qui n'ont pas l'usage de la tribune et aux écrivains maladroits, Racadot n'avait pas un riche écrin de synonymes et, pendant les dix minutes de sa conclusion, le mot « césarier », comme plus haut « l'arbre de M. Taine », revint plus de trente fois sur ses lèvres.

Aucun applaudissement, sinon de Fanfournot, quand l'orateur rassembla ses papiers; mais Rœmerspacher s'approcha et Sturel suivit. A vingt-quatre ans. c'est un tel bonheur d'avoir des émotions, et dans cet âge le choix en est si maigre que Sturel jouissait violemment de son anxiété. Comme certains jeunes gens vigoureux et braves, plus que dans un morne bien-être, se plaisent à recevoir des coups atroces, certains nerveux ne goûtent jamais mieux la vie que dans des angoisses exaltantes. D'ailleurs, en toute bonne foi, il eût nié l'attrait de cette tragédie aux secousses violentes : elle le possédait si fort qu'il ne s'analysait pas. — Renaudin avait su que Racadot payait les mois échus de *la Vraie République*, et, jugeant inutile cette brouille avec un camarade, il avait assisté à la conférence. Il s'avançait pour le féliciter : Racadot lui serra la main, mais la Léontine lui tourna le dos. — Le petit Fanfournot, désignant avec haine la sortie silencieuse des quarante auditeurs, disait :

— Vous leur avez jeté leurs vérités à la face, monsieur Racadot!

On escomptait un mot élogieux de Rœmerspacher... C'est vrai qu'il est un partisan déterminé de l'explication scientifique du monde. Mais il n'y a pas de désaccord entre sa sensibilité et sa culture; il est au degré voulu pour que des interprétations qui peuvent révolutionner certaines âmes, pas encore à point, fassent en lui l'effet toujours bienfaisant de la vérité. En Rœmerspacher, nul de ces désirs romantiques qui, joints à la cruauté de la « connaissance positive », forment les mélanges détonants.

— Ton « parasitisme », loi de la vie, ta nature qui nous invite à « césariser », tout cela peut être vrai en théorie, pour un monstre imaginaire, pour un homme hypothétique qui vivrait isolé, hors de tout groupement; mais l'homme est un animal politique, une bête sociale, et ce qu'il a de mieux à faire pour sa sauvegarde, c'est de respecter la société dont il tire tout et qui, d'ailleurs, saurait bien l'y contraindre.

Il parla ainsi en conscience et parce que son camarade l'avait mis en cause; mais gêné de blâmer un pauvre diable qui se donnait tant de mal pour gagner trente francs, il lui tapa sur l'épaule :

— Eh bien! Racadot, tu dois avoir soif? Allons boire un bock.

Racadot s'excusa sur ce qu'il était avec la Léontine; Rœmerspacher, qui ne lui connaissait pas ces délicatesses, les força l'un et l'autre à accepter. Sturel, Suret-Lefort, Renaudin et Fanfournot les accompagnèrent précisément à cette brasserie de la rue Médicis, où plusieurs d'entre eux, pour la première fois, s'étaient rencontrés dans Paris. Mouchefrin avait disparu.

— C'est pourtant vrai ce que j'ai raconté! dit Racadot.

— Ecoute, dit Rœmerspacher; c'est oiseux de discuter si l'on doit se conduire d'après telle théorie. Fût-elle juste, il ne s'ensuit pas qu'elle soit une vérité qui nous influence. Ce qui détermine nos actes est plus profond, antérieur à nos acquisitions d'étudiants. Quand il s'agit de prendre une décision, ce que nous appelons « la vérité », c'est une façon de voir que nous tenons de nos parents, de notre petite enfance, de notre maîtresse, et qui par là possède une telle force sentimentale que nous lui attribuons le caractère d'évidence.

— Mes parents, ma petite enfance! je ne me rappelle rien au delà du lycée. Et le lycée, ce n'est ni Virgile, ni Bossuet, c'est Bouteiller, c'est vous tous. Qu'est-ce que vous m'enseignez? Que chacun, pour son compte, se doit tirer d'affaire! et que, si l'on a des rentes, on ne les partage pas avec moi!

Rœmerspacher, avec une moue expressive, leva les mains en l'air, à la façon d'un homme qui ne saisit pas la logique de son interlocuteur. Il tint Racadot pour un imbécile aigri. On se tut. La Léontine, jadis très sûre d'elle et qui n'eût pas manqué de se lancer dans la discussion, faisait pitié. Renaudin pour égayer cette triste table dit :

— Tu sais, Racadot, on raconte que la femme assassinée écrivait à *la Vraie République*.

Le reporter, en 1883, ne fréquentait pas la villa Coulonvaux. Il avait mal connu l'amitié de Sturel et de madame Aravian, et n'identifiait pas la victime. Rœmerspacher et Suret-Lefort, qui s'en étaient entretenus à part, ne se permirent pas de questionner Sturel, dont la pâleur les émouvait. Racadot, appuyé des deux épaules contre la banquette, ses mains courtes et grosses à plat sur la table de marbre, et la paupière à demi fermée eût donné à un observateur averti la tragique impression d'un homme dont le cœur bat à tout rompre, mais qui se campe pour une lutte inévitable. Au bout d'un instant :

— Mais cette femme, dit-il à Sturel, tu la connais? Tu t'en souviens... La voyais-tu encore quelquefois?

Le jeune homme répondit par un geste négatif et fixa avec persistance la physionomie de Racadot, où la ruse s'était faite plus sensible depuis quelques mois, à mesure que les soucis en chassaient l'expression de force. Le serf, qui jadis parlait d'une voix lourde et sans qu'un de ses muscles bougeât, commença à donner d'abondantes explications, et il grimaçait presque autant qu'eût fait le chétif descendant d'une famille opulente.

— Il n'est pas tout à fait exact qu'elle ait collaboré à *la Vraie République*... Je lui ai rendu quelques services... Je me propose, d'ailleurs, de porter mes renseignements au juge... Suret-Lefort va me guider...

— Il y aurait peut-être une jolie interview à te prendre, dit Renaudin.

— Merci! *La Vraie République* va réapparaître : j'étudie une combinaison.

Ils crurent à une vantardise. Chaque parole aggravait cette lourde soirée. Le nom de madame Aravian terrifiait ou gênait quelques-uns d'eux, le nom de *la Vraie République* leur était pénible à tous, car elle évoquait des déceptions, des trahisons, leur impuissance : — en un mot, elle avait été leur premier acte.

Pour réagir, Rœmerspacher, levant son verre, dit avec bonhomie :

— A la prospérité de *la Vraie République !*

La Léontine se mit à pleurer.

— Pourquoi es-tu triste?

— Honoré, j'aimais mieux le temps où l'on ne te faisait pas d'ovation!

— Après-demain nous irons à la campagne toute la journée.

— Vous m'emmènerez, monsieur Racadot? demanda Fanfournot.

— Ça lui fera du bien, à cet enfant! dit la Léontine en passant la main sur les cheveux du gamin.

Louis Fanfournot, à dix-sept ans, en paraissait treize, parce qu'il mangeait rarement... Une revendeuse de fleurs fanées ne voulait pas s'éloigner; Rœmerspacher offrit des roses à la maîtresse de Racadot.

— Jeudi soir, n'étiez-vous pas déjà à la campagne? dit Sturel à Racadot et d'un ton dur qui choqua.

— Non, j'ai passé la journée et toute la soirée avec la Léontine.

Et tandis que celle-ci pleurait de nouveau, Racadot, qui avait pu répondre de la manière la plus paisible à Sturel, fit subitement une scène grossière au garçon, parce qu'il tardait à lui apporter de « quoi écrire ».

L'atmosphère devenait mal respirable pour tous. Suret-Lefort ayant cherché dans un journal le nom du juge chargé de l'instruction, dictait à Racadot le modèle d'une demande d'audience, quand Sturel, sans une phrase, quitta le café.

Comme elle s'élargit tous les jours, la vie de François Sturel! Successivement il embrasse de plus grands problèmes : par *la Vraie République* il semblait toucher aux relations sociales, à la politique; mais, non, il n'avait fait que se donner un but de vie. Maintenant, dans cette petite chambre, toujours la même depuis son arrivée à Paris, sous ce coin de ciel grisâtre découpé par la fenêtre, vient de s'introduire l'élément nouveau : la question des rapports avec la collectivité...

Si personnel jusqu'alors, dans ses instants les plus vertueux il s'était préoccupé seulement de s'exalter vers son type. Il n'était pas encore à l'âge où l'on regarde la vie d'un point de vue moral. Cette période où, avec des sens épointés, une énergie moins aventureuse, nous commençons à accepter notre existence telle quelle, ses charges, ses responsabilités, c'est la préparation à la mort. Sturel, jusque-là, se préparait à la vie... Eh bien! la voici, la vie! Cette crise, c'est proprement la première action où il est engagé. Il a un rapport à créer entre lui et les hommes, une décision à prendre, une influence à exercer. N'est-ce pas ce qui s'appelle agir? Cet admirateur de Napoléon n'est pas précisément à son aise.

On assassine sur les berges de Billancourt, et les circonstances l'en font juge... Son angoisse étonnera des esprits honnêtes qui le trouveront bien hésitant. Celui qui se laisse façonner par la société, qui adopte pour règle de ses jugements l'opinion, pour limite de ses actes la coutume, se maintient à mi-côte des grandes vertus et des grandes fautes, et se préserve de ces pénibles vertiges de la conscience. L'idéaliste qui revise chacun de ses actes est dans la pénible situation d'un Robinson Crusoé recréant toute la civilisation dans son île. François Sturel, souvent, sait mal soutenir son opinion, parce qu'il comprend comment ses contradicteurs se figurent avoir raison. Cet honnête garçon risque de paraître moins convaincu qu'un imbécile qui n'a que des opinions de vanité. C'est une faiblesse dans la discussion, cette supériorité, — qui d'ailleurs n'est qu'une demi-supériorité, car, à un degré plus haut, Sturel, sur de tels débats, aurait par avance son parti pris. — Aujourd'hui, il croit connaître des assassins. Ce sont ses amis; même, il a peu d'amis de cette intimité. Non qu'il leur soit lié par une vive affection, mais ils ont de nombreuses parties communes : on ne vit pas ensemble quinze années, surtout dans l'âge où l'on se forme, en gardant son autonomie. Si l'on coupe la tête à Racadot, à Mouchefrin, on anéantira des cellules très nombreuses qui ont été excitées à la vie par des idées de Sturel. Ce mot « césariser » de qui Racadot le tient-il?

La gravité de son rôle, dès la première heure, lui apparut : c'est lui le témoin décisif. Il différait de prendre une résolution jusqu'à ce que se fussent vérifiées ou dissipées les tragiques hypothèses qu'il ébauchait depuis quatre jours. Aujourd'hui son pressentiment, qui jusqu'alors tremblait, vient de se solidifier en certitude. Il va donc conclure son réquisitoire intérieur et juger ces deux hommes? Non pas; il rejette des circonstances qui veulent le salir, le troubler. « Qu'ai-je à me mêler à cette ignominie? Quelle est cette destinée d'être associé à des bandits? Et dans la semaine où je participe avec une si bienfaisante vivacité à la gloire de Victor Hugo! » A tout prix il sortira de soi-même et de cette Morgue pour se jeter dans l'atmosphère du cadavre héroïque. Vain projet d'évasion; en réalité, il piétine. Tout à l'heure, il n'a pas poussé Racadot; il n'osa pas, les yeux dans les yeux, lui dire : « Mon garçon, je t'ai rencontré, avec Mouchefrin et madame Aravian, sur la berge de Billancourt. » Il se gardait cet argument de se prétendre trop mal informé pour agir.

Sans doute, il serait beau qu'en la conjoncture il trouvât une règle certaine. On pensera que chaque jour, en présence d'un crime, des braves gens crient : « A l'assassin ! » et qu'il n'est pas besoin de tant subtiliser pour appeler le gendarme. Certes, il déteste ces bêtes féroces et n'empêcherait pas qu'on ne les abattît, mais il les connaît, il sait bien que ce n'est pas de gaieté de cœur et par plaisir qu'ils en vinrent là. Quand on les porterait à Mazas, à la Conciergerie, à la Roquette, au Champ-des-Navets, ce serait besogne utile, mais de voirie, plus que de justice. Du moins, s'il hésite, n'est-ce pas pour s'éviter des tracas, et chaque jour nous nous gardons d'intervenir dans des infamies, grandes ou petites, parce que le sage ne se mêle pas aux affaires des autres.

Le mercredi 27, au matin, il se persuada que, la veille, il s'était tracé un programme : attendre le résultat de la démarche de Racadot au Palais. Ce 27, le 28 et le 29, il ne put tenir en place ; à plusieurs reprises, au café Voltaire, on le vit entrer, écouter ses amis, ressortir, revenir encore. Renaudin s'intéressait vivement aux démêlés d'un certain général Boulanger avec le résident général à Tunis ; Rœmerspacher querellait Suret-Lefort, qui haussait les épaules à l'idée que Hugo, mieux que Grévy, aurait servi la République à l'Élysée : « Vous auriez donné aux idées françaises une puissance inouïe de propagande... » Sturel demeurait dans la perplexité ; il se retournait de tous côtés, et se voyait seul. Nul ne s'intéressait à son débat, nul n'en partageait l'horreur. L'univers et sa propre conscience ne savaient pas le conseiller. Il se désaffectionnait de soi-même. Il se jeta hors de la vie individuelle, dans la vie de la collectivité : épouvanté de ce que lui proposait de pénible son cas, il prétendait sortir de ses sentiments particuliers, se laisser emporter par le courant général de l'opinion, par le fleuve national.

Le crime de Billancourt n'occupait guère Paris. Les grandes nouvelles étaient ceci : on fermera trois côtés de l'Arc de Triomphe, on ne laissera ouverte que la porte sur les Champs-Élysées, pour installer sous la voûte le cadavre du héros. Toute la journée du dimanche 31 et la nuit, il sera exposé au public. Le lundi 1er juin, à onze heures, le corbillard des pauvres viendra le chercher. L'église Sainte-Geneviève est enlevée aux prêtres et, sous le nom de Panthéon, rendue au culte des grands hommes. Dans son testament, il dit : « Je refuse l'oraison de toutes les églises; je demande une prière à toutes les âmes. » Sturel aurait voulu ne pas être distrait de la prière qu'il donnait au poète.

Ce dimanche matin, dans son lit, le cri des vendeurs de journaux vint lui jeter la grande nouvelle : « Arrestation de l'assassin !... »

La veille, samedi 30, Racadot avait été convoqué au cabinet du juge d'instruction, à qui sa lettre écrite avec Suret-Lefort offrait des renseignements. Vers midi, il fit passer sa carte; au bout d'une heure, il attendait encore dans ce long couloir, éclairé par douze fenêtres sur la cour de la Sainte-Chapelle. Bien que tous ses raisonnements le rassurent, il préférerait en finir avec ce magistrat. Il se rapproche d'un huissier assis à une façon de bureau sur une petite estrade, analogue au pupitre du pion dans les classes, et d'un ton confiant : « Pensez-vous que j'attendrai longtemps? » Son regard et son accent veulent dire : « Croyez-vous que c'est ennuyeux ! je me suis dérangé pour aider la justice : je viens volontiers, mais chacun ne devrait-il pas y mettre du sien ! » Cette diplomatie est inutile : les huissiers ne songent qu'à causer entre eux et avec les gardes ; leur curiosité blasée ne daigne pas démêler les innocents et les coupables. Racadot pensa que toute la sympathie qu'il inspirerait ne serait pas un fétu de paille dans le dur engrenage : et, quand même il fumerait des cigarettes avec les deux municipaux, ceux-ci ne sont là que pour l'arrêter au sortir de son audition, si le juge leur en donne mandat. Il se promena le long du couloir ; continuellement des avocats le croisaient, rats de prison qui trottinent allégrement dans leur domaine. A travers les vitres, il contempla la Sainte-Chapelle et surtout des passants qui ne semblaient pas jouir assez du bonheur d'être libres. Il s'efforçait d'oublier sa culpabilité pour se mettre exactement dans son rôle, pour être celui qui ignore les circonstances du drame, mais vient spontanément édifier la justice sur le caractère de la victime.

Qui donc pourrait le convaincre ?... Après le crime, et quand ils constatèrent que Boulogne est une souricière, ils s'étaient divisés. Racadot, avec bon sens, avait franchi de son pas le plus naturel l'octroi du Point-du-Jour, estimant que dans un passage si fréquenté les employés ne garderaient pas mémoire de sa physionomie. Et par surcroît, le lendemain, il prenait la précaution de se faire couper la barbe. La terreur rendit Mouchefrin absurde : il franchit le saut-de-loup du bois de Boulogne et courut dans le taillis. Et s'il avait été saisi par une des rondes qui, de nuit, traquent les fraudeurs, qu'aurait-il raconté ? L'aventure lui réussit. Il rentra dans Paris sans avoir rencontré personne... En argent, sur ce beau corps ensanglanté, ils avaient pris dix-huit cents francs, de quoi payer les deux échéances dues pour *la Vraie République*. A Mouchefrin, Racadot déclara simplement : « J'aurai toujours pour toi un louis. » Le nain, claquant de peur, ne songeait pas à défendre ses intérêts, mais sa tête... Quant aux perles et aux turquoises, Racadot les expédia, dans une cassette de fer, chez une amie de la Léontine, à Verdun. Enfin, sans mettre sa maîtresse au courant, il la persuada de jurer, quoi qu'il advînt, qu'il avait passé avec elle et avec Mouchefrin la soirée du 21... Voilà-t-il pas un ensemble de conditions bien faites pour rassurer Racadot?

Au bout de deux heures, il attendait encore; mais le juge sortit de son cabinet pour s'excuser et le prier de vouloir bien demeurer. Vers quatre heures, il se prit à espérer qu'on remettrait son audition au lendemain. Décidément il redoutait cette entrevue. Comme l'action des excitants fait défaut après un court délai, le courage qu'il s'était préparé lui manquait. Brusquement son nom retentit; on l'introduisit dans une petite pièce, où il se trouva seul avec le greffier indifférent et le juge qui, poliment, disait :

— Monsieur Racadot, vous avez désiré être entendu pour donner des renseignements sur madame Astiné Aravian. Je ne vous demande pas le serment. Je verrai si je peux vous convoquer à titre de témoin. Voulez-vous dire ce que vous savez?

Dans cette toute petite pièce, le pauvre Racadot se

trouvait si éloigné, si distant de ces deux hommes! Il aurait tant aimé, à cette minute, un bon sourire, une grosse plaisanterie! On a toujours manqué de cordialité avec lui... Comme les fonctionnaires sont odieux!... Il parla, et le son de sa voix lui redonna du courage. Il raconta, en dénaturant un peu les faits pour éviter de mettre en cause Mouchefrin, comment madame Aravian, fort honorablement, était venue lui dépeindre la fâcheuse situation de nos compatriotes à X... : il avait pu servir des Français et obliger cette dame. Ensuite il avait eu le plaisir de lui faciliter des excursions dans les bas-fonds de Paris : un goût qu'elle partageait avec tous les grands-ducs et le prince de Galles. « Probablement, elle se sera mise en relation avec des rôdeurs... »

Le magistrat lui posa deux questions à peine, puis le remercia. De bien être, en cette minute, Racadot crut rajeunir; il se leva, prit sa canne, s'inclina. En s'appliquant bien à ne pas se presser, il se dirigeait vers la porte, distante de trois pas, quand le magistrat, pour l'acquit de sa conscience professionnelle, presque pour soutenir la conversation, — il a raconté depuis qu'alors il était à mille lieues de rien supposer, — l'arrêta du geste et négligemment :

— Vous avez coupé votre barbe, monsieur Racadot?

— Ma barbe?... Non... oui...

Il se croyait déjà dehors et voilà que cette question... Il se rappela ce que l'on dit de la politesse, de la douceur des juges d'instruction, — et puis c'est au dernier moment, par une phrase, et d'un air détaché, qu'ils vous reprennent.

— Mais qu'avez-vous, monsieur Racadot? vous pâlissez, vous allez tomber! Asseyez-vous!

Et quand Racadot, livide, et des perles de sueur au front, fut tombé sur une chaise sans répondre, alors il ne lui dit pas d'une voix tonnante : « Malheureux, vous vous êtes livré! » mais il se tut et le regarda. Enfin :

— Racadot, je suis obligé de vous garder... Je ne vous arrête pas, mais j'ai besoin de vous avoir à ma disposition. On ne vous conduira pas à Mazas; vous demeurerez ici.

Il supplia, pleura, en s'essuyant toujours le front; quand il sut que c'était inutile, ce gros garçon à la figure amaigrie se mit en une fureur terrible. Il traita de haut en bas le juge et mit en avant le nom de Bouteiller. Au greffier, il cria qu'il le ferait destituer; il qualifia tout le Palais et ses « enjuponnés » de lupanar réactionnaire, et, saisissant le tapis vert, envoya rouler sur le plancher encriers, dossiers, plumes, buvards, et la montre du magistrat. L'aiguille s'arrêta sur une heure mauvaise pour Racadot.

— Je n'ai jamais vu un prévenu plus maladroit, dit avec conviction le greffier à son chef.

En réalité, c'est une bête puissante qui, prise au piège, voudrait s'en arracher la patte. Il écumait surtout qu'on l'arrêtât sans preuves, et comme on n'aurait pas traité le directeur d'une feuille tirant à cent mille exemplaires. Tel était son tapage que, derrière le mur, tant d'avocats qui flânent tout le jour dans les couloirs s'amassèrent; et un sentiment de férocité les animait contre le journaliste, parce que deux corporations se croient toujours obligées de se haïr.

Enfin, la porte du juge s'ouvrit brusquement.

Racadot apparut; ses larmes, sa sueur non essuyée trempaient son visage pourpre et gonflé :

— Arrière les riches, les voleurs, les fainéants! cria-t-il, les deux bras en l'air.

De plus en plus, il se tenait pour une victime de l'ordre social. Les témoins le huèrent. Il bouscula ses gardes qui coururent pour le rejoindre. Ils le dissuadèrent difficilement de préférer le chemin par où il était venu à la petite porte qu'ils ouvraient sur la gauche. Elle se referma sur lui, comme l'eau sur un noyé. Le rire immense des avocats accompagna sa disparition. Il était hors du monde et seul avec ses gardes : un faible avec des forts. Immédiatement, ils le battirent, le frappant de préférence dans la poitrine et dans la figure. Puis on l'entendit qui descendait le petit escalier tournant : pan! pan! en cadence. Il était calmé. Les gardes, dans l'intimité, ont la manière pour vous apaiser et vous faire l'âme résignée qui convient au prisonnier.

De ces détails Sturel connut une partie, le dimanche matin 31 mai. En bon contribuable, il fut assuré de la culpabilité de ses amis dont il avait douté tant qu'il n'avait eu que son propre témoignage. L'arrestation, c'est pour un Français plus probant qu'un flagrant délit.

Qu'allait-il faire de Mouchefrin?

CHAPITRE XVIII

LA VERTU SOCIALE D'UN CADAVRE

> M. Hugo était de plus en plus pris de pitié pour les milliers d'êtres que la nature immole à ce qu'elle fait de grand.
>
> ERNEST RENAN. — *Mai* 1885.

> Le grand amnisticur! C'est sous ce nom et avec ce caractère que le souvenir de Victor Hugo restera vivant parmi le peuple.
>
> HENRI ROCHEFORT. — *Mai* 1885.

Sturel voit qu'il tient dans ses mains les têtes de Racadot et de Mouchefrin. C'est à lui de savoir s'il les laissera tomber au panier de son, place de la Roquette. Aucune preuve contre Racadot, nul soupçon sur Mouchefrin. A Sturel de s'avancer, de dire : « Je les ai vus avec la victime. »

Assassins! Et couverts de sang de son amie!...

La colère simplifie nos rapports avec les êtres qui nous l'inspirent. A mesure qu'il s'indignait, sa rêverie s'éclaircissait. Il aperçut nettement la lâcheté de balancer plus longtemps sa camaraderie et leur indignité, une habitude et un crime. Il parvint à un tel sentiment d'horreur pour leur acte qu'il se méprisa de les avoir connus, prit en haine la victime elle-même et pensa avec plaisir que tous ces acteurs seraient supprimés de la terre.

— Allons, voilà une résolution prise!

Puisqu'il était décidé, rien ne pressait. Il remit au mardi d'informer qui de droit. Il ouvrit le *Droit romain*, d'Accarias, relut une ou deux des pièces parfaites du Maître, l'*Hymne à la Terre*, *Ibo*... Vains divertissements: il croyait avoir trouvé la solution et la cherchait toujours; il continuait de se questionner. Il se demanda ce qu'il avait entendu dire par ceci: « des misérables dont il faut débarrasser la société! » — « Misérables, oui! mais est-ce à moi de nettoyer la société?... Ai-je jamais dit qu'il fallait respecter l'ordre social et la convention qui le régit? La bassesse de leur acte me répugne d'instinct; comment du mot « césarier » arrive-t-on à tirer cette ignoble conséquence?... Toutefois chacun de mes jugements jusqu'alors impliquait qu'on trouve sa loi en soi-même et non dans la règle édictée par la collectivité. Dès lors, m'appartient-il de les livrer aux rigueurs de cette règle? Où me suis-je préoccupé d'agir pour le bien social? Ai-je sérieusement examiné la débine de Mouchefrin qui parfois ne mangeait pas?... »

A ce moment, le nom de Mouchefrin avait pour Sturel l'odeur fétide et pitoyable du linge des pauvres. Il se représenta comment les choses se passeraient s'il le dénonçait. Dans le cabinet du juge, puis en cour d'assises, de son doigt tendu, il confondrait Mouchefrin terrifié. Cela serait lu dans les journaux de Lorraine, qui sont imprimés avec des clous, comme les almanachs, et que les bonnes gens ânonnent : et ces simples l'appelleraient tantôt le « dénonciateur » tantôt « celui grâce à qui... » Mais enfin la vérité serait celle-ci : ils étaient de Villerupt, de Custines, de Neufchâteau ; ils sont partis ensemble du lycée de Nancy pour Paris ; Mouchefrin pendant trois années a maigri faute de nourriture, et Sturel, pour finir, l'a fait guillotiner.

Sa rêverie se fixait sur cet aspect qui, maintenant, se substituait à tous les précédents : c'était comme un tableau vivant ; l'idée prenait des formes sensibles. Avec une troupe de jeunes cavaliers, il entre dans la vie ; tous jeunes, tous beaux, confiants en eux-mêmes et dans leurs camarades. Ils passent les barrières de Paris ; mais voici que, de toutes les fenêtres, Paris tire sur eux. Deux sont atteints : Mouchefrin, Racadot ; Sturel, plus heureux, intact, s'élance, les désigne, les pousse à bas de cheval, aide à les jeter à l'égout... Il sua de son épouvante en reconnaissant qu'il était ce traître qui traîne par les pieds un ami.

La cloche du dîner vainement sonna. La nuit vint. Il regardait dans la rue l'allumeur approcher sa lance des réverbères ; en même temps, malgré lui, des choses indifférentes, des mots, des images, passaient devant son esprit. Il se rappela que Renaudin avait reçu un mot de remerciement de ce général Boulanger qui avait, à Tunis, des querelles avec le résident, et il s'étonna qu'un général prît la peine d'écrire à un reporter. Il restait engourdi dans la complète obscurité, s'appliquant à maintenir le silence et son immobilité pour vivre le moins possible ; il lui était intolérable d'examiner son cas : ainsi le malade s'efforce de fuir l'idée de sa douleur pour ne pas l'exacerber. Mais sa pensée rôdait toujours vers le champ de la mort, sur la berge solitaire et décriée...

Il revécut une après-midi où sa promenade l'ayant conduit de Boulogne au Point-du-Jour par la Seine, il avait compris le sens de la petite fête suspecte et pauvre qui se tient en permanence dans l'espace soumis aux servitudes militaires. Une division de jeunes lycéens passait. Il y avait au premier rang un tout petit, de quatre ou cinq ans; sa tunique trop grande, trop lourde, trop cuirassée surtout, ne se prêtait pas à ses membres débiles et souples; elle lui faisait un gros harnachement dans le cou, quelque chose du bât d'un ânon et de l'habit d'un académicien. Son pantalon de drap superbe, trop long par prévoyance, traînait dans la poussière; on lui montait sur les talons. Il était grave, pâlot et malheureux... Un peu après, soulevant un nuage avec leurs pieds faits à traîner sur des planchers, un atelier de modistes s'avançait, difformes, ignobles de vice, mais ivres de plein air et toutes prêtes à se mettre nues. Tristes dégénérées qui fêtent le jour de madame!... Une vache sur ses quatre pattes figure parmi des décombres, assistée d'un industriel qui la trait dans un verre, cependant que debout les consommateurs attendent... Des chevaux de bois animent de leur musique le public des guinguettes canailles... Tout ce décor vulgaire est serré entre la Seine et les fortifications, sur un terrain de gravats plus triste pour Sturel qu'au-dessus de la vallée du Hinnon la Colline du Mauvais Conseil où se pendit l'Iscariote. Mais par delà le fleuve qui travaille à charrier d'indéfinis convois de tonneaux, il y a du moins les courbes élégantes d'une vallée que l'homme n'a pu toute souiller. Soulevons-nous de ce lieu criminel. La poésie, qui est délivrance, se fait sensible sur les hauteurs de Meudon et de Bellevue...

Dans l'esprit de Sturel, fatigué et à jeun, ces souvenirs deviennent un tableau, une belle peinture où il figure comme personnage principal. Ils forment une composition d'après une œuvre de goût très allemand, répandue par la photographie et que l'on voit au Musée de Francfort : un Gœthe au large chapeau et de vigoureuse beauté, étendu dans une forte et joyeuse campagne qu'il contemple et sans doute absorbe. Dans cette vision de demi-délire, un jeune homme, pareil à Sturel comme un frère, lui apparaît avec la posture réfléchie de Gœthe; il n'est pas assis devant le noble horizon romain, mais au triste paysage de Billancourt qui sent le vin, la crapule et le crime. Seulement sa pensée s'en détourne pour chercher sur les coteaux de l'horizon la beauté et la délicatesse. Il ne met pas son orgueil, comme un Gœthe, à prendre conscience de ce qui gît d'éternel dans les formes diverses de la vie : avec une âpre mélancolie, il dédaigne fortement la subalternité des formes qui l'entourent et les franchit pour rejoindre de beaux lointains... Alors Sturel, tandis qu'il se contemplait avec sympathie dans ce tableau imaginaire et dans l'expression dégoûtée de ce sosie, entendit une voix qui l'apostrophait : « Oui, — disait-elle, — c'est bien; dédaigne ces infamies, isole-toi dans tes rêveries... Tu complètes ta collaboration; tu t'enfonces dans une complicité, quand tu crois gagner les hauteurs. Tu fus le confident des pensées assassines; au nom de ce passé, tu vas permettre l'avenir; bravo! camarade parfait. Applaudissons! Ta générosité, qui leur sauve la vie, est un arrêt de mort pour d'autres inconnus. Poursuis ton propre développement, sans te souiller à faire le justicier, — et puis il y aura deux bandits qui, par ton bon plaisir, avec ton laissez-passer, chercheront une autre victime... »

Protestant avec horreur contre ce sermon, Sturel se leva; il descendit dans la rue; il s'appliqua à dissiper tous les aspects de cette dialectique. Dans une brasserie, il se fit servir à dîner; la fièvre l'empêcha de rien manger. Un quart d'heure après, il se présentait à la porte du café Voltaire et fit demander Rœmerspacher et Suret-Lefort, qui le rejoignirent sur le trottoir, tout atterrés par les journaux.

Après des interjections, où se manifestait l'étonnement et l'horreur de tous ces camarades qui furent, on peut dire, des compagnons de lit, Rœmerspacher déclara :

— Mouchefrin doit en être.

Sturel, aussitôt, leur demanda l'engagement de se taire, puis il raconta sa rencontre sur la berge de Billancourt. Enfin il conclut :

— J'hésite sur la résolution à prendre. Je ne veux pas en avoir seul la responsabilité. Nous formions un clan; nous avions en commun certaines conceptions : c'est nous son vrai jury.

— Le plus simple, dit Suret-Lefort, c'est que tu n'aies rien vu, rien entendu, rien su. Comme témoin, tu seras convoqué trente fois chez le juge d'instruction, mécanisé par l'avocat à l'audience. Laisse tout cela.

Rœmerspacher se prononça avec une grande fermeté :

— Je fais partie d'une société constituée, je ne la remets pas en question. Ce Racadot, ce Mouchefrin, sont des poussières vénéneuses; il ne faut pas qu'ils se répandent pour tout empoisonner... Mouchefrin a insulté Saint-Phlin : une morsure dont Saint-Phlin eut une partie de son être gâtée. Notre groupe, alors, n'y donna nul sanction. Aujourd'hui, l'acte tombe sous le coup de la loi : qu'elle frappe! Si tu veux, Sturel, épargner deux misérables, pourquoi me prends-tu pour confident! Je te reprocherai comme une faute grave à mon endroit de m'avoir imposé un dépôt moral qui me répugne.

Sturel répliqua avec émotion que ses amis ne pouvaient douter de son horreur pour ce crime : certes, il ne gardait aucune indulgence pour des personnages dont il ne voulait plus entendre parler, mais il ne savait pas s'il supporterait le rôle de bourreau.

— Ils n'auront pas de circonstances atténuantes, dit Suret-Lefort : que Sturel parle, c'est en effet la mort.

— Eh! répondit Rœmerspacher à quelques réflexions complémentaires, il ne s'agit pas de savoir si la misère explique leur crime, si des indignités égales demeurent impunies. La société doit les abattre, comme elle abat les loups et les sangliers en hiver dans les bois de Neufchâteau.

Sturel les pria de l'attendre vers une heure du matin, au même café et s'éloigna, suivant d'instinct le fil de la foule qui, dans cette nuit du 31 mai au 1er juin, s'enroulait sur l'Arc de Triomphe, pour les fêtes funéraires de Victor Hugo.

De grand matin, ce dimanche même, 31 mai, la

famille et les vingt maires de Paris avaient accompagné le long de l'avenue d'Eylau, depuis cinq jours avenue Victor-Hugo, l'illustre dépouille qu'on allait installer pour vingt-quatre heures d'apothéose sous l'Arc de Triomphe. Dix mille personnes attendaient. « Tête nue! » cria-t-on quand s'éleva sous le monument l'hôte des six cent cinquante-deux généraux de l'Empire.

Tout le jour ce fut le défilé de Paris dont les rangs pressés se formaient avenue Hoche, pour s'écouler par l'avenue du Bois. Haussée sur un double piédestal de velours violet, une immense urne qui montait jusqu'au cintre proposait aux plus lointains regards le cercueil. Partout des écussons dans des trophées de drapeaux affichaient comme des devises glorieuses les titres de ses œuvres. Leurs noms, toujours jeunes dans l'esprit de ce peuple parisien, habitué des théâtres ou des lectures par livraisons, protestaient contre l'idée de mort. Un immense voile de crêpe, dont on avait essayé de tendre l'angle droit de l'Arc de Triomphe, paraissait, des Champs-Élysées, une vapeur, une petite chose déplacée sur ce colosse triomphal. La garde du corps, confiée aux enfants des bataillons scolaires, était relevée toutes les demi-heures pour qu'un plus grand nombre participassent d'un honneur capable de leur former l'âme.

Ces enfants, ces crêpes flottants, ces nappes d'admirateurs épandues à l'infini et dont les vagues s basses battaient la porte géante, tout semblait l'effort de pygmées voulant retenir un géant : une immense clientèle crédule qui supplie son bon génie.

Aux premières heures de la nuit, ce dimanche, vers l'instant où la foule entraînait François Sturel, le culte, un peu officiel jusqu'alors, gagnait les masses. Paris, qui était allé dîner, revenait avec de plus grandes facultés d'enthousiasme. D'abord presque uniquement respectueuses, courbées d'admiration devant cet homme des sommets et des nuages, les petites gens s'attendrissaient en pensant que c'était le dernier soir de la présence réelle. Le vieillard, enlevé au mouvement de la grande ville, allait se décomposer dans les compartiments administratifs de la mort, au Panthéon. Déjà le cercueil devenait invisible, perdu là-haut, dans le sombre de la nuit. Les nerfs frémirent. Jusqu'alors pareil aux grandes divinisations impériales romaines, l'hommage prit l'intensité des fêtes funéraires d'Orient. Dans les Champs-Élysées, dans les avenues d'Iéna, Hoche, Frieldand, de l'Alma, Marceau, Kléber, Victor-Hugo, du Bois, de la Grande-Armée, sur les pentes de cette longue colline, toute belle ordonnance fut rompue par l'émotion de ces masses campant autour d'un cadavre. Par la puissance de ce bouleversement moral, et dans la liberté d'une fin de dimanche, quelque chose de trouble émergeait du fond des consciences. Le premier soir de la mort, après une visite au cadavre étendu sur son lit, un journaliste avait écrit : « En face de cette vision funèbre, on comprend les hallucinations, les touchants malentendus d'où sont sorties tant de religions. Il faut un effort de la pensée pour se replacer dans notre siècle de science et d'analyse, pour s'avouer que celui que nous pleurons n'a été qu'un homme... » Ainsi dès le 22 avait commencé l'apothéose; mais de ce long office des morts la nuit du dimanche au lundi fut l'élévation, l'instant où le cadavre présenté à la nation devient dieu.

Quelles ne sont pas les imaginations de tout un peuple surexcité par la gloire et la mort? Demain, lundi, quand ces masses porteront le dieu au Panthéon, l'aube aura dissipé ces orageuses vapeurs. Il faut l'avoir vu, le cercueil soulevé dans la nuit noire, sombre lui-même à cette hauteur, tandis que les flammes vertes des lampadaires désolaient de lueurs blafardes le portique impérial et se multipliaient aux cuirasses des cavaliers porteurs de torches qui maintenaient la foule. Les flots, par remous immenses, depuis la place de la Concorde, venaient battre sur les chevaux épouvantés, jusqu'à deux cents mètres du catafalque, et déliraient d'admiration d'avoir fait un dieu. Des adorateurs furent écrasés aux pieds de l'idole. On savait qu'à ce cadavre douze hommes jeunes avaient été donnés, poètes et fanatiques, pour l'honorer et le servir. Jean Aicard, Paul Arène, Victor d'Auriac, Emile Blémont, Courteline, Rodolphe Darzens, Léon Dierx, Edmond Haraucourt, Jacques Madeleine, Tancrède Martel, Catulle Mendès, Armand Silvestre veillèrent dans un vent terrible qui leur apportait Quasimodo, Hernani, Ruy Blas, les Burgraves, monseigneur Myriel, Fantine et le cher Gavroche, et des milliers de vers bruissants, et des mots surtout, des mots, des mots! car le voilà son titre, sa force, c'est d'être le maître des mots français : leur ensemble forme tout le trésor et toute l'âme de la race. A ces écrivains de sa garde, Hugo est sacré comme le bienfaiteur qui leur a donné leurs modèles, leurs rythmes, leur vocabulaire. Durant ces longues heures nocturnes, ils se définissent son rôle historique dans la littérature française. C'est son aspect légendaire qui prévaut dans les masses et qui les courbe d'amour; pour elles et fort justement, il est ceci : la plus haute magistrature nationale. Elles le remercient de l'appui magnifique qu'il a donné aux formes successives de l'idéal français dans ce siècle. Oui, c'est le chef mystique, le voyant moderne, non pas le romantique, élégiaque et dramaturge, que ces grandes foules assistent.

On a justement défini l'Arc de Triomphe en plein jour : « une porte sur le vide ». Cette nuit-là, c'était une porte ouverte sur le néant et sur le mystère. « Je refuse l'oraison de tous les cultes. Je crois en Dieu », disait le poète dans son testament répandu à des millions d'exemplaires. Sur ce seuil, nous le voyions faisant parmi nous son dernier acte, son geste suprême. Il proclamait un inconnu auprès duquel il demandait qu'on intercédât. Voilà le mystère. Il donnait une précision grandiose à cette vérité qu'on voile : l'échec final de tous les efforts. Voilà le néant. « Eh quoi! ne plus le voir, ce grand ami de Paris! Il avait, paraît-il, des facultés plus qu'humaines. Si celui-là meurt ainsi, que sera-ce de moi, misérable?... Que lui servent mes hommages! J'aime mieux vivre obscur, infime, jouir de cette fête dans l'ombre des marronniers, que me défaire sous cette orgueilleuse décoration... »

Comme tous les cultes de la mort, ces funérailles exaltaient le sentiment de la vie. La grande idée que cette foule se faisait de ce cadavre, et qui disposait chacun à se trouver plus petit, charriait dans les veines une étrange ardeur. C'était beau comme les quais des grands ports, violent comme la marée trop odorante qui relève nos forces, nous remplit de désirs. Les bancs des Champs-Élysées, les ombres de ses bosquets furent jusqu'à l'aube une immense débauche. Paris fit sa nuit en plein air. C'eût été le chaos, si ce monde trouble n'avait eu son phare. — Une foire? Non, l'humanité autour d'un cercueil!... Nuit du 31 mai 1885, nuit de vertiges, dissolue et pathétique, où Paris fut enténébré des vapeurs de son amour pour une relique. Peut-être la grande ville cherchait-elle à réparer sa perte. Ces hommes, ces femmes avaient-ils quelque instinct des hasards brûlants d'où sort le génie? Combien de femmes se donnèrent alors à des amants, à des étrangers, avec une vraie furie d'être mères d'un immortel! Les enfants de Paris qui naquirent en février 1886, neuf mois après cette folie dont ils reçurent le dépôt, doivent être surveillés.

Cette nuit même, des êtres nouveaux apparurent à la vie. Comme le vent de la mer, l'enthousiasme fouette nos forces. Ces sentiments qui rayonnaient du cadavre à travers cette foule, en même temps qu'ils créaient un état commun à tous, suscitaient en chacun des phénomènes divers. L'immense majorité, toute prête à recevoir la parole fécondante et qui se fait attendre, n'aurait pas su d'elle-même s'exprimer avec plus de bonheur que M. Marmottan, maire de l'arrondissement, qui affiche : « Le monde vient de perdre Victor Hugo. Dans le monde, c'était la France ; dans la France, c'était Paris qui le possédait. Dans Paris, c'est à Passy que le grand homme est venu vivre les dernières années de sa grande vie. Habitants du XVIe arrondissement, soyez fiers. » Et pourtant, de cette foule peu consciente, les uns, voyant la gloire, frémissent ; d'autres, sentant la mort, se hâtent de vivre ; d'autres encore, coudoyés par des coreligionnaires, voudraient fraterniser. Ils font mieux, ils s'unifient : ce prodigieux mélange d'enthousiastes et de débauchés, de niais, de simples et de bons esprits, s'organise en un seul être formidable campé au pied de la hauteur. Sa face qu'il tourne vers le cercueil et qu'éclairent les torches funéraires est faite de cent mille visages, les uns immondes, les autres extasiés, mais aucun insensible. Sa respiration fait le bruit de la mer...

Ah! qu'il voudrait, le pauvre géant populaire, le monstre inconscient, être vraiment créateur et qu'une telle journée ne demeure pas seulement un témoignage prodigieux de l'excitabilité de Paris...

Cet ensemble mystérieux était du moins extrêmement propre à mettre le perplexe Sturel dans un état philosophique d'où il distinguerait sa vérité. Pour qui cherche à juger avec moralité, c'est un bon système de se dégager de l'accidentel et de se placer à un point de vue éternel. Nul ne pourrait y élever ce jeune homme susceptible de grandes impressions plus sûrement que Victor Hugo, à qui cette apothéose donne ce soir-là une autorité surhumaine.

Ce contemplateur nous enseigne qu'il n'y a pas que le clair, le certain, le fixe, l'isolé : il nous restitue le mystère, le changement, la solidarité de tous être et de toutes choses. On se refuse à le suivre si, en l'écoutant, on songe qu'il est un contemporain, avec toutes les infirmités d'un homme sur qui nous renseignent des journalistes malicieux et capables d'interprétations basses; mais si, par l'imagination, on lui prête du recul, si l'on veut bien l'entendre comme un prophète de jadis, il y a un immense profit à obtenir de son œuvre. Et l'on a raison d'écouter sa voix comme une voix primitive. Les mots, tels que savait les disposer son prodigieux génie verbal, rendent sensibles d'innombrables fils secrets qui relient chacun de nous avec la nature entière. Un mot, c'est un murmure de la race figé à travers les siècles en quelques syllabes ; c'est le long écho d'un grognement de l'humanité quand elle sortait de la bestialité. On y trouve le premier éveil mystérieux de notre ancêtre qui, s'étant dressé sur ses pattes de derrière, s'exprima. L'individu alors se différenciait peu de l'espèce, voire de l'animalité entière; nous n'avions pas non plus séparé le monde moral du matériel. A cette fraternité, à cette communion, les mots maniés, assemblés, restitués dans leur jeune splendeur par Hugo nous font participer : c'est directement que leur force mythique agit sur notre organisme; par l'agencement et la force de son verbe, Hugo dilate en nous la faculté de sentir les secrets du passé et les énigmes du futur ; il jette des lueurs sur les étapes de nos origines et sur la direction de l'avenir... Parole, parabole, de παρα et βαλλειν, « jeter à côté : » plusieurs de ses paroles nous ont vraiment menés sur les bords de ce double abîme dont il parlait volontiers, gouffre d'ombre sous nos pieds, gouffre de lumière sur nos têtes.

François Sturel, familier avec Hugo depuis les lectures qu'au collège leur avait faites Bouteiller, prolongeait sa promenade parmi ces masses grouillantes et en recevait de l'excitation. « Chacun de ces hommes, se disait-il, appartient à la vie isolée, et peut-être à une vie fort canaille, par ses actes, mais à la vie en commun par sa sève. La sève nationale aujourd'hui est en émoi, et voilà que tous ces indi-

38

vidus pensent généreusement. Des millions d'êtres sont sacrifiés, voire damnés, uniquement parce que la nature en fera, dans ses abîmes, comme dit Hugo, quelque chose de grand. C'est de là que tout monte et s'affranchit. Il y a des instants ignobles, mais leur somme fait une éternité noble. Hugo me le fait sentir avec trop de vivacité pour que je connaisse la colère, le dégoût, le mépris ; son œuvre et cette foule me rappellent fort à point l'unité mystérieuse de toutes les manifestations de la vie. Acceptons notre rôle et les rôles que jouent nos voisins. Plaise à la nature que nous soyons de naissance conditionnés pour le bien et que rien d'extérieur ne vienne trop fortement tenter notre libre arbitre! Maintenons-nous de notre mieux au fil de l'eau ; passons avec le flot de nos contemporains. Notre existence, la leur, ne sont qu'une seconde d'un geste plus général qui nous échappe. Un Racadot, un Mouchefrin sont aussi nécessaire à ce geste qu'aucun de nous... »

C'est ainsi que Sturel, par Victor Hugo, arrivait au même résultat que par Astiné. L'Asiatique vivait toujours en lui. Elle y avait déposé des éléments à jamais amalgamés avec la nature propre du jeune Lorrain. Cette partie intime de Sturel qui est proprement Astiné, déjà à plusieurs reprises l'avait engagé à ne pas s'empêtrer dans des soucis de légalité, à se satisfaire de ce beau mot : « fatalité », pour qu'il acceptât l'irréparable. Hugo venait confirmer Astiné ; il confirmait aussi les mélancolies du jeune lycéen qui jadis contemplait les étoiles.

A la fin de cette soirée, Sturel se décidait à accepter, sans poursuivre de vains remèdes, de vaines vengeances, la chose atroce accomplie. Seulement, ce n'était plus en voluptueux méprisant comme le lui avait conseillé l'Asiatique, mais en métaphysicien qui ne trouve de repos qu'à envisager les choses sous leur aspect d'éternité ; non en sceptique, mais en croyant qui ne donnera pas aux détails la valeur qu'il réserve au tout, dans lequel chaque homme se justifie par sa nécessité.

Sturel, vers minuit, revint au café Voltaire, et dit à Rœmerspacher, à Suret-Lefort :

— Je désirerais avec vous, de ce pas, aller chez Mouchefrin.

— Non, dit Rœmerspacher, je suis un homme social : je ne connais plus ce bandit. Si ton secret m'appartenait, Mouchefrin coucherait au Dépôt.

Sturel décida Suret-Lefort à l'accompagner.

Il était deux heures du matin. Ils montèrent jusqu'à la rue Saint-Jacques : Racadot, le soir de la conférence, avait donné au jeune avocat son adresse. Ils sonnèrent. Une voix demanda, du premier étage :

— Qu'est-ce que vous voulez ?

— Monsieur Mouchefrin.

— Oh! pour monsieur Mouchefrin, c'est trop tard.

Suret-Lefort dit :

— Nous donnerons vingt sous.

La fenêtre se referma. Au bout de quelques minutes, on ouvrit la porte. Sturel paya. La femme dit :

— C'est au cinquième, à gauche.

Elle leur prêta un morceau de bougie. Ils gravirent

un escalier interminable, humide, avec une corde ignoble qui frémissait au milieu : un vrai puits de misère.

Au cinquième, à gauche, Sturel frappa une première fois : rien ne répondit. Une seconde fois : rien encore. Une troisième...

— Qui est là ? dit un souffle.

Suret-Lefort qui méprisait durement les vaincus et qui goûtait les plaisanteries professionnelles, répondit en déguisant sa voix :

— Ouvrez, c'est le commissaire !

Dans le silence, Sturel crut entendre les battements du cœur de Mouchefrin. Il ressentit comme l'effroi d'un sacrilège à forcer ainsi la conscience de leur ancien ami. La clef tourna, et puis quand ils entrèrent, dans l'espace d'une seconde, à la lueur de leur bougie levée, ils eurent un inoubliable spectacle de misère humaine.

Mouchefrin était debout au milieu de la chambre, en chemise, — une pauvre petite chemise, si mince, et touchant à peine à ses genoux. — Il grelottait, le nain, quoiqu'on fût en été ; mais tant de privations et ses dernières terreurs, l'avaient anémié, réduit à ce misérable squelette. Ah ! la pauvre bête féroce ! Ils le virent trembler comme la flamme de leur chandelle sous le courant d'air du palier. Puis il les reconnut. Il s'assit et, le cou en avant, se reprit par trois fois pour dire seulement : « Quoi ? » avec l'accent hideux d'un corps désorganisé par la peur.

Une peur qui, depuis le 21 mai jusqu'à ce 31, n'avait pas cessé de grandir ! Madame Aravian n'avait pas refroidi que déjà Mouchefrin regrettait son affreuse misère précédente, dont s'accommodait à la longue son indifférence cynique. La victime reconnue, l'horreur de son crime lui apparut. « Crains la potence plus que ta conscience », dit avec justesse La Mettrie. Avec quelle angoisse, il attendait les journaux ! Et dès qu'il les avait lus, il était obligé de s'étendre à cause des battements de son cœur. Tout le monde lui inspirait de la répulsion. Il croyait que ces mots : « Voilà l'assassin ! » étaient inscrits en gros caractères sur son visage. Il errait et buvait pour écarter de son regard le cadavre sanglant et l'image de la guillotine. Après avoir sillonné tout Paris, harassé, il ne rentrait qu'à l'heure extrême permise aux pauvres par sa concierge. Il se couchait et ne dormait pas. A peine assoupi, il se réveillait en sursaut. S'il avait eu de l'argent, il aurait fui. Sur le gain du meurtre, il n'avait touché qu'un louis. Si dominatrice sur les nerfs est la contagion de la terreur, que Racadot, pris de vertige à côté du désarroi de Mouchefrin, devait le quitter ce dimanche 31, lendemain du jour où on l'arrêta. Cette arrestation, nul doute que Mouchefrin ne l'eût devinée dès le samedi 30, quand il ne vit pas rentrer Racadot du Palais. Quel dut être son affolement, toute la nuit suivante, et tout ce dimanche où, sans bouger, il attendait que la police vînt l'arrêter, on le devine à l'intonation inhumaine de sa gorge serrée :

— Quoi?... dit-il, quoi ? quoi ?...

— Mouchefrin, dit Suret-Lefort, de sa voix nette, Racadot a parlé.

— Ah ! Racadot a parlé, le misérable !

Et comme s'ils eussent été confrontés, ce fut la scène, que les juges d'instructions connaissent bien, entre deux complices qui mangent le morceau. Furieuse attaque contre l'absent : toute une avalanche de boue qui tombait de cette bouche tordue par de vraies secousses d'hystérie. Il avait l'air d'un haillon dans une tempête. Plus encore que par ses terribles révélations, par sa convulsion physique, il épouvantait les deux assistants qui se rappelaient l'avoir vu petit garçon et bon élève.

Alors sur le lit, quelque chose remua et l'on vit d'abord comme un paquet qui bougeait, puis comme un gros chien qui se dressait, se dégageait : c'était la Léontine accroupie.

— Menteur ! menteur ! veux-tu laisser mon homme ? cria-t-elle à Mouchefrin.

« Mon homme !... » Comme elle a dit cela avec une vulgarité puissante !... Ils allaient se frapper :

— Taisez-vous ! leur cria Sturel.

Quelle scène et dans quel décor ! Des brassées de fleurs ornaient pourtant le pot à eau, mêlaient leur parfum à ces hontes : car la veille, samedi, Mouchefrin avec la Léontine, tandis que Racadot se débattait chez le juge, avait fait une partie de campagne. Elle avait rapporté ces fleurs. Mais lui, qu'il avait mal participé de la douceur et des verts délicats de Meudon, ressuyés par le dernier soleil de mai !... C'est au retour qu'ils constataient que Racadot ne revenait pas du Palais.

L'affreuse altercation de Mouchefrin et de la Léontine avait duré moins de deux minutes. Maintenant la femme pleurait. Alors ils distinguèrent dans un recoin de la chambre un troisième personnage : Fanfournot. Cette misère donne asile à de plus misérables..

— Nous ne tenons pas à te perdre, Mouchefrin ! dit Sturel.

— Je te défendrai, ajouta Suret-Lefort.

— Voilà ! dit la Léontine, notre malheur servira à quelque chose pour ces messieurs.

Et l'accent qu'a la voix de ces parias, le regard qu'a leur œil, ce n'est pas un accent, un regard d'un homme à un homme, ce n'est pas un rapport entre des êtres particuliers, c'est l'accent, le regard de toute une classe répandue sur le vaste monde civilisé, c'est le seul rapport possible entre la misère associée à l'esprit d'analyse et la culture favorisée par des loisirs.

Et qu'est-ce que ce lieu-là ? Ce n'est point une pièce close, délimitée, particulière. C'est un point d'un plan immense où tombe un mince jet de lumière. Il semble à Sturel que, dans l'obscurité d'une vaste plaine, froide, lugubre, désolée, dangereuse, quelques rayons tremblants éclairent un nid sinistre bâti à ras de terre, demi-noyé dans l'eau, dispersé par les vents. Mouchefrin n'est pas un homme, c'est un être submergé, une chose fuyante et rampante. Dans l'abomination de cette nuit, par l'imbécillité de son acte, c'est un reptile qui veut arriver à l'être, se différencier des boues, des fièvres, du chaos où il se meut, et qui ne parvient à s'affirmer que par sa force pour nuire. Sturel le voyait, ce Mouchefrin, jaloux, envieux, absolument incapable de lever sa tête mince et plate, sinon pour siffler ; — mais jamais pour concevoir l'ordre du monde. C'est ainsi que ce nain abruti ne se croit pas un criminel, et même il tient pour évident qu'il est une victime... A ces côtés, la femelle, la Léontine, fidèle au malheur, le regard brouillé par les larmes, sans enfant contre son maigre sein, fatalement vouée, semble-t-il, à la plus basse prostitution des casernes... Et puis le jeune garçon, le fils du concierge au front d'entêté, convaincu de son génie et que seuls les moyens matériels lui manquent. Depuis la conférence du 16, il répète : « Ah ! si j'étais un homme, comme M. Racadot » !

Ces malheureux pourtant ont fini par se détacher de leur coin d'ombre. Dans ce spasme de terreur, plus de honte du sexe ni de la nudité. Demi-vêtus ou pas du tout, devant ces heureux camarades qui, de tant de façons, les doivent humilier, les trois vaincus se sont rassemblés, se pressant de leurs pauvres corps, soit à cause du froid, soit par fraternité dans la peur. La bougie éteinte et sous la première aube indécise qui les glace, ils ont pris leur forme véritable : d'eux trois, on ne voit plus les traits particuliers, mais seulement un groupe, un vague objet pitoyable, un nœud humain dont les membres enlacés trahissent de longues misères et laissent deviner des faces comme il en gît dans le panier de son du bourreau. Le grand dos de la Léontine, assise, avec sa maigreur de chienne sans enfants ; la taille chétive de Mouchefrin, voûtée par la terreur, et l'attention qu'il donne aux paroles de Suret-Lefort ; l'élan de Fanfournot, penché comme un jeune titi sur le cinquième acte d'un drame, tout cela compose dans cette lueur et pour l'esprit surexcité de Sturel un gros œuf offrant les aspects d'une triple éclosion sinistre.

— Pouvez-vous m'écouter ? répétait Suret-Lefort, qui ressentait en professionnel ces circonstances sinistres. — Etes-vous en état de me comprendre ? Ne répondez rien au juge. Refusez de signer. Laissez-vous accuser, laissez-vous questionner... Ne dites rien. Je te ferai acquitter, Mouchefrin. Dès aujourd'hui, je verrai Bouteiller.

Qu'ils se taisent, peu importe ! Nous les entendons. Leur respiration, les battements de leur cœur, tout le mouvement déterminé en eux par une telle nuit commandent leur sentiment, leurs paroles intérieures, qui, avec des différences de tonalité, s'unissent.

J'entends la femme. « J'étais née pour le malheur, dit-elle. Nous étions trop bons. On n'a pas fait pour nous le quart de ce que nous faisions pour les autres. Racadot a nourri Mouchefrin. Racadot a mis en valeur Suret-Lefort, Sturel, Rœmerspacher. Tous nous rejettent... La chose doit retomber sur leurs têtes. »

Et Mouchefrin dit : « Qu'est-ce que je demandais? Rien qu'à manger. Au collège, je les valais tous. J'aurais été aisément un grand médecin... Les autres en font bien plus que nous. »

Et Fanfournot : « M. Racadot est un homme de génie. Il ne parlera pas. Mon devoir, c'est d'être fidèle à sa maîtresse et à Mouchefrin. Je vois que, s'il a risqué sa vie au lieu de croupir dans la médiocrité, c'est parce qu'il avait une énergie admirable. »

On peut distinguer aussi la pensée de Racadot dans sa prison : « Que va devenir, dit-il, la pauvre Léontine, qui m'est si dévouée et dont j'ai fait le malheur ? »

Ah ! si distinctes pour qui se penche sur cette misérable chambrée, ces effusions se mêlent et se fondent en un accord parfait pour qui les écoute d'une certaine hauteur, et par exemple en se plaçant au point de l'historien social. On entend alors : « Nous sommes le crime et la honte; mais nous avons des sentiments fidèles. L'ordinaire des convenances, la moralité, l'honneur, rien n'a de sens pour des êtres qui s'étant choisis ne connaissent désormais qu'eux au monde. A l'ensemble des lois qui régissent les cités, notre amour substitue un pacte; nous avons rompu les entraves sociales, mais plus étroitement nous lie la chaîne des complices. Il fait bon aimer dans la peur derrière des cloisons où l'on tremble, et bien intact, serrer dans ses bras celui que traque la société. »

Petites mondaines, vos amours sont trop fades; vous n'y mettez rien que de la vanité et une chétive sensualité ; mais dans les amours de la Léontine il y a la volupté de trembler ensemble. Et ces hors-la-loi se garderont leur foi dans les pires difficultés, jusqu'à Saint-Lazare, jusqu'à la guillotine, bien que l'anneau nuptial, ils ne le demandent pas au maire ni au prêtre, et qu'ils admettent de le chercher aux doigts des assassinés, de qui, elle Vénus, tiendrait les pieds, tandis que lui, Mars en casquette, frapperait. La fidélité dans le crime et la honte ! Aucun être humain n'est dénué de poésie.

Petite société traquée, œuf suspect, nid malingre à écraser précipitamment, certes ! mais qu'on voudrait sauver à la fois par pitié et par économie : car ils sont nus dans cette boue, sous cette tempête et faits tout de même à l'image des héros ! Quel limon mal pétri ! Sont-ce des êtres qui se défont ou des formes qui attendent la nouvelle âme, un souffle ?...

Ah ! le souffle de l'aube, par les fenêtres que Sturel vient d'ouvrir, ne peut que les glacer. Comme dans un chenil, ils se tiennent tous trois serrés. Tombés dans l'animalité, ils ne se relèveraient à l'humanité que par cette chaleur de leur cœur.

Le jour naissant permettait de mieux voir cette misère. Dans la cuvette posée sur une chaise, il y avait des têtards qui suçaient des grenouilles et des lézards : ils leur enlevaient la chair et facilitaient ainsi les préparations anatomiques dont l'ancien carabin continuait à tirer un peu d'argent. Sturel demeura quelques minutes à les contempler dans leur besogne. La voracité de ces petits féroces s'employait à faciliter l'enseignement de l'histoire naturelle et, sans le savoir, ils collaboraient à une œuvre supérieure...

Dans ce silence, la Léontine, avec son humble cerveau de femme attentive, pensa tout haut, devant ces messieurs :

— A cette heure, il ne doit pas avoir un réveil glorieux, le pauvre garçon !

Quand Sturel et Suret-Lefort sortirent de ce bouge et de la rue Saint-Jacques, vers cinq heures du matin, ils repassèrent boulevard Saint-Michel, à la hauteur de la place Médicis, devant le marchand de vins où, à cette même heure de l'aube, Mouchefrin, en janvier 1883, avait porté son toast : « A bas Nancy ! Vive Paris !... »

« D'après l'intérêt de ces trois années à peine écoulées, se disait François Sturel, comme il est probable que la vie me sera par la suite dramatique et imprévue !... Car j'ai augmenté en si peu de temps mes surfaces de sensibilité. »

Suret-Lefort, lui, réfléchissait :

« Me voilà chargé d'une affaire qui sera classée parmi les causes célèbres... »

Tout se préparait pour le cortège de Hugo. Chacun, avec un haut sentiment de soi-même, courait prendre le rang auquel il avait droit. Politiciens, académiciens, littérateurs, artistes de tous genres, industriels, commerçants, ouvriers apportaient leur vanité naïve pour contribuer à l'apothéose. Des insignes corporatifs respectables et d'autres, un peu grotesques, affirmaient que tous les petits groupements d'intérêts ont pour raison commune et supérieure l'intérêt de la patrie. Cet immense désordre peu à peu s'organisa, manifesta la grande pensée du pays: « Il ne nous quitte pas ; il fera partie des réserves de la pensée française. Nous le conduisons dans le quartier des savants, des éducateurs, des jeunes gens. »

A midi moins le quart, vingt et un coups de canon retentirent sur Paris. A l'Étoile, les discours commencèrent, infectés d'esprit partisan et vaniteux et se traînant à terre, alors qu'il eût fallu unifier la France et la soulever pour que courageusement, en ce jour de gloire et de deuil, elle mesurât le terrain qu'elle est en train de perdre dans les manœuvres générales de l'humanité. Ce pendant, le char des pauvres, où se croisaient sur un drap noir deux lauriers, avec l'éclat le plus imposant s'engagea sur la pente des Champs-Élysées. L'antithèse ne laissa aucun visage insensible ; d'une extrémité à l'autre des Champs-Élysées se produisit un mouvement colossal, un souffle de tempête ; derrière l'humble corbillard, marchaient des jardins de fleurs et les pouvoirs cabotinant de la Nation, et puis la Nation elle-même, orgueilleuse et naïve, touchante et ridicule, mais si sûre de servir l'idéal! Notre fleuve français coula ainsi de midi à six heures, entre les berges immenses faites d'un peuple entassé depuis le trottoir, sur des tables, des échelles, des échafaudages, jusqu'aux toits. Qu'un tel phénomène d'union dans l'enthousiasme, puissant comme les plus grandes scènes de la nature, ait été déterminé pour remercier un poète-prophète, un vieil homme qui, par ses utopies, exaltait les cœurs, voilà qui doit susciter les plus ardentes espérances des amis de la France. Le son grave des marches funèbres allait dans ces masses profondes saisir les âmes disposées et marquer leur destinée. Gavroche, perché sur les réverbères, regardait passer la dépouille de son père indulgent et, par lui, s'élevait à une certaine notion du respect.

Cette foule où chacun porte en soi, appropriée à sa nature, une image de Hugo, conduit sa cendre de l'Arc de Triomphe au Panthéon. Chemin sans pareil! Qui ne donnerait sa vie pour le parcourir cadavre! Il va à l'ossuaire des grands hommes : — au caveau national et aux bibliothèques. — Ici, une fille légendaire sauva Paris, écarta les Barbares : c'est un même office qu'ont à perpétuer les écoles de la Montagne; elles ont toujours à sauver la France, en lui donnant un principe d'action. Ici la jeunesse hérite de la tradition nationale et, en même temps, s'initie à l'état de la vérité dans le monde, aux efforts actuels de tous les peuples vers plus de civilisation. C'est ici, depuis les bégaiements du XIIe siècle, que se sont composées les formules où notre race a pris conscience et a donné communication au monde des bonnes choses qui lui sont propres.

Certains esprits sont ainsi faits que deux points les émeuvent dans Paris : — l'Arc de Triomphe, qui maintient notre rang devant l'étranger, qui rappelle comment nous donnâmes aux peuples, distribuâmes à domicile les idées françaises, les « franchises de l'humanité », — et cette colline Sainte-Geneviève, dont les pentes portent la Sorbonne, les vieux collèges, les savantes ruelles des étudiants. L'Arc de Triomphe, c'est le signe de notre juste orgueil; le Panthéon, le laboratoire de notre bienfaisance : orgueil de la France devant l'univers; bienfaisance de la France envers l'univers. Le même vent qui passe et repasse sous la voûte triomphale court aussi sans trêve le long des murs immenses du Panthéon, c'est l'âme, le souffle des hauts lieux : nul n'approche le mont de l'Étoile, le mont Sainte-Geneviève qui n'en frémisse, et pour les plus dignes, ce sera le moteur d'une grande et durable activité.

De l'Étoile au Panthéon, Victor Hugo, escorté par tous, s'avance. De l'orgueil de la France il va au cœur de la France. C'est le génie de notre race qui se refoule en elle-même : après qu'il s'est répandu dans le monde, il revient à son centre; il va s'ajouter à la masse qui constitue notre tradition. De l'Arc où le Poète fut l'hôte du César, nous l'accompagnons à l'Arche insubmersible où toutes les sortes de mérite se transforment en pensée pour devenir un nouvel excitant de l'énergie française.

Hugo gît désormais sur l'Ararat du classicisme national. Il exhausse ce refuge. Il devient un des éléments de la montagne sainte qui nous donnerait le salut alors même que les parties basses de notre territoire ou de notre esprit seraient envahies par les Barbares. Appliquons-nous à considérer chaque jour la patrie dans les réserves de ses forces, et facilitons-lui de les déployer. Songeons que toute grandeur de la France est due à ces hommes qui sont ensevelis dans sa terre. Rendons-leur un culte qui nous augmentera.

Rempli de ces sentiments que la magnifique cérémonie civique devrait mettre dans toutes les âmes, Sturel, sous la douce lumière de Paris, se débarrasse des sombres images de sa nuit. Aux Champs-Élysées, la veille au soir, il n'avait que des rêveries de cimetière, une vision mal ordonnée du faible et confus troupeau humain. Maintenant le mot de Rœmerspacher lui revient : « Je suis un homme social. » A marcher tout le jour avec la France organisée, avec les pouvoirs élus, avec les gloires consacrées, avec les corporations, il a distingué la grande source dont sa vie n'est qu'un petit flot. Entraîné parmi ces ondes humaines dans le sillage du génie, il s'est aperçu que leur bon ordre et leur honneur ne lui étaient pas des choses indifférentes, extérieures, et qu'en les supprimant on eût, ce lundi 31 mai, anéanti son âme même. Une circonstance si belle et si rare, qui faisait évidente l'unité de ce pullulement de Français, lui permit encore de saisir d'autres lois : dans ce cortège, chacun maintenait une discipline, en exigeait une, parce que c'était l'intérêt de chacun. — Pourquoi Racadot, Mouchefrin n'ont-ils pas senti qu'eux aussi profiteraient à se conformer aux règlements de la collectivité? — Mais cette multitude, le long des immenses avenues, des boulevards, parfois sous une poussée s'arrêtait, devait rétrograder ; quelques-uns même furent jetés à terre, foulés, sacrifiés. — Peut-être Racadot, Mouchefrin étaient-ils mal encadrés, placés sur le côté du courant : c'est une position très désavantageuse... Oui, très probablement, voilà l'historique de leur sort; ils ne parvinrent pas à s'immerger de façon à y vivre, dans cette énorme ville, dans cette société agissante où un geste de Bouteiller, depuis Nancy, les envoya...

Hélas! la Lorraine a fait une grande tentative : elle a expédié un certain nombre de ses fils, pour que de Neufchâteau, de Nomeny, de Custines, de Varennes, ils s'élèvent à un idéal supérieur. Cet exode, des multitudes l'essayent; elles passent de la vie locale à la vie nationale, même à la vie cosmopolite. En haussant les sept jeunes Lorrains de leur petite patrie à la France, et même à l'humanité, on pensait les rapprocher de la Raison. Voici déjà deux cruelles déceptions; pour Racadot et Mouchefrin, l'effort a complètement échoué. Ceux qui avaient dirigé cette émigration avaient-ils senti qu'ils avaient charge d'âmes? Avaient-ils vu la périlleuse gravité de leur acte? A ces déracinés, ils ne surent pas offrir un bon terrain de « replantement ». Ne sachant s'ils voulaient en faire des citoyens de l'humanité, ou des Français de France, ils les tirèrent de leurs maisons séculaires, bien conditionnées, et ne s'en occupèrent pas davantage, ayant ainsi travaillé pour faire de jeunes bêtes sans tanières. De leur ordre naturel, peut-être humble, mais enfin social, ils sont passés à l'anarchie, à un désordre mortel. Mouchefrin et Racadot n'avaient pas naturellement de grandes vertus, mais il faut voir aussi qu'ils furent trahis par les chefs insuffisants du pays. Sur sept Lorrains, un double déchet déjà, c'est trop : l'opération a été mal menée.

CHAPITRE XIX

DÉRACINÉ, DÉCAPITÉ

Si atterré qu'il fût de la figure tragique que prenait Racadot, Renaudin fit sur son ex-camarade d'excellents reportages les lundi 1er juin et mardi 2 juin. Toute la presse s'y renseigna. On sut que l'assassin présumé était l'élève d'un des plus distingués professeurs de l'Université, M. Bouteiller. A cette époque, la dispute politique se faisait surtout entre cléricaux et anticléricaux. La désaffectation du Panthéon, enlevé au culte pour recevoir le corps de Hugo, venait d'exaspérer les journaux catholiques. D'une voix unanime, ils signalèrent dans le cas du bachelier assassin un effet de l'éducation distribuée par la République. Dès le lundi, Bouteiller fut averti par ses amis de Nancy qu'on exploiterait « le crime de Billancourt » contre sa candidature. Bien qu'il n'en fût resté aucune trace écrite, il regretta ses démarches auprès des ministres pour *la Vraie République*. Le mardi matin, il apprit de Suret-Lefort, avec une vive contrariété, qu'on pourrait impliquer Mouchefrin dans l'affaire. Le jeune avocat lui avoua, sous le sceau du secret, qu'à la vérité madame Aravian semblait avoir été la maîtresse de Sturel; mais il lui affirma que rien ne justifiait l'épouvantable accusation portée contre deux membres d'un groupe uniquement passionné pour les questions intellectuelles. Il se demandait où l'on voulait en venir. Bouteiller, fort assombri, déclara à plusieurs reprises que ce scandale était détestable et ne pouvait servir que les adversaires du régime. Il s'étonna, si les faits étaient bien tels que les lui rapportait Suret-Lefort, qu'il se fût trouvé un magistrat pour décerner un mandat d'arrêt. Le jeune avocat et le professeur s'accordèrent pour stigmatiser avec force et justesse les abus barbares de l'instruction secrète.

— Je veux me donner corps et âme à cette affaire, dit Suret-Lefort. Je suis prêt à défendre Racadot, s'il fait appel à mon concours; c'est une cause magnifique, parce qu'à cette occasion on veut atteindre toutes les idées de progrès auxquelles nous sommes attachés. Dès aujourd'hui même, j'accompagnerai Mouchefrin, qui est convoqué par le juge... J'ai tenu à vous prévenir. N'êtes-vous pas notre patron naturel? Vous le voyez, que vous interveniez ou non, le public vous rend aussitôt responsables de vos anciens élèves.

— Vous avez raison... Je vois que Racadot est en bonnes mains... Comptez sur moi pour faciliter votre tâche auprès de ce malheureux que je veux croire innocent.

— Il serait précieux que je pusse le voir, et surtout qu'on n'arrêtât pas Mouchefrin.

— Je vais à l'instant même en parler au garde des sceaux.

Suret-Lefort rejoignit Mouchefrin. Déjà, la veille, — il y a relâche au Palais le lundi, et c'est bon pour Sturel de s'éterniser à un enterrement où il n'a pas de rang officiel, — l'avocat avait passé la journée avec son misérable client, avec la Léontine, avec Fanfournot. Sans leur demander d'aveux ni de dénégations, il leur disait :

— Que faisait Racadot, le soir du crime ?... Tous trois vous affirmez qu'il était avec vous ? C'est bien cela qu'il répondra au juge d'instruction ? Oui. Eh bien ! rappelez vos souvenirs, mettez-vous d'accord sur chaque détail. Quoi qu'on essaie de vous faire déclarer, ne sortez pas de ce récit-là.

Comme un bon témoin à son ami novice, dans la voiture qui les mène au lieu du combat, ne saurait trop répéter : « Tendez le bras ! Sous aucun prétexte, ne pliez le bras ! Vous m'entendez bien, quoi qu'il arrive, toujours le bras tendu ! » — le mardi, Suret-Lefort, qui venait de quitter Bouteiller, répétait à Mouchefrin, pour la centième fois, en montant, vers midi, l'escalier des juges d'instruction :

— Tiens-toi à ton récit ! Tu me comprends ! Sous aucun prétexte, n'en sors !

Sur cette suprême recommandation, il le laissa pour retourner chez Bouteiller et savoir s'il avait l'autorisation d'approcher Racadot.

Le couloir où se promenait Mouchefrin est doublé d'un corridor parallèle, auquel il donne du jour par des fenêtres à verre anglais. Les deux, en réalité, ne font qu'une même galerie divisée par une cloison dans le sens de sa longueur. Sur ce second couloir, toujours empesté d'un bec de gaz, ouvrent les cabinets des juges d'instruction : toutes les personnes convoquées à titres divers le traversent quand, de la galerie où elles faisaient les cent pas, les huissiers les appellent pour les introduire auprès du magistrat. Dans ce couloir obscur et sans air, se promènent les malheureux déjà arrêtés. Dans le couloir lumineux, beaucoup d'individus qui ne tarderont pas à l'être. Celui-ci, qui circule encore en liberté, dit de celui-là, qu'il entrevoit flanqué de deux municipaux : « Voilà comme je serai peut-être dans cinq minutes!...

Un physiologiste qui pourrait examiner à l'improviste ces deux promeneurs, trouverait sans doute chez l'hôte du couloir lumineux des désordres plus graves du cœur et de la circulation que chez l'hôte du couloir sombre. Plus le danger est indéfini, plus l'angoisse est forte. Mouchefrein était anéanti. Et lui aussi, comme avait fait samedi Racadot, il cherchait à donner bonne opinion de soi à l'huissier : il se plaignait humblement d'attendre.

— Patience! patience! lui disait l'homme, n'ayez pas peur, vous le verrez.

Mouchefrin était rempli de haine contre cet impassible dont le « Patience! Patience! » le pénétra si bien d'épouvante que ses courtes jambes arquées flageolèrent; il dut s'asseoir sur la banquette de bois fixée le long du mur. Et là une pire terreur le glaça, quand, à travers les vitres entre-bâillées pour aérer le couloir sombre, il distingua, dans son dos même, Racadot entre deux gardiens : — Racadot assis à un mètre, sur une banquette de chêne qui suivait l'autre face du mur où il s'appuyait, lui, Mouchefrin; Racadot avec un sale collier de barbe renaissante, pas peigné et ses vêtements si sales? Pourquoi donnait-il l'impression de quelqu'un qui vient d'être arrêté après une lutte? Mouchefrin, à le voir, prit peur. Il marcha jusqu'à l'extrémité de son promenoir. Et pour ne plus passer devant son malheureux camarade, il s'assit là-bas, dans l'angle. Au bout d'une demi-heure, il entendit une toux comme un appel, dans son dos encore. C'était Racadot qui, lui aussi, entre ses deux agents, arpentait son couloir sombre, et il était venu se placer de telle façon que, de nouveau, une fenêtre seulement les séparait. Il faisait des signes pressants. Mouchefrin le contemplait avec des yeux grands et fixes, dans une figure de paralytique. Il y avait ceci de frappant que Racadot ne se perdait pas en témoignages d'ordre général sur sa tristesse, sur l'étonnement de se revoir; mais, avec une indicible ardeur, il mimait des mots avec sa bouche, avec ses yeux, avec sa tête :

— Re-prendre cas-sette Ver-dun, — articulait-il fortement sans exhaler un son. Ai en-voyé perles à l'a-mie de Lé-ontine, Ver-dun.

Cette phrase, détachée syllabe par syllabe, reprise indéfiniment, Mouchefrin, abruti dans un brouillard, la voyait en quelque sorte, mais ne la comprenait pas. Il regardait la bouche ouverte, fermée, la série des grimaces de Racadot et ses yeux ronds et très petits, mobiles et ardents comme ceux d'une bête; il n'en recevait que de la terreur. Il suivait sans leur donner de sens, les gestes de tout le corps, de la tête, des coudes de son camarade, et soudain il reconnut qu'il avait des menottes... Désormais, il ne perçoit plus autre chose. Ce n'est plus du malheureux Racadot, toujours acharné à se faire entendre que ce poltron défaillant se préoccupe, c'est des gendarmes, des huissiers, des avocats qui circulent.

Au milieu de ces bas serviteurs judiciaires qui touchent de très petits traitements et ne songent qu'à bavarder, mais qu'il suppose tous tendus à le surprendre, Mouchefrin ressent, après vingt ans et centuplée par la peur de la guillotine, la terreur du petit enfant devant le pion. Les huissiers l'allaient voir causer avec Racadot : le juge averti l'interrogerait, puis son complice, sur ses propos échangés; ils se contrediraient... Leur rôle est bien convenu : ils ont passé la soirée avec la Léontine; ils nient tout; quoi de nouveau à concerter?... Pourtant il n'ose pas fuir : il craint d'exciter Racadot. A son angoisse de cinq minutes, mais de minutes si longues qu'il a senti son cerveau se gorger de sang, sa pensée se noyer comme dans une congestion, les agents coupent court en fermant la fenêtre... Et peu après, Mouchefrin aperçoit l'ombre de Racadot qui se déplace. Le malheureux! le désespéré! on l'introduit dans le cabinet du juge... Si Mouchefrin avait été un homme de sang-froid et qui comprend à demi mot, Racadot gardait des chances très sérieuses.

Contre Racadot, on n'avait alors que des présomptions : les quinze cents francs payés le 25 mai pour la location de *la Vraie République*, un douanier qui croyait le reconnaître, sa barbe coupée. Il niait avec une suffisante énergie, mais il avait eu tort de brutaliser le juge : comme Suret-Lefort a coutume de le dire, dans toutes les situations, il faut ménager les amours-propres. Les commentaires de la presse tendaient à faire du crime de Billancourt, non plus un assassinat vulgaire, mais le procès de l'enseignement philosophique moderne : le magistrat comprit qu'on ne lui pardonnerait pas, s'il s'était trompé, d'avoir par cette erreur retentissante favorisé les adversaires du gouvernement; par rancune et par souci de carrière, aussi bien que par coquetterie professionnelle, il voulut n'avoir pas tort. En même temps, il hésitait à s'engager plus avant. Mouchefrin profita des sympathies qui s'agitaient autour de Racadot, mais qui trouvaient celui-ci déjà trop compromis pour se déclarer bien franchement. Dans les affaires qui touchent à la politique, toute arrestation, chez le juge d'instruction, devient un compromis entre la vengeance et la peur. Ce mardi, 2 juin, après avoir balancé, le parquet ne signa pas de mandat d'arrêt contre Mouchefrin.

Le mercredi 3, Renaudin reconstitua et publia, en la grandissant à la hauteur des circonstances, la pauvre conférence du 26 mai sur la nouvelle morale et sur Hugo : « Chaque être lutte pour se faire place au banquet trop étroit de la nature, et le plus fort tend à *césariser*. »

D'un accord unanime, tous les partis s'écrièrent : « Élevons le débat ! » Socialistes, positivistes, déistes, catholiques, protestants se jetèrent les uns sur les autres. Tout en bas, il y avait le crime de Billancourt, et puis, dans les nuées, les beaux esprits combattaient, pareils aux dieux d'Homère qui doublent de leurs combats les rixes des mortels. Le sort de Racadot, ou du moins de Mouchefrin, allait dépendre de dialectiques supérieures auxquelles le pauvre hère, maintenant demi-abruti, eût été bien incapable de se mêler.

Assis pendant d'interminables semaines sur une chaise de paille dans le corridor des juges d'instruction, tandis que des avocats passaient avec l'importance de leur uniforme et la gaieté de leur camaraderie, combien il se sentait petit, débile, écrasé sous l'énorme combinaison des engrenages parisiens! Parmi ces millions d'intérêts qui fonctionnent méthodiquement et sans qu'il y ait place pour un seul hasard dans leur apparent désordre, quelle résistance aurait-il pu tenter? Quelques-uns penchaient à le traiter d'anarchiste. On doit reconnaître qu'il était en effet étranger à toute organisation, délié de tout groupement, et depuis le lycée dans la plus pénible anarchie. Mais, précisément, il fut sauvé parce que, au hasard de cette querelle d'idéologues, son sort se trouva intéresser les destinées d'un parti. L'évêque de Nancy le servit en prenant texte de la fameuse déclaration de Racadot pour flétrir dans un mandement une philosophie qui croit pouvoir trouver à la morale d'autres bases que la révélation.

Cette bonne fortune extérieure n'eût pourtant pas suffi. Dans tous les détours de l'intrigue judiciaire, Suret-Lefort se montra excellent. Il eut la puissance de se faire un front auprès de Racadot qu'il défendait et qu'il détermina à ne rien révéler; auprès de Mouchefrin qu'il conseillait et dont il ne voulut pas être le confident; auprès de Bouteiller qu'il contraignit à vingt démarches nouvelles en lui laissant admettre que Racadot et Mouchefrin, s'il les abandonnait, parleraient de son intervention en leur faveur à la caisse des fonds secrets. Il composa cette tragi-comédie avec un tel art qu'on put pressentir le grand parlementaire. Quand les agents de la sûreté, après avoir suivi toute les pistes, dénichèrent aux mains d'une fille de Verdun le coffret qu'elle avait reçu de Racadot, où l'on trouva les perles et les turquoises immortelles des princes persans, Suret-Lefort sut faire la part du feu : le petit-fils des serfs de Custines se reconnut coupable et déclara n'avoir pas eu de complice. Magnifique décision, dont l'honneur revient à son conseil, et qui témoigne chez le jeune avocat un sens des responsabilités vraiment admirable. Battu dans ses positions avancées, il se repliait en couvrant Mouchefrin. Celui-ci invoquait un alibi fort plausible : il prétendait avoir passé avec la Léontine et Fanfournot la nuit tragique du 21 au 22 mai ; d'ailleurs, il était avéré qu'aucun d'eux n'avait profité de l'argent ni des bijoux volés. On pouvait les poursuivre pour faux témoignage, puisqu'ils avaient affirmé d'abord que Racadot avait passé avec eux les heures où il assassinait ; mais la fille Léontine était excusable de ne point charger son amant, et beaucoup d'influences agissaient : ils bénéficièrent d'un non-lieu.

Dans l'action publique, Suret-Lefort demeura égal au tacticien qu'il venait de se révéler. Lui, qui avait été si raisonnable dans ses préparations, il sut en cour d'assises faire l'énergumène tout comme un autre. N'ayant plus qu'à amuser l'opinion avec Racadot, pour la détourner de Mouchefrin, il avait bien le droit de se mettre soi-même en valeur. Il comprit qu'il devait abandonner ce qu'il tenait de Sturel, de Rœmerspacher, ce qui était la marque de ce groupe, le terme exact et modéré, pour accepter la déclamation. Il quitta la manière de ces jeunes gens qui jamais n'oubliaient de situer dans l'universel l'objet dont ils traitaient, et qui par là évitaient bien des exagérations : il accepta le préjugé ordinaire qui est de considérer la beauté dont on parle comme la plus belle beauté, et l'infamie comme la plus infâme infamie. C'est par ces fautes contre le goût, — précisons : contre l'ordre général, — qu'on entre dans la vie commune, qu'on descend de son isolement pour s'assimiler les lieux communs puissants, et sonores, toujours agréables au plus grand nombre.

Ses confrères, les magistrats, les journalistes, des hommes politiques remarquèrent son éloquence; toutefois il n'arracha pas aux jurés la tête de Racadot. Il s'était flatté de tirer parti de leur anti-cléricalisme, mais ils n'entrèrent pas dans cette voie, quelques efforts qu'on tentât pour les y pousser. Ses démarches pour faire commuer la peine par M. Grévy n'aboutirent pas davantage, — sinon à l'introduire à l'Élysée et bientôt aux assauts d'armes de M. Wilson. Bouteiller avait refusé d'appuyer le recours en grâce : il aurait fait beaucoup pour que l'affaire n'éclatât pas et il se félicitait de l'avoir limitée; mais, dans la mesure où le scandale n'était pas accru, il estimait juste qu'on n'atténuât rien de l'expiation.

Le jour où l'on guillotina Racadot, Renaudin, seul de la petite bande, eut l'atroce courage de se porter sur le lieu du spectacle. Au cours de cette affaire qui avait passionné l'opinion, il s'était fait lire par le public et augmenter par les directeurs; il s'était montré un bon et utile camarade pour Suret-Lefort, et ce petit reporter avait, sans y paraître, forcé Bouteiller à compter avec lui. Rœmerspacher et Sturel acceptèrent sa proposition de leur apporter des détails. Ils veillèrent ensemble, dans cette petite chambre de l'Hôtel Gujas où M. Taine, par une belle après-midi, était entré. Ils demeuraient étendus, dans une demi-lumière, immobiles et muets. Des sentiments d'une atroce tristesse les emplissaient. Quand le petit jour parut sur le ciel, ils avaient le front collé contre la vitre; cette lumière jaunâtre, qui, s'échappant de la nuit, salissait les espaces, les terrifia comme s'ils avaient vu le sang jaillissant de leur ancien ami colorer le son du panier où dans cette seconde on le basculait.

Moins d'une heure après, Renaudin entra : Racadot était bien mort : marchant lourdement à la guillotine, sans bravade, — « comme un bon gendarme lorrain ». — Une voix, de la foule qui s'en était longuement émue, avait crié : « Bravo ! » Alors quelques-uns avaient applaudi; beaucoup avaient hué. Le reporter avait reconnu Fanfournot qui, dans cette horreur de la Roquette béante et des grands poteaux meurtriers, et de la même voix blanche qu'à la conférence, saluait le dernier acte de son maître. Renaudin faisait des efforts pour prendre un ton plaisant, mais il était verdâtre. La lumière blafarde et son insomnie accentuaient encore sur ses traits les marques précoces de l'âge; les deux amis remarquèrent combien, en quelques années, l'Alfred Renaudin de Nancy s'était effacé sous un inconnu qu'ils écoutaient en silence. Quand il comprit qu'ils ne se piquaient pas de frivolité, il s'avoua malade, et s'en alla coucher.

— Je lui ai vu le cœur sur les lèvres, disait Rœmerspacher; mais sous le sein gauche?...

Au matin, ils reçurent un télégramme de Saint-Phlin : « Suis de grande amitié avec vous. »

Ils se regardèrent, et faisant un retour sur eux tous :

— Suret-Lefort, lui, a dormi !

— Et Mouchefrin ? dit Rœmerspacher.

— Je le tiens pour mort,

Rœmerspacher secoua la tête :

— Racadot lui-même n'est pas mort; son crime continuera d'agir. Je ne te parlerai plus de Mouchefrin, François; mais te voilà responsable de la courbe qu'il va continuer à dessiner à travers la société,

Et comme Sturel, surpris de paroles qui, dans un tel moment, lui paraissaient trop dures, se taisait, son ami continua :

— Après beaucoup de réflexions, je suis revenu à admettre le principe que nous donnait, il y a cinq ans, Bouteiller...

— Oh ! Bouteiller...

— Je te parle de ses paroles, non de sa conduite. « Agis toujours de telle sorte que tu puisses vouloir que ton action serve de règle universelle. » Agis selon qu'il est profitable à la société... J'aurais dû livrer Mouchefrin, ou du moins, puisque son crime est ton secret, insister pour te convaincre. J'ai hésité : j'ai reconnu que la société, dans ses rapports avec Racadot, avec Mouchefrin, ne s'était pas conduite selon le principe kantien... Si l'individu doit servir la collectivité, celle-ci doit servir l'individu. J'ai hésité à perdre un misérable en m'autorisant d'une doctrine dont on n'avait pas songé à le faire bénéficier : car, je le reconnais, s'il a tant souffert et s'est ainsi dégradé, c'est par le milieu individualiste et libéral où il a été jeté encore tout confiant dans les déclarations sociales du lycée... Cette considération d'un cas particulier a prévalu, bien à tort, je l'avoue, contre mon respect de l'intérêt général.

Comme toi, Sturel, j'ai une part de responsabilité dans ce qui adviendra.

— Pour moi, répondit Sturel, voici comment je me suis décidé à épargner Mouchefrin. C'était, tu te le rappelles, la nuit qui précéda l'enterrement de Victor-Hugo. En suivant toutes les cérémonies de ces imposantes funérailles, j'ai été amené à penser que si l'on voulait transformer l'humanité et, par exemple, faire avec des petits Lorrains, avec des enfants de la tradition, des citoyens de l'univers, des hommes selon la raison pure, une telle opération comportait des risques. Un potier, un verrier perdent dans la cuisson un tant pour cent de leurs pièces, et le pourcentage s'élève quand il s'agit de réussir de très belles pièces. Dans l'essai de notre petite bande pour se hausser, il était certain qu'il y aurait du déchet. Racadot, Mouchefrin, sont notre rançon, le prix de notre perfectionnement. Je hais leur crime, mais je persiste à les tenir, par rapport à moi, comme des sacrifiés. Voilà, Rœmerspacher, pourquoi j'ai refusé de témoigner contre ces deux misérables.

Ayant précisé leur position respective et sans se déloger, ils n'avaient plus qu'à cesser une lutte pénible. Au bout d'une demi-heure, Sturel dit :

— Nous n'avons pas agi légèrement; nous avons jugé selon notre conscience.

— Oui, mais selon la conscience sociale?

Cette matinée, qui fermait un cycle de leur vie, fut pour eux l'instant d'un démarrage pénible, mais aussi le point de départ d'une nouvelle et plus importante activité. Par un brutal accident, ils avaient pris avec la société ce contact direct qu'ils avaient tant cherché. Tombés à l'eau, ils viennent de se débattre tous en plein courant. C'est à ceux qui ont pu regagner la rive d'examiner s'ils veulent dorénavant y demeurer, ou s'ils tenteront une nouvelle navigation avec leurs expériences personnelles accrues, — ou s'il ne serait pas raisonnable d'aviser à rendre, par des travaux d'ordre général, le fleuve plus flottable.

CHAPITRE XX

A BOUTEILLER, LA LORRAINE RECONNAISSANTE

Dès cet été de 1885, on peut commencer à calculer les conséquences du crime de Billancourt : elles continuent à se développer par retentissement à travers le monde. Couper le cou à Racadot, c'est de la prudence, mais nulle expiation ne peut faire qu'un acte n'ait pas été commis. Nous avons entendu des individus d'un même plan social apprécier diversement un même cas, dont nul d'ailleurs ne méconnaît l'atrocité. Mais le curieux, c'est moins les sentiments déterminés en chacun d'eux par cette crise que les rapports nouveaux qu'elle institua entre eux.

Bouteiller, précocupé de se couvrir, disait :

— Ce misérable Racadot était un garçon d'intelligence pratique, nullement un théoricien. Il a tué pour assurer l'existence de son journal. L'idée de fonder *la Vraie République* a dû lui venir d'un nommé François Sturel, qui précisément en fut le directeur, esprit brillant, mais inquiet et sans discipline sociale. Quant aux divagations sur le « parasitisme » par lesquelles il a voulu donner du ton à son infamie, nul doute qu'il ne les tienne du jeune Rœmerspacher, garçon fort distingué d'ailleurs et que Taine estime... Le piquant, après le tapage des cléricaux, c'est que ce petit monde jadis m'a fait des déclarations, selon moi, anti-républicaines.

Cet historique superficiel se déformait à passer de bouche en bouche, et bientôt ne tendait à rien moins qu'à incriminer Sturel et Rœmerspacher. Chez madame de Coulonvaux, madame Alison répétait avec complaisance :

— Je me suis toujours défiée des relations de M. Sturel. Je savais bien qu'il vivait avec des coquins.

Entre la jeune fille et Sturel, jamais, en somme, de promesse n'avait été échangée. Après le drame et pour échapper à de continuelles et pénibles interrogations, il quitta cette rue Sainte-Beuve, s'installa sur la rive droite, puis devança l'époque des vacances. C'est à Neufchâteau, par un bruit du pays, qu'il sut Thérèse fiancée au baron de Nelles.

Au Palais et dans les bureaux de rédaction, quelques rumeurs fâcheuses associaient Suret-Lefort et Bouteiller. Le professeur passait pour être intervenu en faveur de personnes compromises, et, deux ans plus tard, on devait raconter que Racadot était son agent chargé de lui organiser un journal. Dans cet été de 1885, toutefois, le crime de Billancourt le servit, et de la façon la plus imprévue.

L'évêque de Nancy, prenant texte des fameuses déclarations de Racadot, avait publié un manifeste contre la philosophie officielle de la République. Ces attaques firent du professeur le représentant de l'enseignement moderne et de la culture scientifique. Courageusement, comme dirent ses amis, il vint à

Nancy, aux lieux mêmes où on l'accusait d'avoir démoralisé la jeunesse, faire appel à ses anciens collègues, à ses élèves, à leurs familles, à leurs concitoyens. Dans une conférence publique et dans plusieurs réunions privées, il fut de premier ordre. Le journal de l'évêché riposta. Même les électeurs indifférents à ces généralités confuses jugèrent cette polémique plutôt favorable à M. Bouteiller. Il leur parut excessif qu'on attribuât une part de responsabilité dans un assassinat à un homme dont il était impossible, après qu'on l'avait entendu parler, de contester l'austérité personnelle et le sentiment élevé du devoir.

Ce fut une préparation des plus utiles à sa candidature, qui prit ainsi un sens supérieur.

Une sérieuse difficulté restait à surmonter : — l'argent. A peine si Bouteiller possédait 4 à 5,000 francs d'économies. Le congrès qui se réunit à Nancy et désigne les candidats républicains, a coutume, c'est vrai, de rassembler une certaine somme pour les frais de la campagne, mais il exige que chacun des candidats s'inscrive lui-même pour 10,000 francs. La difficulté, d'ailleurs, n'est pas là. Pour paraître en bonne posture devant ce congrès qui, en réalité, décide de l'élection, il y a des dépenses préliminaires. Le passage de Bouteiller au lycée de Nancy a laissé d'heureux souvenirs; sa polémique avec l'évêque le sert, mais tout de même il est un étranger : grave objection pour le Lorrain défiant. C'est excellent d'avoir obtenu du gouvernement une perception pour le député sortant, à demi ruiné par les charges de son mandat : heureux de cette bonne retraite, il va présenter Bouteiller à ses électeurs influents. Mais il faut que la presse s'en mêle. Il faut qu'à Nancy Bouteiller subventionne de 30,000 francs *la Lorraine républicaine*, journal d'une grande autorité, probablement mal administré et dont les actionnaires, déjà engagés pour 500 francs chacun, sont las de faire des sacrifices. Il faut aussi qu'à Pont-à-Mousson il fonde un journal bi-hebdomadaire. Les élections, en apparence, se feront au scrutin de liste ; en fait, c'est le député de Pont-à-Mousson (une fraction de Nancy, les cantons de Pont-à-Mousson et de Nomeny) qu'il s'agit de remplacer.

Bref, tout réglé modestement et dans les circontances les plus favorables, c'est 50,000 francs à trouver.

Bouteiller est une valeur de premier ordre. En outre, sa passion la porte d'une telle violence vers le Parlement qu'il considère de son devoir d'y entrer : en effet, si fort qu'il se contraigne, il ne peut plus accomplir de toute son âme, comme il se l'était imposé, sa tâche professionnelle. Dès lors, l'honnêteté le force à descendre de sa chaire.

Est-il admissible que, promis à un si bel avenir politique, et avec ses relations, il se laisse arrêter par une question d'argent?... Il ne serait pas celui que nous supposons, si une difficulté de cette catégorie lui fermait la vie publique. Et, d'autre part, notre société serait à la fois à flétrir et à plaindre, si elle était privée du concours d'un tel serviteur faute de 50,000 francs.

Tant d'hommes, qui ne connaissent l'action que par l'histoire et les belles biographies, diront, considérant le cas d'une façon abstraite : « Qu'est-ce qu'une difficulté d'argent? 50,000 fr., cela se trouve toujours quand on peut devenir ministre! » Ils citeront cent hommes d'État aussi dépourvus et qui surent y remédier... Il faudrait connaître le pourcentage de ceux qui précisément se perdirent par leurs expédients pécuniaires. Et ceux qui surnagèrent, les triomphateurs, acceptèrent plus de choses vulgaires, ennuyeuses, vilaines et faites pour blesser notre délicatesse, qu'il n'en subsiste dans leur biographie.

La vie est une brutale. Nul n'est contraint de se donner à la politique active, mais celui qui s'en mêle ne crée pas les circonstances; on n'atteint un but qu'en subissant les conditions du terrain à parcourir.

Quels moyens Bouteiller a-t-il de faire de l'argent?... Souvent un parti politique possède une caisse électorale. Il la remplit par des ventes de services, s'il occupe le pouvoir, ou par des ventes d'espérances, s'il est dans l'opposition. Mais solliciter l'aide d'un parti, c'est s'engager envers un chef. Bouteiller entendait débuter au Parlement en toute liberté. Certes, il eût été fort beau qu'un patriote, partageant les idées de l'éminent professeur, le dotât du nécessaire. Mais à un tel patriote, il faut généralement offrir, par bonne réciprocité, une croix de la Légion d'honneur, et c'est le moindre article d'échange dans les opérations des parlementaires.

Bouteiller, avec ses habitudes de travailleur, répugnait à admettre que l'argent ne fût pas représentatif d'un travail réel. Aussi était-il prédisposé à préférer, entre tous les expédients, la combinaison que lui ménagea le baron Jacques de Reinach. Il prit en main l'organisation de l'enthousiasme pour la Compagnie du Panama.

MM. de Lesseps et Cie venaient de traiter avec la Compagnie anglo-hollandaise Cuttbill, de Lunge, Watson et Van Hathum pour le percement de la Culebra. Cette société faisait construire à Liège de puissants excavateurs : Bouteiller conseilla la dépense de les transporter à Paris et d'appeler sur eux la curiosité publique. M. de Lesseps, au milieu des acclamations des ouvriers, visita en grande cérémonie ces formidables machines. Bouteiller avait donné la série des thèmes à développer dans les journaux. Les excavateurs eurent une bonne presse et émerveillèrent le public : le 25 juillet 1885, M. de Lesseps obtint de l'assemblée générale des actionnaires l'autorisation de contracter un nouvel emprunt de six cent millions... Un an plus tard, c'est vrai, il versait aux Anglo-Hollandais six millions d'indemnité pour résilier le contrat, mais il n'avait pas dépendu de Bouteiller que la mise en scène qu'il avait réglée à Paris fût suivie d'une mise en train à Panama. Dans la collaboration limitée qu'on lui avait demandée il s'était inspiré des intérêts de l'entreprise et les avait servis de cette manière qui devait, partout où il passait, rapidement le rendre indispensable.

Il faut dire qu'en cette circonstance il avait employé une des forces dont sa puissante volonté, depuis sept ans, s'appliquait à se munir. En 1878, quand le jeune professeur avait approché pour la première fois Gambetta, il avait admiré que ce chef connût le pays comme un chasseur de village connaît sa forêt. On pouvait citer devant le grand orateur chaque personnage un peu remuant de France ou d'Algérie, immédiatement il répondait : « Oui, un tel! il aura tant de voix; et si un tel le combat, il tombera à tant! » Chaque matin, Gambetta lisait toute la presse de Paris et des départements; d'un coup d'œil, dans les trois pages et jusque dans les faits divers de chef-lieu il avait tout aspiré, tout classé,

— Pourquoi n'avez-vous pas de secrétaire qui vous signale l'essentiel? lui dit Bouteiller.

— L'essentiel, mais quel est-il? Tout me sert, peut me servir. Il me faudrait cinq, six secrétaires. Ils n'auraient fini de lire et d'extraire qu'à dix, onze heures. Moi à neuf heures, en cent vingt minutes, j'ai tout vu!

C'est pour s'être appliqué à imiter le grand opportuniste que Bouteiller, sans enquête prolongée, sut indiquer à ces messieurs du Panama les journaux de Paris et des départements qui valaient des subventions. En outre, selon la politique de chaque feuille et selon chaque esprit local, il graduait la nuance et l'énergie des articles à insérer.

Un tel travail d'indicateur mené avec justesse, avec sincérité et avec décision servait économiquement les intérêts de la Société : ces messieurs ne crurent pas trop le payer de cinquante mille francs. Nul doute que si Bouteiller, à cette époque, avait désiré une situation dans la Compagnie, on la lui eût créée fort belle. Puisqu'il voulait entrer au Palais-Bourbon, on souhaita qu'il y réussît. Les administrateurs du Panama cherchaient à se faire des amis dans la prochaine Chambre, parce que ce n'est pas tout d'avoir obtenu des actionnaires l'autorisation d'émettre un emprunt de six cents millions : il ne pourra réussir qu'avec l'appât de valeurs à lots, et pour les émettre il faut une loi. Dans ces mêmes moments, Charles de Lesseps signe à M. Cornélius Herz, ami particulier de MM. de Freycinet, Clemenceau et de nombreux parlementaires, l'engagement de lui verser dix millions le jour où cette loi sera votée.

Ces messieurs du Panama, habitués aux maîtres chanteurs, admirent un homme de grand talent qui va être député, qui aura de l'autorité, qui vient de leur fournir un travail réel et qui se contente de cinqnante mille francs. Tous les gens d'esprit, sans connaître le moyen de Bouteiller, l'approuvent « d'avoir su faire le nécessaire ». Lui-même se félicite d'un expédient que de plus en plus il juge raisonnable : il pressent que ces premières relations, outre qu'elles permettent sa réussite à Nancy, comporteront d'excellentes suites. Une fois le canal creusé et sa propre situation affermie, pourquoi n'entrerait-il pas au Conseil d'administration de la Compagnie? Il y trouverait les ressources fixes qui seules assurent l'indépendance et l'honorabilité d'un homme politique.

Ces cinquante mille francs furent à Bouteiller presque aussi utiles que les attaques de l'Évêché. Il eut la satisfaction de vérifier la sagesse de ses pronostics : l'habileté du directeur de *la Lorraine républicaine* et du député sortant, la propagande de la feuille bihebdomadaire, *le Mussipontin rural*, qu'il avait fondée, dissipèrent chaque jour le plus gros des répugnances locales. Bref, le candidat exotique arrivait plein d'espoir au jour du congrès, quand, la surveille, le plus médiocre accident faillit tout compromettre.

Il y avait deux délégués, Henrion et Goulette, de petite bourgeoise aisée, fameux dans la région pour leur ivrognerie. Elles les déconsidérait, mais, crapuleux, dépensiers et très répandus, ils possédaient une influence électorale. Henrion soutint qu'il boirait plus de bière que son grand ami Goulette : l'autre pochard releva le défi. Excités par les rires de la brasserie, ils convinrent que le perdant paierait un beau cercueil, à charge pour le gagnant de le placer dans sa chambre à coucher. Goulette, après une série indéfinie de litres, fut empêché de faire couler la bière de l'extérieur à l'intérieur par un flot qui venait en sens contraire ; il se consola d'être le second en pensant que, dans toute autre société, il eût été le premier. Il s'exécuta sans mesquinerie : le cercueil fut en cœur de chêne avec des cuivres ciselés. Henrion, comme il était convenu, le plaça près de son lit. La nuit, le bois travailla et, d'autre part, l'alcool travaillait l'homme : souvent il avait des mouches dansantes devant les yeux et d'insuportables fourmillements sur tout le corps ; il se crut étendu dans la funèbre gaine et dévoré par la vermine. En vain, avec l'aube, prit-il courage : après sept nuits, il portait le cercueil au fond de son jardin. Goulette indigné exigea qu'il le remît en place. De la Brasserie Viennoise, le rire avait débordé au « Point Central », aux « Deux Hémisphères » et sur tout Nancy, qui commentait les cocasseries de ces deux malpropres. Henrion, après un nouvel essai, fiévreux, n'en pouvant plus, expédia le fatal objet dans la chambre à coucher d'une bicoque qu'il avait à la campagne. Il satisfit, cette fois, les rieurs, mais irrita Goulette si fort que des mots ils en vinrent aux claques.

On était à deux jours du congrès. Goulette était connu comme partisan de Bouteiller, parce qu'il avait une action de *la Lorraine républicaine ;*

Henrion annonça qu'il attaquerait violemment la candidature de cet étranger : « Les commerçants de Nancy, les industriels, de Frouard à Pont-à-Mousson, et les cultivateurs de la Seille n'ont que faire d'un professeur imposé par des journalistes. » Ce double argument pouvait nuire. L'alcoolique ne voulait pas entendre raison : Bouteiller dut s'en émouvoir. Son comité étudia les moyens de réconcilier ces deux imbéciles. Lui-même enfin décida qu'on brusquerait. Ses agents firent boire Henrion toute la nuit, la veille du congrès, et quand il se présenta, on l'expulsa, vu son ivresse manifeste. Les opposants, privés du discours qu'ils espéraient, n'osèrent bouger. L'autoritaire Bouteiller fut choisi...

Dans les élections de cette sorte, qu'on peut dire à deux degrés, toute la difficulté est devant le congrès; Bouteiller, désigné comme candidat complémentaire de la liste républicaine unique, fut élu le 4 octobre 1885.

Suret-Lefort s'était mis pour cette campagne à la disposition de Bouteiller. De Bar-le-Duc, où il passait les vacances, il venait à Nancy pour les grandes réunions et demandait la parole, « en qualité d'ancien élève qui rend témoignage à son maître ». Trois jours après le scrutin, c'est ce même thème qu'il développa, lors du « punch d'honneur et d'adieu », offert sur l'initiative de *la Lorraine Républicaine* au député prêt à gagner son poste. La salle du gymnase municipal était pleine. Comme il arrive après un succès, on eût difficilement trouvé dans Nancy un électeur qui crût avoir voté contre l'élu. Le jeune avocat, déjà séduisant par sa jolie taille et par son autorité, détachait chaque syllabe de la façon la plus nette et la plus agréable.

— Monsieur, disait-il, vous allez siéger dans une grande et honorable assemblée ; après avoir élevé le niveau moral de notre région par votre enseignement, vous allez maintenant hausser le ton du concert parlementaire, et, par là, de toute la France, en exprimant nos volontés que vous interpréterez. Il y a quelques années, nous vous remettions notre intelligence, et nous vous avons vu à l'œuvre ; aujourd'hui nous vous remettons nos intérêts complets. Vous leur ferez honneur, n'est-ce pas, Paul Bouteiller?... Après les adolescents, voici que les hommes se mettent dans vos mains. Nous qui sommes la frontière et qui sentons plus qu'aucune partie du pays la nécessité d'être un roc, nous n'aurions pas assez de nos régiments, de nos forteresses, de nos trésors de guerre généreusement constitués par l'humble épargne, si nous ne pouvions appuyer sur un bon citoyen toute l'âme lorraine...

Des acclamations interrompirent Suret-Lefort, si chaleureux sous sa glace extérieure ; de toute la salle, sous les trapèzes, à côté de la perche lisse et par-dessus les tremplins, des bras tendus désignaient le député, magnifique vraiment en redingote, avec ses bras croisés, son teint blême, ses cheveux noirs, ses yeux brillants et son beau front. Il allait parler... Fort raisonnablement, pour reposer le public sans le refroidir, le directeur de *la Lorraine républicaine* fit d'abord donner la musique. Cependant Goulette, que l'on avait chargé dans cette belle fête d'organiser le punch, la bière et, comme il disait, « toute la limonade », ordonna aux garçons de servir, et quand la dernière note eut expiré, levant son verre, il hurla de sa grosse voix sympathique de pochard :

— A Bouteiller, la Lorraine reconnaissante !

— Mâtin ! — dit Suret-Lefort à l'oreille de Bouteiller, — en a-t-il, un accent !

Et tandis qu'on applaudissait, avant de se lever pour son grand discours de remercîement, le député répondit :

— Tout à l'heure, mon cher ami, quand vous me traitiez si généreusement, j'admirais votre talent, que j'ai prédit, vous vous en souvenez, dès 1880 ; mais ce que j'admirais surtout, c'est que vous vous soyez à ce point affranchi de toute intonation et, plus généralement, de toute particularité lorraine.

TABLE DES MATIÈRES

Pages.

CHAPITRE PREMIER. — Le lycée de Nancy 1
— II. — Dans leurs familles 38
— III. — Leur installation à Paris 59
— IV. — Les femmes de François Sturel 91
— V. — Un prolétariat de bacheliers et de filles. 123
— VI. — Un hasard que tout nécessitait 147
— VII. — Visite de Taine à Rœmerspacher. . . . 187
— VIII. — Au tombeau de Napoléon 215
— IX. — La France dissociée et décérébrée . . . 236
— X. — On sort du tombeau comme on peut. . 244
— XI. — Bouteiller présenté aux parlementaires. 255
— XII. — « La Vraie République » 282
— XIII. — Son premier numéro 309
— XIV. — Une année de luttes 331
— XV. — Quinze jours de crise 367
— XVI. — La mystérieuse soirée de Billancourt. . 392
— XVII. — Les perplexités de François Sturel . . . 410
— XVIII. — La vertu sociale d'un cadavre 436
— XIX. — Déraciné, décapité. 466
— XX. — A Bouteiller, la Lorraine reconnaissante. 480

Paris. — L. MARETHEUX, imprimeur, 1, rue Cassette. — 11280.

ŒUVRES DE MAURICE BARRÈS

Dans la Bibliothèque-Charpentier à 3 fr. 50 le volume

LE CULTE DU MOI, trois romans idéologiques :

Sous l'œil des Barbares. Nouvelle édition augmentée d'un examen des trois idéologies .... 1 vol.
Un Homme libre. Nouvelle édition .... 1 vol.
Le Jardin de Bérénice. Nouvelle édition .... 1 vol.

L'Ennemi des Lois. Nouvelle édition .... 1 vol.
Du Sang, de la Volupté et de la Mort .... 1 vol.

LE ROMAN DE L'ENERGIE NATIONALE :

Les Déracinés .... 1 vol.
L'Appel au Soldat (Prochainement) .... 1 vol.
L'Appel au Juge (Prochainement) .... 1 vol.

BROCHURES

Huit jours chez M. Renan. Une brochure in-32 (Épuisée) .... 1 fr.
Trois Stations de Psychothérapie. Une brochure in-32 .... 1 fr.
Toute Licence sauf contre l'Amour. Une brochure in-32 .... 1 fr.
Le Culte du Moi, tirage spécial de la préface *Sous l'œil des Barbares.* Une brochure in-32 .... 1 fr.

UNE JOURNÉE PARLEMENTAIRE, comédie de mœurs en trois actes. Une brochure in-8° .... 2 fr.

6828. — L.-Imprimeries réunies, rue Mignon, 2, Paris.

MAURICE

BARRÈS

LES

DÉRACINÉS

3 FR. 50

*

LIBRAIRIE

FÉLIX JUVEN

MAURICE BARRÈS
LES
DÉRACINÉS
8°Z Don
595
(3,1)
1897